할배,
왜놈소는 조선소랑 우는 것도 다른강?

안재구 지음

돌베개

할배、왜놈소는 조선소랑 우는 것도 다른강?

1997년 10월 10일 초판 1쇄 발행
2005년 4월 28일 초판 5쇄 발행

글쓴이 안재구
펴낸이 한철희
펴낸곳 돌베개
등록 1979년 8월 25일 제406-2003-018호
주소 413-832 경기도 파주시 교하읍 문발리 파주출판도시 532-4
전화 (031)955-5020
팩스 (031)955-5050
지로 3044937
홈페이지 www.dolbegae.com
전자우편 book@dolbegae.co.kr
KDC 814.6
ISBN 89-7199-152-6 03810

할배, 왜놈소는 조선소랑 우는 것도 다른강?

소영에게

지난 1994년 초여름 어느날, 한마디 말도 전하지 못하고 너희 사남매와 네 어머니 곁을 떠난 지 네 해, 그동안 네 결혼과 언니 내외의 미국 생활, 오빠의 유학, 막내의 출감까지 정말 많은 일이 있었다. 이처럼 많은 변화 속에서도 영어의 내가 다섯 식구에게 가지는 마음과 나를 염려하는 너희들의 마음만은 언제나 변함이 없구나.

이미 자랄 만큼 다 자란 너희들이지만 그래도 너희들을 생각하면 모든 세상 부모들처럼 젖먹이 때를 보는 마음이 드는 것은 나도 어쩔 수가 없구나. 아마 그래서 너희들에게 그처럼 많은 얘기를 편지로 들려주었는가 보다. 나 역시 일흔을 바라보는 늙은 사람이지만, 나의 부모와 할아버지 할머니, 그리고 어린 나를 둘러싸고 애정을 담아 가꾸어주신 여러 할배 할매, 아재 아지매 들을 생각하는 마음은 지금도 유년의 어리광으로 그대로 남아 있다.

할배 할매 들을 생각하면 언제나 고향 산천이 함께 떠오른다. 할배 할매 들이 베풀어준 사랑, 고향의 강과 산들, 그 곳곳에 담겨 있는 전설의 말소리가 귀에 생생할 때면 내가 이 고난을 이겨나가는 힘도 거기에서 나왔다는 생각에 마음이 따뜻해지곤 한다. 그래서 엄중한 법정시비 중에도 틈나는 대로 너희들에게 고향과 전설, 할배 할매, 어릴 때의 정다운 동무들 얘기를 그처럼 많이도 담아 보냈던 것이다.

원래 이 이야기는 고향을 모르고 사는 너희들에게 옛사람들의 생활과 슬기, 우리 선조들의 풍상(風尙)을 전해주려는 것이지 남들에게 들려주려는 마음은 없었다. 그런데 돌베개 출판사에서 책으로 만들겠다 하여 그

방만하게 쓴 글을 깔끔하게 추리고 정리해놓으니, 내가 너희에게 한 이야기도 이처럼 하나의 책이 될 수 있구나 싶어 반갑고 그 정성이 고맙구나.

나의 어린 시절은 삼천리 강산이 왜놈 천하였고 그것도 마지막 광란을 부리던 시기였다. 내가 태어난 1933년은 일본 제국주의가 만주를 삼키고 북부 중국으로 들어가던 때였고, 다섯 살 때인 1937년에는 중일전쟁이, 1941년에는 태평양전쟁이 벌어졌다. 온 조선 사람들이 왜놈들 등쌀에 시달리고 강도질당하고 전쟁터의 노예로 끌려가던 때였다. 게다가 얼치기 조선 왜놈들은 왜놈들보다 더 설쳐대었다. 이런 숨막히는 시대에 절개를 지키는 것이 얼마나 고통스러운지는 절개를 지키며 살아본 사람이 아니고는, 또 그런 사람의 가족이 되어보지 않은 사람은 모를 것이다.

일제강점기 얼치기 조선 왜놈들은 해방 후 반동강난 땅에서도 주인 노릇을 했다. 통일의 '통'자만 나와도 눈을 부라리고 싹을 모질게 자르는 분단의 첨병을 자원하여 살아남은 것이다. 이리하여 나와 너희는 식민지시대와 분단시대, 합쳐서 1세기나 되는 민족 비극의 시기를 대를 이어 살아오게 된 것이다.

이 기나긴 세월에 대해 내가 너희에게 들려준 이야기는, 그러나 단지 우리 집안만의 이야기로 듣지 않았으면 좋겠구나. 한 가족의 운명은 민족의 운명을 그대로 반영한다는 점에서 나의 이야기는 그 시대를 살아온 모든 사람의 이야기이기도 하다. 나는 내 얘기를 통해서 너희들이 고난의 시기에 우리 겨레, 즉 우리의 할배 할매 들이 어떻게 견뎌내고 싸워왔는지 다시 한번 돌아볼 수 있게 되길 바란다. 또한 아름다운 고향 산천의 이야기에서는 너희를 낳아준 조국에 대해, 조상의 숨결이 스민 풀 한 포기, 흙 한 줌의 고귀함에 대해 생각해볼 수 있었으면 한다.

겨레의 통일을 위해 분단을 넘나들다 돌아가신 문익환 목사님이 "지금 우리에게는 통일이 최고선이다"라고 한 것과 마찬가지로 나 또한 지금 우리 시대 최고의 선은 통일이라고 생각한다. 비록 내가 태어나고 자란 밀양땅이 유별난 애착으로 남아 있어 주로 그 산천과 사람들의 이야기를 너희에게 들려주었지만, 내 진정한 밀양은 실은 조국의 모든 땅, 오랫동안 하나였고 곧 하나가 될 우리 땅이다.

우리 할배 할매 들의 삶 속에는 가족과 지역, 민족이 자연스럽게 조화를 이루는 공동체 의식이 담겨 있다. 나는 그 삶 속에 할배 할매 세대가 후대에게 전하는 분명한 목소리, 곧 민족이라는 큰 공동체를 하루빨리 회복하기를 바라는 그분들의 절절한 소원이 있다고 생각한다. 너희에게 하는 내 이야기 또한 그 목소리를 전하는 것일 뿐이다.

책을 내겠다는 힘든 결정을 내려주신 돌베개 출판사 가족과 바쁜 일정에도 불구하고 글을 써주신 윤정모 선생, 임헌영 선생께 대신 인사를 드리기 바란다. 내 석방을 위해 애써주시는 민가협, 엠네스티 관계자 여러분, 동료 친지들 그리고 나를 기억해주고 걱정해주시는 다른 모든 분들께도 언제 어디서 만나든 각별한 인사를 전해주길 바란다. 내 사랑하는 작은딸 소영이와 가족들의 노고에도 감사한다.

1997년 9월

안재구

조선의 아이들

선생님과의 첫 만남이 떠오른다. 1988년 12월 21일, 그날은 300여 명이나 되는 양심수들이 동시에 석방된 역사적인 날이었다. 이젠 고인이 된 김도연 씨와 몇몇 분들이 당시 조흥은행 본점 뒤편에 석방자들을 위한 사랑방 겸 사무실을 얻고 모든 양심수들을 이곳으로 맞아들였다. 석방자들은 출소하자마자 이 사무실로 직행했고, 나는 거기서 여러 사람을 만날 수 있었다. 감옥에 두고 그리워만 했던 김남주, 김영환 등 수많은 동지들을 만났을 때의 가슴 벅찬 기쁨은 아직도 잊히지 않는다.

그날 나는 저녁 무렵 사무실에 도착했고 맨 먼저 만난 분이 안재구 선생님이었다. 훤한 이마에 인자한 미소, 중년을 넘어선 나이에도 밝게 빛나던 눈빛이 이제 막 감옥에서 나온 사람 같지 않아 무척 인상적이었다. 나는 말로만 들어오던 분을 만나 감격했고, 두 손 마주잡고 악수를 하다가 슬며시 선생님의 팔뚝을 보았다. 시계가 없었다. 이때 내 주머니에는 남자 시계 하나가 있었다. 문화방송국에서 PD로 일하는 신철이 누나가 시계 없는 석방자에게 주라고 한 것이었다. 나는 이 시계를 선생님의 팔목에 채워드리면서 이제 사회에 나오셨으니 지금부터라도 편안한 시간을 가지시라고 말했다. 이 얼마나 세속적인 시간 개념이었던가. 선생님은 결코 흘러가는 시간에 그저 인생을 내맡기기를 원치 않으셨고, 안락이나 안거 따위에도 의미를 두지 않았으며 오직 민족사랑의 마음을 꾸준히 실천하는 데에만 인생을 걸어두고 싶어하셨던 것을, 그래서 끝내 편안할 수가 없으셨던 것을 말이다.

그로부터 6년 후 선생님이 다시 구속되셨다는 소식을 들었을 때 나는 사람마다 인생의 강은 이토록 형태와 그 흐름이 다르구나 하는 생각을 했다. 거의 대다수의 사람들은 이제 쉴 때라고 두루마기 자락을 풀거나 편안한 자리를 찾고 있는데 선생님은 다시 또 신념이라는 험난한 쪽배를 타신 것이었다. 그랬다. 다시금 교편을 잡고 생활의 안정을 찾으셨나 보다 하고 주변 사람들이 여기고 있던 바로 그때 선생님은 덜컥 구속이 되면서 안주를 원하는 우리의 상식을 질타하셨던 것이다. 사람은 본질적으로 안락한 삶을 원한다. 그럼에도 선생님은 그 안락을 포기하고 고난을 선택했다. 나는 선생님의 이러한 고결한 정신이, 지치지 않고 끊임없이 행군할 수 있는 이러한 성품이 어디서 비롯되었는지를 알고 싶어 선생님의 옥고를 정독하기 시작했다.

선생님이 쓰신 이 책은, 우리의 역사와 고향땅 밀양 이야기, 왜란으로부터 나라를 지켜낸 변방 민중과 지조 높은 선비들의 애국심, 그리고 험난한 시대를 헤쳐온 당신의 가족사에 대한 담담한 기록이다. 나는 이 책을 읽으면서 어디에서도 얻지 못할 많은 자료를 얻었다. 특히 일본이 패전을 감추기 위해 부겐빌 섬을 배경으로 있지도 않은 전투를 만들어 대대적인 전승을 올렸다고 조작 발표했다는 사실은 어디서도 읽은 적이 없었다. 좀더 일찍 이러한 이야기를 들어두었더라면 내가 쓴 여러 편의 일제사 소설에 많은 도움이 되었을 텐데 하는 자못 아쉬운 생각조차 들었다.

무엇보다도 이 기록의 백미는 조선의 아이들 이야기다. 선생님은 자신의 유년 시절 이야기를 통해, 역사의 수레바퀴 아래서도 나름대로 세상을 탐구하고 조국을 배워나가는 꿋꿋한 조선의 아이들을 감동적으로 그려보이고 있다. 본문 곳곳에 재미있는 대목도 많다. 선생님의 어릴 적 용모를 가리켜 '앞뒤 짱구가 지독해 울퉁불퉁 모개라고 불렸다'라던가, '눈이 조그만 게 폭 들어가 있어 아무리 세수를 시켜도 눈곱이 그냥 붙어 있었다'라고 쓴 대목에서는 절로 웃음이 터져나왔다. 어린 아이들이 일본 선생에게 반항하면서 그 가슴 속에 조국이라는 커다란 이름을 품어 안을 땐 뭉클한 감동이 밀려들었으며, 또 마지막 해방의 그날에 온 동네 사람들이 거리로 뛰쳐나와 만세를 부를 땐 아직도 미완으로 남아 있는 민족통일 문제를 다시 한번 되새겨보지 않을 수 없었다.

그날처럼, 그날 우리 민족이 믿고 바랐던 것처럼 진실로 완전한 해방이 되었더라면 지금 우리의 운명을 어떻게 되었을까. 문민정부가 들어섰으나 더 많은 양심수들이 감옥을 채우고 있다던가 북한 주민들이 굶주리고 있는데도 국가보안법은 더 서슬 퍼래지는 이런 기형적인 사회는 오지 않았을 것이다. 그리고 무엇보다도 안선생님 같은 분이 감옥에 계시지 않아도 되었을 것이다.

선생님이 제자들에게 돌아가 신명나게 수학 강의를 할 날은 그 언제쯤일까. 국가는 언제쯤 이 뛰어난 실력자를 민족 자산으로 받아들이게 될까. 원고를 덮고 나는 선생님의 나이를 헤아려본다. 1933년생, 올해 65세. 부디 건강하시길 빌면서 아울러 선생님이 풀어두신 이 이야기를 많은 후배 독자들이 읽고 역사와 지혜를 배워주기를 기원해본다.

1997년 9월
윤정모

차 례

이야기 하나

내 고향집 밀양유림연계소

어린날의 자화상

내 고향집 밀양유림연계소

솔향기 은은한 집

나의 고향은 밀양이다. 우리 선조들이 묻혀 있는 곳은 밀양시 초동면 성만리 성만(星巒) 동네 백호등이다. 우리 조상들은 삶터를 세울 때 우선 그 마을을 주장(主掌)하는 산이 있나 먼저 살피고 그 산줄기가 좌우로 갈라져 내려오는 가운데에 동네를 세운다. 산줄기 속에 포근히 안긴 동네 앞에는 들이 있거나 내가 있어서 확 트여 있고, 좌우로 갈라진 등성이의 왼쪽을 청룡등, 오른쪽을 백호등이라 한다. 말하자면 좌청룡 우백호인 셈이다. 사람이 죽으면 이 양쪽 등성이에 묻히는데 이를 일러 선산 또는 선영이라 한다.

이 성만 동네에서 우리는 10여 대를 살았다. 지금도 여기에는 우리 일가들이 많이 산다. 조선 말 개화기의 시대 변화에 따라 우리집은 한때 서울에서 살기도 하였지만 내가 출생할 즈음에는, 지금은 시가 되었지만 당시는 읍이었던 밀양에 나와 살았다. 하지만 엄밀하게 말해 내가 태어난 곳은 밀양이 아니다. 밀양에서 한 백이삼십 리쯤 떨어진 경북 달성군 구지면에 있는 매방〔鷹岩〕이라는 동네이다.

옛날의 결혼은 초례를 신부집에서 지내고 시집은 친영 날짜를 따로 정해서 간다. 신부는 가마를 타고 신랑은 당나귀나 말을 타고 가는데 이를 신행이라 한다. 신행은 초례 뒤 1년쯤 지나서 치른다. 더러는 바삐 3일 신행을 하는 수도 있지만 해를 넘겨 신행가는 것이 더 흔한 일이었다. 그래서 신행 가마에 아기를 안고 가는 신부도 드물지 않았다. 나 역시 외가에서 나서 신행길에 어머니 품에 안겨 우리집에 왔다고 한다. 그후 두세 살 때는 아버지 어머니를 따라 포항에서도 살았다지만 기억에 없다.

서너 살 때 아버지 어머니와 떨어져 밀양의 우리집으로 와 할아버지 할머니 밑에서 말을 배우고 철이 들었다. 늙어서도 고향 사투리가 입에 배어 있고, 눈감으면 어릴 때의 동무들, 아재와 할배들이 선하게 떠오르고 고향의 산과 내와 더불어 그 냄새까지도 풍겨온다. 이런 곳이 바로 고향이고 고향집이다. 내가 자란 고향집은 우리 동네 성만에 있지 않고 밀양 읍에 있었다.

밀양역에서 북으로 올라가 남천강에 놓여 있는 밀양교를 건너면 밀양 성내로 들어가게 된다. 왼편으로 틀어 좀 가면 밀양극장이 나오는데 거기에서 좀더 위로 올라가 서문다리라는 개천다리를 건너 서쪽으로 가면 200미터쯤에서 도로가 끝나는 '동가리 신작로'가 있다. 이 신작로의 한가운데쯤 왼편에 커다란 기와집이 몇 채 있었다. 이 집은 '밀양유림연계소'(密陽儒林聯契所)라는 이름을 가지고 있는데 밀양 사람들은 그냥 '연계소'라고 불렀다. 당시에는 누구나 다 아는 상당히 이름난 집이었다.

이 연계소는 1880년대 밀양 유림에서 지은 집이다. 당시 나의 고조부는 밀양 유림을 대표하는 선비로서 한때 생원시에 합격하여 성균관 생원으로 공부하다가 노론 권귀들의 행동이 비위에 거슬려 벼슬을 포기하고 낙향하였다. 그뒤 고향에서 유림활동을 지도하였는데 신진유림의 학문배양을 위하여 '연계'라는 유림계의 연합체를 조직하고, 이를 위하여 고을 유림들의 힘을 모아 지은 것이 이 연계소이다.

이 집은 규모가 상당히 컸다. 연계소 본당은 퇴가 붙은 12칸 집이고 강당 10칸, 행랑 5칸, 대문채 4칸의 집과, 동네 아이들의 운동장으로 됨직한 가운데마당이 있어서 당시의 규모로는 아주 큰 골기와집이었다. 집을 지은 나무는 모두 백두산 원시림에서 베어 압록강을 통해 내려온 나무로 그 솔향기가 몇십 년이 지나 우리가 살던 때까지도 은은하게 풍겼다. 이 집을 지을 때, 고을 선비들의 힘을 모으기도 하였으나 대부분의 비용은 나의 고조부 형제가 감당하였다고 한다.

연계소의 대청마루에서 남쪽을 보면 오른편에 종남산(終南山)이 우뚝 솟아 있고 왼편에는 판대산(板台山)이 보인다. 판대산은 모양이 반티(함지)를 엎어놓은 것 같다고 해서 '반티산'이라고 부른다. 대청마루 북쪽 툇마루에 나가보면 왼편에 화악산(華岳山)이 솟아 있고, 오른편에는 60리 가량 떨어져 있는 먼 거리에도 불구하고 청명한 날에는 아스라이 보이기도 하는 천황산(天皇山)이 있다.

고향집 연계소의 본당은 안채 정침으로 쓰였다. 안채는 남향집인데 큰방이 서쪽에 있으며 그 안에 골방이 있고 골방 앞에는 퇴청이 나 있다. 방 북쪽에는 다락방이 있는데, 여기에서는 나와 나보다 세 살 많은 작은 아버지가 자주 말썽을 부려 할머니한테 종아리를 얻어맞는 건수를 만들기도 하였다. 남쪽은 방문턱이 방바닥보다 반 자쯤 높은데 밖에는 누각마루방이 있다. 이 누각마루방은 대청에서 올라가게 되어 있는데 가장자리를 난간으로 멋있게 다듬어 둘러막았다. 거기에 서서 남쪽을 바라보면 삼문동(三門洞) 들판이 보이고 저 멀리 종남산 기슭에 삽개라는 동네가 보였다.

대청을 건너 작은방이 있는데 말이 작은방이지 상당히 넓은 방이다. 작은방은 큰방처럼 다락은 없지만 북쪽에는 바닥에서 한 자 높이 위로 문 없는 벽장이 있다. 이 벽장은 우리 꼬마들의 놀이에서는 즉석 쇼의 무대가 되기도 했다.

대청과 작은방 앞 남쪽에는 넓은 툇마루가 큰방 벽까지 죽 나 있어 거기에서 누각으로 오른다. 이 툇마루의 높이가 축담에서 석 자쯤이고 축담은 마당에서 역시 석 자쯤 위에 있으니 누각은 마당에서 일곱 자나 되게 덩그렇게 높다. 큰방과 작은방 사이의 대청마루는 네 칸 대청으로 여기에서 우리집 대소가(大小家)의 행사가 이루어진다. 나의 고모 두 분과 종고모 네 분이 시집갈 때는 초례청으로, 1년에 열두 번이나 되는 기제사와 설, 추석의 명절 차례 때는 제청으로, 그리고 큰할아버지와 큰할머니(나의 증조부와 증조모)의 환갑잔치 때는 길청으로도 쓰였다. 이 대청이 바로 우리 집안의 희노애락을 담고 있던 곳이다.

부엌은 큰방 다락 밑에 있었는데 드나들기가 여간 불편한 것이 아니었다. 한 자 높이나 되는 문턱을 넘어야 하는 툇마루에서, 석 자 아래 축담으로 내려오고 또다시 석 자 아래의 마당으로 내려와서야 부엌 문턱이 있는데 그것을 넘어야 비로소 부엌이다. 뿐만 아니라 마당에서 축담으로 오르는 데는 두 단으로 된 섬돌이 있고 축담에서 툇마루로 오르는 데 역시 두 단으로 된 섬돌이 있다. 이들을 모두 밟고 부엌에서 안방까지 음식을 날라오는 우리집 여자들의 가사노동은 '중노동'이라는 말로도 그 표현이 모자란다 할 것이다.

특히 겨울에는 사방난달(사방이 트여 있다는 밀양 사투리) 막힌 데 없는 툇마루에서 반감(상을 나누어 음식을 차리는 것)을 해야 하니 그 고생은 이루 말할 수 없다. 행주고 상이고 물기 있는 것은 모조리 얼어 이리저리 그릇이 미끄러졌다. 옛날엔 모두 남권 중심이어서 여자들의 극심한 노동은 이루 말할 수 없었고, 이러한 가사노동에 대해서 아무도 관심을 가지지 않았던 것은 우리집뿐만이 아니었다.

정침에서 사랑채로 가는 축담 사이의 건널목에는 넉 자쯤 간격이 나 있어서 그 위에 두 자 폭의 두꺼운 판자로 다리를 놓았다. 연계소의 강당으로 쓰인 사랑채는 남향으로 가운데 6칸의 대청이 있고 동서에 커다란 방들이 있다. 이 두 방은 모양이 똑같은데 바깥쪽에는 골방이 붙어 있고 북쪽에는 다락이 넉 자 높이로 붙어 있다. 서쪽 방 다락은 우리집 4대 조상의 신주가 모셔져 있는 감실이다. 방문은 대청 쪽이 모두 문으로 되어 있는데 평상시에는 두 쪽만 여닫을 수 있는 방문 역할을 하고 다른 쪽은 아래위 문고리가 고정되어 있다.

이 사랑채에서 큰 행사가 있을 때에는 모든 문을 서까래에 매달려 있는 문걸개에 걸어 틔운다. 이렇게 하면 6칸 대청과 2칸의 방 두 개를 합친 10칸에다가 남쪽의 넉 자 퇴까지 하나의 공간으로 되어 100명쯤은 앉을 수 있는 강당이 된다. 나의 고조부, 증조부 시대에는 여기에서 고을 유림의 대행사와 성리학, 예학의 강의가 있었고 시회도 열렸을 것이다. 나의 할아버지 시대에는 야학도 했고, 자주는 아니지만 고을 유림의 회의나 행사도 했던 기억이 남아 있다. 또 한때는 여기서 쟈크(지퍼)공장을 하기도 했다.

사랑채의 동쪽에는 그리 크지는 않은 대문이 있어서 남자들이나 사랑 손님은 이곳으로 출입을 했다. 여자 식구들이나 안손님은 정침의 북쪽 담에 붙어 있는 작은(작다고 해도 보통집의 대문 정도는 되었다) 대문으로 출입을 했다. 연계소의 정식 대문은 남쪽에 있는데 부속 공간이 3칸이나 되는 4칸짜리 대문채이다. 1칸은 높다란 대문이고 안에서 바깥쪽으로 보아 오른편 1칸은 고방이다. 아마도 옛날에는 여기에 가마나 사인교 등이 있었던 것 같다. 왼편은 2칸인데 대문 쪽 1칸은 방이고 바깥쪽 1칸은 헛간이었다. 당시는 이곳을 대문간방의 부엌으로 썼지만 옛날에는 말이나 나귀를 매었던 곳이다.

정식 대문이 이처럼 당당하게 있는데도 이쪽으로는 출입할 수가 없었다. 신작로가 북쪽으로 새로 나자 자연히 모든 출입을 북쪽 문으로만 하게 되었고, 남쪽의 큰대문 앞으로는 집이 들어서게 되었던 것이다. 그리하여 큰대문은 이 이웃집과 내왕하는 데만 쓰이게 되었다.

사랑채와 쓰이지 않는 대문 사이에는 길다란 5칸짜리 집이 있었다. 이 집은 원래 연계소에서 공부를 하거나 여러 날 묵을 선비들을 위한 객사이다. 서향인 이 집은 앞에 넉 자 폭이나 되는 마루가 연이었고 4칸은 방이고 1칸은 부엌이었다. 축담에서 좀 떨어져 큰 마당 쪽에는 판자담이 있어서, 바람은 소통시키고 서향 볕과 집 안은 가려주었다.

마당 한가운데에는 전봇대 굵기만한 회나무가 한 그루 있어서 여름에는 시원한 그늘을 만들어주었다. 남쪽에는 샘이 있었는데 그 옛날에는 물맛이 좋았으나 집이 꽉 들어차고부터는 물이 나빠져 비린내가 났다. 그래서 나무판자로 만든 뚜껑으로 언제나 덮어두었는데 후에 아이들의 위험을 염려하여 아예 메워버렸다. 마당은 우리집 아이들의 놀이터였고, 더러는 동네 아이들도 함께 와서 어울려 놀았다.

이러한 연계소집도 왜놈들이 이 땅에 들어와 국권을 빼앗고 우리 겨레의 풍습과 전통을 휘저어 고유문화를 말살하려 드는 세상에서는 그 역할을 다할 수가 없었다. 선비들이 차분하게 공부할 수 있는 모임을 가질 수 없었고 따라서 유림 세력도 쇠퇴하였으니 이 집도 퇴락할 도리밖에 없었던 것이다.

밀양은 이웃 몇 고을을 거느리는 도호부가 있던 곳으로 규모가 큰 고을이었다. 공해청도 웅장하고 많았으며 특히 많은 전설이 담긴 영남루가 있었다. 왜놈들은 그들의 권력으로 쉽게 헐어버릴 수 있는 건축물은 당장에 없앴지만 영남루나 연계소 같은 건축물에 대해서는 고을 사람들의 눈 때문에 헐어내지 못하고, 다만 하루바삐 퇴락해 없어지길 바랐다. 그럼으로써 조선의 얼이 녹아 흔적조차 없이 사라지기를 바랐던 것이다.

내가 어릴 때 영남루에 가보면 영 말이 아니었다. 마룻장은 군데군데 빠졌고 기둥은 벌레먹어 썩었으며 기와는 깨지고 허물어져 지붕에는 풀이 우묵한데다 비까지 새고 있었다. 방에는 구석구석 똥무더기가 있어 파리가 날고 냄새가 진동했다. 바로 도깨비나 살 집이었다.

할아버지가 서울에서 하향하여 와보니 연계소 역시 말할 수 없이 퇴락해 있었다고 한다. 밀양 고을의 모든 거지가 여기에서 잤으며 방마다 구들은 내려앉았고 구석구석 똥무더기 천지로 엉망이었다고 했다. 게다가 건물 소유가 불분명해서 재산세를 낸 일이 없어 곧 국유(왜놈 소유)로 넘어갈 지경이었다고 한다. 그래서 할아버지는 유림의 대표를 구성해 밀린 재산세를 내는 등 소유권 문제를 확실히 해결하고 우리 가족이 들어와 살게 만들었다.

깨져 빠진 기와를 새로 맞추어 이고 때묻은 기둥을 나뭇결이 보이도록 닦고 구들을 새로 놓고 도배를 했으며, 무너진 축담을 고치고 시멘트를 발라 새 모습으로 만들었다. 마당에 수북이 쌓인 쓰레기를 치우고 담장을 수리하여 사람이 사는 집으로 제 모습을 되찾았다. 말하자면 내버려져 왜놈의 목구멍으로 넘어가려는 것을 우리 할아버지가 도로 끄집어내어 우리 집으로 만들었던 것이다. 이런 일은 내가 태어나기 전에 있었던 일이지만 나의 할머니한테 들어 익히 알고 있다.

바로 이곳이 나의 고향집이건만 지금은 흔적조차 없다. 연계소 정침은 비록 비스듬하게 기울기는 했지만 1970년대까지만 해도 '밀양유도회'(密陽 儒道會)의 간판을 달고 있었는데 그후 10년이 지난 다음에 고향에 가보니 흔적도 없어졌다. 그 터에는 새 집이 들어차서 자리조차 짐작하기 어려웠다.

가족과 이웃들

이 넓은 연계소에 살던 식구는 요새 생각해보면 엄청나게 많았다. 할아버지와 할머니를 중심으로 해서 큰할아버지, 큰할머니, 할아버지의 세 아우 중 두 분, 할아버지의 여러 종제(사촌) 중 세 분과 그에 딸린 권속, 거기에다 비상주 가족이지만 다른 종제도 한두 달씩 있다 가곤 해서 집안은 언제나 스물다섯쯤의 식구가 와글거렸다. 솔권해서 계시는 작은할아버지들(나의 종조부, 재종조부)은 따로 부엌을 가지고 살림을 살았지만 그밖은 모두 할머니의 식구였다. 나의 할머니는 언제나 25, 6명의 식구를 거느리는 맏며느리이고 종부(宗婦)였다.

제삿날이면 이들 모두가 제관으로 30명이 넘게 모였다. 그 넓은 대청에도 다 서지 못해 문이 활짝 열린 양쪽 두 방에 빽빽하게 서고, 절은 두세 번 교대로 했다. 신주는 제사 때마다 내오기가 번거로워 지방을 써서 대신하고 사랑방 벽감에 그대로 모셔두었다. 아무튼 제사 때는 큰일이었다. 나의 할머니는 이런 행사를 1년에 14번이나 감당해야 했으니 그 고생이 오죽했을까.

연계소 고향집의 이웃을 말하자면 우선 끝난네 집이 있다. 신작로가 북쪽으로 만들어져서 남쪽 큰대문의 구실이 없어지게 되자 그 바깥 터에 나지막한 토담 초가집이 서게 되었다. 이 집이 끝난네 집이다. 이 집에는 끝난이라는 아지매와 그 엄마인 끝난네 할매, 그 아버지 끝난네 할배, 이름은 기억이 없고 그냥 나는 아재라고만 불렀던 끝난이 아지매의 동생, 이렇게 네 식구가 살고 있었다.

나는 당시 고모가 아주머니라고 부르는 사람에게는 모두 할매라고 불렀고, 또 언니라고 부르는 사람이나 고모의 동무에게는 모두 아지매라고 불렀다. 또한 작은아버지가 형이라고 부르는 사람이거나 그의 동무에게는 모두 아재라고 불렀다. 그러니 나를 아는 사람은 모두 나에게 한 촌수 위로 올려져 대접을 받게 된 셈이다. 끝난이는 내 고모가 언니라고 부르니까 아지매라고 불렀고 그녀의 부모를 할배, 할매 그리고 그녀의 동생은 열댓 살인데도 아재라고 부른 것이다.

이 집 할매는 저자에서 죽장수를 한다. 아침 일찍 집에서 팥죽, 녹두죽, 호박죽을 쑤어 저자에 내다 판다. 이 집 할배는 나귀를 맨 수레를 몬다. 이 집 아재는 이 일을 거들고, 끝난이 아지매는 집안 살림을 맡아 한다. 끝난이 아지매는 나의 작은고모보다 두어 살 많아 당시 열일곱쯤 되는 처녀였는데 얼굴이 큼직하고 몸이 실팍했다. 그 아지매는 나를 참 귀여워했다. 그래서 나도 심심하면 혼자 일하고 있는 끝난이 아지매한테 슬며시 놀러가곤 했다.

연계소 앞마당 서쪽에는, 부엌이 우리 쪽으로 나 있어서 우리집 제사

음복상이 그리로 들락거리는 재홍이네 집이 있었다. 재홍이 엄마는 콩나물을 길러 저자에 가지고 나가서 판다. 재홍이는 당시 서너 살인데 코를 흘리면서 늘 엄마 젖을 물고 있었다. 또, 우리집 서쪽 담과 이웃을 하는 수식이네가 있었다. 수식이 할매는 할배 없이 남매를 데리고 산다. 그 아들 수식이 아재는 나의 숙부와 한 동갑이고 한 반 아이였다. 나와 동갑인 수선이라는 딸도 있었는데 초등학교 동기동창이어서 수선이에게만은 아지매라고 부르지 않았다. 수식이네 할매는 보리쌀, 잡곡, 석유 등을 파는 조그마한 가게를 하고 있었다.

연계소 고향집의 이웃은 이 세 집이었다. 할머니가 제사음식을 이웃에 음복으로 보내는 집도 이 세 집이었으며, 내가 밤에 자다가 실수를 해서 이불을 적시면 키를 쓰고 소금 꾸러 가는 곳도 이 세 집이었다.

다른 두 집은 기억이 잘 나지 않지만 끝난네 집은 키를 쓰고 소금 꾸러 갔다가 죽을 잘 대접받고 온 기억이 생생하다. 끝난네 할매는 내가 풀죽은 얼굴로 키를 쓰고 문을 들어서면,

"아이고. 재구 대림(도련님) 아이가. 아이고 우짜끼나, 어젯밤에 돌캉(도랑)에 오줌 눗제. 가만히 있자아, 소금을 머리에 끼얹는 것보다는 소금 들은 죽이나 한 그륵 묵어라."

하고 죽 한 그릇을 퍼준다. 죽솥의 죽을 젓고 있던 끝난이 아지매는,

"아이고 우얏꼬. 고놈의 꼬치가 실수를 했구마. 아이고, 고 꼬치."

하고 깔깔 웃는다. 조금 부끄럽지만 그래도 죽맛은 좋다.

키를 쓰고 소금 꾸러 가면 머리에다 찬물을 끼얹고 소금을 뿌리면서

"아나 소금, 아나 소금, 여깄다, 이놈아!"

하고 볼기를 쳐서 내쫓아야 하는데 이렇게 맛있는 죽 대접을 받고 돌아오면 할머니는 기가 차서 "천상에 오늘밤에도 배 타겠네" 하신다. 고모는 "죽 먹고 싶으면 또 오줌 싸라!" 하고 지청구를 한다.

아이들의 놀이터

연계소의 널찍한 마당은 아이들의 놀이터였다. 엄청나게 많은 연계소 식구들의 아이들이 그 주인이었다. 한창 전성기였던 내 나이 일곱 살 때를 기준으로 해서 촌수가 가까운 쪽부터 꼽아보자면, 열 살짜리 나의 숙부, 나이가 좀 들고 여자라고 놀이에 잘 어울리지 않는 열네 살 먹은 나의 고모가 있다. 촌수를 한 대 넘어서면 종숙들이 있는데 여러 종숙들 중에서 어울려 놀 아이로는 열네 살짜리 아재와 열한 살짜리 아재 그리고 여덟 살짜리 수환이 아지매가 있다. 또 한 대 더 넘어서 재종숙으로는 아홉 살 난 찬이 아재와 여덟 살 난 건이 아재가 있고, 나보다 어린 아재로 다섯 살짜리 코흘리개 웅이, 종이도 때로는 함께 놀았다. 이 둘은 언제나 시퍼런 콧물 두 줄기가 콧구멍 터널을 들락날락 홀쩍거렸고 옷소매는 콧기름으로 시커멓게 뻔질거렸다. 이렇게 모두 스무 명에 가까운 아이들이 언제나 연계소의 마당에서 와글거렸다.

나의 할아버지는 아이들을 참 좋아했다. 조금이라도 여유가 있으면 먹거리를 장만해서 우리 아이, 남의 아이 가리지 않고 공평하게 나눠주었다. 당시 먹거리라 해봤자 콩 볶은 것, 강냉이 볶은 것, 가을에는 배추뿌리 삶은 것, 감자 삶은 것 등이다. 아주 좋을 때는 밤 또는 연뿌리를 삶아주기도 하셨다. 나의 할머니 역시 할아버지의 어린 손님 대접에 언제나 신경을 썼다.

놀이는 마당에서 하는 것으로 숨바꼭질, 열발뛰기, 진볼, 자치기, 구슬치기, 때기치기(딱지치기) 등이 있었고 특별히 허가를 받아서 사랑 대청에서도 놀 수가 있었다. 이때는 수건놓기를 한다. 수건놓기의 술래가 되면 노래를 부르기도 하고 옛날 이야기(동화)를 하기도 한다. 마당에서는 주로 숨바꼭질과 열발뛰기를 했고 진볼이나 자치기는 방 창호지문을 찢는 경우도 있으므로 특별한 때가 아니면 하지 않았다.

숨바꼭질은 누구나 다 아는 놀이지만 열발뛰기는 우리 고장 아이들의 특유한 놀이이다. 마당 한가운데 있는 회나무가 중심이 되고 거기에서 다섯 발 거리를 반지름으로 하고 원을 그린다. 첫 술래는 가위바위보로 정한다. 술래는 이 원 안에서 기다리고 나머지 모두는 회나무에서 열 발을 사방으로 힘껏 뛴다. 만일 힘껏 뛰지 않았다가는 술래가 여덟 발 뛰어 손을 뻗어 잡게 되는데 잡힌 사람은 술래가 된다. 모두 회나무에서 열 발을 힘껏 뛰고 난 다음 술래 모르게 조금씩 조금씩 회나무를 향해 다가온다. 술래가 누군가 움직이는 것을 보게 되면 그 사람의 이름을 부르며 "봤다!"라고 소리친다. 예컨대 "찬이 봤다!" 그러면 술래에게 잡히지 않고 회나무에 와서 손이 닿아야 한다. 그 전에 술래가 쫓아와 찬이의 몸에 먼저 손이 닿으면 이제 찬이가 술래가 된다. 다른 사람들은 이 소란통에 모두 이리저리 피하면서 회나무에 닿아야 한다. 이때 술래는 찬이 이외에 다른 사람을 원 안에서 잡아도 된다. 만일 여러 사람이 잡혔으면 다음 술래는 잡힌 사람들끼리 가위바위보를 해서 진 사람으로 정한다.

우리들의 놀이는 학교에서 돌아온 후 숙제를 마치고 나서 대개 오후 3시쯤 시작된다. 일요일은 하루 종일 와글거린다. 처음 누구든 놀고 싶으면,

"열발뛰기 할 사람 내 뒤에 붙거라."

하고 가락을 넣어서 4분의 4박자로 외친다. 그러면 놀이를 하겠다는 아이는 어깨에 손을 얹고 따라간다. 앞사람의 어깨를 짚고 선창에 따라 복창을 하면서 행진을 시작한다. 만일 다른 아이가 숨바꼭질을 하겠다면 그 아이는

"숨기놀이 할 사람 내 뒤에 붙거라."

하고 나선다. 그뒤로 점점 아이들이 붙고 나중에는 그 붙은 수가 많은 쪽의 의견을 따른다. 하지만 꼭 다수의 의견에 따르지 않아도 그 놀이에 방해되지 않는다면 제 나름대로 놀 수도 있다. 한쪽에선 때기치기나 구슬치기를 하기도 한다. 때로는 마당 구석의 진구덕에 못치기도 하고 그도 저도 싫으면 축담 밑에서 볕쪼이기를 하며 개미하고 놀기도 하고 땅강아지

를 헤집어내어 못 견디게도 한다. 아이들이지만 이렇게 나름대로 공동체의 질서를 민주적으로 익혀나가기도 하고 소수 의견도 존중했다. 놀이가 시작되면 보통 저녁 끼니 때까지 간다. 때로는 저녁밥을 먹은 후 놀이가 계속되기도 한다. 그럴 때는 달이 중천에서 밝고 바람이 선선했다.

우리들이 이렇게 노느라 정신이 없을 때 할아버지는 마치 닭모이감을 가지고 오듯 바구니나 양재기를 들고 사랑채 툇마루에 서서

"모두 오너라."

하면 놀던 놀이가 잠시 멈추어진다. 똑같이 먹을 것을 배급받고 나면 다시 놀이가 시작되거나 다른 놀이로 바뀌기도 한다.

겨울밤에는 연계소 작은방이 우리들의 극장이 되었다. 북쪽편의 열린 벽장에 홑이불을 쳐서 막을 내리고 노래와 춤, 그리고 연극도 공연했다. 관람인은 아이들과 할배, 할매, 아재, 아지매들이다. 노래는 야학하는 아재와 아지매들이 부르는 것을 따라 배운 것들인데 이런 노래는 열 살이 넘는 아재, 아지매들이 부른다. '오빠 생각', '따오기' 등도 했고 '조선의 노래'도 했지만 '조선의 아들'이라는 씩씩한 노래도 즐겨 불렀다. 지금 사람들은 아마 생소할 것이다. 또한 대여섯 살 먹은 아이들이 부르던 것으로 '골목대장'도 기억난다.

〈조선의 아들〉
1. 피도 조선 뼈도 조선 이 피 이 뼈는
   살아 조선 죽어 조선 내 것이로세.
2. 동해물에 뛰어들어 물쌈을 하면
   가는 뼈가 마디마디 굵어진다네.
3. 백두산에 뛰어올라 고함을 치면
   삼천리 방방곡곡 울리는구나.
(후렴) 에야데야 우리는 조선의 아들
   두 팔 걷고 내달을 조선의 일꾼

〈골목대장〉
어머니 날보고 꾸지람 마소.
이래뵈도 골목에선 힘이 세다오.
골목대장 골목대장 불러준다오.

유희도 했고 극은 주로 열 살이 못된 아재, 아지매들이 했는데 동화를 몸짓으로 했다. '꼬꾸랑 할마시'(꼬부랑 할머니)가 최고 인기였다. 할배, 할매들은 이 재롱으로 고단한 삶에서 생긴 주름을 펴기도 했다.

연계소집 어린이들은 모두 내게는 아재이고 아지매며 더러 객원 놀이꾼인 외부 아이들까지도 아재들의 동무여서 내게는 역시 아재뻘이다. 그런데 놀이를 하던 도중 나로 인해 종종 문제가 일어나기도 했다. 철이 든 일곱 살부터는 잘 어울려 놀았지만 그전에는 내가 심통을 부리는 바람에 놀이 분위기를 자주 깨뜨렸다고 한다. 아재들 말에 따르면 심통이 나면 나는 꼭 할아버지가 계시는 방 앞에 가서 "와앙—"하고 울어버렸다고 한다. 그러면 할아버지가 미닫이 방문을 열고 내다보신다.

"어느 놈이 재구를 건드리노. 네 이노옴!"

놀던 아재들은 혼이 나고, 나는 할아버지한테 가서 어리광을 부리며 놀았다. 할아버지는 특별히 맛있는 것을 아재들 몰래 주셨다. 제사 때 쓰고 남은 밤, 대추, 감, 곶감, 유과 등이나 때로는 맛있는 육포도 주셨다. 그때의 나는 다른 아재들보다 나이도 어리고 함께 놀 나이도 못되어, 노는데 방해만 되다가 제풀에 화가 나서 심통을 부렸던 것 같다. 때로는 멀리 떨어져 있는 엄마 생각도 난 것 같다. 할아버지는 이런 것들을 모두 마음에 담아, 우는 나를 어루만져 주셨던 것이다.

어린날의 자화상

울퉁불퉁 모개야

"곰배야, 쥐 잡아라. 섯뜩섯뜩 나간다."

"울퉁불퉁 모개(모과)야, 아무따나 크거라!"

내가 어릴 때 집 밖에 행차하면 자주 듣는 소리다. 이때쯤 할매들하고 함께 찍은 사진이 있다. 지금 내가 보아도 그 사진에 찍힌 나의 어린 용모는 그 소리를 듣게 되어 있다는 사실을 인정하지 않을 수 없다. 참으로 울퉁불퉁 모과 같고 앞뒤 짱구가 곰배 같다. 어머니 말대로 정말 창피해서 데리고 못 다닐 만했다. 앞뒤 짱구에다 눈은 조그만 게 깊어서 폭 들어가 있고 작은 납작코에다 입도 조그만 게 옹다물고 있다. 이것이 나의 어린 자화상이다.

거기에다 머리는 큰데 팔다리는 몸통에 비해 유독 짧았다. 이런 아이가 앞에서 걸어간다고 상상해보라. 반드시 무슨 말이 나올 것이다. 장성해서는 균형이 잡혔으나 그래도 그 잔재는 남아 지금도 소매는 몸통에 비해 한 치수 짧아야 하고 바지는 저고리보다 한 치수 작아야 한다. 그러나 지금은, 어릴 때 못난 자화상의 변명이 아니라, 좀 비대한 듯해도 균형이 잡혀 있다. 환갑이 지난 노인으로 이만하면 그래도 좋은 편이다.

몇 년 전 고향 친지의 잔치에 갔더니 어디서 본 듯한 사람이 나를 유심히 보고 있었다. 피로연에서는 그 사람과 바로 이웃에 앉게 되었다. 그 사람이 가로되,

"대단히 실례가 되겠습니다만 이름은 잊었고 옛날 어릴 때 별명만 생각 나는데 말해도 괜찮을는지 모르겠네요."

"그것 참 좋습니다. 덕택에 어릴 적 시절로 한번 가봅시다."

"어릴 적 별명이 가분수 아닙니까?"

"그렇습니다. 그걸 어떻게 아셨습니까?"

"제가 선생님 집이었던 연계소 건너편 골목 안에 살았는데요. 담뱃집이 우리집이었고 밀성초등학교 2회 졸업생입니다."

"아이구 아재, 반갑습니다. 나는 4회요!"

가분수는 머리 큰 아이에게 붙는 별명으로 그 이유는 분수를 아는 사람 은 다 안다.

밀양에는 활석 광산이 몇 군데 있어서 곱돌이 흔하다. 나는 곱돌을 가 지고 시멘트로 곱게 미장된 축담에 그림도 그리고 글씨도 썼다. 일찍부터 글자를 알아서 다섯 살 때는 한글과 일본 '가나'쯤은 모두 읽고 쓸 줄 알 았다. 큰고모부인 진주 새아재가,

"재구야, '모' 자 한번 써봐라."

"그걸 못 쓸까 봐!"

하고 '모' 자를 커다랗게 쓴다.

"이번에는 '개' 자를 한번 써봐라."

나는 '개'를 '모' 옆에다 쓴다.

"재구야, 붙여서 한번 읽어봐라."

"모—개—."

나는 읽다가 금방 씩씩거리며 덧붙인다.

"나 모개 아니면 되지."

눈이 하도 깊어서 할머니가 내 낯을 씻어줄 때는 눈곱을 못 씻어 애를 먹는다. 대여섯 살 된 나는 씻기를 아주 싫어했다. 물을 싫어한다고 고모는 나를 염소라고 했다. 할머니는 나의 얼굴을 한 번 씻기려고 이리 꾀고 저리 꾀고 하다가 마침내는 사정없이 잡아다가 수돗가로 데리고 가서 강제집행을 한다. 그러면 나는 온 집안이 떠나가도록 고함을 치며 울어젖힌다. 혹시나 할아버지가 듣고 그 강제집행을 중지시켜 주기를 기대해서이다. 하지만 정작 할아버지는 이때만큼은 못 본 체한다. 그러니 당할 수밖에. 그러나 다 씻었다고 할머니가 수건으로 물을 닦고 보면 눈에는 눈곱이 그냥 있다. 눈이 폭 들어가 있는 데다가 꽉 감아버렸기 때문이다. 이처럼 툭 불거진 이마에 눈은 반대로 옴팍하다. 그래서 더 못났다.

이발소에 가면 이발소 아저씨가 애를 먹는다. 뒤통수가 불거져 각도가 작아서 그걸 깎기에 힘이 들기 때문이다.

"앗따, 그 뒤꼭대기 참 대단하다!"

하며 바리캉을 좌우상하로 갖다댄다. 다 깎고 나서 나는 이발소 아저씨를 그 옴팍한 작은 눈으로 흘긴다.

이러한 용모를 가진 어린 나를 할아버지와 할머니는 더없이 잘났다고 한다.

"양반 상놈 얘기해서는 안되지만 옛부터 말이 있다. 상놈새끼는 강아지 새끼, 양반새끼는 비둘기새끼라 했다. 강아지가 어린 새끼 때는 동골스럼해서 얼마나 예쁘노. 그런데 자랄수록 입이 툭 튀어나와 밉상스럽게 된다. 비둘기는 새낄 때 솜뿍대기 같지만 자랄수록 털이 고와지고 윤이 나서 얼마나 잘생겼노!"

할아버지는 이렇게 말하며 나를 비둘기새끼에 비유했다. 할머니는 손자가 못났다는 것을 전적으로 부인한다.

"재구가 어디 못생겼노? 이마, 눈, 코, 입, 옆모습, 뒤통수 가만히 뜯어보며는 하나하나가 귀골이데이. 남이사 뭐라 캐도 나는 재구만치 잘난 아이는 못 봤다!"

할머니는 나의 인물을 분석해가며 강변한다.

"그래 이리저리 뜯어보이 모두가 잘났는데, 그런데 말이다. 꼬치 하나는 어째 그리 영 파이고?"

옆에서 고모가 이렇게 말하자 모두 "와하하—" 하고 웃는다. 할아버지도 할머니도 웃는다. 잘 나가다가 고모 때문에 스타일 구겼다. 밤에 자주 실수한 것을 또 들추어냈던 것이다.

포근했던 이모의 품

내가 어릴 때는 한번 트집을 부리면 크게 소란 떨지는 않았지만 아무도 달랠 수 없었다고 한다. 할매, 아지매들은 어머니와 너무 일찍 떨어져서 엄마 생각이 나서 그런다고 했다. 그것은 정말인 것 같다. 기억의 가닥이 잡히기 시작하는 다섯 살쯤 되던 때를 생각해보면, 엄마 생각이 나서 시무룩하게 축담 밑에 앉아 흙장난을 하던 것이 떠오른다. 그럴 때는 누가 뭐라 해도 다 귀찮아서 아무 말도 안 듣고 그냥 그 자리에서 고집을 부리다가 할머니가 달래면 훌쩍훌쩍 울었다.

어머니와 떨어져 엄마 생각이 나서 그런지 자주 이모한테 갔다. 이모집은 우리 집에서 한 300미터 정도의 거리에 있었다. 이웃 수식이네 집 옆에 골목이 나 있는데 오른쪽에 흐르는 하수도를 따라 남쪽으로 내려가면 무안면으로 가는 도로가 나오고 도로를 건너 100미터 정도 내려가면 오른편 언덕 위에 이모집이 있다.

이모집에 들어서기에 앞서 할 일이 있다. 먼저 눈에 붙어 있는 눈곱을 떼야 한다. 잘 떼지지 않으면 옷섶에 침을 약간 발라서라도 뗀다. 그리고 얼굴에 묻었으리라고 생각되는 땟국은 옷소매로 이리저리 대강이라도 닦는다. 내가 생각해도 너무 더럽고, 괜히 나 때문에 손주 데려다 지저분하게 키운다고 할머니가 원망 들을까 걱정이 되기도 해서이다. 이래봤자 이모는 나를 사정없이 잡아다가 수돗가에 앉혀놓고 씻긴다. 할머니나 고모가 씻길 때는 그야말로 연계소 지붕이 들썩하도록 고함을 질렀건만, 이모가 씻길 때는 찍소리도 못하고 얌전히 고분고분하게 있다. 이래서 사람마다 임자가 있는 모양이다.

하지만 거기에는 나 나름대로의 사정이 있다. 이모에게는 나보다 한 살 많은 딸, 말하자면 이종 누나가 있고 누나와 늘 마당 화단 앞에서 소꿉놀이를 하는 그 또래, 그러니까 내 또래의 예쁜 이성 동무가 있기 때문이다. 우리집에서는 요 또래만 되어도 아지매여서 어리광의 상대로나 될 뿐이다. 하지만 이모집의 아이들은 이종형제로 나와 같은 뻘의 대등한 위치이다. 그렇기에 좀 씻는다고 창피하게 연계소 우리집에서처럼 난리를 칠 수는 없지 않은가! 게다가 이모가 나를 씻길 때는 할머니와 달리 그 품이 너무나 포근하고 달콤했다. 나는 그때 이모의 품에서 아득히 멀리 떨어져 있는 엄마의 품을 느꼈다.

이모가 씻어서 멀끔하게 되어 집에 오면 할머니가 묻는다.

"너 아무리 찾아도 없던데 어데 가서 놀다왔노?"

"이모집에 갔다왔다."

"아이고 우짜꼬. 낯도 안 씻고 그냥 갔더나?"

"이모집에 가는 길에 눈곱 다 띠고 소매로 얼굴 닦고 했다, 와."

"아이구 저놈의 새끼 봐라. 그래도 제 요량은 다 하네. 하하하……."

이모집은 판자로 된 담으로 둘러싸여 있는데 앞마당에는 한겨울을 빼놓고는 언제나 꽃이 피어 있었다. 이모부는 당시 상업은행 밀양지점 은행원으로, 꽃이며 채소를 가꾸는 데 취미를 갖고 있었다. 담 밖에는 200~300평쯤 되는 채마밭이 있어서 여름에는 갖가지 채소를 심었다. 이것은 퇴근 후 알뜰한 이모부 내외의 즐거움이던 것이다.

이모집에는 나보다 네 살이 많은 이종 형이 있고 앞서 말한 누나와 또 나처럼 앞뒤 짱구인 누이동생이 있었다. 내가 다섯 살 때 그 누이동생은 기어다니고 있었는데 나만 가면 반갑다고 안겨들었다. 형님은 특히 인심이 참으로 후했다. 나에게는 언제나 제것 못 주어서 안달이었다. 팽이, 하모니카, 구슬, 색연필, 딱지 등 형이 가지고 놀던 것도 서슴지 않고 나에게 주었다. 형님의 이런 선심은 나중에도 그랬고 성인이 되어서도 여전했다. 형님은 남에게 주는 재미로 살았다. 그러다 결국에는 남에게 줄 것이 없게 되었지만, 아무튼 조금이라도 있으면 담방 표가 났다. 말년에는 어렵게 살다가 환갑 조금 넘어 돌아가셨는데 지금도 눈감으면 그 화통하고 명랑한 모습이 눈에 선하다. 책상 서랍을 와르르 열며, "니 뭐 가질래. 갖고 싶은 것 다 가져라" 하던.

누나는 얼굴이 갸름하고 눈매가 예쁘다. 뿐만 아니라 모습이 나의 어머니의 어릴 때를 빼닮았다고 외숙부는 말한다. 얌전하고 마음씨도 곱다. 나이는 나보다 한 살 많지만 모르는 사람은 내 누이동생으로 본다. 좀 자라서 초등학교 4~5학년 때쯤의 일이다. 이 누나와 함께 이모의 심부름을 가다가 동무들을 만났다. 동무들은 누구냐고 다그쳐 물었다. 나는 장난끼가 동했다.

"응, 내 누이동생이다. 이종 동생이다."

"야 참 이쁜데, 어이 니 내 처남해라."

동무들이 웃으면서 놀렸다. 이 소리를 귀도 밝게 누나가 들었다. 동무들과 헤어지자 누나는 내 팔을 힘껏 꼬집어 비튼다.

"뭐라 캤노. 내가 니 동생이라꼬오? 집에 가서 보자."

집에 가자마자 누나는

"엄마, 재구가 지 동무들한테 나를 지 동생이라 안카나."

하고 분해서 쌕쌕거리며 그 예쁜 눈으로 흘긴다.

"아이고 저런 망할 놈이, 참 능청스럽제. 하하……."

"그래 됐다. 이제부터 누나 때리치우고 니가 재구 동생 해라. 키도 작고 해서 됐다. 낄낄."

이모와 이종 형은 재미있어 하고 나는 멋쩍게 씩 웃는다.

이모집에 갔다가 돌아올 때는 형이 데려다 줄 때도 있고 누나와 함께 와서 누나와 동갑인 수환이 아지매하고 놀 때도 있다. 누나와 집에 올 때는 그냥 오지 않는다.

"지이빵."

"때때롱."

"어디까지 왔노."

"경상도 멀었다."

한 사람이 앞서 가면 한 사람은 뒤에서 그 어깨를 짚고 눈을 감거나 땅을 보고 따라가면서 묻고 대답하는 놀이이다. 다 오면

"어디까지 왔노?"

"남대문이 보인다."

하고 어깨동무해서 대문으로 들어선다.

큰고모의 녹의홍상

아주 오래 되었으나 내 망막 속에 너무나 똑똑히 기억나는 것은 큰고모의 시집가는 잔치이다. 큰고모는 나를 참 귀여워해서 잘 안아주고 놀아주었지만 더러는 갑자기 내치기도 했다. 아마 할머니에게 나를 맡긴 채 멀리 떨어져 살고 있는 오빠 내외에게 미운 마음이 들어서 그랬을 것이다.

그날은 녹의홍상(綠衣紅裳)으로 유달리 곱게 차려 입은 큰고모가 참 예뻤다. 내가 곁에 가자 큰고모는 나를 꼭 안아주었다. 안아줄 때는 언제나 웃는 얼굴이었는데 그날은 웃지 않고 나를 빤히 바라보기만 했다. 이윽고 여러 할매들에게 둘러싸여 대청으로 나가 생판 모르는 진주 새아재에게 절을 했고, 사방에서 모두 웃고 떠들썩했던 기억이 생생하다.

잔치 후 새아재는 늘 우리집에 계셨고 얼마 지나지 않아 큰고모는 몹시 아팠다. 그후 내 고종 여동생이 태어났는데 너무나 조그마했고 큰고모는

더욱 아팠다. 결국 큰고모는 돌아가셨고 새아재는 아주 섧게 울었다. 얼마 후 새아재는 우리집을 떠나갔다. 나를 귀여워해주고 나와 잘 놀아주었는데.

어느날 작은방에서 할머니가 섧게 우는 소리가 나기에 가보았더니 백일 겨우 지난 나의 어린 고종 누이 숙이의 머리 위에 이불이 폭 뒤집어씌워져 있었다. 뒷날 할머니는 이때 일을 이야기하며 원통해했다.

"요새 것들은 낙태하는 것을 아무렇지도 않게 생각하건만, 네 큰고모는 그 몹쓸 병이 들어서도 고집을 부렸다. 낙태를 안하면 생명이 위태롭고 아이도 시원찮다고 의사가 그렇게 말해도 기어이 애를 낳겠다고 야단을 지겼다. 에미가 되어서 다문 며칠이라 해도 아이에게 세상을 보여줘야지 하면서 기어이 우겨서 낳더니……. 지가 죽어도 에미 구실은 해야 한다며 그 난리를 안 쳤나. 다 너거 안가(安家) 고집 때문에 일 냈지."

큰고모의 병은 늑막염이었다. 큰고모에 대한 기억은 큰고모의 훤칠한 모습, 새아재의 조용한 웃음, 그리고 넉 달 동안의 생명을 가지고 언제나 힘없이 울고 있던 죽은 고종 여동생 숙이, 이 세 가지가 단속적으로 내 머리에 남아 있다.

큰고모부 진주 새아재는 그뒤 소식이 없다가 8·15 해방 후 할아버지께 한 번 다녀갔다. 그때 마지막으로 보았다. 진주에서 민청운동을 하며 활약했는데 한국전쟁 후 행방이 없는 많은 사람들 중의 한 사람인 것 같다.

사진기사 아버지

나의 아버지와 할아버지는 서로 성격이 잘 맞지 않아서 충돌이 잦았다. 내가 어려서 어머니를 떠나 할아버지, 할머니 곁에서 자라게 된 것은 이러한 부자간의 갈등에서 나온 것이다. 아버지가 이곳저곳 방랑을 하는데, 집안의 중한 장손을 함부로 내돌려서는 안된다는 것이었다.

할아버지는 이성적이면서 엄한데 아버지는 감성적이면서 고집이 셌다. 예컨대 아이들의 옷가지를 살 때 할아버지는 '아이들의 활동에 적합한가, 튼튼한가'에 기준을 둔다. 그러나 아버지는 '색깔이 고운가, 천이 고운가'에 기준을 두었기 때문에 아버지가 사온 옷은 대개 한 번 입고 빨면 못쓰게 되고 값만 비쌌다. 뭘 이런 걸 샀느냐고 어머니나 누군가가 나무라면 아버지는 그만 왈칵 역정을 내고 팽개치거나 북 찢어버린다.

또, 아이들을 꾸중할 때 할아버지는 왜 꾸중을 하는지, 매는 왜 맞아야 하는지를 분명히했고 아주 엄격했다. 그러나 꾸중을 당할 때 잘못을 시인하고 다시는 안 그러겠다는 진심이 보이면 아주 관대했다.

"잘못은 누구나 할 수 있다. 잘못을 했다 하더라도 그것을 알고 다시는 안하겠다는 결심을 하면 잘못을 안한 것보다 오히려 낫다."

할아버지는 자주 이렇게 말씀하셨다. 그러나 잘못을 숨기거나 합리화했다가는 아주 호되게 매를 맞는다. 매를 때리는 데는 원칙이 있어서 함부로 아무렇게나 때리지는 않는다. 잘못이 무엇인지 먼저 밝힌 다음, 매를 맞아야 한다면 매맞을 아이는 스스로 매를 장만해와야 한다. 매가 너무 가늘다거나 잘 부러질 것 같으면 딱 꺾어버리고서는 다시 해오라고 한다. 적당한 매를 장만해서 갖다드리면 할아버지가 내놓은 퇴침(목침) 위에 종아리를 걷고서 올라서야 한다. 할아버지는 엄청나게 아프도록 종아리를 때리지만 결코 살갗이 터지거나 피가 나도록 하지는 않는다. 호랑이 눈썹이 무섭게 꿈틀거리지만 끝까지 이성적이다.

그런데 아버지는 정반대로 감성적이다. 잘못한 것도 모르는 채 야단을 맞고 뺨을 맞고 때로는 걷어차이기도 한다. 잘못했다고 빌어도 아버지의 감정이 진정되어서야 그만둔다. 아버지는 아들보다 딸을 더 귀여워했다. 차별을 한다기보다는 원래 딸아이가 더 재롱을 잘 피우기에 그렇다. 그러나 귀여워하다가도 오줌을 싸거나 재채기를 해서 입에 든 음식이 튀어나온다든지 하면 방금까지 귀여워하던 태도가 돌변해서 사정없이 때리고 밀어 던질 때도 있다. 이처럼 감성적이고 즉흥적이다.

아버지는 직업이 사진기사이다. 1920년대와 30년대의 사진기사는 아주 인기가 있는 직업이고 멋쟁이인데다 돈도 잘 벌었다. 아버지는 나중 일은 생각지 않아 돈을 모을 줄도 모르고 쓰임새도 헤펐다. 이러한 생활태도를 할아버지로서는 그냥 보아 넘길 수 없었고, 타협할 수도 없었던 듯했다. 할아버지의 철저한 이성적인 성격은 이러한 감성적인 아버지의 성격을 이해할 수 없었던 것이다. 그래서 충돌이 생기게 되면 아버지는 하던 사진관을 그냥 내버리고 도망가기도 하였다.

그러한 갈등은 일제의 교묘한 탄압에서 비롯된 측면도 있었다. 일제는 할아버지가 항일운동을 그만두지 않았다고 생각하여 늘 감시하고 있었다. 우리 생활이 좀 편할 듯하면 왜놈들은 주변에 형사를 배치하거나 음성적으로 압력을 넣어 아버지의 사진관 일을 방해했다. 그러면 아버지의 성격은 그것을 견디지 못하고 어느날 훌쩍 떠나버렸다. 여기에는 아버지의 직업 또한 크게 작용했다. 사진기사는 사진기 가방만 메고 나서면 사는 데 걱정이 없었다. 게다가 한두 달 만에 터전을 잡을 수도 있었다. 그러니 아무데나 갈 수 있고 어떻게든 살 수 있다는 자신감이 아버지에게는 있었던 것이다.

아오 눈은 무서워

내가 출생하고 난 뒤 돌을 좀 지나 아버지는 만주 간도 방랑을 끝내고 포항에 정착하셨다. 그래서 아버지와 어머니와 나, 세 식구가 포항살림을 하게 되었다. 포항 어디쯤인지는 모르겠지만 아버지는 '동해사장'이라는 사진관을 차렸다. 어머니는 곧 누이동생 재진이를 낳았는데 나보다 한 살 아래였다.

엄마는 연년생인 남매를 키우는 데 고생이 많았다. 남편의 폭발적인 성격에다 천지를 모르는 두세 살 난 아이들을 감당하기가 벅찼을 것이다.

그래도 나는 비교적 말을 잘 듣고 점잖아서 키우기가 수월했다고 한다. 그 당시 나는 아이로서는 꽤 신중했던가 보다. 가령 마루 끝 쪽으로 엉금엉금 기어나오다가도 1미터쯤 남겨놓고 딱 엎드려 포복해서 마루 끝에 얼굴을 내밀고 이리저리 본다든가, 물러날 때는 또 2~3미터쯤 포복을 해서 뒤로 물러난 다음 돌아서 긴다든가 하더라고 했다.

두 돌쯤 되었을 때라고 한다. 겨우 말 몇 마디 할 줄 알던 때였다. 포항은 생선이 흔한 곳이다. 할아버지는 생선 반찬을 먹으면 뱃속에 벌레가 많이 생겨 해롭다는 걱정 때문에 어머니에게 엄명하기를, 아이에게 생선을 일체 먹이지 말라고 했다. 한번은 생갈치 찌개를 끓이는데 냄비 뚜껑을 열었을 때 갈치 눈깔이 삶아져 보얗게 된 것을 보고 내가 작은 검지로 가리키면서

"엄마, 조게 뭐꼬?"

라고 물었다고 한다. 그래서 엄마는

"아오(고양이) 눈이다."

라고 했더니

"아이고. 무시(무서워)."

라며 그 다음부터는 생선을 모두 '아오'라고 하면서 얼굴을 돌렸다고 한다. 어머니는 두고두고 말했다.

"연년생이라 그렇지, 재구 키우기는 정말 수월했다."

그러나 연년생일 때는 위의 아이가 특히 튼튼히 자라기가 어렵다. 엄마의 독점적인 사랑을 동생에게 빼앗겨 정서적으로 불안한 데다가 또 일찍 젖도 떨어져 영양에 타격을 입는다. 옛날에는 엄마 젖 이외에 유아의 영양원이 없었기에 엄마 젖이 절대적이었다. 그래서인지 네댓 살이 되어도 엄마 젖을 빠는 아이가 드물지 않았다. 특히 막내일 경우는 초등학교에 입학할 때까지도 젖먹는 아이가 있었고, 어느 누구는 학교에 다녀와서 엄마 젖부터 찾았다는 이야기도 들었다.

동생이 연년생으로 태어나면 윗아이는 어쩔 수 없이 젖을 떼야 한다.

옛날에 젖을 뗄 때는 금계랍(키니네)을 젖꼭지에 발라놓는다. 아이가 젖을 빨다가 그 쓴맛을 보고 막 울어젖힌다. 나이가 좀 든 아이는 물수건을 가지고 와서 닦고 다시 빠는 아이도 있었다고 하는데, 어쨌든 엄마와의 사이에 젖을 통한 사랑의 끈이 끊어지니 정서불안이 생기고 영양에 타격이 와서 아이가 마르게 된다. 이런 현상은 동생이 엄마 뱃속에 있을 때부터 이미 시작되는데, 이때 아이는 턱없이 짜증을 내고 엄마 곁을 벗어나기 싫어하고 보채고 잘 운다. 더러는 관심을 자기에게 돌리기 위해서 해서는 안될 일도 한다. 이런 현상을 경남 일대의 사투리로 '아씨 탄다'고 한다. 나도 그맘 때 큰 문제는 없었지만 아씨 타서 많이 여위었다고 한다.

세 살 때 나는 디프테리아라는 위험한 목병을 앓아 자칫하면 죽을 뻔했다고 한다. 어느날 점심 때부터 아이가 목이 쉬고 기침을 '컹컹' 하기에 어른들은 감기가 들었거니 하고 있었다. 디프테리아의 기침은 유달라서 '컹컹' 울리는 소리를 내는 것이 특징이라고 한다. 그런데 마침 그날 밀양에서 아버지의 친구인 황용암(黃龍岩) 선생이 포항집으로 와서 저녁을 함께 먹고 있었다.

의사인 황용암 선생이 내가 기침하는 소리를 듣고 아버지께 물었다.

"저 아이가 언제부터 저런 기침을 하던가?"

"점심 때부터인데 감기겠지."

아버지가 대수롭지 않게 대답했더니

"이 사람아, 아닐세. 이렇게 한가롭게 저녁 먹을 시간이 없네. 저건 디프테리아의 기침이야. 요즘 디프테리아가 유행한다는 말이 있던데 얼른 나가세. 지금 나가서 포항에 있는 약방이나 병원을 찾아서 혈청 주사약을 구해야 하네. 오늘 저녁 안으로 이것을 못 구하면 아이를 잃고 마네. 당장 나가세. 나는 병원을 알아보겠네. 자네는 약방을 알아보게."

하고 나갈 채비를 차렸고 아버지는 미심쩍은 생각이 들기도 했지만 의사의 말이라 함께 나갔다. 약방마다 병원마다 찾았는데 겨우 약방에서 혈청 주사약 한 병을 구할 수 있었다고 한다. 밤 11시쯤 황용암 선생이 주사를 놓았다. 주사를 놓고 1시간쯤 지나자 고되게 들리던 숨소리가 잦아지고 기침소리가 아주 부드러워졌다. 황용암 선생과 온 집안 식구는 새벽 2시쯤 되어서야 비로소 잠자리에 들 수가 있었다. 그 이튿날부터 기침은 차차 잦아지고 회복되었다. 아버지와 어머니는 이 일을 두고두고 말했으며 황용암 선생이 용케 그날 오셔서 네가 살게 되었다고, 황선생은 생명의 은인이라고 했다.

누구나 다 그렇겠지만 서너 살쯤 되는 아이의 호기심은 많은 문제를 일으킨다. 이때부터 호기심이 심해져서 무엇이든 만져보고 입에 넣어 씹어본다. 그래서 나는 물 속에 가득 들어 있는 아버지의 사진들을 만져보기도 하고 가장자리를 절단한 것을 입에 넣어 씹어보기도 했던가 보다. 그러다가 아버지에게 들키면 사정없이 맞았다고 한다. 사진 재료에는 독극물이 많기 때문에 함부로 입에 넣는 버릇을 없애기 위해서였다. 그러나 어린 아이의 호기심을 이길 장사가 어디 있겠는가.

한번은 이와 비슷한 저질레를 하다가 아버지에게 들켜 얻어맞고 있는데 끝에 할배(막내 종조부)가 마침 와서 매맞는 것이 중단되었다. 이것을 본 끝에 할배는 내가 매를 맞는다는 것과 몹시 여위었다는 사실을 밀양에 돌아가서 할아버지에게 보고를 했다. 이 이야기를 들은 할아버지는 야단이 났다.

"그 아이가 우리집에서 얼마나 소중한데 그렇게 마구 때려? 안되겠다. 당장 데리고 와야겠다!"

그래서 끝에 할배는 나를 데리러 곧 포항으로 왔다.

네 살짜리 어린 나로서는 포항에서 기차를 타고 대구까지, 거기에서 다시 기차를 갈아타고 밀양까지 온 것은 대단한 사건이었다. 그래서 그런지 지금도 그때 기차를 바꿔 타던 일이 유달리 강렬하게 기억에 남아 있다. 포항에서 기차를 타고 오다가 대구에서 내렸는데 그때는 한밤중이었다. 나는 끝에 할배의 손을 잡고 플랫폼에서 갈아탈 기차를 기다렸다. 홈에 들어온 기차는 무지무지하게 크고 높았다. 사실 당시 포항에서 대구까지의 기차는 협궤기차로 작은 것이었다. 그것이 어린 내 눈에 엄청나게 크게 보였던 것인지, 아니면 경부선의 큰 기차를 보고 놀랐던 것인지는 분명하지 않다.

할매 손은 약손

너무 어려서 엄마와 떨어졌기에 때때로 엄마 생각을 많이 한 것 같다. 할머니와 고모의 이야기로는, 노골적으로 투정을 부리지는 않았으나 어딘지 모르게 쓸쓸해했고 밤중에 자다가 트집도 잡았는데 그 표현이 좀 묘했다고 한다.

어느날 밤 자다가 일어나 훌쩍훌쩍 울면서,

"엉,엉. 근질어도고, 근질어도고."

하면서 청승을 떨었다고 한다. 아마 가려워서 잠을 깨기는 했는데, 포항에서 밀양에 온 지 얼마 되지 않았기 때문에, 옆에서 세상 모르게 자고 있는 할매와 아지매(고모)를 깨우기가 어렵고 미안했었나 보다. 만일 엄마가 옆에 있었더라면 이런저런 생각을 할 것 없이 바로 흔들어 깨웠을 것이다. 할매는 나의 이러한 입장을 이해하고,

"재구야, 근지럽거덩 '할매, 근질어도고'라고 하지, 그렇게 청승스레 울면 못쓴다."

라고 달랬다. 그래서 나도 대답했다.

"응, 알았다. 인자부터 안 그럴께."

할머니는 나의 웃옷을 벗기고 억센 손바닥으로 슬슬 긁어주었고 나는 다시 새록새록 잠이 들었다.

처음은 이처럼 내 나름대로 염치를 생각했지만 차츰차츰 할머니와 아지매들의 사랑 속에 파묻혀 들어가게 되었다.

할머니는 그 많은 식구들의 뒷바라지에 힘겨워 나에게 시간을 내어 놀아줄 여가가 없었다. 그래도 밤에는 때때로 이야기도 해주고 노래도 불러주었다. 특히 겨울에 군불을 따뜻하게 때고 이불 속에 발을 넣고 앉아서 할머니의 이야기를 들으면 기분이 좋았다. 수환이 아지매와 나에게 할매가 들려주던 이야기와 불러주던 노래, 지금도 눈감으면 할머니의 이야기 소리가 들린다.

"할마시이, 할마시이, 떡 하나 주우면 안 잡아머억지, 으흥!"

"3년 고개에서 동방삭(東方朔)이는 자꾸자꾸 또골또골 구불어서(굴러서) 삼천 갑자(18만 년)를 살았더란다."

할머니의 이런 얘기는 내가 자라면서 점차 할머니의 지나온 삶의 이야기로 바뀌어갔고, 내가 나중에 장성해서 어른이 된 다음에는 할머니가 우리집에 시집온 후 겪은 그 많은 억울한 사연으로 이어졌다.

여름날 밤 내가 배가 아프다고 보채면 할머니는 내 배를 쓰다듬으며

"할매 소온은 약손이고 재구 배는 또옹배고, 할매 소온은 편작(扁鵲) 손이고 재구 배는 무쇠배고."

라고 불러주면 꾸럭거리던 내 배가 진정이 되고 할머니의 가락은 자장가가 되어 잠이 솔솔 찾아든다. 할머니가 잘 불러주신 '밀양아랑이'와 '파랑새'도 그립다.

날 좀 보소 날 좀 보소 날 좀 보소.
동지섣달 꽃 본 듯이 날 좀 보소.
아리 아랑이 서리 서랑이 아랑이가 났네.
아리 아랑이 서리 서랑이 아랑이가 났네.

새야 새야 파랑새야 녹두낡에 앉지 마라.
녹두꽃이 떨어지면 청포장수 울고 간다.

할머니는 꼭 정해진 하나의 가락으로만 노래를 불렀는데 박자는 삼박자였다.

"솔솔 미 미 / 미레 도 레 / 미솔 솔 미 / 미미 도 레."

옛날 집은 외풍이 세다. 장작을 많이 때어 군불을 지펴도 초저녁에만 방바닥이 따끈할 뿐 새벽녘이면 구들은 식고 윗목은 몹시 춥다.

내가 감기가 들어 기침을 하고 콧물을 흘리면 할머니는 머리를 짚어보고 옷을 따뜻하게 단속하고 명주수건을 목에 감아준다. 할머니가 감아주는 명주수건은 참 보드랍다. 그리고 약을 해서 먹이는데 이것이 정말 먹을 만했다. 무와 배 그리고 모과를 강판에 갈아 생강을 썰어넣고 거기에 생엿을 넣어 약탕관으로 달여 먹는다. 이것을 먹고 따뜻한 구들목에서 이불을 두껍게 덮고 한숨 자고 나면 땀이 끈끈히 나면서 열이 떨어지고 기침과 콧물이 멎는다. 나는 할머니가 만들어주는 이 약이 먹고 싶은 생각이 나면 잘 안 나오는 기침을 일부러 해가며 조그만 손으로 내 이마를 짚고,

"할매, 내 강경(감기) 걸렸다. 에헤, 에헤."

"아이고 내 새끼. 또 무시(무), 배 삶아돌랐꼬."

이럴 때는 모과가 빠지거나 배가 빠져 맛이 별로 없다. 그래도 먹을 만했다.

아이들의 병은 겨울에는 주로 감기이고 여름에는 배탈이다. 나도 여름에는 배탈이 자주 났다. 주로 이불을 차던지고 배를 내놓고 자서 생긴 배탈이다. 내가 배앓이를 해서 설사를 하면 할머니는 아침 일찍이 쑥을 뜯어온다. 이 쑥을 깨끗이 씻어 수돗가에 박혀 있는 옴팍한 돌확 위에 올려놓고 주먹만한 차돌멩이로 짓찧어 으깬다. 그리고 이것을 삼베수건에 담아 사기그릇에 받쳐놓고 쑥물을 짠다. 할머니는 진초록색 쑥물을 눈깔사탕을 미끼로 해서 나에게 먹인다. 쑥물은 쓰지만 눈깔사탕 미끼에 나는 오만상을 찡그리고 마신다. 두세 번 마시면 배앓이는 씻은 듯이 낫는다.

포항에서 밀양으로 왔을 때 나는 너무 여위었다고 한다. 그래서 할머니는 나에게 고기를 먹이기로 했다. 이전에는 생선을 아오(고양이)라고 해서 안 먹였는데 영양을 생각해서 먹이기로 했다고 한다.

그런데 생선을 안 먹어본 나는 아예 못 먹는 것으로 알고 전혀 관심이 없었다. 그래서 할머니가 생갈치에 맛있게 양념을 발라 구워서 뼈를 발라내고 안 먹겠다는 나를 달래서 먹였더니 그 맛을 알고 그후론 갈치 구운 것만 찾더라고 했다. 생갈치 때가 지나고 소금 간한 간갈치를 구워주었더니 맛이 다르자 생갈치를 내놓으라고 트집을 부렸다. 할머니는 기가 차서

"고기 맛을 가르쳤더니 중이 법당의 파리를 그냥 안 둔다고 카더만. 없는 생갈치가 어디 있노? 이놈의 새끼야!"

하고 어이없어 했다. 계속 먹지 않고 트집을 잡자 끝에 할배가 꾀를 내어 고모에게 살짝 부엌에 가서 양념을 발라오라고 했다. 고모는 간갈치에 양념을 보기 좋게 발라왔다.

"오냐. 생갈치 구워왔다. 인자 먹어라."

할머니가 뼈를 발라 밥숟가락에 얹어주었더니

"응, 인자 맛있다!"

하고 그 짠갈치에, 게다가 짠 양념을 발라서 입술이 부르틀 만큼 짠 것을 먹는 것을 보고 모두 다 눈을 끔벅거리며 "낄낄" 웃었고, 나는 기분 좋게 밥 한 그릇을 먹었다. 대신 물을 좀 켰다.

이것이 내가 할머니에게서 자라면서 피운 어이없는 재롱이라 할까.

대머리 큰할아버지

큰할아버지는 젊었을 때 술을 참 좋아하셨다고 한다. 내가 밀양에 갔을 때는 그처럼 좋아하시던 술도 못 자실 병이 들어 환중에 계셨다. 그래도 장손인 나와는 잘 놀아주셨다. 큰할아버지는 대머리여서 머리카락이 거의

없는데 뒤쪽에만 좀 남아 있었다. 이 얼마 안되는 머리카락으로 억지로 상투를 매고 망건줄로 매당겨서는 도토리만한 상투를 머리 꼭지에 세워놓았다. 어린 나는 이 큰할아버지의 머리와 상투가 재미있었던 모양이다. 건넌방에 놀러가서는 누워 계신 큰할아버지의 그 대머리를 슬슬 만졌다.

"큰할배, 늙은 놈은 머리가 옹(본래) 이런강?"

큰할아버지는 정말 어처구니가 없고 기가 막혔지만 그래도 귀여운 증손이라서

"오냐, 이놈아. 늙은 놈은 옹 그렇다. 네놈도 늙어봐라. 내보다 더 벗겨질 거다."

하시면서

"허, 그놈, 허— 고연 놈."

하고 웃으셨다.

큰할아버지로 해서 나와 작은아버지(숙부)가 벌인 사건이 또 있다. 하나는 나의 삼촌이 벌인 사건이고, 하나는 내가 어처구니없게 저지른 일이었다.

작은아버지는 큰할아버지, 그러니까 삼촌으로서는 할아버지의 곁에서 잤다. 일고여덟 살 무렵의 삼촌은 좀 허한 데가 있어서 자다가 갑자기 고함을 치며 마루로 뛰어나가기도 하고 선잠을 깨면 정신을 못 차렸다. 병이라고까지는 할 수 없고, 낮에 있었던 일을 곧장 꿈으로 꾸게 되는데 아이들에게는 종종 나타나는 일이다.

어느날 밤 작은아버지는 자다가 오줌이 마려워 일어났다. 자다가 일어나면 정신이 없는지라 이리저리 두리번거리다가 큰할아버지의 대머리를 보았다. 작은아버지는 이 머리를 놋요강으로 알고 거기에다 오줌을 내갈겼다. 이 결과가 어떻게 되었겠는가. 큰할아버지는 머리에 손자의 오줌을 뒤집어쓰고

"어라, 이놈. 푸우 푸우—. 허, 이놈. 푸우 푸우—. 허 윈통여!"

하셨다. 큰할아버지는 '윈통'이라는 말을 '윈통여'라고 하셨다. '온통 이 모

양'이라는 뜻으로 큰할아버지만의 독특한 감탄사쯤 된다. 큰할아버지의 이 독특한 말이 크게 울려나오자 이방 저방에서는 할매, 할배 들이 놀라 모두 뛰어나왔다.

내가 저지른 일은 큰할아버지의 상청에서였다. 큰할아버지는 위암으로 돌아가셨는데 고을 선비들과 친지들이 문상하러 모여들었다. 상청은 사랑방에 두었는데 문상록과 부조기를 맡으신 분은 교동(校洞)의 밀성 손씨 어른으로 나의 종숙모의 친정 아버지이다. 그러니까 할아버지에게는 사돈이고 나에게는 사장 어른이다. 이 어른은 몸집이 작고 가냘팠다.

다섯 살이 겨우 된 나는 상청에서 이리 기웃 저리 기웃하면서 구경하고 있었는데, 이 사장 어른이 책상 위에서 무엇을 쓰고 돈봉투를 받아 돈을 꺼내 헤아려 보더니 그것을 서랍에 넣고 있었다. 그것을 본 나는 '저 많은 돈은 우리 것인데?'라고 생각하고 내 나름으로 그 사장 어른을 감시하고 있었던 것 같다. 그런데 이 사장 어른이 무슨 일이 있어서 부조기를 잠시 떠나야 했기에 서랍에 있는 돈을 모두 꺼내어 자기 안주머니에 넣었다. 이것을 보고 나는 '저것 봐라. 우리집에 들어온 돈인데 제가 마음대로 꺼내어 제 호주머니에 넣어? 이럴 수가 있나!'라고 생각하고 나쁜놈이라고 판단하자 달려가 그냥 힘껏 뺨을 내쳤던 것이다.

"철썩!"

"아이고, 이게 무슨 일고?"

상청에서는 온통 야단이 날 밖에. 곁에 있던 끝에 할배가 나의 뒷덜미를 낚아채어 사랑채에서 안으로 끌고 왔다. 안에서도 이 사태를 알고 야단이 났다. 종숙모는 자기 아버지가 그런 봉욕을 당했으니 내가 얼마나 미웠을까. 그래도 나중에 사장 어른은 나의 종숙모에게

"아이구, 네 종질 그놈 참 대단하더라. 갑자기 눈에서 별이 번쩍 하더구나. 그놈의 손때가 어찌 그리 맵노. 그 애는 기(氣)가 대단하고 보통 놈이 아니다. 아무튼 대담한 놈이더라."

라고 하셨다고 한다.

육순이 다 된 나에게 종숙모는 그때 일을 또다시 말하면서,

"재구야, 그때 일 생각나나?"

"교동 아지매, 너그 아버지 손 좀 봤다고 아직도 감정 있나?"

라고 농을 하자 교동 아지매는

"아이구, 저 불칙한 것."

이라 하며 종주먹을 내밀고 아재, 아지매들은 함께 한바탕 웃었다.

큰할아버지가 돌아가신 때는 3월 초라서 포항에 있는 아버지의 사진관이 한창 바쁠 때였다. 각 학교의 졸업앨범을 만들고 있는 중이어서 사진관을 비울 수가 없었다. 그래도 아버지는 장례에 잠깐 왔다갔지만 어머니는 아버지의 일에 매달려 올 수가 없었다. 어머니는 우리 집안의 종부이다. 그런데도 못 오게 되었으니 할아버지와 할머니는 이해한다고 하지만 집안의 할매, 아지매들은 어디 그럴 수가 있느냐는 구설이 없을 수 없었다. 끼리끼리 할매, 아지매들의 수근대는 소리가 어린 내 귀에 몹시 거슬리기도 했고 또 엄마 생각이 간절하기도 했다. 할매, 아지매들이,

"너그 엄마는 와 안 오노?"

하고 나에게 물었다. 물론 나에게 무슨 대답을 들으려고 해서 묻는 말은 아니었을 것이다. 나는,

"엄마가 어디 아픈강? 강경(감기) 들었는강? 백고약 바르지. 배 아픈강? 영신환 먹지."

라고 중얼거렸다고 한다.

당시는 백고약이 흔했다. 아마 붕산연고인 것 같다. 그 당시 아이들은 영양상태가 나빠서 머리에 부스럼이 많았다. 부스럼이 나면 대합 조개껍질에 담아 파는 백고약을 발랐다. 또한 아이들은 배앓이를 많이 했다. 배 아프면 영신환을 먹었다. 그 중 '천일 영신환'이 유명했다. 영신환은 어른 새끼손가락 한 마디만한 크기로 동골동골하게 뭉친 환약인데 박하와 꿀이 많이 들어서 입안이 '화' 하고 맛이 달았다.

어린 내 생각으로는 '어머니가 감기가 걸렸거나 배가 아파서 못 오는가

보다. 감기라 머리가 아프다면 백고약 바르면 나을 것이고, 배 아프면 영신환을 먹으면 나을 것인데 왜 안 오는지 모르겠다. 어머니가 어서 와서 할매, 아지매들의 불평을 잠재우고 보고 싶은 나도 만났으면 좋겠다' 하는 바람이 담긴 말이었던 것이다. 할매들은 이 말을 듣고 나서 자식이 부모 생각하는 것은 천출(천륜에서 나오는 것)이 틀림없다고 내 머리를 쓰다듬어 주었고, 그제서야 엄마에 대한 불평을 누그러뜨렸다고 한다.

첫싸움

아침에는 아재들이 모두 학교에 가고 오후 3시쯤 되어야 돌아온다. 그동안 나는 심심하다. 수환이 아지매와 더러 축담 시멘트 바닥에서 '땅따먹기'를 하지만 나와 잘 놀아주지 않는다. 나보다 한 살 많을 따름이지만 아지매라는 지위와 올된 계집아이 태깔 때문에 자기는 나에 대해 언제나 어른 행세를 하려 들었다. 그래서 아재들이 학교 가고 난 집에서는 나하고 놀 상대가 없다.

슬쩍 대문을 나서서 신작로로 나간다. 밖에 나와도 함께 놀 동무가 별로 없다. 나하고 상대하는 사람들은 집에서의 아재들처럼 모두 나보다 몇 살씩 많다. 밖에 나오면 내 또래나 나보다 어린 놈이 있지만 나는 그들과 노는 데는 재미가 없다. 자연히 나보다 한두 살 많은 아이들과 어울린다. 이들과 어울리는 장소는 겨울에는 가을걷이를 하고 보리갈이를 한 '터실'이고, 여기가 무논이 되어 벼가 있을 때에는 서문다리 곁에 있는 나무공장(제재소)의 원목 집하장 공터였다.

우리집에서 문 안으로 신작로를 따라가다 왼편에 있는 나무공장은 나의 초등학교 동기동창인 하정수의 아버지가 하는 공장이다. 이 공장과 서문다리 개천 사이에 아주 널찍한 공터가 있었는데 지금은 그 자리에 '밀양호텔여관'이 들어서 있다.

이런 곳에서 구슬치기, 딱지치기, 못치기 등 '따먹기 놀이'를 주로 한다. 이러한 놀이는 호승심을 불러일으킨다. 그래서 갈등이 생기고 싸움이 일어난다. 멱살을 잡고 쥐어박기도 하며 드잡이를 해 끌어안고 뒹굴기도 하고 주먹으로 치고 받기도 한다. 싸움이란 언제나 이길 수만은 없다. 힘이 모자라 지기도 하고 울기도 한다. 그러나 대개의 아이들은 싸우다가도 별탈 없이 사이좋게 놀고 그래서 친한 동무 사이가 된다.

그런데 개중에는 성격이 좀 유별난 놈이 더러 있다. 서로 승강이를 하는데 유독 제 고집만 부리고 저보다 약하다고 생각되는 아이에게는 못 견디게 지분대는가 하면 그 아이만 보면 쥐어박고 빼앗는 것이다.

우리 이웃집 수식이네 집 옆골목 건너편에 아담한 기와집이 있는데 나의 고모와 초등학교 동기동창생의 집이다. 이 집의 고모 동무인 아지매에게는 나보다 한 살 많은 오봉이라는 머슴애 동생이 있는데, 눈이 위로 쭉 째지고 뒤꼭대기가 납작한 게 여간 트집쟁이가 아니다. 길바닥에서 다 큰 자기 누나를 보고 온갖 욕을 다하고, 저보다 어린 놈을 때려서 울리는 깍쟁이 같은 놈이다. 나중에 나와 초등학교에 함께 입학해서 졸업 때까지 몹시 갈등을 일으킨 아이인데, 내가 터실이나 나무공장터에 나가면 언제나 "울퉁불퉁 모개야" 하고 다 큰 아재들처럼 놀린다. 이 아이의 성미가 고약하다는 것을 아는지라 나는 될 수 있는 대로 부딪치지 않으려 했다. 그럴수록 오봉이는 나에게 더 지분대고 머리를 쥐어박아 못 견디게 하여 마침내 울음을 터뜨리게 만들고 만다. "와앙—" 하고 울면서 집에 들어가면 아재들이

"어느 눔이 우리 재구를 때렸노?"

하고 야단을 치며 뛰어나오고 이 오봉이 놈은 날쌔게 제 집으로 달아난다. 내가 주로 밖에서 놀 때는 아재들이 학교에 가고 없어 함께 놀 상대가 없을 때인지라 오봉이에게 머리통을 맞고 울고 들어갈 때에는 할매밖에 없다. 할아버지는 대개 출타중이어서 내가 울고 들어오는 꼴을 보기 어렵다.

그런데 하루는 또 오봉이에게 얻어터져 울고 집에 들어갔더니 마침 할아버지가 집에 계셨다. "와앙—"하고 더 크게 울면서 할아버지에게 갔더니 언제나 나에게 대하는 온화하던 모습은 간 데 없고, 아주 못난 놈을 보는 못마땅한 얼굴로 가까이 가는 나를 밀쳐냈다. 정말 이때만큼 서러울 수 없었고 할아버지가 뜻밖일 수가 없었다.

"이놈, 저리 가라, 못난 놈. 어디 가서 얻어맞고 울고 들어와? 니는 손이 없나, 입이 없나. 남한테 얻어맞고 울고 들어오는 손자는 내게 없다. 저놈이 아마 헛밥 먹었는갑다."

할아버지는 방에 들어가시더니 문을 '탁' 소리나게 닫고 내다보지도 않는다. 할머니한테 갔더니 할머니도 얼굴은 씻어주지만 전과는 다르게 쌀쌀하다. 아무도 나를 달래주고 위로해주는 사람이 없다. 몹시 섭지만 하소연할 곳이 없으니 울음도 제풀에 멎어버린다. 하루 종일 기분이 나쁘고 그래서 시무룩했다.

저녁을 먹고 할아버지가 나를 불렀다. 그리고는 그날 있었던 일을 물었다. 나는 '밖에 나갈 때마다 오봉이가 나를 놀리고 머리를 쥐어박는다. 오봉이는 나보다 한 살이 더 많고 기운도 세다. 그러니 이길 수 없어 맞았다'라고 울고 들어온 이유를 늘어놓았다. 그러자 할아버지는

"오봉이가 네보다 한 살이 많고 하니 기운은 틀림없이 셀 게다. 그런데 니는 그놈과 맞붙어 싸워봤나?"

"……."

"이놈, 싸워보지도 않고 처음부터 진다고 탕치고 울면, 니는 그놈한테 당하고 늘 울기만 할 작정이냐? 어쨌건 한바탕 해봐야 안되나? 그래서 안되면 어디고 물고 늘어져야지!"

라고 나를 고무해준다. 할머니는 곁에서 듣고 있다가 핀잔을 준다.

"자알 하요! 아이들한테 싸움해서는 안된다고 말길(말릴) 생각은 안하고 싸움 추구리(부추겨) 주기만 하고. 쯧쯧."

할아버지의 이러한 고무에 힘입어 나는 다짐한다.

'앞으로 누구하고든 싸워서 절대 울지 않는다'라고.

그후 며칠이 지나 나무공장터에서 오봉이와 대결을 했다. 역시 이놈이 먼저 나를 놀리기 시작했다.

"울퉁불퉁 모개야!"

나는 그놈을 째려보았다. 오봉이는 나에게 바싹 다가들며

"이 자식, 꼬나보면 우짤끼고?"

하고 주먹으로 내 머리를 친다. 나는 그놈의 멱살을 쥐고 달려들었다. 힘을 써보지만 아무래도 힘이 모자란다. 그놈이 나의 발을 걸어 넘어뜨리려 한다. 나는 그놈의 팔을 잡고 안 넘어가려고 힘을 쓴다. 그러나 안되겠다. 오뉴월 볕이 하루가 무섭다고 대여섯 살 나이에 한 살 차이가 어디냐? 최후 수단이다. 마침 그놈의 팔이 내 입 가까이에 있었다.

'에라, 모르겠다. 물어라, 힘껏 물어라.'

"아악! 아이구 내 팔이야. 놓아라, 이 자식아! 놓아라, 아이고 나 죽는다!"

"……."

대문을 열고 왈칵 집으로 뛰어든다. 그리고 대청 위에 올라 큰방으로 들어갔다. 그래도 어쩐지 불안해서 골방으로 들어갔다. 그대로 서서 숨만 씩씩거린다.

할머니가 수돗가에서 빨래를 하면서 내가 급히 들어오는 것을 보니 어딘가 좀 이상했다. '딱지나 들고 가겠지'라고 생각하고 있었는데 아무 소식이 없다.

아니나다를까, 조금 지나니 한 아이가 동네가 떠나갈 듯이 울면서 제 엄마 손에 붙잡혀 정침 대문으로 들어오고, 대문이 미어지게 아이들과 어른들이 와글거리는데 할머니가 보니 바로 오봉이 어머니이다. 오봉이의 물린 팔을 잡고 오면서,

"이 집의 어떤 아아가 우리 오봉이 팔을 이 모양으로 물었는공 볼라꼬 왔심더. 그 아아가 어딨는교. 대관절 얼굴 한번 보입시더."

할머니가 오봉이의 팔을 보니 아래윗니 잇자국이 선명하게 네 개씩 두 줄로 나 있고 가운데 네 개는 깊이 들어가 살갗이 구멍이 났고 가녘의 네 개는 시퍼렇게 피멍이 들어 있었다. 할머니는

"아이고, 우짜꼬. 우리 재구가 그랬는가배. 쟈가 씩씩거리고 들어오더니 아무 소리도 않고 방에 들어갔는데 이런 일을 저질러놓고 들어왔는가배. 재구야! 재구야! 어디 갔노?"

부르면서 방으로 들어왔는데 아이가 없다. 골방문을 열어보니 방에 그냥 서서 씩씩거리면서

"그놈아가 날만 보면 안 때리나."

하고 할머니를 따라 밖으로 나온다. 나는 북쪽 툇마루에 나와 서고 할머니는,

"이 일을 우짜꼬. 속히 병원에 데리고 가서 치료하고 봐야지."

"나는 어떤 아이라꼬. 우리 오봉이보다 어린 아이 아이가. 똑같은 것끼리라도 그런데. 그만 갈라요. 아아들끼리 싸우다가 물기도 예산데. 재구 할매요, 나 그만 갈라요."

나를 보더니 오봉이 어머니는 오봉이를 데리고 대문 밖으로 나선다. 할머니는 따라 나가면서

"그래가는 안되요. 잇독이 퍼지면 큰일나요. 빨리 병원에 데리고 가입시더."

"야, 지금 병원에 데리고 갈라요."

"함께 가입시더. 치료는 우리가 할라요."

"객광시런 소리(별 소리) 다 하요. 아아들끼리 싸운 긴데, 치료비 물리겠소? 바쁜데 마 들어가소."

"아이요, 함께 가입시더!"

할머니는 오봉이 어머니와 함께 병원에 가고 나는 골방에 들어가서 누웠다가 그냥 새록새록 잠이 들었다.

그날 저녁 할머니는 할아버지에게

"아아를 자꾸 추구리드니 결국 일 내고 말았소."
하고 나무라자 할아버지는 나를 보고
"이놈아, 물어도 대강 물지. 잘못하다간 팔뚝 끊어지겠다."
라고만 말했을 뿐 울고 들어왔을 때의 그 못마땅한 빛은 볼 수 없고 기분이 괜찮으신 눈치였다.

며칠 후 밖에 나갔더니 오봉이는 붕대를 감고 나왔는데 나를 보자 째려보았다. 나도 마주 째려보았다. 그후부터 나를 쥐어박거나 몹시 대하지는 않았으나 팔 물린 것을 무슨 자랑으로 아는지 아무한테나 나에게 물린 것이라며 쑥덕거렸다. 그후에도 오봉이만 보면 기분이 좋지는 않았는데 둘 사이의 문제는 초등학교 5학년 때 가서 해결을 보았다. 이 일은 나중에 다시 이야기하기로 하고 아무튼 이런 일이 있고부터는 밖에서 남한테 맞고 울면서 들어온 일은 없다. 나보다 힘센 아이에게는 문제가 일어나지 않도록 나도 조심을 하지만 오봉이와의 일이 소문나서 그런지 그쪽에서도 나에게 마구 대하지 않았다.

진아의 죽음

포항의 아버지와 어머니 그리고 나의 귀여운 누이 재진이와 떨어져 밀양에 온 지 두 해가 지났다. 그 사이 나는 할아버지와 할머니의 자애 아래에서 어머니 생각에 칭얼대지 않고, 연계소 고향집에서 함께 사는 여러 아재와 아지매의 큰집 장손에 대한 존중과 사랑으로 우리 대가족의 공동체적 삶에 익숙해져 갔다. 아씨 타서 허약했던 몸도 튼실해지고 행동도 자신에 넘쳐 조금도 부모 떠난 아이 같지 않았다. 공부하는 많은 아재들이 있어서 그들의 뒷글을 한 자 두 자 익혀서 나도 모르는 사이에 많은 글자를 배웠다. 일본 글자 '가나'도 저절로 알게 되었고 한글도 고모한테서 배웠다.

"가갸거겨고교구규그기, 나냐너녀, …… 하햐허혀호효후휴흐히."

그리고

"가에 ㄱ해서 각, 가에 ㄴ해서 간, ……."

이렇게 해서 한글도 곧장 읽을 수 있게 되었다. 한자도 조금씩 주워서 배웠다. 두어 해 동안에 몸도 마음도 엄청나게 자랐다. 어거지로 트집을 잡는 일이 드물어지고 이성(理性)의 눈이 뜨이게 되면서 사물의 이치와 예절을 배우고, 특히 제사의 의미를 깨달아 적극적으로 참사(參祀)하였다.

이처럼 장손답게 자라고 책 읽기를 좋아하는 아이로 성장하게 되자 할아버지는 더없이 나를 애중하셨다. 나를 보는 할아버지의 눈매에는 언제나 자애가 넘쳐 흘렀고 날마다 '우리 재구, 우리 재구' 하셨다. 할아버지는 나를 일찍이 당신의 슬하에 둔 것을 더없이 잘하신 일로 생각하셨다. 나도 이러한 할아버지의 자애에 파묻혀 그지없이 행복을 느끼며 살았다. 남들은 우리 할아버지를 '호랑이'라고 무서워했지만, 나는 눈감으면 망막에 그 인자하신 할아버지의 눈빛이 감돈다. 게다가 할머니의 '내 새끼'라며 두들겨주는 엉덩이의 촉감은 늙은 지금도 따스하다.

내가 이처럼 할아버지와 할머니의 자애 속에서 어머니를 잊고 가끔 나의 깜찍하게 귀여운 누이 재진이를 보고 싶어하면서 지내던 중이었다. 다섯 살 어린 내 가슴에 너무나 벅찬 슬픔을 안겨주는 소식을 들었다. 재진이의 죽음이었다.

엄마가 할머니에게 '재진이가 홍진(홍역)을 앓았는데 지금은 많이 좋아졌다'는 편지를 보내온 지 얼마 되지 않아서였다.

"할매, 진아 죽었다던데 그러면 진아는 어데 갔노?"

"오냐, 진아를 데려다 준 삼신할매가 저그 아이라고 도로 데려갔단다."

"그럼 한참 있으면 또 데려다 주나?"

"그래, 한참 있으면 삼신할매가 니 에미한테 아이 하나 또 줄 끼다."

재진이는 참 깜찍하게 예뻤다. 눈이 별처럼 빤짝거렸다고 한다. 엄마는

"고게 너무 올되고 똑똑해서 손탈 것 같드니."

하였다. 옛날부터 남들이 아이를 보고 '이쁘다', '깜찍하다', '올됐다'고 덕담을 하면 '손탄다'고 해서 오래 못 산다고 했다. 그래서 아이들에게는 '이쁘다'는 말 대신 '밉상이다', '깜찍하다'는 말 대신 '무던하다', '올됐다'는 말 대신 '늦됐다'고 덕담을 했다. 재진이와 둘이서 찍은 사진이 한 장 남아 있는데 참 귀여웠다.

얼마 후 엄마로부터 편지가 왔는데 '재진이가 죽고 난 후로 아버지가 매사에 의욕을 잃고 포항에서 살기 싫어한다'고 했다. 이 소식을 듣자 할아버지와 할머니는 몹시 놀랐고 할아버지는 곧 포항으로 가셨다. 할아버지가 포항으로 가서 아버지를 달래고 나무라면서 포항에서의 삶이 싫으면 밀양으로 가자고 권했다. 아버지는 할아버지의 말씀을 따라 밀양으로 오시게 되었고, 할아버지는 연계소 고향집의 사랑채 북편 신작로가에 사진관을 새로 지어 아버지가 거기에서 일하도록 했다. 엄마는 밀양으로 오자 곧 내 동생을 낳았다. 이름을 재두라고 지었다. 머슴애지만 참 귀엽고 튼튼했다. 그리하여 나는 엄마, 아버지와 할아버지, 할머니의 양대 밑에서 자라게 되었다.

아버지가 포항 생활을 정리하고 밀양으로 오게 된 때가 1937년 연말쯤이라고 생각한다. 이때는 왜놈들이 만주를 집어삼키고 본격적으로 대륙침략에 들어서서 기고만장할 때였다. 왜놈들은 온 세상을 전쟁분위기로 만들고 우리 청년들을 '지원병 제도'라는 미명하에 그들의 육탄전으로 끌어가고 있었다. 왜놈들은 '내선일체'(內鮮一體)라면서 우리 민족을 황국신민화하는 데 미쳐 날뛰고 '황국신민서사'를 외우게 했다. 흰옷 입은 조선 사람에게 먹물 물총 쏘아대기를 안하나, 노인의 수염을 잡아당기고 따귀를 때리지 않나, 가히 미친 놈들이었다. 치안유지법을 몇 번이나 뜯어고쳐서 그들의 침략전쟁에 반대하거나 조선독립운동, 사회운동을 하는 사람에게 가혹한 탄압을 들씌웠다.

이러한 시국의 흐름에 따라 나의 고향에서 가장 일찍 개화하여 국권회복운동, 독립운동, 사회운동의 지도자가 되셨던 할아버지에 대한 왜놈들의 감시는 더욱 심해졌다. 불시에 가택수색을 해대고 집 근처에 형사를 매복해서 우리 집에 오는 손님을 이유 없이 연행하기도 했다.

아버지와 할아버지가 모처럼 서로를 이해하고 연계소 고향집에서 한데 모여 살게 되었으나 시대는 우리 가족공동체에게 평화를 주지 않았다. 우리도 간악한 왜놈들의 소인 근성적 괴롭힘에서 벗어나기 위해 발버둥쳤다. 할아버지는 새로 지은 사진관 한쪽에 '경성일보 밀양지국'을 차렸고 아버지는 '조일신문'의 현지 주재 사진기자로 들어가는 등 자위책을 강구했다. 그러나 이러한 발버둥으로는 태평양전쟁 시작을 앞두고 노골적으로 탄압을 계속해오는 왜놈들에게 더 이상 배겨날 수 없었다. 결국 모처럼의 양대 합가는 1939년에 깨지고 말았다. 아버지는 다시 방랑했고 그뒤 경주에 한동안 정착했다.

이야기 둘

터실의 사계

고향땅 밀양

나의 고향 밀양의 북동부는 천 미터가 넘는 산이 이어져 있는 산악지대이고 서남부는 평야가 아득히 펼쳐져 있는 수전(水田)지대이다.

남부지방에서는 보기 드물게 우뚝 솟아 있는 밀양의 산악지대는, 우리 삼천리 강산의 등뼈인 백두대간이 태백산에서 지리산으로 굽이치면서 남쪽으로 내려꽂는 여력이 그대로 뻗어 부산 앞바다를 향해 뛰어들려고 호흡을 가다듬어 모둠발로 도움닫기를 하느라 솟구쳐 불거진 모양과 같다. 북쪽에는 현풍 고을의 비슬산(琵瑟山)과 줄기가 이어져 있는 천 미터 가까운 화악산이 있고 동부에는 그보다 더 높은 천황산, 재약산(載藥山)이 우뚝 솟아 있다.

이 산줄기에 올라서면 천 미터 가까운 고원인 사자평(獅子坪)이 질펀히 펼쳐져 있다. 능선을 따라 북으로 올라가면 석남재(石南嶺)를 건너 가지산(伽智山)이 있고 다시 경주 고을의 고헌산(高巘山)과 연이어 있다. 천황산에서 북으로 조금 올라가다가 보면 능동산(陵洞山)이라는 뾰족한 봉우리가 있고, 그곳에서 동쪽으로 가지가 벌어진 능선을 따라 남으로 내려가면 1,400미터가 넘는, 이 산악지대에서는 가장 높은 신불산(神佛山)을 만난다. 여기에서 산줄기는 양산 통도사의 주산인 영취산(靈鷲山)을 디딤돌로 해서 한 발 걸음을 내려 디뎌 동래 범어사의 주산 금정산을 밟고 부산 앞바다로 풍덩 뛰어든다. 또 한편 가지산에서는 산줄기의 한 가지가 서쪽으로 휙 굽어내려 뻗다가 운문재(雲門嶺)의 잘룩이에서 치솟아 1,200미터가 넘는 운문산(雲門山)으로 된다. 이 운문산에서 서쪽으로 더 뻗어 억산(億山), 구만산(九萬山)으로 내려와 밀양 남천강(南川江)의 상류 유천(楡川)을 건너 산줄기를 타고 화악산으로 이어나간다.

서남부에는 들판이 펼쳐져 있다. 이들 산악지대에서 흘러나오는 하천이 밀양 남천강으로 모아드는데 하천이 넓어짐에 따라 그 양가의 논밭도 더욱 풍성해진다. 화악산의 남녘 기슭으로 흐르는 물은 위량(位良), 퇴로(退老)의 두 못에서 시작하여 남쪽으로 흘러 청운내〔靑雲川〕가 되고 밀양시의 서쪽 교외를 적시어 감내〔甘川〕가 되어 삽개〔鈒浦〕 앞에서 밀양 남천강에 들어간다. 이들 내의 양쪽에는 10리 벌판이 펼쳐져 있고 이 벌판은 예림(禮林)에서 남천강에 의해 일단 끊어지지만 예림부터 광활한 상남(上南)들이 되고 그것이 낙동강을 건너 김해평야와 합쳐진다. 한편 화악산의 산줄기는 서남으로 뻗어 창녕 화왕산(火旺山)에 이르지만 정남으로 내려가면 삽개 뒤 종남산으로 우뚝 솟는다. 이 종남산 서남자락부터 골짜기가 넓어져 남쪽으로 내려 초동(初同)들이 펼쳐지고, 왼쪽으로 신호(新湖)늪과 국농포(國農圃) 들판으로 돌아가면 남쪽으로 확 트인 하남(下南)들로 퍼져나가 상남들과 더불어 낙동강 건너 김해평야와 마주본다.

이와 같이 밀양 고을은 북동과 남서가 매우 다른 지형 차이가 있다. 게다가 나라의 남녘에 있어서 동남 김해평야에서 거슬러오면 처음으로 조선의 특유한 산악지대와 만나게 된다. 왜적이 동남에서 쳐들어올 때 골짝 깊은 조선 특유의 산악지대와 처음으로 마주치게 되는 곳이 밀양땅이고, 우리 선조들은 이곳에서 쳐들어온 왜놈들을 도륙내어 나라를 지켰다.

밀양 고을의 서남지역은 김해평야와 더불어 광활한 수전으로 벼농사를 위주로 하고 무명, 누에고치와 여러 가지 밭농사로 농산물이 풍성한 고을이다. 남천강 맑은 물은 여러 가지 천어(川魚)가 있어 풍성하고 그 중에서 은어는 별미여서 봉건왕조시대에는 나라의 진상품으로 바쳤다. 그외 골짝골짝에 감, 대추, 밤, 배 등 과일이 풍성하고 송이, 싸리버섯 등 식용 버섯도 많고 다양하다.

그러나 이처럼 물풍한 고을은 그만큼 민중에 대한 수탈도 가혹했다. 나라의 삼정이 문란해지면 많은 사람들이 농사를 버리고 달아난다. 또한 고달픈 신역을 벗어나기 위해 도망노비가 생긴다. 이들은 밀양 고을의 동북지역 산악지대로 들어간다. 사자평 고원을 중심으로 해서 밀양 동북부 산악지대와 접경해 있는 청도 고을 운문산 일대, 경주 고을 내남면 일대, 언양 고을 신불산 일대, 양산 고을 영취산 일대를 두루 합친 이 광활한 지역은 나라의 정치가 문란하고 지배자의 수탈이 가혹해지면 유랑민이 찾아드는 곳이었다. 유랑민은 이곳에 모여 화전을 일구며 그들의 삶을 이어 나갔고 수탈하고 억압하는 지배자에게 항거하는 투쟁에 나서기도 했다. 특히 사자평 고원지대와 그것을 둘러싸고 있는 산악지대는 국가의 통치력이 미치지 못하는 곳이었다.

한편, 봉건지배층은 외적의 침략과 지배층에 저항하는 민중세력에 대비하여 밀양에 도호부를 설치하고 창녕, 현풍, 청도, 김해, 창원 등 주변 고을의 군비를 총괄했다. 밖으로는 왜구를 방위하고 안으로는 유랑민화된 민중의 저항을 탄압할 목적이었던 것이다.

그래서 밀양에는 풍성한 생산을 둘러싼 민중의 밝은 삶과 함께, 왜구를 토벌하는 민중의 투쟁, 봉건지배자에 대항하는 민중의 저항과 그 고난의 삶에서 비롯된 슬기가 전설과 유적으로 밀양 사람들의 삶 곳곳에 남아 후대에게 유산으로 전승되고 있다. 또 그것은 밀양 지방문화의 피가 되어 민족문화의 혈맥에 도도히 흘러들고 있다.

터실의 봄

　밀양시의 서쪽 교외에 나가면 화악산 남쪽 자락에서 내려오는 들판이 확 트여 펼쳐져 있다. 화악산의 물이 위량, 퇴로의 두 못에 담겨 들판의 한가운데로 남으로 내려오다가 밀양시의 서쪽 교외에서 감내라는 이름으로 남천강으로 흘러드는데, 이 내의 양편에는 10리 들판이 질펀하게 퍼져 있어서 보기만 해도 배가 든든하도록 풍요롭다. 이 들판은 청운 앞에서는 청운들이고 밀양시 못미처서는 굴밭[雲田]들이며 밀양시에 들어와서는 터실이고, 터실에서 감내 건너편은 감내들이라고 부른다. 밀양시에 들어온 터실을 제외하면 모두 밀양시 부북면(府北面)의 들판으로, 북에서 남으로 남에서 북으로 바라보면 그 끝이 아스라하다.

　밀양시에서는 서쪽 교외 들판의 논 일대를 '터실'이라고 부르는데 우리집에서 그리 멀지 않았다. 지금은 읍에서 시가 되어 집이 꽉 들어차 있지만 터실은 겨울날 우리 어린이들의 놀이터이고 여름에는 식물원과 작은 동물원이었다.

　터실에서 자라는 것은 벼, 보리, 수수, 콩, 조 등 온갖 곡식과 여러 가지 채소뿐만 아니다. 밀양읍의 서쪽에 사는, 그러니까 내이동에 사는 아이들도 이 자연의 교실에서 함께 자랐다.

　봄이 되면 온 들판의 보리가 아득하게 파랗다. 하늘에는 노고지리가 "지지배배 지지배배" 노래하면서 높이높이 아득히 올라간다. 밀양의 머슴애들은 이 노고지리 소리를 흉내내며 욕한다.

　"지지배배 지지배배 삐지고 째지고 아무개 보지 쪽 째지고……."

　논두렁에는 이곳저곳 나물 뜯는 아가씨들이 봄볕에 노곤하고 바구니에는 쑥, 냉이, 씀바귀에다 더러는 도라지 뿌리도 있어 봄나물이 파릇하다. 누가 만든 노래인지는 모르지만 바로 그 노래가 절로 난다.

　저 벙어리 평원 해 지는 구석에

나물 캐는 소녀 칼 밑은 수라장
별과 같은 이슬이 반짝이는데
미풍조차 부니 배추밭 경치.

분주살스런 아이들은 겨울잠에서 겨우 깨어나 미처 기운도 못 차리는 개구리를 못 견디게 하고, 따뜻한 봄볕을 받아 꺼덕꺼덕한 논구석에서 못 치기를 하면서 신명을 낸다.

"홍다꿍 홍다꿍 이완용이 배때기!"

나무 꼬챙이를 뾰족하게 깎아서 꺼덕꺼덕한 진흙 바닥에 내려꽂는데, 그 진흙 바닥을 마치 고려 때 나라를 몽고놈에게 팔아먹은 만고역적 홍다구(洪多丘)와 조선 왕조 말에 나라를 왜놈에게 팔아먹은 만고역적 이완용의 배때기로 여기고 힘껏 꽂아댄다. 이완용은 죽은 지 얼마 안되어 누구나 다 알고 있지만, 홍다구는 700년이나 지났음에도 불구하고 '홍다꿍'이라는 추임새로 바뀌어 여전히 그 이름을 남기고 있다. 홍다구는 동족을 원나라에 팔아먹은 3대에 걸친 역적이다. 할애비는 홍대순(洪大純)이고 애비는 홍봉원(洪鳳源)이다. 비록 아이들이 무슨 말인지도 모르고 하는 놀이지만 만고역적을 증오하는 겨레의 마음은 '홍다꿍'으로 남아 700년 동안 아이들의 못치기에 그 배때기가 남아 있지 못하게 한 것이다.

봄비가 부슬거리는 늦은 낮 뒤에 터실에 나가보면 화악산은 비안개에 가려 희뿌열 뿐이고, 종남산에서 화악산으로 이어지는 산능선은 뚜렷한 것이 차차 열어지면서 어디서부터인지 모르게 안개 속으로 안겨들고 만다. 감내 냇가에 서 있는 길다란 양버들은 뭉그러진 왕가시리(대나무 빗자루)를 물안개 속에 꽂아놓은 듯하다.

감내는 모래 위에 맑은 물이 소리 없이 흐르는 내이다. 처음 온 사람은 냇가에 이르지 않고는 아무도 거기에 내가 있는지 모른다. 자갈이 없고 모래만 깔린 내인데, 이 모래도 감내에 덮인 지 그리 오래 된 것 같지는 않다. 한 자 밑에서는 검은 쪼대흙(점토)이 나온다. 그래서 이름도 검은 내가 감내로 된 것이지 싶다. 초등학교 다닐 때 이 감내의 쪼대흙을 캐서 사람도 빚고 기차도 빚고 비행기도 빚었다. 내가 쪼대흙 캐러 감내에 갔다오면, 온 얼굴과 옷에 까만 쪼대흙이 묻은 나를 보고 할머니는

"아이고, 누가 쪼대흙으로 우리 손자를 만들었노?"

하고 놀렸다.

밀양에서 사명당 비석이 있는 무안면으로 가려면 감내에 놓인 공굴다리(콘크리트 다리)를 건너야 하는데 다리 곁에 주막이 하나 있을 뿐 다른 집은 한 채도 없다. 그런데 『밀주지』(密州誌)에는 점필재(佔畢齋) 김종직(金宗直) 선생이 감내 마을에서 출생했다고 한다. 그렇다면 꽤 큰 마을이었을 텐데 흔적도 없다. 연산군이 역적으로 몰았을 때 그가 태어난 동네까지 없애버렸을까.

김종직 선생은 생전에 써둔 '조의제문'(弔義帝文)으로 인하여 폭군 연산군에게 부관참시까지 당했다. 그리고 그의 가족은 연좌에 걸려 남자는 죽임을, 여자는 관비로 영락되는 혹독한 탄압을 받았다. 점필재의 문인은 사약을 받거나 유배되어 이루 말할 수 없는 환란을 겪었다. 그러나 이런 와중에도 점필재 선생의 며느리는 생후 몇 개월밖에 안된 아기를 안고 충성스런 종의 보호를 받아 산으로 산으로 도망하여 남녘으로 내려왔다. 마침내 가야산 근처 성주 고을의 어느 산골(고령군 쌍림면 합가동)에 터를 잡았는데 그곳이 점필재의 후손이 사는 '계실'이라는 마을이다. 당시의 성주 목사도 마침 점필재의 문인이어서, 비밀을 지켜주고 몰래 양식을 보내어 숨어살 수 있도록 돌봐주었다. 권불십년(權不十年)이라, 그후 얼마 안 되어 중종반정으로 신원(伸寃)이 되어 햇빛을 보게 되었는데, 그러한 연유로 후손들이 그곳에서 400년의 가통을 이어오면서 살고 있는 것이다.

점필재 선생은 밀양에서 나서 자란 밀양 사람이어서 밀양 곳곳에 선생의 자취가 남아 있지만, 그 후손은 무오사화(戊午士禍)로 밀양과는 먼 다른 고을 사람이 되었다. 점필재 선생을 배향한 서원은 여러 곳에 있으나 본향이 밀양이라 예림재에서 배향하고 있다.

나의 이모는 바로 이 계실로 시집을 갔다. 이모부는 앞서 말했다시피 상업은행 밀양지점에서 은행원으로 일했는데 해방 후까지 오래도록 근무하다가 정년 후 돌아가실 때까지 고향에서 농사를 짓고 사셨다. 이모는 지금 아흔을 바라보는 고령으로 계실에 살아 계신다. 이모부 장례 때 그리고 그후로도 이모를 찾아 그 동네에 몇 번 갔었는데, 고령에서 진주로 가는 길목에 있다. 동네 앞에는 시내가 있지만 산으로 굽이쳐 흐르고 동네의 좌우가 모두 산이라 산자락에 폭 감추어져 있어서 과연 도망자가 숨을 곳이구나 하는 생각이 들었다.

여름날의 추억

여름이 되면 터실은 시끌벅적하다. 터실의 넓은 들판의 무논에는 농군들의 논매기가 한창이고, 일하면서 부르는 노랫소리는 바람에 나부끼는 푸른 벼를 따라 노동의 즐거움과 고달픔을 아울러 토하고 있다. 아이들은 수로에서 왁자지껄하다. 감내 상류에 보를 막아 수로를 통해 논에 물을 대는데 간선 수로는 폭이 넓고 깊이도 있었다. 이 수로는 논에 물을 대기도 하지만 폭우나 장마로 감내가 넘칠 때는 논물을 남천강에 흘려보내는 역할을 하기도 한다. 그러나 남천강이 범람하면 배수기능을 잃어버려 강어귀에 넘친 물로 그 곁에 있는 미나리논이 몽땅 잠기고 그 근방의 진장 동네에 물이 든다.

수로는 높이가 3미터 가까운 둑으로 되어 있고 아래 폭은 4미터 정도인데 여름철에는 언제나 한 길쯤 되는 깊이로 물이 흐른다. 이 수로의 둑에서 자라는 여러 가지 풀과 물 속에서 자라는 수초가 우리 어린이들의 식물원이고, 그 수로에서 자라는 벌레와 곤충들이 자연교실이다. 둑은 주로 잔디밭으로 되어 있는데 그 속에 여러 가지 풀이 섞여 자라고 있다. 이것들은 봄, 여름, 가을에 꽃을 피우는데 봄에는 민들레, 씀바귀, 솜양지의 노란 꽃이 곱고 할미꽃, 붓꽃, 제비꽃, 은방울꽃도 제 모양을 자랑한다. 삘기도 봄에는 그 단맛이 아주 깔끔하다. 여름에는 군데군데 붉은 엉겅퀴꽃, 밥풀꽃, 나리꽃이 있고 물 안에는 부들꽃, 수련, 쟁피, 체꽃, 노인장대가 무성하고 물가에는 익모초, 질경이가 핀다. 가을에는 쑥부쟁이, 들국화도 피고 군데군데 갈대도 있다. 남천강 어귀 가까이에는 마름밥〔菱實〕도 있어서 아이들의 군것질거리를 보태고 있다.

여름에는 둑에 메뚜기, 방아깨비, 사마귀, 여치, 때때, 풀무치, 베짱이, 찌르레기가 있어서 아이들의 노리개가 되고 둑 밑 논에는 맹꽁이, 개구리, 올챙이, 미꾸라지가 폴짝거린다. 수로에는 물땡땡이, 물매미, 물방개, 소금쟁이, 물장군이 물 위와 물 속에서 우리들의 눈을 유혹한다. 수면 위에는 실잠자리, 보리잠자리, 호랑잠자리, 참잠자리(밀양 사투리로 잠자리를 '철구'라고 하고 참잠자리를 '왕철구'라고 한다)가 날아다니고 범나비, 새까만 도둑놈나비, 부전나비가 펄럭거리며 집게벌레가 엉금엉금 긴다. 제비는 이러한 여러 가지 벌레를 잡아 처마에 붙어 있는 집에서 기다리는 새끼를 먹이기 위해 부지런히 수로 위를 왔다갔다하면서 공중제비 재주를 부린다. 저 멀리 감내의 냇가에 서 있는 양버들에서 참매미가 길게 "지이—" 하고 우는 소리와 매롱매미의 "매롱 씨롱, 매롱 씨롱" 하고 들까부는 소리가 그곳 둑까지 들려온다.

아이들은 잠자리채를 들고 수로의 다리 위에서, 또는 물가에서 잠자리를 그악스레 잡는다. 잠자리채는 철사를 둥글게 굽혀서 테를 만들어 대나무 장대 꼭대기에 박고, 실을 이리저리 얽어 망을 만든 다음 거미줄을 묻혀 끈적끈적하게 만든다. 그것으로 날아가는 잠자리를 붙여서 잡는다. 또는 왕가시리를 들고 나와 잠자리를 덮쳐 잡기도 한다. 왕철구는 암놈만 잡으면 수놈은 암놈을 미끼로 해서 잡는다. 말하자면 미인계를 쓰는 셈이다. 왕철구의 암놈은 날개가 연한 노랑빛을 띠고 볼록한 배등대기가 노랗고 꼬리가 좀 연한 갈색이다. 수놈은 날개가 투명하고 볼록한 배등대기가 푸르고 꼬리가 진한 갈색이다. 암놈을 잡으면 암놈의 발을 실로 묶어서

가는 막대기 끝에 한 발 길이쯤 되게 매단다. 그리고는 수놈이 날아다니는 물가에서 암놈이 매달린 막대기를 빙글빙글 돌린다. 그러면 암놈은 머리 위에서 빙글빙글 날아다니게 된다. 이때 수놈을 꾀는 노래가 있다.

"구리이 구리이 암놈이야, 뒤돌아봐라 구리이 구리이!"

이렇게 외치면서 암놈을 미끼로 해서 내두르면 수놈은 암놈을 보고 붙으려고 달려든다. 살살 돌리던 암놈을 땅으로 살짝 내리면 수놈은 영문도 모르고 암놈 따라 내려온다. 그때 손으로 재빨리 답싹 덮쳐 잡는다. 암놈을 못 가지고 수놈만 가진 아이는 수놈을 화장시켜 암놈으로 보이도록 해서 미끼로 쓴다. 호박꽃을 따다가 꽃술의 노란 가루를 수놈의 나래와 꼬리에 칠해서 암놈으로 위장시킨다. 그렇게 해도 어리석은 수놈 중에는 암놈으로 알고 붙는 놈도 있다.

이렇게 잡은 잠자리는 나래를 겹쳐 모아 손가락 사이에 끼운다. 한 마리, 두 마리, 세 마리, 네 마리만 잡으면 한 손에 다 찬다. 잠자리는 다만 잡는 재미일 뿐이지 먹지도 못하고 아이들의 손에서 놀다가 모두 시달려 종래 죽고 만다. 더러 꼬리에 풀줄기를 꽂은 채 날아가기도 하지만 곧 죽는다. 그러거나 말거나 죽을 둥 살 둥 잠자리 잡는 데 온 정신이 다 팔려 수로 둑을 올라갔다 내려갔다 뛰어다니기에 바쁘다.

대야, 깨어진 바가지, 병을 가지고 물방개를 잡고 올챙이, 눈챙이, 피라미, 붕어새끼들을 건져올려 병에 담아가지고 논다. 물에는 수초가 무성하다. 그 안에는 무자수(물뱀)가 있다. 무자수가 개구리를 먹어 모가지가 불룩한 것을 막대기로 훑어 개구리를 토해놓도록 만드는 지독히 심한 장난을 하는 아이도 있다.

여남은 살 넘어 좀 철든 아이들은 민물새우를 잡는다. 수로의 물꼬에 수초가 없고 언제나 맑은 물이 위에서 넘쳐 밑으로 떨어지는 곳이 있는데 이 밑에 한 치 길이쯤 되는 민물새우가 우글거린다. 껍질도 몸체도 투명해서 자세히 들여다보지 않으면 있는지 없는지 모른다. 손을 넣어 건지려고 하면 재빠르게 확 흩어져 달아난다. 아이들은 두 자 폭쯤 되는 모기장 쪼가리의 양 가장자리에 막대기를 감아붙인 그물을 가지고 이 민물새우를 뜬다. 이것은 그날 저녁에 토장국감으로 아주 좋다. 이 민물새우를 넣고 끓인 토장국은 얼큰하고 시원해서 여름철의 입맛을 돋운다.

풍성한 가을

가을이 되면 새파랗게 푸른 하늘 아래 화악산의 모습이 선명하고 그 까마득한 곳으로부터 청운들, 굴밭들, 감내들, 삽개들까지 온 들판이 누렇다. 그야말로 황금물결이다. 군데군데 올벼를 베어 찐쌀을 해먹은 곳이 있으나 온 들판은 풍성하다.

우리 동네 아이들은 논두렁에 나가 벼이삭을 하나 뽑아 메뚜기를 잡아 등껍데기 밑으로 벼줄기를 밀어넣어 메뚜기를 펜다. 그렇게 하면 한 이삭에 여남은 마리는 펠 수 있다. 이렇게 해서 몇 이삭 만들어 집에 가지고 가서 부뚜막의 약한 불을 헤집어내고선 잡은 메뚜기를 벼이삭째 구워서 먹는다. 바삭바삭하면서 고소하고 맛있다. 어떤 아이는 병을 가지고 와서 거기에다 많이 잡아넣는데 한 병을 채우려면 오래 걸리고, 많이 구우려면 부뚜막 불로는 되지 않기에 엄마가 냄비에 소금을 쳐서 볶기도 하고 간장에 졸여서 반찬거리가 되게도 한다. 내가 어릴 때는 메뚜기 볶음이 정식으로 찬거리가 되어 시장의 반찬 가게에 나온 일이 없었는데, 한국전쟁 이후부터는 밥집의 찬거리로 나오고 막걸리 안주로 나오고 또 큰 요릿집의 안주 접시로 차림이 되어 나오게 되었다.

가을은 풍성하기는 하지만 터실이 아이들 놀이터가 되기에는 모두가 너무 바쁘다. 곳곳에 탈곡기가 돌아가는 소리와 풀무소리가 요란하고, 논두렁에는 볏섬이 잇달아 놓여 있어 터실 전체가 복작거렸다. 우리집은 농사가 없으니 이때는 가을걷이하는 동무하고 그 집 일을 거드는 것이 나의 놀이가 된다.

가을걷이를 하기 전에는 논에 물을 빼야 한다. 그러기 위해서 논두렁가에 골을 파놓으면 논에 있던 미꾸라지가 이곳으로 몰려나와 논의 물꼬와 수로의 물꼬로 모여든다. 물이 없으니 미꾸라지는 물이 있는 쪽으로 모여들고, 물은 물꼬의 옴파 파진 데만 있어서 모든 미꾸라지는 거기에 모여 진탕 속에 숨게 된다. 물꼬의 물을 퍼내고 미꾸라지를 건져내면 한 물꼬에 몇 사발씩이나 잡을 수 있다. 이때의 미꾸라지는 살이 포동포동하고 겨울잠을 자기 위해 기름기가 많다. 그래서 아주 맛이 좋고 영양도 풍부하다. 여남은 살 먹은 형들이 미꾸라지를 건져낸다고 온몸에 뻘을 묻혀 스스로 미꾸라지가 되어 야단일 때면, 어린 아이들은 그 옆에서 바구니나 대야를 들고 거들며 구경한다.

터실에서 아이들의 참재미는 늦은 가을부터 이듬해 정월 대보름 사이에 있다. 가을걷이가 끝나면 보리갈이가 바쁘다. 감내 냇가 가까이 있는 물기 많은 논 이외의 모든 논에 보리 씨앗을 넣고 산비탈의 비탈밭에도 보리 씨앗을 넣는다. 물기 많은 논에는 벼포기 그루터기를 호미나 괭이로 뒤집으면 올방개라는 새끼손가락만한 뿌리가 나오는데, 따개어 갈라보면 하얀 살이 있다. 밤보다야 못하지만 달큰해서 먹을 만했다. 아이들은 호미를 들고 벼그루터기를 파헤쳐서 올방개를 캔다. 어떤 아이는 나무막대기로 캐기도 한다. 어릴 때는 이런 것들이 중요한 군것질거리의 하나였다.

겨울 아이들

우리 집에서 서문다리 쪽으로 나가면 읍내를 남북으로 관통하는 간선도로가 나온다. 남으로는 삼문동을 경유해서 밀양역으로, 북으로는 향교 마을인 교동을 지나 청도로, 또는 동부 산악지대로 간다. 이 도로로 해서 교동 쪽으로 조금 올라가면 교외에 나가는 개천 공굴다리가 하나 나오는데 이 일대를 '송징이'[松亭]라고 불렀고 근처에 무당들이 모여 사는 동네가 있었다. 아마 옛날에는 소나무 숲과 정자가 있었던가 보다. 이 동네 무당들은 늦가을 보리갈이가 끝나면 활동을 시작한다. 이 무당들의 푸닥거리는 역사가 오래 된 것 같다. 조선시대의 서거정이 '밀양십경'을 노래한 것 중 한 대목으로 남아 있을 만큼 전통 있는 것이다.

내가 어릴 때는, 일제가 우리 민속을 하시(下視)해서 옛날처럼 큰 규모로 하지 못했지만, 그래도 이 푸닥거리는 볼 만했다. 특히 설날 초하루부터 대보름까지 이어지는 푸닥거리와 지신밟기, 사물놀이는 온 읍내 사람들의 신명풀이였다. 우리 어린이들은 하루 종일 그 뒤를 따라다녔고 떡이랑 지짐부치미(부침개)랑을 얻어먹었다. 집에서 할머니는 내가 간 곳을 몰라 걱정을 하면서 나를 찾느라 애를 먹었다. 그런 날이면 나는 아무 말도 없이 돌아다녔다고 할아버지께 꾸중을 들었고 종아리 걷고 퇴침에 올라서서 매를 맞기도 했다.

동지가 가까워지면 성급한 어린이들은 가오리연에 꼬리를 길게 붙이고 여남은 발의 실을 실패에 감고 거리에 나와 이리 달리고 저리 달리고 한다. 연 띄우기는 음력설이 가까워야 본격적으로 시작된다. 여남은 살 넘는 소년들이나 스무남은 살 가까운 총각들이 연을 띄울 때가 되어야 제철이다. 연 띄우기의 최전성기는 음력설부터 대보름까지이다. 대보름날이 되면 연을 달집에 넣어 태우거나 멀리 날려버림으로써 그 해의 액을 태우고 날려보낸다. 이와 동시에 겨울철 놀이는 종을 친다.

연 띄우기는 아무래도 방패연이라야 제격이다. 그것도 아득히 멀리 높이 날려서 연끼리 서로 얽어 상대방의 연실을 베어먹는 연싸움이라야 참 재미라고 하겠다. 연은 고려·조선 시대부터 왜놈과 싸울 때 쓰였다. 큰 연에 불을 달아 왜놈 진에 화통을 터뜨리거나 우리 군사끼리 통신수단으로 이용했다 한다.

방패연은 창호지 한 장짜리의 큰 연도 있지만 보통은 창호지 반 장 크기로 한다. 먼저 창호지 한 장을 반으로 접어 자른다. 긴 쪽 머리를 한

치 정도 폭으로 접고, 이것을 다시 세로와 가로로 한 번씩 접어 4분의 1
로 접은 다음, 접은 모서리에서 45도 각도로 한 번 더 접는다. 그리고는
가운데를 중심으로 잡아 반지름 한 치 반쯤 되는 부채꼴로 베어내고 펼치
면 종이 한가운데 지름 세 치쯤 되는 동그란 구멍이 생긴다.

　연살은 두 푼 폭, 한 푼 두께의 대나무살인데 속대 부분을 도도록하게
깎는다. 먼저 긴 쪽 머리를 접은 곳의 안쪽에 대고 된풀을 바른 대살을
붙인다. 그 다음에는 방패연의 동그라미 한가운데에서 대각선의 방향으로
두 살이 교차되도록 된풀을 바른 대살을 붙인다. 이때 대각선 살의 사방
을 고정시켜 볼록하게 휜 다음 구멍 뚫린 원 안에 드러난 대살을 촛불로
약간 구워서 휜 모양을 고정시킨다. 그러면 방패연 전체가 앞으로 보기
좋게 도도록하게 휘어져서 날씬한 연 모습이 나타난다. 그 다음 대살을
세로로 한복판에 붙이는데 한가운데 구멍에서 이 대살이 앞쪽으로 겹쳐지
게 한다. 마지막으로 가로 대살을 한가운데 구멍에서 앞쪽으로 걸쳐나오
도록 끼워서 붙이는데 이것은 다른 대살보다 반 정도 가늘게 함으로써 더
탄력성 있게 한다. 이렇게 하면 앞으로 볼록한 방패연이 만들어진다. 이
때 가운데를 동그랗게 도려낸 종이는 물감을 칠해서 연의 이마에 붙이는
데 반달을 붙이고 남은 반달을 다시 반으로 잘라서 양쪽 모서리에 붙이기
도 하고 또는 동그라미 전체를 연 이마에 붙이기도 한다. 연을 멀리 띄워
도 제 것과 남의 것을 쉽게 구별되게 하는 것이다.

　다음은 연실을 매는 일이다. 먼저 실을 양쪽에 넉넉하게 여유를 두고
머리살과 대각선 살이 걸친 곳, 이 양쪽을 묶어서 머리살이 활대처럼 적
당히 휘도록 맨다. 다음에 양쪽 모서리에 매인 실을 아래로 내려, 한가운
데 동그랗게 뚫린 원의 아래쪽 가장자리와 연 전체의 아래 변 가장자리의
중간쯤 되는 곳에서 만나도록 한다. 한가운데 세로로 붙인 살에서 두 실
이 만나도록 하고 그 자리에서 두 가닥 실을 단단히 묶는다. 이 두 가닥
실의 맺음이 오는 자리에 세로살의 양쪽에 실이 들어갈 만큼 바늘로 구멍
을 뚫는다. 두 가닥 중 한 가닥을 이 구멍에 꿰어 대살에 묶는데 그 실의

길이는 구멍에서 머리살의 한 모서리까지이다. 남은 한 가닥은 얼레에 있는 실에 맺으면 된다.

이와 같이 방패연에 실을 매어서 연을 띄워보면 한쪽으로 기울어지거나 심하면 한쪽으로 도는 수가 있다. 그럴 때는 연머리의 양쪽 모서리에서 나온 실로 기울어지거나 도는 쪽의 반대쪽을 두어 번 감아서 짧게 해주면 적당한 길이에서 연이 바로 선다.

연실은 대체로 삼합사 실을 쓰지만 더러는 비싼 명주구리실을 쓰기도 한다. 명주구리실은 질기기도 하지만 가벼워서 연을 멀리 띄워도 실이 처지지 않는다. 잘라먹기 연싸움을 하려면 실에 사금파리를 입힌다. 사금파리를 차돌멩이로 빻아 명주 헝겊을 대고 쳐서 나온 고운 가루를 걸쭉한 풀에 개어 얼레에 감긴 실이 사금파리 가루를 갠 풀 속으로 지나가도록 한다. 이때 두 가닥 난 꼬챙이로 실을 눌러 다른 얼레에 감는다. 이 감는 작업은 아주 빨리 해야 한다. 너무 오래 끌면 실이 얼레에 말라붙기 때문이다. 이 작업이 끝나면 말리는 일인데 꼬마들을 서너 사람 약간의 거리를 두고 세워놓고 실을 걸쳐 휘감아서 햇볕에 말린다.

꼬마들은 산 건조대 장대 역할을 하는데 다 마른 다음에는 그 실을 두어 발 얻을 수 있다. 이 꼬마들은 얻은 실 끝에 돌멩이를 매달아 서로 실을 얽어 잡아당겨서 끊어먹기를 한다. 이 놀이를 '목치미'라고 한다. 이때 아이들은 돌멩이를 매단 실을 흔들면서 노래한다. 가락은 각설이조이다.

"목치미 닥치미 군다라 데에라 섭박섭박 넘어간다."

이와 같이 장만한 실에 연을 매어 하늘에 날린다. 먼저 꼬마가 연을 들고 한 30~40미터쯤 나간다. 연을 띄우는 아이는 물론 바람을 등지고, 연을 들고 가는 아이는 그 반대편에 서서 연을 위로 올린다. 얼레를 급히 감으면 연이 약간 위로 올라가고 줄을 잡아채면 연이 쑥쑥 올라가는데 올라가면 실을 풀어준다. 풀어주어 연이 내려오면 또 잡아채고 하면서 어느 정도 연이 높이 오르면 바람을 탄다. 연이 바람을 타면 높이 올라가고 실에 힘이 실려 얼레가 돌아가며 실이 죽죽 풀린다. 실을 풀어주면 연은 좌우로 흔들거리면서 멀리 날아가는데 고도는 낮아진다. 고도가 낮아지면 실을 풀지 않고 멈추거나 슬슬 감아주는데 이렇게 하면 바람을 탄 연은 높이높이 올라가고, 다시 풀어주면 멀리멀리 날아간다.

연이 어느 정도 높이 오르고 멀리 나가면 여러 가지 재주를 부리도록 얼레를 조종한다. 연실을 풀어줄 때 연이 좌우로 흔들거리는데 오른쪽으로 기울 때 실을 얼레에 빨리 감으면 오른쪽으로 재빠르게 나아가고, 왼쪽으로 기울 때 빨리 감으면 왼쪽으로 나아간다. 좌우로 연이 나가다가 곤두박질치도록 하려면 얼레를 밑으로 탁 채면서 앞으로 재쳐 실이 확 풀어지도록 하면 실의 장력이 갑자기 없어져 연이 마치 실이 끊어진 것처럼 납신거리며 밑으로 곤두박질해 떨어진다. 이런 재주를 '튓김', '튓김 준다'고 한다. 튓김 주어 적당한 고도로 내려왔을 때 얼레를 멈추면 연은 바로 서고, 얼레를 감으면 연은 다시 치올라간다. 좌로 우로 나가게 하는 것, 치올라가게 하는 것, 튓김 주어서 내려오게 하는 것 등 재주를 적절히 쓰면 공중에 있는 연을 자유자재로 조종할 수 있다.

이런 연의 조종술로써 연싸움을 한다. 연실을 서로 얽어서 맹렬한 속도로 풀어주면 실의 날카로움으로 상대방의 실을 끊어버려 연을 날려보낸다. 연싸움은 실을 얽을 때 상대방보다 높이 올라 위에서 얽어 밑으로 내려야 실에 중력까지 실려 끊는 힘이 더욱 강해진다. 그래서 얽을 때 연을 잘 조종해야 한다. 일단 얽으면 실의 날카로움과 얼레에서 실이 풀어지는 속도를 빨리 해서 마찰이 세어지도록 해야 한다. 실이 풀려지는 속도가 느리거나 얼레에 감긴 실이 무슨 일로 풀리지 않고 정지되면 큰 낭패로 상대방에게 베여 끊기고 만다.

실이 끊어진 연은 납신납신하면서 고도가 떨어지고 바람 따라 멀리 날아간다. 꼬마들은 끊어진 연을 줍기 위해 날아가는 연을 쳐다보면서 뛰어간다. 도랑에 빠지기도 하고 돌멩이에 걸려 넘어지기도 하면서 허겁지겁 연을 따라 쫓아간다. 연의 고도가 떨어지면 끊어진 실 끝이 땅에 끌리면서 바람 타고 나간다. 땅에 끌리는 실가닥을 잡으면 그 연은 잡은 사람의 것이 된다. 어떤 경우에는 실이 나뭇가지에 걸리거나 연이 나무에 걸리는 수가 있다. 이때는 나무에 올라가서 잡거나 장대로 그 실을 휘감아서 잡기도 한다. 아무도 못 잡고 겨우내 연이 나뭇가지에 걸려 있거나 전봇대에 걸려 있는 경우도 드물지 않다. 날아가는 연의 실가닥을 잡고 실을 팔에다 감으면서 연을 끌어내리는 기분은 연을 주워보지 못한 사람은 상상할 수 없다.

연을 띄우고, 자치기를 하고, 새끼를 둥글게 감은 새끼공으로 공차기를 하고 또 한쪽에서 제기차기를 하고 노는 터실은 가을걷이가 끝난 때부터 이듬해 봄에 보리밭매기 할 때까지 언제나 아이들로 왁작거린다. 교동 뒷산의 산줄기가 터실 쪽으로 내려오다가 들판에 앉으면서 언덕진 밭이 되고 더 뻗어내리면서 높은 다락논이 되어 터실까지 온다. 그것은 어른 키 한 길 높이쯤 되는 논두렁과, 그 아래 평탄하고 널찍한 대여섯 마지기 논의 작은 논두렁으로 구획져 있다. 이 한 길쯤 되는 논두렁 밑은 겨울에 햇살도 도탑고 차가운 북풍도 막을 수 있어 아이들의 놀이터가 되었다.

그 아래 대여섯 마지기 논은 많은 아이들이 하도 밟아 뻐대서 논바닥이 반질반질했다. 보리씨앗을 넣어봐야 아이들 발에 시달려 소용 없기도 했지만 이 논의 주인은 아예 보리씨앗을 넣지 않고 겨울은 묵혀 둔다. 모심기철이 되어서야 비로소 물을 잡아 논구실을 하도록 해서 벼농사만 짓는다. 그런데 벼농사는 아이들 발자국이 거름이 되는지 아주 잘되었다.

언덕받이 아래 햇살이 도타운 곳에서는 연을 띄우지만 널찍한 논에서는 짚꾸러미를 새끼로 챙챙 동인 공을 만들어서 축구시합을 하고 난리이다. 우리가 어릴 때에는 축구공이 귀해서 짚으로 만든 공으로 대신하거나 어쩌다가 돼지 오줌주머니(방광)를 구하면 거기에 바람을 불어넣어 실로 묶어서 대신했다. 짚으로 된 공을 헤딩하다 그 흙먼지를 뒤집어써서 얼굴이 보얗게 되고 그 먼지에 기침을 콜록콜록 해가며 흰 무명 바지저고리를 입고 뛰는 아이의 모습을 상상해보라. 또 한쪽에서는 진볼이 한창이다.

언덕받이 아래 한편에서는 제기차기를 한다. 제기는 엽전을 미농지에

놓고 말아접어서 미농지 양쪽 끝을 엽전구멍으로 밀어넣어 주욱 빼고, 이 것을 길고 잘게 찢어서 수술을 만든다. 미농지가 아닌 다른 종이를 쓰면 세로로 찢어지지 않아서 수술을 곱게 만들 수 없다. 화폐가 근대화된 지 오래지 않은 때라서 못쓰게 된 엽전은 어느 집이나 농서랍에 많이 남아 있었다.

제기차기는 그냥차기, 두발차기, 차는 발을 땅에 대지 않고 그냥 들고 차는 깨금차기 등이 있다. 대개 세 번을 찬 횟수를 합쳐 진 사람이 종놈 이 된다. 종놈이 되면 이긴 사람이 제기를 멀리 찰 수 있도록 던져주고 떨어진 제기를 주워와서 또 던져주어야 한다. 던져주었을 때 헛차거나, 던져주는 종놈이 던져주는 척하면서 헛던졌을 때 속아서 헛발질을 하면 종놈에서 풀리고 다시 제기차기를 한다.

이도 저도 싫은 아이들은 언덕받이 아래에서 둘이 마주앉아 고누를 둔 다. 우물고누는 원을 십자로 갈라서 원이 4분 되는 것 중 하나를 지워 그 곳을 우물이라 하고 말을 2개씩 가지고 두는 것이고, 참고누는 네모 3개 를 속에 겹쳐들어가도록 그려서 모서리를 연결하여 선을 긋고, 또 네모의 변을 연결하여 선을 그어서 자기 말을 하나 뛰어넘어 진행하는 고누이다.

다른 논배미에서는 자치기를 한다. 한 치 낙낙한 굵기의 길이로 한 자 좀 넘는 둥근막대를 자로 하여, 양끝을 비스듬하게 엇벤 반 치 굵기에 반 자 길이 되는 막대기를 치는 것이다. 이것을 '토끼'라고 하는데 놀이마당 한쪽 구석에 넉 자 지름쯤 되는 원을 그려 그 안에서 한 손에 쥔 토끼를 살짝 던져 다른 손에 쥔 자막대기로 힘껏 친다. 자치기를 함께 하는 동무 들이 날아오는 토끼를 잡으려고 하는데 공중에서 잡으면 자치기 하는 사 람(토끼를 쳐 날린 사람)은 토끼를 잡은 사람에게 그냥 자를 넘겨주어야 한다. 만일 날아가는 토끼가 그냥 땅에 떨어지면 동무들 중에서 자신 있 게 던지는 사람이 토끼를 던진다. 원에 들어가면 던진 사람에게 자를 넘 겨주고 자치기를 하도록 한다.

이때 자를 쥔 사람은 토끼가 땅에 떨어지기 전이나 떨어져 구르고 있어 아직 정지하기 전에는 몸이나 발, 자막대기로 쳐낼 수 있으나 맨손으로는 할 수 없다. 만일 쳐내는 데 성공했을 때는 날아간 토끼가 떨어진 곳에서, 못 쳐냈을 때는 그냥 토끼가 멈춘 그 자리에서 토끼의 가장자리를 쳐서 톡 튀어오른 토끼를 자막대기로 쳐내어 원에서 더 멀리 떨어져 나가게 한다.

세 번 토끼를 쳐내어 마지막에 떨어진 곳에서 원까지, 정확히는 원주까지의 거리를 눈대중으로 가늠해, 가지고 있는 자막대기 길이를 기준으로 몇 자라고 부른다. 놀이에 참가한 동무들이 모두 이 주장을 인정하면 먼저 딴 것에 합쳐 자수를 갱신한다. 이때 자를 쥔 자치기가 욕심이 많아 지나치게 자수를 많이 요구하면 동무들 중에서 한 사람이 "재어라!"고 요구한다. 이러면 실측이 벌어진다. 자를 쥐고서 토끼가 떨어진 곳으로부터 원을 향해 똑바로 재어나간다. 이때 모두 다같이 하나, 둘, 셋, ……, 마흔 여덟, 마흔 아홉, 쉰, …… 합창해서 헤아려 나간다. 부른 수보다 자수가 넘으면 그 수가 먼저 것에 합해지고 놀이를 계속하지만, 모자라면 그 수는 무효로 되고 자치기는 "재어라"고 요구한 사람에게 자를 넘겨주어야 한다.

이와 같이 해서 미리 약속된 목표 자수에 먼저 도달한 차례로 일등, 이등, 삼등, 등수가 정해진다. 보통 500자 내기를 하지만 1,000자 내기도 하는데 이것은 너무 지겹다.

겨울에는 물이 고인 논바닥도 얼고 냇바닥도 언다. 내가 어릴 때는 겨울 기온이 요즘보다 상당히 낮았다. 1950년대까지만 해도 남천강이 결빙하는 것은 예사였고 30년대나 40년대에는 소한, 대한 절기에 남천강이 얼어붙어 스케이팅도 하고, 마음놓고 얼음 위를 건너다니기도 했다. 이 시절에 한강은 소달구지가 마음대로 건너다닐 만큼 얼음이 두껍게 얼었다고 한다.

터실에 나와 노는 아이들은 놀기에 정신이 빠져 추위를 모른다. 모두가 만성감기에 걸려 여나문 살 되기까지는 시퍼런 콧물 두 줄기가 인중에서 오르락 내리락 했다. 앉은뱅이 썰매를 아재나 형에게 졸라 만들어서 감내에 가 얼음을 지친다. 감내는 얕아서 빠져야 겨우 종아리 물이다. 겨우내 감내는 아이들이 박작거린다. 썰매를 지쳐나가는 쿨룩거리는 소리, 썰매끼리 부딪치는 소리, 한쪽에서 팽이치는 소리, 때로는 서로 붙들고 볼통가지를 꼬집어 비틀고 싸우는 소리 등으로 와자지껄하고 활기가 넘쳤다.

팽이는 가게에서 파는 것도 있지만 대개 아재나 형이 다듬어서 밑에다 차령(구슬베어링)을 박는다. 반 치 굵기의 길이 자반쯤 되는 막대기 끝에 한 자 길이 헝겊 쪼가리를 매단 채찍으로 때리면 팽이는 더 힘차게 도는데 이때 팽이를 마음먹은 곳으로 이동시킬 수도 있고 힘차게 다른 팽이와 부딪치게 할 수도 있다. 팽이는 그냥 돌리기보다 부딪쳐서 상대방 팽이를 넘어뜨리는 팽이싸움이 재미있다. 팽이싸움은 물론 클수록 유리하지만 같은 크기라도 무거울수록 좋다. 팽이싸움은 같은 크기끼리 하므로 팽이는 가벼운 나무보다 무게가 나가는 참나무나 박달나무로 깎아 만드는 것이 좋다.

나는 팽이싸움에 지고 속이 상해서 집에 있는 박달나무 다듬이 방망이를 잘라 팽이를 만들다가 할머니한테 들켜 야단을 맞은 적이 있는데, 결국 할아버지가 그것으로 팽이를 만들어주셔서 가지고 나간 일이 있다. 감내의 얼음판에는 팽이채를 치는 '딱딱' 하는 소리, 얼음 위의 팽이가 튕겨 구르는 소리 그리고 팽이끼리 힘차게 부딪치는 소리가 그 시끄러운 아이들 소리에 섞여 있다.

쥐불놀이와 달맞이

설이 지나고 정월 대보름이 가까워지면 논두렁의 풀을 태우는 쥐불놀이가 있다. 논두렁의 풀 속에는 지난 가을에 온갖 벌레들이 까놓은 알들이 있고 땅 밑에는 유충들이 겨울잠을 자고 있다. 새봄이 되면 이 알에서 유충들이 깨어 나오고 땅 밑에서도 벌레들이 기어나와 농작물을 해친다. 우리 선조들은 이러한 벌레의 알과 땅 밑 유충의 퇴치를 아이들에게 맡김으로써 농작물을 보호하는 한편 겨울에 방에만 웅크리고 있는 아이들에게 운동을 시켜 몸도 마음도 건강히 자라도록 슬기를 베풀었다. 이것이 쥐불놀이이다. 논두렁의 풀을 태우고 나면 여기저기에 구멍이 나 있다. 이것은 들쥐구멍이다. 들쥐구멍을 아이들이 부작대기로 쑤시지만 쥐는 이미 달아나고 없다. 쥐를 소탕했다고 해서 쥐불놀이라고 하는지 모르지만 쥐불로는 쥐를 잡지 못한다.

쥐불놀이를 하는 어린이는 그 해 여름에 빈대, 모기가 물지 않으며 더위도 물을 켜지 않는다고 한다. 그래서 어른들은 쥐불놀이로 불장난을 하는 것은 좋다고 한다. 그러나 다 같은 불장난이라도 쥐불놀이 이외에는 '밤에 오줌 싼다'는 금기로써 금지시키고 있다.

쥐불놀이를 할 때에는 부지깽이에 불을 붙여 논두렁의 풀에 불을 놓았는데 불이 꺼져 연기만 날 때는 이 부지깽이를 휘휘 휘두르면 금방 불꽃이 일었다. 그런데 세월이 갈수록 어린이의 놀이도 발달하는지 우리 세대 이후에는 깡통을 사용했다. 한국전쟁 때 많은 아이들이 부모를 잃고 그 추운 겨울에 이리저리 몰려다니며 깡통불을 일구며 지냈는데 그때부터 이런 쥐불놀이로 변했다고 생각한다. 어쨌든 이렇게 해서 논두렁이나 수로 둑에 불을 지른다. 신나게 놀다가 바지 밑을 태워서 집에 가면 엄마한테 부지깽이 매를 맞는 아이도 있었다.

쥐불놀이에 얽힌 이야기가 하나 있다. 나보다 한 두어 살 많은 재종숙 아재가 있었다. 그러니까 그때 여덟 살쯤 되었을까. 터실에서 나와 함께 쥐불놀이를 하다가 저녁 때가 되어 집으로 왔다. 할아버지가 물으셨다.

"어디 갔다왔노?"

"터실에서 쥐불놀이 했심더."

"그래 재미있었나?"

"예."

그런데 이 아재는 그만 말이 넘치고 말았다. 아재는 나의 할아버지, 그러니까 아재에게는 종백부에게 말했다.

"큰집 아재요, 두암서는 쥐불놀이를 할 때 쪽제비를 억시기 많이 잡심더."

두암(斗岩)은 고향 마을 성만 동네에서 등성이 하나를 넘어 수산(守山) 쪽으로 나오다보면 국농포 어귀에 있는 동네인데 나의 종증조부님이 계셨다. 이 아재는 이 할아버지의 손자이다. 할아버지는 웃으면서

"그래, 우째 잡노?"

"이맘때쯤 되면 쪽제비 새끼가 다 컸는데요, 쪽제비 구멍에 불을 질러 연기를 부쳐 넣으면 구멍 안에 있는 쪽제비가 몬 견뎌서 에미가 먼저 나오고 다음에 새끼가 그 구멍에서 꾸역꾸역 안 나오는교."

이렇게 능청스레 대포를 놓는다(허풍을 친다). 할아버지는 어처구니없어 하면서도 물으셨다.

"그래 네가 봤나?"

"예, 봤심더."

"에레이, 이놈."

하고 귀여운 듯이 머리에 알밤을 하나 주고 쓰다듬어 주셨다. 곁에 있던 다른 아재들은 모두 "하하하" 웃었다.

어릴 때는 능청스럽게 거짓말을 한다. 그것은 아이의 상상력의 표현이다. 할아버지는 웃는 아재들에게

"야는 그렇게 해서 쪽제비를 많이 잡아봤으면 하는 말이제."

라고 편들어 주셨다.

아이들은 쥐불놀이에 정신이 빠져 해 저무는 줄 모르고 뛰어다니다가 석양노을을 보고 집으로 간다. 들판 여기저기에서 날아다니던 갈가마귀떼들도 어디로 갔는지 조용하다. 이러한 쥐불놀이도 정월 대보름날 달이 뜰 때 달불놀이로써 대단원을 내린다.

정월 보름이 되면 그날 아침에 오곡밥을 짓고 나물 반찬을 먹고 어른들은 귀밝이술이라면서 술 한 잔을 마신다. 이것은 1년 동안 귓병을 앓지 않고 귀 어두워지지 않기를 바라는 마음에서이다. 그날 사람들은 김치를

먹지 않고 개는 온종일 밥을 굶는다. 어린이들은 아침부터 달불놀이와 달맞이에 이미 혼이 떠 있다.

우리 동네 터실은 들판이어서 달불 놓을 높은 데가 없다. 그래도 동네의 소년들은 그냥 지낼 수는 없어 애바른 아이들 몇은 감내를 건너 마아리 고개 밑 산에 가서 그 능선에 달집을 짓기도 한다. 그러나 거기에서 달맞이 하고 내려오면 너무 늦어 밀양교 다리밟기 하기는 어렵다. 그래서 대부분의 아이들은 솔가지를 쳐서 터실에 가지고 와 높은 논두렁 위에다 달집의 뼈대를 만들고 그 안에 짚을 넣어 달집을 짓는다.

송징이 무당들은 이른 아침부터 징소리를 울리며 굿을 하고 송징이 개천에다 울긋불긋한 헝겊 쪼가리와 짚세기로 허수아비를 만들어 짚세기 그릇에 밥과 나물을 담아 흩어놓고 온갖 잡귀를 달랜다. 달이 뜰 때가 가까워지면 송징이 무당들의 굿도 점점 절정에 오르고, 울긋불긋 무당옷을 입은 무당들이 개천둑에 나와 징소리, 북소리, 꽹과리소리, 장구소리, 벅구소리를 울리면서 사모를 돌리는 지신밟기 패거리와 한데 어울려 터실 쪽으로 달맞이하러 나온다.

터실에는 우리 동네 아가씨, 아지매들이 많이 나오는데 어떤 아지매는 처네를 쓰고 눈만 빠꼼이 내고 있다. 스무나믄 살 가까이 된 총각들은 떠오르는 달보다 처녀들 쪽에 더 관심이 있다. 한 동네에 살아도 평소에는 좀처럼 볼 수가 없고 이때야 비로소, 그것도 먼 빛으로만 볼 수 있을 뿐이다. 그래서 그런지 아가씨들은 설에 입던 고운 옷을 입고 화장도 좀 하고 나온다. 어떤 처녀는 총각들이 그처럼 보고 싶어하는데도 무슨 심술인지 처네를 뒤집어쓰고 눈만 빠꼼이 내놓는다. 그러나 어쩌랴, 당시 그 시절의 풍습이 그런걸. 그래도 총각들은 용하게 알아본다. 하지만 나의 고모와 아지매들은 어른들이 무서워서, 그렇게라도 나갈 수가 없고 나갈 생각조차 못한다. 아지매들은 다만 대청마루 끝이나 축담에서 달 뜨는 것을 볼 뿐이다.

수환이 아지매와 나는 함께 일찌감치 저녁을 먹고 눈 신호를 주고받으면서 어른들 모르게 대문을 소리 안 나게 살짝이 열고 나간다. 아지매는 그전에는 아재들과 같이 나갔지만 아재들이 시골로 가고 난 다음에는 죽으나 사나 나 따라 나갈 수밖에 없다. 이럴 때는 내게 찰싹 붙어서 얄밉도록 싹싹했다. 작은아버지가 있지만 밖에 나가는 것을 아예 좋아하지 않아 둘이서만 갔다. 먼저 터실에 가서 달불놀이 구경을 한 다음에 남천강에 놓인 밀양교에 다리밟기 하러 갔다.

밀양 읍사무소(지금의 시청)의 뒤에는 약 200미터쯤 되는 산이 있는데 밀양 사람들은 뒷동산이라 한다. 터실에서 보면 뒷동산이 바로 동쪽으로, 보름달은 이곳에서 뜬다. 남천강 밀양교와 제방에서 보면 반티산에서 뜬다. 아무튼 정월 대보름날 날씨가 좋으면 쟁반같이 둥근 달을 구경할 수 있는데 대개 서산에 해가 졌어도 아직 환할 때 달이 뜨기 때문에 뒷동산 능선에서는 누르스름한 빛이 먼저 나온다. 이때가 되면 풍물소리는 점점 자지러진다. 그러다 달의 윤곽이 능선에 삐주룩이 나오면 모두 "달 뜬다!"라고 함성을 지른다. 그러면 그 시끄럽던 풍물소리가 뚝 그친다.

모두가 올 한 해의 소망을 담아 솟아오르는 달을 맞는다. 그러는 동안 달은 자꾸자꾸 돋아서 반쯤 능선에 걸렸는가 하면 어느새 두둥실 능선 위에 뜬다. 달빛이 붉으면 그 해는 가물 것이고 흰 빛이 돌면 물이 든다고 점친다. 많은 사람들이 두 손 모아 달을 향해 절한다. 총각은 장가가도록, 그리고 달덩이같이 예쁘고 든실한 아가씨를 만날 수 있도록 비는지도 모른다. 처녀는 늠름한 낭군을 달라고 절하는지도 모른다. 아무튼 사람마다 제각기 어떤 새해의 소망이 있을 것이고, 달님이 그 소망을 이루어주리라는 믿음을 가지는 것이다.

달이 한 뼘쯤 중천에 뜨면 모두 남천강 밀양교로 향한다. 내이동, 내일동의 성내 사람들(조선시대의 성은 왜놈들이 허물어 없앴지만 그후에도 밀양 사람들은 그렇게 불렀다), 그리고 밀양교 건너 삼문동 사람들이 제가끔 달맞이를 하고 밀양교로 모여든다. 내이동, 내일동의 풍물패들은 성내 편의 강둑에서, 삼문동의 풍물패는 건너편에서부터 오고, 풍물소리가 자지러지는 속에 많은 사람들이 밀양교가 비좁도록 모여든다. 다리는 곧 다리밟는 사람들로 꽉 찬다. 저절로 좌측 통행이 이루어지지만 서로 어깨를 삐대며 달빛을 온몸에 받으면서 다리 위를 왔다갔다 한다.

다리밟기를 하면 그 해는 다리병이 없이 지낸다고 했다. 다리밟기는 다리를 자기 나이만큼 건너갔다 와야 한다. 아마 이것은 스물 안쪽 젊은 청년을 기준으로 해서 한 말일 것이다. 환갑 넘은 사람이 자기 나이대로 다리밟기 하다가는 없는 다리병도 새로 날 것이기에.

수환이 아지매는 나보다 한 살이 많아서 내가 다리밟기를 다 했는데도 한 번 더 건너갔다 와야 한다. 내가 일부러 그만 한다고 뻗대면 집에 가서 무얼 주겠다고 달랜다. 속는 줄 알면서도 새끼손가락을 걸어 다짐한다. 깍쟁이 같은 아지매는 집에 가서 약속 이행을 요구하면 입을 쏙 내밀고 혀를 낼름 내민다. 어쩐지 수환이 아지매한테는 속는 줄 알면서도 일부러 속아주고 양보해준다. 아마 어머니 없이 큰어머니(우리 할머니)에게 자라는 것이 불쌍하게 느껴졌던 것 같다. 항상 커다란 눈에 물기가 어려 있어 보기만 해도 내가 슬퍼졌다. 지금은 어느 하늘 밑에 있을까! 아, 기구한 팔자여!

정월 대보름의 다리밟기는 총각에게는 좀처럼 볼 수 없던 처녀들을 달빛 아래에서만이라도 보는 두근거림과 애틋한 재미를 주고, 평소 집에 갇혀 살던 처녀에게는 환한 달밤에 강바람을 쐬며 갑갑했던 마음을 한때나마 풀 수 있는 기쁨을 준다. 처녀들은 처녀끼리 서로 붙들고 딱 의지해서 걷거나 또 집안 머슴애들의 보호를 받으면서 다리밟기를 한다.

다리밟기를 할 때 총각이 손에 껌정을 묻혀 처녀 얼굴에 칠하면 그 처녀에게 장가들게 된다는 말이 전해지고 있었다. 딱히 이 말을 그대로 믿어서 하는 것은 아니지만 장난기가 넘친 어떤 총각은 손에 껌정을 칠해서 마주오는 처녀 얼굴에 문지르는 장난을 한다.

"꽤액, 아이고 자식아야, 문딩이 자식아야!"

"낄낄—."

후닥닥—.

장가들기는 고사하고 우선 욕만 된통 얻어먹는다. 한쪽에는 처녀의 쇠된 비명소리, 한쪽에서는 낄낄거리며 내빼는 소리, 사건 현장에 있는 사람들의 웃음소리.

"아이고, 우짤끼나. 얼굴에 이기 뭐꼬, 껌정 아이가, 깔깔깔."

"어떤 빌어묵을 문딩이 자석이고, 아이고 참, 내."

얼굴에 껌정칠당한 처녀는 분해하고 곁에 함께 있던 처녀는 처녀다운 그 헤픈 웃음을 참지 못해 입을 틀어막고 웃는다.

이러는 가운데 달은 점점 중천에 높이 뜨고 강물은 달빛을 받아 빛나고 영남루는 달빛에 환하게 드러난다. 저 멀리 반티산과 용두산을 잇는 능선은 더욱 뚜렷해진다. 고개를 돌려 반대쪽을 보면 종남산은 달빛을 온통 그대로 받아 그 자태가 점잖다. 저 멀리에서 들리는 풍물소리는 점점 잦아지고 다리 위의 사람들도 점점 성겨지고 밤은 점점 깊어간다. 모두가 집으로 돌아가기 시작하는데 그래도 다 못한 기분은 제방 위에서 들리는 유행가 소리가 풀어주고 있다. 물가에는 한 쌍이, 그래도 한두 걸음은 떨어져 앉아 있다.

이 대보름이 지나면 겨울의 농한기가 끝나고 농군들은 새봄, 새해의 농사 마련에 들어가고 읍내 사람들은 지난 해에 끝난 여수(與受)가 새롭게 시작된다. 아이들도 부모 따라서 새해의 새일을 거들고 심부름에 열심이다. 연은 이미 달집에 태웠거나 멀리 날려버렸고 자치기 막대기는 부엌 아궁이에 들어갔고 제기 속의 엽전은 농서랍에 다시 들어갔고 썰매도 헛간 다락에 들어갔다. 한 살 더 먹어 철도 좀더 든 것 같고 터실은 새 아이들로 다시 살아난다.

밀양의 젖줄 남천강

영남루와 밀양교

경부선 기차를 타고 내려가면 대구와 부산 사이, 그 한가운데쯤에 밀양역이 있다. 그 전에 상당히 긴 철교를 건너게 되는데 왼편에는 가풀막진 산 밑으로 짙푸른 강물이 흐르고 오른편에는 확 트인 전망에 강이 굽이쳐 흐른다. 저만치 강가의 산비탈 위에는 날아갈 듯한 커다란 누각이, 트인 전망의 경관을 더욱 돋보이게 하고 있다. 이것이 밀양의 명소 영남루이고 그 아래를 흘러가는 맑은 강이 남천강이다. 남천강은 밀양 고을의 아름다운 풍광을 드러내줄 뿐 아니라 사람들의 삶의 모습을 밀양답게 만들어주는 젖줄이기도 하다.

남천강은 청도 고을의 산동(山東) 물을 담아 흐르는 동곡천(東谷川)과 산서(山西)의 물을 담아 흐르는 청도천(淸道川)의 두 물이 밀양 고을의 북쪽 지경인 상동면 유천에서 합쳐져 흐르는 강이다. 강폭도 넓고 수량도 많다.

남천강은 남쪽으로 흐르는데 굿질 동네 앞 넓은 들을 적셔주고 긴늪 솔숲을 왼쪽에, 월연정(月淵亭)의 백송(白松)을 오른쪽에 두고 흘러간다. 남천강은 밀양 동북 산악지대의 맑은 물이 내려오는 단장천(丹場川)과 산내천(山內川) 두 물이 쇠실[金谷]에서 모아 긴늪 끝에서 받고 살내 동네 앞에서 여울이 되어 흐르다가 섬불[活城]에서 반티산의 산자락을 받고 오른편으로 굽이쳐 용두목[龍頭淵]의 짙푸른 물에 담긴다.

용두목의 물은 다시 오른편으로 넘쳐 흐르는데 강물 위로는 경부선 철길을 얹은 철교가 걸려 있다. 큰물 때 삼문동을 막아주는 솔숲을 바라보고 왼편으로 나가다가 이번에는 오른편으로 휘돌아 가풀막진 무봉산(舞鳳山) 산자락을 씻으며 영남제일루인 영남루의 수려한 자태를 물 위에 비추어 담는다. 강은 다시 밀양교 아래로 천천히 지나가는데 삽개 앞에서 화악산에서 내려오는 감내의 물을 받아안고 남으로 굽어 예림다리 밑으로 해서 상남들을 흠뻑 적셔주고 명례에서 낙동강으로 합쳐들면서 남천강의 구실을 끝낸다.

어느 강인들 그 물이 산골물이 모인 것이 아니랴마는 밀양 남천강의 물은 낙동강에 들어가는 강줄기가 그리 짧은 것은 아닌데도 어디서나 강바닥까지 비쳐 보일 만큼 맑고 푸른 산골물이다. 이 푸른 강물은 강의 양기슭의 풍광과 조화를 이루어 아름답다. 그것은 또 계절의 변화와 더불어 그 정취가 마냥 새롭다.

이른 봄날 반티산 단애(斷崖)에 봄비가 내리면 그 빗발이 바람에 더욱 가늘어져 안개처럼 부옇게 되는데 짙푸른 물빛을 깔고 푸른 소나무 사이에 점점이 피어 있는 진달래의 조화는 밀양 선비의 청정한 기개와 정열을 담은 단심(丹心)이라 하겠다. 화창한 봄날 용두산 능선에서 내려다보면 발 아래 비취빛 물에 산그늘이 가리어 더욱 짙푸르고 볕발 받은 강심의 물결은 강바닥 자갈에 비치어 일렁거린다. 저 멀리 영남루는 아지랑이 속에서 희미하게 떠 있고 강을 가로지른 밀양교는 춘곤에 못 이기는 듯 아련하게 누워 있다.

활천 할매와 영등 할마씨

이 반티산과 용두산에는 몇 가지 전설이 전해오고 있다.

옛날, 용두산 밑에 용두목이라는 깊은 못이 있는데 거기에 용이 살고 있었다. 이 용의 할머니가 영등(靈燈) 할마씨인데 해마다 음력 2월 초하룻날 옥황상제의 명령을 받아 내려와서 밀양의 농사 형편을 알아보고 하늘에 올라가 보고한다. 그때 내려오는 곳이 용두산이다. 이 영등 할마씨가 밀양 고을 형편을 돌아보고 하늘에 올라갈 때는 손자인 용두목의 용을 타고 올라간다. 그래서 음력 2월에 꽃샘추위로 찬바람이 불고 비가 오면 밀양 사람들은 "영등 할마씨가 올라가는갑다"라고 한다. 용이 할머니를 모시고 하늘에 올라가려면 비바람이 일어날 수밖에 없다는 것이다.

영등 할마씨가 하늘에서 내려올 때는 하늘의 복숭아, 즉 천도복숭아를 반티(함지)에 담아가지고 오는데, 손자에게 먹이려는 것이다. 손자 용은 이것을 먹고 힘을 얻어 그 해에 밀양 고을 농민들이 농사를 잘 짓도록 비를 적당히 내려주어서 풍년이 들게 한다는 것이다.

그런데 어느 해 남쪽 바다에 있는 이무기놈이 영등 할마씨가 가지고 온 하늘의 복숭아를 훔쳐먹고 용이 되어보려고 용두목에 숨어들었다. 이무기는 하늘의 복숭아가 담긴 반티를 몰래 훔쳐가지고 나가다가 용두목의 용에게 들켜 싸움이 붙었다. 그 와중에 이무기가 반티를 엎어버려 복숭아가 모두 쏟아지고 말았다. 그때 엎어진 반티가 반티산이 되었고, 쏟아진 복숭아는 반티산 아래 섬불에 있는 유명한 복숭아밭의 맛좋은 복숭아라 한다. 또 용이 이무기를 치면서 많은 물을 쏟아부었는데 그 물이 바로 남천강이 되었다고 한다.

이 이야기는 할아버지의 누이동생, 즉 나에게는 존고모인 활천 할매가 들려준 얘기이다. 활천 할매는 김해 고을의 활천이라는 동네에 시집을 가셨다. 활천 할매는 글 읽기를 참 좋아하셨는데 가사도 잘 지었을 뿐 아니라 많이 외우고 계셨다. 친정인 우리집에 오시면 할머니와 고모들, 어머니가 밀양에 있을 때에는 어머니와 함께 밤늦도록 가사를 읽었고 때로는 활천 할매가 지은 가사를 다른 분들이 베끼기도 했다.

영등 할마씨와 용두목 용의 이야기는 밀양 고을의 농민들이 왜놈의 침략에 대해 조직적인 저항을 하여 물리친 사실을 나타낸다. 영등 할마씨가 가져온 하늘의 복숭아는 농민이 생산한 생산물이고 이를 약탈하러 온 왜놈들이 남쪽 바다의 이무기놈이다. 이 전설은 왜놈들이 남해바다에서 낙동강을 따라 남천강을 거슬러 밀양 고을로 침략해 들어왔을 때 용두산의 전술거점에서 밀양 고을의 농민 자위군을 만나 격퇴당했다는 것을 의미한다. 이때 용두목의 용은 농민군을 말하거나 농민군을 지도하는 장수를 일컫는다. 왜놈의 침략은 옛날부터 줄곧 있어 왔는데 이를 격퇴했던 싸움이 이러한 전설로 전해지고 있는 것이다.

음력 2월 초하루가 되면 근력이 좀 남은 밀양 고을의 할머니들은 영등 할마씨를 맞으러 용두산에 올라간다. 용두산은 그리 높지 않으나 허리가 꼬부라진 할머니가 올라가기에는 몹시 가파르다. 그래도 쉬엄쉬엄 쉬면서 올라간다. 그 중에는 나이가 많아 허리가 영 꼬부라져 아주 힘들어 하면서도 올라가는 할머니들이 있다. 왼손은 꼬부라진 뒷허리에 얹고 오른손에 지팡이를 짚고 몇 걸음 가다가는 쉬고 허리에 얹은 손으로 등을 톡톡 두드리고 또 올라간다. 그러면서 할머니는

"영등 할마씨 만나러 가는 것도 올해가 마지막인가아 하구마."
라고 한다. 할머니들이 근력에 부치면서도 이처럼 영등 할마씨를 맞기 위해 용두산에 올라가는 것은 손자에 대한 사랑 때문이다. 용두산의 영등 할마씨가 자기 손자에게 하늘의 복숭아를 가져다 먹여 용이 힘을 얻었기에 할머니들은 자기 손자가 영등 할마씨의 손자인 용처럼 무병하고 튼튼하게 자라도록 빌겠다는 것이다. 밀양의 할머니들은 이처럼 손자를 사랑했다. 일제강점기 우리 어린이들은 잘 먹지도 못하고 잘 입지도 못해 튼튼히 자랄 수가 없었다. 그러나 할머니들의 애틋한 사랑의 힘이 우리들로 하여금 그 시대를 겪어나가게 했던 것이다.

산능선에 올라가면 거기에는 무당이 단을 모아 굿을 한다. 할머니들은 거기에서 손을 비비면서 빈다. 손자들이 튼튼히 자라주고 올해 농사 잘 되어지기를. 철 모르는 어린 손자들은 할머니를 따라와서 굿구경도 하고 음복 음식도 먹는다. 그러나 할머니를 따라온 아이들에게는 이른 봄 산능선에 부는 바람이 아직도 춥다.

용두목에서 용두산 끝 산자락 밑으로 보(洑) 구멍을 뚫었다. 거기에서 봇도랑을 타고 상남들을 향해 똑바로 나가 예림다리 못미처 남천강 밑으로 토관을 묻어, 용두목에서 강물을 빼다가 상남들을 적셔주도록 수로 공사를 했다. 이 봇도랑을 밀양 사람들은 '소화(昭和) 봇도랑'이라 한다. 왜놈 소화시대 초에 만들었다고 해서 그렇게 부르는 것이다. 왜놈들은 토지 조사 때 상남들을 국유지로 조작해서 밀양 농민들로부터 강탈하고 옛날부터 있었던 제방을 확대해서 늪을 논으로 만들어 땅을 빼앗았다. 그리고 이 넓은 들판의 논에 물을 대기 위하여 남천강 물을 끌어들이는 수로 공사를 대대적으로 벌였다. 물론 노동은 조선 농민이 했고 그 넓은 땅에서 생산되는 쌀은 모두 왜놈이 차지했으며 수로 공사에 나서서 일한 조선 농민은 또 물세를 따로 내야 했다.

아무튼 우리 어린이들은 여름이 되면 이 봇도랑까지 와서 물놀이를 했다. 이 봇도랑의 폭은 4~5미터 정도이고 여름에 물이 도랑에 차서 흐를 때 아무리 깊은 곳이라도 1미터 정도밖에 안된다. 도랑은 직각으로 파여 있으며 도랑 바닥은 공굴로 되어 있고 벽은 화강석 돌로 되어 있는데 시멘트로 붙여 쌓았다. 군데군데 이 도랑을 가로지른 공굴다리가 있고, 도랑가는 도랑물 안에 들어갈 수 있도록 여러 군데 계단으로 쌓은 곳이 있다.

이 봇도랑의 물은 용두목에서 남천강을 따라 영남루 앞으로 해서 삼문동 서쪽 끝을 휘돌아 예림까지 오는 20리가 좋이 되는 강줄기를, 단지 5리도 못되는 거리로 똑바로 질러서 흐르기 때문에 물살이 매우 빠르다.

바닥이 평탄하고 물길이 죽 곧아서 겉보기에는 물살이 빠른 것을 느끼지 못하지만 일단 수로에 들어서면 휩쓸려 눈 깜짝할 사이에 20~30미터 정도 떠내려가고, 4~5미터밖에 안되는 도랑을 헤엄쳐 건너는 동안 40~50미터는 떠내려간다. 물은 맑아서 도랑 바닥이 그대로 환하다. 우리들 여름 개구쟁이들은 이 빠른 물살이 재미있다.

영남루 아래 남천강에서 헤엄질치고 놀다가 지겨우면 여기저기 물살이 세거나 좀더 깊은 곳을 찾아서 장소를 옮기는데 이 봇도랑도 그 중 한 곳이다. 남천강에서 이곳까지는 1킬로미터 훨씬 더 넘는데도 우리들은 여름 땡볕을 그냥 받으면서 타박타박 걸어 이곳까지 원정을 했다.

이곳은 가곡동이라는 곳인데 왜놈들의 동네이다. 왜놈 아이들이 물놀이를 하다가 우리들이 가서 인상을 험하게 쓰면 옷을 거머잡고 달아난다. 우리들은 봇도랑가에 옷을 벗어놓고 꼬치를 달랑달랑거리면서 물 속에 개구리처럼 퐁당퐁당 뛰어들고, 노래도 부르고 고함도 치면서 200미터쯤 떠내려갔다가 다시 위쪽으로 올라와 발가벗고 도랑 기슭을 달려가며 재미있게 놀았다.

아랑의 전설

단오날이 되면, 기슭에 영남루를 얹은 무봉산은 신록에 싸인다. 신록 속의 영남루는 그 자태가 하늘을 나는 듯하다. 영남루 앞뜰에 높다란 느티나무가 한 그루 서 있었는데 거기에다 그네를 매어놓고 처녀들이 나와 그네를 뛰고 있었다. 뜰 맞은편에 있는 청진각(淸眞閣) 마당에서는 널뛰기를 한다. 처녀들이 그네를 타고 봄하늘에 높이 올라가는 모습과, 치마를 허리에 끈으로 감아 동인 채 널뛰기로 높이 치솟았다가 내려오는 자태는 꿈속의 선녀만 같다. 영남루 대청에는 할아버지, 할머니들이 손자를 데리고 나와 자리를 깔고 앉아 강바람을 쐬고 있었다. 마당에는 풍물패들이 나와서 풍물을 치며 놀고, 많은 사람들이 이러한 놀이를 구경하기 위해 나왔다. 밥을 싸들고 온 사람도 많았다.

강 건너 맞은편 강가의 풀밭에는 씨름터가 있어 해마다 씨름대회가 열렸다. 오정 때는 애기씨름이 끝나고 중씨름이 시작된다. 황소 한 마리의 상이 걸려 있는 상씨름은 오후 3시쯤 되어야 한다. 밀양 가근방의 장사는 물론이고 멀리 마산, 진주, 하동에서 온 장사들이 함께 힘과 재주를 겨루었다.

강 건너 솔밭 못미처 널찍한 고수부지에 풀밭이 있는데 거기가 활터이다. 단오날에는 밀양의 한량들이 나와 활 솜씨를 겨루는데 기생들이 나와 서 있다가 화살이 과녁에 적중하면 "지화자" 소리를 불러준다. 화살이 포물선을 그리며 날아와 과녁에 '딱' 하는 소리와 함께 꽂히는 재미는 구경하는 사람의 마음까지도 시원하게 해준다. 과녁을 맞출 때 기생들의 애띤 "지화자" 소리는 활터의 흥취를 한껏 돋운다.

영남루 바로 밑에 있는 대밭 안에는 아랑의 비각이 있는데 해마다 단오날이면 아랑의 넋을 추모하고 아랑의 정절을 기리는 제사를 지낸다. 지금은 아랑의 비각 곁에 새로이 '아랑각'을 짓고 아랑의 영정을 그려놓았다. 그리고 '밀양 아랑제'라는 지방문화제를 개최하는데 이때 밀양 시내에 있는 여고생들이 제관이 되어 아랑의 정절을 기리는 제사를 지낸다. 그러나 내가 어릴 때는 민족문화를 말살하려는 일제강점기였고 규중 처녀가 감히 나다니지 못하는 봉건 유습이 그대로 남아 있었기에, 밀양 기생조합이 주동하여 제사를 지냈다. 기생조합에 들어 있는 동기(童妓)들이 나이 많은 기생의 주선으로 아랑의 제사를 지냈다. 그때는 비각도 많이 헐었고 주변의 대밭도 지금처럼 무성하지 못해 손가락 굵기 정도 되는 대가 듬성하게 나 있는 초라한 대밭이었다.

아랑에 관한 전설은 여러 가지 있지만 그 중에서 가장 그럴 듯하고 재미있고 널리 알려진 이야기로는 '밀양 아랑전'이라는 내방가사가 되어 전해지고 있는 것이 있다. 활천 할매가 나에게 이야기해주었는데, 그때 수환이 아지매도 곁에서 함께 들었다.

"옛날에 우리 조선나라가 서서 임금이 여러 번 바뀌고 나라가 태평하여 백성들도 살기 좋은 시절이 있었는데, 그때 성이 이(李)가인 사또가 밀양 부사로 도임했거든. 이 새로 도임한 밀양 부사는 밀양 부사로 가라 카는 어명을 받기 얼마 전에 마누라가 딸 하나를 두고 마 죽어분능기라. 그 딸의 이름은 동옥(東玉)이라 카고 이팔청춘인데, 그라이까네 이팔이 십육, 열여섯 살 묵은 처잔기라. 그러이 우째 아무한테나 맽기두고 저거 아부지가 밀양 부사 노릇하로 오겠노. 그래서 우짤 수 없이 도임길에 함께 밀양으로 데리고 왔는기라.

이 동옥이라 카는 부사 딸은 동헌 내아, 그라이까네 사또 있는 관청 안채에서 몸종 하나를 데리고 있으면서 아버지의 의대 조석 수발을 다하는데 우째 그리 깔꿈하이 잘 하능공 모르겠더라 안카나. 그라고 또 그 인물은 얼매나 잘났는제 월궁항아보다 더 훤하고 양귀비 뺨치게 더 이쁜기라."

"아지매가 봤나. 양귀비보다 더 이쁘다 카구로."

수환이 아지매한테는 고모이다. 수환이 아지매가 얘기에 초를 치기에 나는 애달아서

"아지매, 이야기는 할매가 다 하고 나거던 해라. 좀 가마이 있거라."

하고 핀잔을 주고 할머니에게 얘기를 재촉한다.

"그런데 말이다. 동헌에서 사또 심부름하는 통인놈 중에 한 놈이 이 동옥이라 카는 부사 딸을 보고 쫄딱 반했던 기라. 허이구 참, 제가 통인 주제에 사또 딸에게 언감생심 엉뚱한 맴을 묵다이. 이게 말이 되는기가. 미쳐도 엉가이 미쳐야지. 이 통인놈이 부사 딸을 한번이라도 만나 지 맴을 알킬라고 맴먹고 있는데 당최 한 번이라도 만날 수가 있어야제. 그래서 생각다아 생각다 몬해 부사 딸 동옥이의 몸종을 꾈라고 했제. 그래서 이 통인놈은 저그 집에 가서 저그 어매가 통인 아들 장개갈 때 줄라고 놔두었던 호박가락지를 훔쳐가지고 나와서 그것을 가지고 부사 딸 몸종에게

주고 꾈는기라. 뭐라고 했노카면 '니한테 부탁하는 거는 아무것도 아이다. 부사 딸 애기씨를 댓고 영남루에 바람 쐬로 한 번 데리고 오는기다. 그라고 영남루에 올라가서 오줌 누로 가는 치 하고 잠깐 자리를 피해주면 되는기라' 이렇게 부탁했는기라. 처음에는 이 종년이 안된다고 딱 잡아뗐는데 마 호박가락지가 탐이 나서 '그랄께'라고 했분능기라."

수환이 아지매는 또 틈을 넣는다.

"고놈의 가시나, 참 몬땠데이."

활천 할매는 수환이 아지매에게 동의해준다.

"몬땠고 말고. 지 상전을 호박가락지 받고 팔아묵을라 카제."

이번엔 내가 물었다.

"호박가락지가 무언데. 좋은 기가?"

"보석은 아이고 가마이 있자아, 그렇지 할배 덧저구리에 달린 빨간 단추 있제. 그것이 호박이라 카는 기다."

"그기이 그렇게 좋은 깅강."

활천 할매는 이야기를 계속하려는데 그만 어디까지 했는지 아리숭했다.

"그놈아가 호박가락지 주고 만나게 해돌라 캐서 종년이 그라겠다고 안 캤나."

내가 일러주자 할머니는 끊어진 자리를 깨닫고

"그래, 그래. 몸종이 통인놈한테 만나게 해줄락 캤제. 그래서 하루는 몸종이 '오늘 저녁 달이 떠서 환할 때 영남루에 애기씨를 바람 쐬로 가자고 꾀서 데리고 나가겠다'고 미리 말해놓고 그날 저녁 묵은 다음, 달이 떠서 환하기를 기다렸다가 영남루가 달빛에 환할 때 '애기씨, 오늘 달이 너무너무 밝은데 방에 있지 말고 영남루에 바람 쐬로 가입시더'라고 꾀는기라. 그래서 동옥이 처자는 아무것도 모르고 몸종 따라서 영남루에 갔제. 영남루에 가니 달이 어찌나 밝은지, 저어 강 건너 용두산도 보이고 종남산도 환하고 달빛에 경치가 그마인기라. 거기다 바람은 얼마나 시원한지 가슴속을 확 싯거주는 것 같은기라.

한참 구경을 하고 있는데 종년이 아무 소리도 안하고 슬쩍 숨었분능기라. 경치구경을 한참 하고 그 시원한 바람에 반해서 곁에 종년이 없어진 줄도 모르고 난간에 서서 저 멀리 달빛에 비친 경치구경에 정신이 쫄딱 빠지고 있는 중에 어떤 총각 하나가 저쪽 난간 끝에서 이쪽으로 오는기라. 동옥이 처자는 깜짝 놀라 이리저리 몸종을 찾아도 어디 갔는공 없는기라. 그놈이 바로 통인놈인기라. 통인놈이 곁에 와서 하는 말이 '몸종을 암만 찾아봤자 없심더. 내가 애기씨 한번 만나게 해 돌라고 부탁해서 애기씨가 이리 나오도록 하고 피해부랐구마. 나는 애기씨를 한번 보고 얼마나 마음 속으로 좋아하게 됐는지 병이 날라 안카능교. 이러다가 죽을 것 같애서 이왕 죽을 밖에 두판 지고(되건 안되건) 애기씨를 한번 보고 통사정을 얘기해보거나 할라꼬 이래 나왔심더. 애기씨 나캉 어디 멀리 가서 함께 사입시더'라고 했는기라.

동옥이 처자는 겁이 나지만 기가 막히는기라. 그래서 '나는 아버지 슬하에 있는 처자로 이래 외간 남자를 만나는 것도 큰일날 일인데, 무슨 말은 그래 하노'라고 하고 몸종을 불렀는기라. 그런데 대답이 없는기라. 이 통인놈은 이왕 말로 해서 안될 밖에는 억지로 끌고 가는 수밖에 없는기라 생각하고, 그래 가슴에 품고 있는 칼을 내 가지고 동옥이 처자에게 들이대고 '내 따라가자'고 카이 처자는 '죽어도 몬 가겠다'라고 카는기라. 이래 싱갱이를 하는 중에 마 저쪽에서 사람이 오는 기척이 있었제. 그래서 이 통인놈이 놀라 '이제 파이다'라고 생각하자 동옥이 처자 목에 칼로 꽂아 죽이고 말았다 아이가. 그래 이 통인놈이 영남루 동쪽 난간 끝으로 죽은 처자를 끌고 가서 그 밑에 있는 무성한 대밭 속으로 던져부린능기라."

수환이 아지매는 활천 할매 곁에 바짝 다가들며

"그래, 그 처자가 그냥 죽고 말았다 카나?"

"동옥이 처자는 그래 죽었는기 아이가. 그라고 통인놈이 처자를 죽이고 대밭에 내다 던졌는데 죽은 처자가 떨어진 데가 지금 아랑이 비석이 있는 데거든."

나는 그 뒤가 궁금해서 물었다.

"할매, 그라고 말았나?"

"아이지, 원수를 갚아야제."

활천 할매는 이야기를 계속한다.

"이래 어굴하게 죽은 동옥이 처자가 우째 저승으로 그냥 가겠노. 그런 일이 있고 난 다음, 처자 아버지인 밀양 부사는 딸을 잃어버리고 상성이 되어서 찾았지만 몬 찾고 말았는데, 그럭저럭 날짜가 지나가고 해서 밀양 부사 버슬을 그만두게 되어 밀양을 떠났거든. 그라고 얼마 안돼서 죽었다 안카나. 딸을 잃어버리고 병이 들었는갑제.

그런데 그뒤 밀양 부사가 새로 도임했는데 도임 잔치가 끝나고 영남루에 있는 큰방에서 잤다 아이가. 이튿날 아침에 늦도록 안 일어나길래 아전들이 가보이까네 눈을 버이 뜨고 죽어버맀는기라. 그래서 장사를 지내주고, 또 새로 밀양 부사가 왔는데 그것도 하로밤 자고 죽어버맀는기라."

"아이고 어매!"

수환이 아지매는 할머니 곁에 더욱 바짝 들어붙는다.

"그래, 밀양 부사가 도임해서 오는 쪽쪽 하룻밤 자고 나면 죽어버맀는기라. 큰일났제. 그래서 인자는 아무도 밀양 부사 하로 올 사람이 없는기라."

그래서 나는

"그라문 우예 되노. 밀양은 부사도 없이 살아야 되는기가?"

할머니는 계속한다.

"그럴 수는 없제. 하루는 어떤 과객이 밀양 고을에 와서 혼자 영남루에 올라 경치를 구경하는데, 고을 사람들이 부사가 오는 쪽쪽 죽어서 그래서 부사 할 사람이 없어서 나라에서는 밀양 부사 할 사람을 뽑는다 안카나. 이 말을 듣고 과객은 과객질하면서 조선 팔도강산 삼천리를 골짝골짝 안 댕긴 데 없이 다 구경했으이 인자 죽어도 한이 없는기라. 그래서 에라이 마지막에 밀양 부사나 한번 해먹고 죽어야겠다고 맴먹고 바로 서울로 올라갔는기라. 서울에 가서 나랏님께 '내가 밀양 부사를 할랍니더' 하고 나섰는기라. 그랬더니 나랏님이 '죽어도 좋으냐' 하고 묻기에 '예, 죽어도 좋심더'라고 했는기라. 그래서 그 과객이 밀양 부사가 되어 내려왔는기라."

수환이 아지매는 다시 바로 앉아 할머니를 쳐다본다.

"그런데 밀양 부사가 내려오면 오는 쪽쪽 죽어부이 밀양 부사가 오면 고을 아전놈들은 장사 준비를 하는기라. 이번에 자청한 밀양 부사가 와서 도임상을 받고 그날 밤에 영남루 큰방에서 이불을 피고 보료 위에 떠억 앉아 있는데 영남루 대청 아래에서는 장사에 쓸 늘(관)을 짜고 안 있었나. 그럭저럭 한밤중이 되자 아전놈들도 다 가고 영남루에는 겁이 나서 아무도 없는기라. 부사는 혼자 보료 위에 앉아서 촛불 밑에 책을 보고 있었제. 그런데 어디서 부는 바람인지 선득한 찬 바람이 불더니 촛불이 펄렁거리다가 그만 툭 꺼져버리고 대청 쪽의 방문이 소리 없이 슬며시 열리는기라. 새로 온 부사는 소름이 주욱 끼치는데 그래도 꾸욱 참고 문 쪽을 바라보이 어떤 처자 하나가 목에 칼을 꽂은 채 피를 흘리면서 손에 붉은 기를 들고 방안으로 소리 없이 들어오는기라."

"아이곰마야. 무시라."

수환이 아지매는 할머니의 무릎을 잡고 흔든다.

"그렇게 무서우면 그만두까?"

나는 할머니의 다른 쪽 무릎을 잡고 흔들며 재촉했다.

"그래 우째 되었노? 아지매는 무섭거든 이불 속에 들어가서 머리까지 이불 덮어 써라."

수환이 아지매는 이불 속에 들어가서 머리까지 이불을 뒤집어쓴다. 할머니는 얘기를 이어간다.

"이번에 온 밀양 부사는 당찬기라. 칼에 목을 꽂은 처자를 보고 '네가 그 꼴이 뭐꼬? 네가 사람이냐, 귀신이냐?' 하고 물었거든."

이불을 뒤집어쓰고도 이야기는 듣는지 수환이 아지매는 이불 속에서

"우째 칼에 목을 꽂노, 목에 칼을 꽂았지."

할머니는 말을 잘못했다는 걸 인정하면서

"하하……, 그래 니 말 맞다. 말이 빠져 이가 헛나왔제."

"그래 목에 칼을 꽂고, 밀양 부사가 물었는데 우째 됐노?"

나는 뒷이야기가 궁금해서 재촉한다.

"밀양 부사가 '네가 사람이냐, 귀신이냐?' 하고 물었더이 '지가 사람이면 우째 이 모양을 하고 사또를 보러 오겠심니꺼. 하도 어굴해서 사또한테 원수 갚아돌라고 새로 온 사또께 왔더이 이 꼴을 보고 모두 놀래서 까무라쳐 죽어버립디더. 새로 오신 사또님은 제발 지 원수 갚아주이소'라고 말하는데 마 닭이 울어버렸는기라. 그러자 그 처자는 연기처럼 사라져 버리고 말았거든. 밀양 부사는 옳게 물어보지도 못하고 그만 처자를 떨가뿌리고 말았제. 그래서 밀양 부사는 날이 밝을 때까지 잠 한숨 못 자고 그 처자의 원수가 누굴꼬 하고 생각해봤는데 도무지 모르겠는기라. 그럭저럭 날이 다 새버렸는데 밖에서는 아전놈들이 모여서 밀양 부사 영장(송장)을 치울라고 방에 서로 니 먼저 들어가라고 하면서 부사 방 앞에서 싱갱이를 하고 있는데 방안에서 '밖에 누고오!' 하는 소리가 나기에 이 아전놈들이 얼마나 놀랬버렸는지 뒤로 벌렁 나자빠지고 말았다 안카나."

수환이 아지매는 이불을 활딱 제치고 발랑 일어나 앉아서 할머니 입을 바라본다. 할머니는 수환이 아지매를 안으면서 이야기를 계속한다.

"그래서 밀양 부사 사또는 이방놈을 불러서 '방으로 들어오너라' 하고 이방놈에게 '밀양 부사 동헌에 구실하는 모든 관원을 아침 아무 시에 모이게 하고 관원 이름을 적은 장부를 당장 가지고 오라'고 했거든. 그러자 이방놈이 '예에이' 하고 페여네끼(횅하게) 가서 이름을 적은 장부를 가지고 왔거든. 부사는 그것을 펼쳐놓고 한 사람 한 사람 짚어가면서 생각하는데 '주기'라는 이름이 안 나오나. 그래서 부사는 마음 속으로 '주기라' 하면서 생각하는데 지난 밤에 온 처자가 붉은 기를 가지고 있는 것이 이것을 의미했구나 하고 무릎을 딱 쳤거든. 붉은 기라 하이 붉을 주(朱)자 하고 기 기(旗)자라. 그래서 '주기' 아이가. 그래서 밀양 부사는 '바로 이놈이구나' 하고 알아버렸제.

그래서 아침 아무 시가 되어 관원이 다 모였는데 밀양 부사는 아무것도 모르는 체 시치미를 뚜욱 따고 관원 한 사람씩 한 사람씩 이름을 부르는데 '주기'라고 부르이 주기란 놈이 '예에이' 하는기라. 그라자 사또는 사령 놈을 시켜 '주기란 놈을 당장 잡아라' 하고 앞에 꿇리놓고 사또는 '네 이노옴, 니 죄를 니가 알지로오'라고 하이, 이 통인놈 주기는 '이제는 다 들통 났는갑다'라고 지리 겁을 먹고 사실을 모두 자백해버렸거든. 그래서 이 통인놈하고 또 동옥이 처자 몸종년 하고 잡아서 목을 댕강 베고 동옥이 처자의 원수를 갚아주고, 주기가 처자를 죽이고 내버렸다는 곳에 가보이 처자가 목에 칼을 맞고 죽어 있는데 그동안 몇 년이 됐는데도 그냥 산사람 같고 밀양 부사가 밤에 귀신으로 본 바로 그 처잔기라. 그래서 밀양 부사 사또는 동옥이 처자의 장사를 잘 지내주고 죽은 자리에 비석도 세워주고, 또 동옥이 처자 이름을 아랑이라 해라 카고서 해마다 그 자리에 동옥이 처자가 지킨 깨끗한 정절을 기리면서 밀양 처자들이 뽄을 보도록 제사를 지내주라고 했다 아이가."

5월 단오날이면 밀양 사람들은 모두 신록이 우거진 늦봄을 맞아 청신한 하루를 즐기는데, 특히 젊은이들은 이 아랑 동옥 처녀를 기리며 뜻있게 보냈다.

그런데 왜놈들은 밀양 고을의 이러한 아름다운 명절과 그에 따른 전설을 없애려고 무던히 애를 썼다. 그놈들이 하는 양력 3월 3일의 '히나마쯔리'(아가씨의 날)에 아랑의 제사를 지낸다고 밀양의 초등학교 여학생을 동원하여 왜년 옷을 입혀서 굿을 했고, 양력 5월 5일을 단오날이라 하여 잉어 깃대를 세우고 조선 아이들에게 그 섬나라의 희한한 '훈도시'(왜놈 밑가리개)를 채워 '왜씨름 대회'를 열었다. 그리고 음력 5월 5일 단오날이 되면 공연히 무슨 트집을 잡고 많은 사람들이 영남루와 남천강 냇가에 나오는 것을 방해했다. 왜놈 순사들이나 경방단 놈들은 밀양읍에 들어오는 길목에 괜히 눈을 부라리고 서서 먹물 든 물총을 가지고 흰옷 입은 사람들에게 먹물을 뒤집어씌우는 못된 짓들을 했다.

남천강의 물놀이

여름이 되면 남천강은 밀양 아이들의 물놀이터였다. 여름날 대낮의 한더위가 지나고 오후 서너 시쯤 되면 강줄기는 사람들로 가득찬다. 남천강의 용두목에서 밀양 사람들이 '둘끝'이라 부르는 삼문동 서쪽 제방 끝까지, 약 3킬로미터를 이어가며 어디에나 사람들의 살갗 빛깔이 안 보이는 곳이 없다. 강물은 한없이 맑고 강바닥은 깊은 곳이 바위이며 얕은 곳은 모두 모난 게 없는 동골 납작한 자갈이다. 다만 둘끝만 유일하게 모래밭이다. 이 모래는 아주 가늘어 몸에 잘 붙지 않고 붙더라도 손으로 한 번 쓸면 깨끗이 떨어지는 참모래이다. 이곳은 여자들이 모래뜸질 하는 곳으로 남자는 못 가는 곳이다. 그러나 아이들은 꼬치를 달랑거리면서 어디고 못 가는 곳이 없었다.

아이들의 주된 물놀이 장소는 무봉산 가파른 산자락을 씻고 흐르는 곳에서 영남루 아래 물 위에 드러난 바위머리가 있는 데까지 약 1킬로미터 못되는 거리 어간이다. 그곳에는 '꼬꾸랑 바우'(꼬부랑 바위)라는 물 위에 드러난 바위머리가 있는데 이 어간에서는 가장 깊은 곳이다. 꾸리실 한 타래가 다 풀릴 만큼 깊다고 하는데, 이는 과장이고 수심이 약 10미터 가까운 아주 깊은 곳이다. 더러 수영을 잘하는 아이들은 그 바위 밑 깊은데에 표나는 돌을 던져넣고 건져내오는 장난을 하고 놀았다. 한 20미터쯤 높은 무봉산 산허리에 나 있는 길에서 꼬꾸랑 바우 일대를 내려다보면 물빛이 쪽빛으로 진하고 바닥의 바위가 보이지만 꼬꾸랑 바우 바로 밑은 강바닥이 보이지 않고 다만 검푸렀다.

나는 초등학교 2학년 때부터 수영을 했는데 5, 6학년 때는 내 또래 아이들 중에는 아주 잘해서 '대미'(물고기를 찍어 잡을 때 쓰는 삼지창)를 가지고 꼬꾸랑 바우에 붙어 있는 메기와 뱀장어를 찍어올렸다. 거꾸로 곤두박질해서 꼬꾸랑 바우 밑 강바닥까지 내려가 보기도 했는데 바닥에는 모래가 깔려 있었고 어두컴컴해서 무시무시했다. 이곳에서 물놀이를 하는 아이들은 나이도 좀 들었고 수영에도 자신이 있는 아이들이었다. 그래도 멋모르고 덤비다가는 야단난다. 한 해에 한두 번 익사 사고가 나기도 했다.

대개의 아이들은 영남루 바로 밑쪽의 강에서 헤엄치고 놀았다. 여기에서는 영남루 쪽이 한두 길쯤으로 깊지만 군데군데 바위머리가 수면에 나와 있어서 헤엄을 조금 칠 줄 알면 놀 수 있고, 헤엄을 전혀 못 치는 아이는 건너편에서 물놀이를 한다. 건너편 자갈밭에 옷을 벗어놓고 강으로 들어오면 약 30~40미터쯤 들어와서야 가슴결 깊이의 물이 되고, 헤엄을 치는 아이는 여기에서 40~50미터만 헤엄치면 강을 건너갈 수 있다. 아이들은 여기에서 놀기도 하고 헤엄도 배웠다. 이곳에 아이들이 가장 많이 바글거렸으며, 아이들은 헤엄쳐서 강을 건너 왔다갔다 하고 놀았다.

요즘은 어지간한 도시쯤 되면 수영장이 있지만 옛날 우리 세대가 어릴 때는 물놀이 할 곳이라곤 이런 강밖에 없었다. 수영복이란 것은 없었고 다만 엄마가 해 입혀주는 여름 베땅주의(베로 만든 짧은 반바지)를 입은 채로 물놀이하거나 대개는 꼬치를 내놓고 발가벗은 채 헤엄치고 놀았다.

영남루 밑에는 여름철이 되면 발가벗은 아이들이 바글바글하다. 바윗머리가 강물 위에 드러나 있어서 놀이가 재미있고 좋았다. 특히 강가 바위 틈에 뿌리를 박고 줄기를 옆으로 뻗어 강물 위에 드리우고 있는 아름드리 느티나무에 뭇 아이들이 매달려 흔들거렸고, 나무에서 개구리처럼 곤두박질해서 노는 재미에 해가 저무는 줄도 몰랐다. 이 유명한 느티나무는 큰 물이 져도 잘 견디었는데 1959년 '사라'호 태풍 때 그만 떠내려가고 말았다.

영남루 아래의 물놀이는 아이들도 많지만 또한 보는 눈도 많아서 안전하다. 사고가 나면 곧 발견되고 구조가 빨라서 인명 사고가 별로 없었다. 그러나 다른 곳에서는 종종 익사 사고가 생겼다. 주로 용두목과 산문동 솔밭 앞이었다. 더러 꼬꾸랑 바우에서도 생겼다. 이런 곳은 깊기도 하지만 물 온도가 고르지 않아 쥐가 나거나 심장마비를 일으키는 수가 있었던 것이다.

어른들은 용두목에서 뱃놀이도 하고 그곳에 있는 매운탕집, 횟집에서 매운탕과 잉어회를 안주로 해서 마시는 소주가 별미였다. 밀양 사람들은 잉어회를 참 좋아했는데, 그래서 밀양에는 간디스토마 환자가 많았다. 간디스토마는 낙동강 일대의 풍토병으로 얼굴이 부숭하고 얼굴빛이 누렇거나 검으며 기운을 못 차리는 병이다. 이 병은 황달이라 했는데 심하면 얼굴이 검어져 흑달이라고 했으며 목숨을 앗아가기도 하는 무서운 병이다. 삼문동 솔밭 앞의 물가는 나이 많은 노인들이 솔밭에서 놀다가 석양 때 멱감는 장소였다.

삼문동 솔밭 앞의 강물은 널찍한 호수처럼 잔잔한데 물이 흘러내리는 곳은 강폭이 아주 좁다. 거기에서 무봉산 산자락까지의 물길은 깊은 곳이 한 길쯤 되는데 물살이 엄청나게 세다. 이 센 물살이 아이들의 색다른 물놀이 장소가 되었다. 강폭이 좁은 목에서 센 물살에 떠내려가면 한 200미터쯤 흘러가는 물살이 쏜살 같았다. 아이들은 이것이 재미나는 것이다. 그래서 여기에도 아이들이 바글거렸다.

이 급류 건너편에는 자갈밭이 있고 그 너머는 언덕져 있는데 그 아래에 제법 널찍한 웅덩이가 있다. 가장 깊은 데가 어른 허리결이다. 이 웅덩이에 멋모르고 들어갔다가는 깜짝 놀란다. 물이 아주 차기 때문이다. 여름에 발 담그고 오래 있기 겨루기를 하는데 열을 두 번 헤아리기가 힘들다. 밀양 사람들은 이 웅덩이를 참물샘이라고 부른다. 웅덩이 바닥 곳곳의 땅 밑에서 참물이 솟아오르는 것이 보인다. 이 참물샘은 겨울에는 김이 무럭무럭 나고 물이 따뜻해서 여기에서 냉수욕하는 사람이 많다. 여름에 더워지지 않고 겨울에는 차가워지지 않으며 땅에서 나온 그대로 거짓이 없는 물이기에 언제나 한결같다는 뜻으로 '참'물인 것이다. 참물을 마시면 마음속까지 깨끗해지는 것 같다. 몸뿐 아니라 마음까지 '참'답게 해준다.

이 참물샘을 찾는 사람들은 날마다 아침 식전에 2킬로미터 넘는 거리를 뜀박질해 이곳까지 와서 참물을 마시고 체조하고 나서는 또 뜀박질로 돌아간다. 이 길은 영남루 아래 강기슭으로 해서 무봉산 산허리로 난 길인데 아래를 내려다보면 강물이 쪽빛으로 맑고 위에는 무성한 잡목으로 공기가 청신하다.

나도 소년 때는 식전에 이곳으로 자주 왔다. 그때 이씨 성을 가진 왕년의 권투선수가 있었는데 이분은 하루도 빠짐없이 이 참물샘을 찾았다. 밀양에 '밀양 권투구락부'라는 도장을 열어놓고 소년들에게 권투를 가르쳤는데 배우는 소년들은 이분을 따라 참물샘에 나왔다. 내 동무들 중에도 이 도장에서 겨우 줄넘기를 하는 주제에 밖에서는 권투를 썩 잘하는 것처럼 으시대는 아이들이 있었다. 이 이씨 아저씨는 아이들을 참 좋아했다.

비가 많이 와서 남천강이 넘치면 그 큰물은 용두목에서 두 갈래로 갈라진다. 한 갈래는 평소의 남천강 그대로이고 다른 갈래는 바로 예림 쪽으로 질러간다. 이럴 때 삼문동은 강으로 둘러싸인 섬이 된다. 큰물이 가고 강이 평소의 상태로 되돌아오면 강물이 영남루 쪽으로만 흘러서 삼문동 서녘을 휘돌아갔다. 예림 쪽으로 질러 흐르는 물은 곧 말라버려 그냥 자갈밭만 남는다.

삼문동에서 밀양 기차역으로 가려면 이곳을 가로질러 건너야 하는데 신작로는 그 자갈밭에 공굴로 깔아놓은 것이다. 밀양 사람들은 이 공굴도로를 '돌가리장판'이라고 이름지어 불렀다. 돌가리는 돌가루로 시멘트를 가리키는데, 그것을 방바닥에 깐 장판처럼 탄탄하게 깔았다는 것이다. 외래어로 시멘트라 하기보다 옛날 할아버지들이 지어 불렀던 '돌가리'가 훨씬 정답다. 돌가리장판은 1959년에 불어닥친 태풍 '사라'호가 몰고 온 큰물에 방구들이 들뜨듯이 뜨고 말았다. 평소에는 물이 안 흐르던 자갈밭이 언제나 물흐르는 강바닥이 되었고 여기에는 제법 큰 공굴다리가 놓여 있다.

강은 영남루 밑에서 서쪽으로 가다가 둘끝에서 급히 휘굽어 동남으로 흐르기 때문에 물굽이 안쪽은 모래가 쌓이고 얕으며 물살이 느리지만, 물굽이 바깥쪽은 언제나 물결이 있고 소용돌이치며 빠르다. 바깥쪽 강기슭은 물결에 씻겨 언덕져 있고 물 속에는 자갈이 깔려 있고 가파르며 물빛이 짙푸르고 깊다.

　삼문동은 왜놈이 들어오기 전 옛날에는 집도 없고 그냥 내버려진 땅이었다. 밀양교가 있는 곳은 부산과 마산으로 가는 길목이어서 교통이 번잡했으며 나룻배로는 감당하지 못해 뱃다리를 놓았다고 했다. 말하자면 부교(浮橋)인 것이다. 그래서 밀양 사람들은 밀양교가 놓인 지 30년이 넘도록 밀양교를 '뱃다리'라 불렀고 그 길목을 '뱃다리 거리'라고 했다.

　삼문동의 이른바 뱃다리 건너부터 용두목 앞까지는 공동묘지였다고 한다. 밀양초등학교는 이 공동묘지를 깔아뭉개고 터를 잡았다. 그래서 내가 초등학교에 다니던 그 시절까지도 학교 실습지에서 밭갈이를 하다보면 더러 사람뼈가 드러나기도 했다. 밀양 아이들 사이에서는 비가 부슬부슬 내리면 밀양초등학교에 도깨비가 나오고 변소에는 달걀귀신이 나온다는 말이 무성했다.

　밀양 성내(내일동, 내이동)에는 조선 사람이 터잡고 있어서 왜놈들은 여기에 섞여 살기 어려웠다. 그래서 기차역이 있는 가곡동에 몰려 살았다. 경부선 철길을 깔 때는 밀양 고을 사람들의 배일감정으로 밀양 성내 가까이에 기차역을 두지 못했고 철길도 멀리 긴늪 쪽으로 돌아서 깔았다. 일제 말기에 복선 공사를 할 때 추화산(推火山) 밑으로 굴을 뚫어 비로소 용두목까지 철길을 똑바르게 깔게 되었던 것이다. 왜놈들은 경찰서와 읍사무소를 성내에 두는 데도 애를 많이 먹었다고 한다. 그래서 다른 관청들, 즉 군청, 재판소, 검사국, 세무서 등은 삼문동에 두었고 그 부근에 왜놈과 거기에 붙어 밥 먹고 사는 조선 사람의 취락이 형성되어 삼문동이라는 동네가 이루어졌다.

수박서리

삼문동 서녘에는 모래땅 밭이 넓다. 이 땅은 큰물 질 때 거름끼가 덮여서 기름지다. 여름의 외·수박 농사와 가을의 무·배추 농사로 밀양 성내 사람들에게 남새를 감당해주었다. 삼문동의 농사꾼들은 수레를 끌고 밀양 성내에 들어와서 뒷간 똥물을 퍼다가 거름으로 썼다. 똥물 임자는 누가 퍼갔는지도 모르지만 농민들은 외·수박철과 무·배추철이 되면 고맙다고 하면서 외·수박 한 바지게와 무·배추 반 접 정도 되게 가지고 와서 인사를 했다. 그러면 성내 사람들은 막걸리를 받아 이들을 대접했다.

밭 주인이 원두막을 매놓고 지키고 있으면 사람들이 거기에 와서 외와 수박을 사먹기도 하고 읍내의 수박 장수들이 손수레를 끌고 와서 사가기도 했다. 또 멀리 부산, 마산 등에서 화물차로 실어가기도 했다. 그래서 그곳 원두막 주인은 제법 수입을 올리고 있었다.

여름에 아이들은 삼문동의 외·수박 밭을 결코 그냥 지나가지 않았다. 외서리와 수박서리를 했던 것이다. 외·수박 농사를 크게 하는 사람은 크게 하기 때문에 아이들이 외 몇 개, 수박 몇 덩이쯤 살짝 서리해도 장난으로 쳤고, 적게 하는 사람은 적게 하기 때문에 아예 처음부터 돈되기를 생각하지 않고 식구들이나 아니면 멀리 사는 외손자, 친손자가 여름에 할아버지 집에 올 때 군것질거리로 치고 있어서 서리하러 오는 아이들에 대해서도 장난으로 알고 웃고 말았다.

그래서 읍내의 장난꾸러기들은 몇이 모여 종종 수박서리를 간다. 대개 열두서너 살 되는 한창 장난끼 심한 소년들이 삼문동 모래밭 건너 남천강이 굽이치는 바깥 기슭에 앉아서 서리를 모의한다. 모두 발가벗고 강물에 들어가 건너편 모래밭으로 헤엄쳐 건넌다. 그 다음 외·수박 밭으로 살살 기어 침입하여 외는 한 사람이 두어 개, 수박은 한 덩이를 따가지고 모래밭으로 내뺀다. 강물에 외·수박을 안고 뛰어들어 노획물을 밀면서 헤엄쳐 건너오는 것이다. 이렇게 서리해서 먹는 외·수박은 유달리 맛이 있었다.

때로는 따겠을 때 익지 않은 허연 수박일 수도 있고 외가 쓴 맛이 빠지지 않은 풋것일 수도 있었는데 이때는 우리들이 못 먹어서라기보다 수박밭 임자에게 더욱 미안한 마음이 들었다.

그런데 한번은 사고를 내고 말았다. 이 통에 나는 할아버지께 종아리를 맞았다. 초등학교 5학년 때였다. '개병쟁이'라는 별명을 가진 장난꾸러기 친구하고 같은 또래 두엇하고 넷이 수박서리를 모의했다. 수박밭에 들어가 큼직한 수박 한 덩이씩 안고 달아나 강물 속에 뛰어들었는데 원두막에서 열예닐곱 살쯤 된 큰 총각이 내려와 고함을 치며 따라왔다. 우리는 급히 수박을 밀면서 헤엄쳐 건너왔는데 우리가 옷을 다 입기 전에 이 총각이 물에 뛰어들어 헤엄쳐서 거의 다 건너오고 있었다. 우리는 달아날 여유가 없었다. 그래서 넷이 돌멩이를 던졌는데 누가 던진 것에 맞았는지는 몰라도 머리가 깨지고 말았다.

우리는 제풀에 놀라 훔친 수박을 그냥 둔 채 도망쳤다. 간이 콩알만해져서 집으로 왔다. 그러나 우리 동네에서 유명한 장난꾸러기가 개병쟁이와 나인지라 범인이 누군지 당장 발각될 수밖에 없었다. 총각의 외삼촌이 드디어 우리집에 찾아왔다. 할아버지를 만나서 말하기를 자기 생질이 부산에서 방학이 되어 왔는데 원두막에 있을 때 몇이 수박서리를 왔는 걸 잡는다면서 따라갔다가 달아나던 아이들이 던진 돌에 맞아 머리를 다쳤다는 것이다. 거기에 이 집 아이가 있었다는 말을 듣고 왔다고 했다. 할아버지는 사태를 당장 알아차리고 일단 나에게 그런 일이 있었느냐고 물은 다음 그 총각의 외삼촌에게 정중히 사과하고 그 총각이 입원하고 있다는 삼문동 삼성의원으로 갔다.

삼성의원 원장 선생님은 할아버지의 친구이다. 그리고 우리집에 찾아온 다친 총각의 외삼촌도 다 같은 밀양 사람이라 두루 알 만한 사람들이었다. 할아버지가 치료비를 부담하겠다고 했더니 그 총각의 외삼촌은 기어이 마다했다. 총각이 부산 아이라서 멋모르고 잡으러 나선 것이 잘못이고 그것을 말리지 못했던 자기에게도 책임이 있다는 것이다. 그리고 자기 아이라면 찾아가지도 않았겠지만 생질이라 남의 아이라서 책임상 찾아갔다고 미안해했다.

그 총각은 머리가 찢어져서 몇 바늘 꿰맸는데 의사 말이 별일 없을 것 같지만 그래도 다친 데가 머리라서 한 이틀쯤 상태를 보자면서 입원시키기로 했다는 것이다. 원장 선생님은 친구 손자와 친구 아들이 저지른 일이기 때문에 치료비와 입원비는 안 받는다고 했다. 내 동무 개병쟁이의 아버지도 밀양에서 꽤 알려진 어른이었고 원장 선생님과도 친했으며 할아버지와도 친한 사이였다.

그렇지만 나는 집에서 책임을 물어야만 했다. 병원에서 돌아오신 할아버지는 나를 작은방에 불러 앉혔다. 그리고 책임을 추궁했다.

"수박서리는 아이들이 하는 장난이라 카자. 그런데 니가 사람한테 돌을 던져 다치게 했다. 니 잘못이 한두 가지가 아니다. 무엇인지 잘 생각해서 말해라."

곁에는 배심원 격으로 할머니와 어머니가 있었다. 아니, 어머니는 배심원이라기보다 바로 검사격이다. 이때 아버지는 남양으로 멀리 가셨고 어머니는 밀양에 계셨다. 대청마루에서는 동생이 문틈으로 들여다보고 있고 집안 식구는 모두 대청에서 심각하게 그 결과를 궁금해하고 있었다.

"예, 사람한테 돌을 던지면 다친다는 걸 알고도 돌을 던져서 잘못했심더."

"또."

한참 생각하다가

"사람이 다쳤으면 당장 잘못했다고 빌고 병원에 댓꼬(데리고) 가야 하는데……."

"그라고 또."

"책임 안 지고 달라나서 비겁했심더."

"또."

"집에 와서 어른께 말씀디리지 안했심더."

"이놈 자식이 알기는 아는구나. 알면서 와 그랬노."

이때 어머니는 나를 보고 눈을 흘기면서 할아버지에게 이른다.

"아버님, 야가 놀기만 하고 심부름도 안할라 카고 책 한까끄래기(조금도) 보지도 않심더."

할아버지는 방학 전에 말씀하신 것을 새로 다짐한다.

"아침 10시까지는 책 읽는 시간인데 요새는 책은 영 내던진 모양이제."

"……."

어머니는 이것도 벌을 해서 매를 더 맞아야 한다는 것이다. 할아버지는

"그러면 인자 벌을 받아야지. 매 해가지고 오너라."

내가 매를 장만하러 밖에 나가자 어머니는 나를 보고 눈을 흘긴다. 대청으로 나오니 아재는 얼굴을 돌리고 수환이 아지매는 겁이 나서 커다란 눈으로 나를 본다. 동생은 큰방으로 슬며시 들어간다. 방안에서 할머니가 매맞는 손자가 애처로워 하는 말이 들린다.

"마, 의논이 잘 됐시문 됐지, 와 아이한테 매질할라 카능공 모르겠다. 쯔쯔."

매를 해가지고 나는 옆눈으로 할아버지 눈치를 보면서 슬쩍 곁에 놓는다.

"종아리 걷어라. 뒤로 돌아서라. 세아려라."

"찰싹."

"하나."

"찰싹."

"둘."

"찰싹."

"……."

"열."

"종아리 내려라. 그리고 내일부터 그 총각 입원한 데 밥은 니가 갖다주어라."

"예? 예."

그 이튿날 아침 일찍 할머니가 싸주는 밥찬합을 병원에 가지고 갔다. 그 총각이 있는 병실에 들어갔더니 언제 왔는지 개병쟁이가 그 총각에게 신나게 얘기하고 있었다. 우리들은 금방 친해졌고 퇴원은 그날 저녁에 했다. 다음날 머리에 반창고를 붙인 총각을 찾아간 개병쟁이와 나는 그 원두막에서 외와 수박을 실컷 얻어먹고 놀았다.

큰물

여름도 다 익어갈 때쯤 되면 싫은 손님이 찾아온다. 일찍 올 때는 모심기하고 나서 얼마 뒤에 오지만 늦게 올 때는 논매기 다 하고 벼꽃 필 무렵에 오기도 한다. 그것은 태풍이다. 태풍은 큰비를 안고 온다. 큰비가 내리면 남천강은 넘쳐 오른다. 이 큰물은 한 해에 한 번쯤은 있다. 어떤 때는 농사꾼에게 걱정 없이 봄부터 이리저리 쌓인 쓰레기나 말끔히 씻어 치워주고 끝내기도 하지만, 대개는 물이 넘쳐 논밭을 삼키고 물가에 있는 오막살이 집을 허물어 떠내려보내고 닭, 돼지, 소 등 가축도 띄워보냈다.

물이 넘친 남천강은 아득하게 넓었다. 물은 점점 차올라서 밀양교 상판이 물 위에 1미터도 못되게 될 때가 있었다. 이때 가까스로 버티고 있는 다릿발을 휘감는 소용돌이가 무시무시했다. 물을 막고 있는 제방도 비탈 잔디가 반쯤은 물에 잠기고 바로 손 아래에서 물이 찰랑거렸다. 싯누런 황톳물이 허연 거품을 군데군데 띄우고 소용돌이치며 살같이 흘러가는데 그 울림이 땅 속에서 울려나오는 듯 웅숭깊었다. 간간이 초가집 용마루가 떠내려가기도 하고 닭과 돼지, 소가 떠내려가기도 했다. 볼품없는 그 용마루가 떠내려가는 것을 보고 나는 저 초가집에 살던 사람들이 어떻게 되었을까 하는 걱정에 마음이 옥죄였다. 제방 둑에서 물구경하던 사람들은 모두 같은 마음인지 그 식구와 아이들 걱정으로 웅성거렸다. 강 건너 솔밭에 있는 삼문동 제방이 위험한지 소방차가 다급하게 사이렌을 울리면서 밀양교를 건너갔다.

큰물은 먼저 삼문동 서녘에 있는 외·수박 밭을 결딴냈다. 이때 원두막 주인은 아무나 와서 외·수박을 따가라고 했다. 강가에 가까운 원두막은 그 기둥이 물 위에 떠서 허물어지고 말았다. 강 이녘의 진장 동네는 이미 방안까지 물이 들어왔다. 이 동네 사람들은 집안 세간을 내다가 제방 둑 위에 갖다놓고 방안에 깔았던 삿자리를 걷어서 그 보잘것없는 세간을 덮어놓느라 바빴다. 그 곁에는 아이들이 새파란 입술을 하고 겁과 추위에 오돌오돌 떨면서 엄마 아빠를 기다리고 있었다.

이들 이재민들에게 군청이나 읍사무소에서는 아무도 나타나지 않았다. 그들은 오직 왜놈들이 밀집해 있는 가곡동이나 삼문동에만 관심이 있었다. 다만 진장 동네에 가까운 이웃 동네 아저씨 아주머니들이 보다못해 추위와 주림에 떠는 아이들을 맡아 집에 데려갔다. 밀양 사람들은 봉건왕조시대부터 이러한 재난에 그냥 버려진 자기들의 처지에 이미 익숙해 있었기에 끈질긴 생명력과 이웃 사람들의 따뜻한 우력으로 이겨내왔던 것이다.

이런 경황 중에도 부지런한 사람들은 물가에 나와 떠내려오는 나무를 건지고 있었다. 어떤 사람은 길다란 장대를 가지고 나와 그 끝에 갈고랑이를 매어 설치면서 땔감을 해결하고 있었다. 또 어떤 사람은 밧줄을 가지고 나와 한 끝에 허리를 매고 다른 한 끝은 물가의 딴 사람에게 잡혀두고 소용돌이 치며 흐르는 위험한 물 안으로 헤엄쳐 들어가 상류 벌목장에서 떠내려오는 통나무를 건지기도 했다.

진장 동네 서녘 제방 끝에서 남천강을 휘돌아 남쪽으로 흘러가는 그 큰물은 바다처럼 아득했다. 물이 예림다리를 넘어서면 낙동강에서 떠다니는 돛단배가 바람을 받아 물길을 거슬러 밀양교 근처까지 올라올 때가 있었다. 이런 큰물은 산골물이라서 윗비가 들고 하루쯤 지나면 제방 아래 석축이 거의 다 드러날 만큼 잦아지고 물도 맑아진다. 조금 더 잦아지면 보통 때는 자갈밭이었던 삼문동 쪽 제방 아래 강변은 허리물만큼이나 되어 여울지어 흐른다. 이때 물 아래 자갈은 큰물에 씻겨 깨끗하다. 열두서너 살 넘게 먹은 아이들은 피라미나 은어새끼 잡는 데 정신이 없다. 여울을 비스듬이 가로질러 튼튼한 말목을 한 20미터 거리로 양쪽에 박아놓고 두 말목에 실을 매어 수면 반 자 정도 위로 띄워서 탱탱하게 친다. 이렇게 쳐놓은 실에 금파리 낚시를 한 자 간격으로 매달아 여울물 수면에 닿아 팔랑거리도록 해놓으면 길이가 서너 치쯤 되는 피라미나 은어새끼 그리고 뱅어새끼들이 낚시에 걸리는데, 잡아내기에 바쁘다.

이것을 배 따고 비늘 쳐서 강물에 씻어 고추장에 된장 섞은 초장에 찍어 풋고추와 함께 그 자리에서 씹어먹으면 맛이 기가 막혔다. 많이 잡은 것은 배 따고 비늘 쳐서 깨끗이 장만한 다음 고추장을 많이 넣고 갖은 양념해서 맛있게 조려놓으면 여름 보리밥 밥반찬으로 그 이상 덮을 게 없다. 큰물 진 다음에는 괴로움도 많지만 아이들은 이런 재미로 괴로움을 잊고 명랑해진다.

백중 풍경

음력으로 7월 보름은 백중날이다. 양력으로는 8월 중순쯤 되고 절후로는 입추 지나 처서 전이다. 농촌에서는 이제 고된 논매기도 끝나고 결실의 가을걷이만 남게 된다. 이때부터 동네 머슴들은 나무 그늘 밑에 아무 자리나 깔고 낮잠도 자고 한숨 쉬게 된다. 말하자면 '진인사'(盡人事)는 했고 이제는 '대천명'(待天命)하는 것이다. 사람이 할 일은 이제 끝났고, 남은 것은 벼가 쑥쑥 자라 벼꽃이 피고 벼이삭이 탈없이 맺어져 충실하게 영글어 풍성한 가을이 되는 것뿐인데, 이는 사람이 하는 일이 아니므로 하늘만을 기다린다는 것이다.

이런 의미로 백중날은 농민에게는, 특히 그 뜨거운 여름볕에 하루 종일 논바닥에서 올라오는 숨막히는 더위를 이겨내고 일한 사람에게는 보답은 접어두더라도 우선 일을 다했다는 성취감으로 뿌듯한 보람의 날이 되는 것이다.

가을걷이가 끝난 다음 머슴은 그 보답으로 새경이라는 것을 받게 된다. 하지만 일을 다했다는 보람으로서의 장한 기분과 거기에서 돌아올 자기 차지의 몫으로서의 섭섭한 기분은 묘한 갈등으로 남을 것이다. 머슴을 둔 주인 또한 농군이기에 일하는 사람의 이러한 갈등을 이해한다. 그 역시 소작농이면 소작농이기에 수확의 반 넘는 몫을 차지하는 지주에 대하여, 자작농이면 자작농이기에 수확의 상당한 부분을 여러 명목의 잡세로 수탈하는 관청에 대하여 똑같은 갈등이 없을 수 없는 것이다.

그래서 농민은 이날 하루만큼은 머슴을 쉬게 하고 자신도 더불어 한숨 돌린다. 쌀밥에 고깃국을 끓여주고 백설기를 쪄서 실컷 먹여준다. 이러한 살가운 마음은 바깥 주인보다 안 아주머니가 더하다. 그리 고운 새는 아니지만 베필을 마련해서 한여름 불볕 더위에 헌신적으로 일을 해준 데 대하여 따로 보답하는 것이다. 우리들 농촌 공동체에서는 사람을 부리는 데도 이처럼 서로 마음을 교통하고 있었다.

뿐만 아니라 동네에서는 모심기, 보리타작, 논매기 그리고 앞으로 다가오는 가을걷이에 공동노동, 집단노동을 하기 위해 여러 가지를 준비한다. 집집이 추렴해서 개 마리나 잡아서 두레에 내놓아 여름 동안 축난 농군들의 힘을 보신했다. 당상나무 그늘에서 푸짐한 개고기 안주에다 막걸리 잔깨나 들이키고 나면 저절로 신명이 우러난다. 그러면 농기(農旗)를 내놓고 꽹과리 소리에 맞춰 장구, 북, 징, 벅구 소리가 어우러지고 어깨를 들썩이며 신명풀이를 한다.

밀양 고을의 선비들도 여름 동안 더위에 지친 몸을 보신하고 찬바람이 이는 가을을 기다린다. 집안 재실에 모여 이웃 동네의 선비들과 어울려 한시를 지어 읊기도 하고 서로 추렴해서 개도 잡는다. 선비들은 남천강의 긴늪 솔밭에 모여 여름풀이를 하다가 얼큰하게 취하면 춤을 추기도 한다.

이런 양반들의 느릿느릿한 춤사위가 형식화되어 이른바 밀양의 '양반춤'이라는 것이 구성된 것 같다.

읍에 살았던 우리는 이 백중날이 되어야 시골 농촌에 사는 아지매, 아재, 작은 할배집으로 놀러갈 수 있었다. 백중 전에는 농사일에 매달린 할배, 할매 들을 성가시게만 할 뿐이기 때문이다. 그래서 백중날이 되어야 시골로 가고 시골에서는 우리들이 오기를 기다렸다. 우리는 시집간 아지매들이 보고 싶었고 아지매들은 친정 동생과 조카가 보고 싶었던 것이다.

나는 큰집 장손이라서 갈 데가 많았다. 성만 동네에 가면 온 동네의 모든 집이 일가여서 어느 집에 들어서건 반가워했다. 등 너머 두암에는 나의 종증조부인 웃집 할아버지와 그 아랫대의 여러 재종조부 할배들 그리고 재종숙 아재들과 할매와 아지매들의 인정스러움이 그럴 수가 없었다.

"재구 오나."

"아이구, 내 새끼야. 어디 보자, 얼마나 컸능공."

이 소리가 지금도 귀에 들리고 할매들이 품어 등을 두드려주던 손길이 그립다. 할매들은 나와 작은아버지에게 무엇을 해먹이지 못해 안달이었다. 그 인정을 생각하면 지금도 가슴이 찡 울린다.

단장면 안포동에는 나의 종조모가 종숙들을 데리고 있었다. 이 할매, 아재들께 가며오며 그 중간에 있는 죽남의 할매집도 들렀다. 나의 종존고모, 말하자면 할아버지의 사촌 누이동생인 죽남 할매집이 거기에 있었다. 산내천과 단장천이 바로 위 쇠실에서 모여 그 맑은 물이 집 앞으로 흐르는데, 그 물을 잡아끌어 만든 물방앗간에서는 언제나 쉬지 않고 보리를 찧고 있었다. 읍으로 오는 길에 안포동 아재들과 그들의 누나, 나에게는 종고모인 굿질 아지매 집에도 갔다.

읍에서 성만 동네까지 40리 길인데 그 중간 삼분의 이 거리에 조음(棗音)이라는 동네가 있다. 거기에는 할아버지의 누이동생, 내게는 존고모 할매집이 있었다. 성만이나 두암에 갈 때는 거기에 들러 점심을 먹고 간다. 할매는 나에게 그처럼 살가울 수가 없었다. 그러나 오래 못 살고 돌

아가셨다. 우리 할아버지 형제자매가 모두 몸이 크고 튼튼했는데 그 할매
는 어째 그리 작고 약했는지.

교통이 좋은 요즘 같으면 4~5일이면 한 바퀴 돌 수 있겠지만 우리들이
어린 시절에는 걸어다녀야만 했다. 버스편도 있기는 했으나 하루 한 번
많아야 두 번인데 고장도 잦았다. 일제 패망 2~3년 전부터 휘발유가 귀
해서 버스는 목탄차였다. 약간 비탈진 고개를 만나면 올라가지를 못하고
엔진이 서곤 했는데 그럴 때면 사람들이 내려 밀어올려야 했다. 또, 목탄
을 세게 피우지 않으면 안되기에 차부에서는 조수가 송풍기를 열심히 돌
려 바람을 부채질했다. 밀양시에서 수산까지 40리쯤 되는 거리를 가는 데
한두어 시간 걸렸고 재수 없으면 걷는 시간보다 더 걸렸다. 그래서 아예
걷는 것이 여러모로 더 나았다.

천렵과 밤서리

백중날 이후 농촌에서는 하는 일이래야 피 뽑는 일과 뿌듯한 마음으로
논을 돌아보며 물꼬를 살펴주는 일뿐이다. 이때부터 남천강에서는 본격적
인 천렵시기가 된다. 주로 여울낚시와 쟁이(그물)던지기였다. 이때는 물
고기도 살이 오르고 맛도 기름지다.

여울낚시는 살내 여울이 아주 좋다. 여울 깊이도 무릎에 차는 정도로
알맞고 또 청도 고을과 밀양의 산내물, 단장물이 이곳에서 모두 모이기
때문에 고기도 다양하다. 물고기들도 산골 촌놈이라서 그런지 미끼도 안
뀐 벌레 모양 비슷한 여울낚시에도 잘 걸렸다. 백중이 지나면 강바닥에서
찬바람이 일어 이미 가을을 느끼게 했고 물도 차가웠다. 볕살은 아직 땡
볕 여름이어서 뜨겁지만 물에 잠긴 살갗은 싸늘하다.

오후 늦게 살내 여울에서 물결을 따라 낚싯대를 획 휘둘러 던지고 탁탁
채는 흰옷 입은 우리 아재들의 모습은 산그늘에 덮인 산자락과 살내 동네

의 저녁 연기와 어울려 한 폭의 그림이었다.

쳉이던지기는 강폭이 넓직하고 깊이는 허리 좋이 되는 물이라야 한다. 굿질 들앞의 남천강은 물이 잔잔하고 강바닥이 환하게 보일 만큼 맑을 뿐 아니라 바닥에 조막만한 자갈이 깔려 있어서, 잡풀이 쳉이에 걸려 그물코를 찢거나 끌려나오는 일도 별로 없다. 조금 깊은 데는 판대기를 겨우 모아 만든 함지 모양을 한 배 위에서 쳉이질을 한다. 여기에는 붕어를 비롯하여 손바닥만한 여러 가지 물고기가 잡혔다.

쳉이를 가지고 나온 아버지나 아재를 따라 아이들은 강기슭에서 '사발무치'를 해놓고 물장난을 하고 놀았다. 알루미늄 양푼이나 도시락을 흰 헝겊으로 덮어씌우고 한가운데에 지름 한 치쯤 더 되게 구멍을 뚫어놓는다. 된장이나 개떡장(보리 등겨로 만든 장)을 그 구멍으로 넣고 구멍 가장자리에 이리저리 넓게 장을 발라서 정갱이 물쯤 되는 곳에 움직이지 않게 자갈을 받쳐 놓아둔다. 그러면 이 된장, 개떡장 냄새를 맡고 피라미 같은 작은 물고기가 모여들어 구멍 가장자리에 발라놓은 된장, 개떡장을 입으로 쪼다가 점점 대담해져 구멍 안에 들어 있는 먹이 덩어리를 보고 양푼 안으로 들어간다. 이러한 어린이들의 고기잡이를 '사발무치'라고 한다. 사발무치를 해두고선 아이들은 거기에서 멀리 떨어져 놀다가 때때로 가서 건져내면 한 번에 서너 치 길이쯤 되는 잔챙이들이 네댓 마리씩 잡힌다.

굿질 앞들 강 건너에는 질펀한 강변의 밤숲이 동네 뒷산으로 기운 늦은 오후의 햇살을 받아 더욱 짙푸르고, 이미 산그늘이 깔린 마을에서는 보리 곱삶이 하는 푸른 보릿대 연기가 피어오르고 있다. 마치 가을 풍년을 바라는 마을 사람들의 기원인 듯하다.

가을이 되면 강물은 더욱 맑고 강심의 물결은 조용하다. 살내 여울물이 반티산 자락을 받아 오른편으로 잔잔히 흐른다. 강 이편에는 자갈밭이 있고 널찍한 강변 모래땅에는 밤밭이 무성하다. 이곳이 밀양 젊은이들이 자주 찾는 섬불 밤밭이다. 밤뿐 아니라 초여름부터 늦여름까지 철철이 딸기, 외, 수박, 복숭아, 자두, 포도 등 갖은 과일이 풍성했다. 이런 과일을 과일밭에서 사다가 여름 밤밭의 짙푸른 그늘 밑에서 앉아 먹으며 더위를 식히고, 정다운 사람과 더운 여름의 하루를 보내는 것도 밀양 사람들 삶의 한 모습이다. 이곳 복숭아는 앞서 말한 전설처럼 영등 할마씨가 가져온 하늘의 복숭아라서 그런지 유달리 물이 많고 달았다.

10월에 접어들면 파란 가을 하늘이 드높은데 섬불 밤밭의 밤송이는 알이 여물어 갈라져 밤알이 튀고 잎사귀가 점점 성거진다. 이때쯤 되면 읍내의 놀기 좋아하는 사람들은 섬불 밤밭에 밤서리를 하러 간다. 밀양 고을은 밤이 특산이어서 곳곳에 밤밭이 많다. 밤서리는 가을 행락과 더불어 해야 제맛이기 때문에 풍광 또한 좋은 곳이어야 한다. 반티산과 그 아래로 흐르는 맑은 남천강은 섬불 밤밭의 풍광을 더욱 돋보이게 하고 있어서 읍내의 사람들은 밤서리하러 이곳에 주로 모여들었다.

밤서리는 여름에 아이들이 하는 외·수박 서리와는 달리 밤밭 주인에게 밤을 사서 그 자리에서 삶아먹는다. 나무 밑에 떨어진 밤알을 줍거나 길다란 장대로 밤송이를 두드려 떨어뜨려서 뾰족한 막대기로 밤송이를 깐다. 이렇게 모은 밤을 되로 고봉으로 담아 필요한 만큼 사서 삶거나 구워서 먹는다. 이때쯤 되면 그늘에선 바람기가 싫어진다. 그래서 밤밭을 벗어나 강가 자갈밭에서 낙엽이나 마른가지를 주워 불을 피워놓고, 불도 쪼이면서 그 잿불로 구워먹는 밤맛은 별미이다.

우리들의 어린 시절에는 요즘처럼 어린 아이 주먹만한, 하지만 고구마 맛보다도 못한 개량종인지 개악종인지 그런 밤은 없었다. 섬불밤은 엄지손가락 마디만한 게 아주 야물고 단 데다가, 삶아놓으면 팍신팍신한 게 특징이었다. 그때의 밤나무가 아직 있다면 아마 엄청난 고목이 되었을 것이다.

1970년대 고향 친구들과 섬불 밤밭에 놀러간 적이 있었다. 그곳 사람들에게 밤 얘기를 했더니 지금은 모두 개량종으로 바뀌어 있다고 했다. 박정희 군사정부는 이곳을 밤나무 단지로 정해놓고 소득증대니 어쩌니 하면서 재래종을 일부 파내고 개량종이란 걸 심게 했다고 한다. 그런데 어디에서 묻어온 병인지, 개량종에는 아무 이상이 없는데 재래종만 잎이 마르고 밤송이에 희한한 벌레가 생기는 병이 돌아 재래종을 아주 결딴내놓고 말았다고 한다. 그래서 지금은 밤밭을 아주 놓아버린 곳도 많으며 재래종은 겨우 몇 그루 남아 있을 뿐이라고 했다. 개량종은 심은 지 4, 5년 만에 수확되고 그 양도 많지만 단맛이 없고 팍신한 맛이 없어서 과자 공장에서나 좀 사간다고 했다. 마을 사람들이 말하기를 개량종은 밤맛이 없어 안 팔리고 재래종은 개량종이 묻혀온 병충해로 거의 수확되지 않아 요즘은 모두 밤농사를 포기했다고 한다. 단장면 표충사(表忠寺) 사하촌에서는 옛날의 밀양 밤맛이 아직 남아 있긴 하지만 개량종에 밀려 생산이 잘 되지 않는다고 한다.

가을의 남천강은 그 물이 유리 같고 물비늘이 강바닥에 비쳐서 일렁이는데 깨끗이 씻긴 자갈과 더불어 서늘한 한기가 돈다. 반티산과 용두산 자락의 울긋불긋한 단풍은 강물에 비쳐서 수놓은 비단 같고 능선은 새파란 가을 하늘에 더욱 뚜렷하다. 용두목의 짙푸른 강물은 고요한데 저너머 삼문동 솔밭에 쏴아하는 솔바람 소리가 귀를 씻어준다.

어느덧 가을 해는 종남산 마루 위에 기울어 있고 영남루는 그 햇살을 담뿍 받아 새파란 가을 하늘에 웅장한 추녀를 치켜들고 늦가을을 다그치고 있다. 가을이 깊어가면 남천강의 물은 더욱 투명해진다. 밀양교에서 강물을 내려다보면 강바닥을 어떤 커다란 쇠스랑으로 긁어 파놓은 듯 울퉁불퉁하게 골진 바위바닥이 환히 보이고 거기에는 팔뚝만한 잉어떼가 유유히 노닐고 있다. 그리고 은어떼인지 작은 고기떼가 이리저리 무리져 다니고 있는데 때때로 하얀 배때기를 햇빛에 드러내고 있었다. 이 물고기도 겨우살이 준비가 끝났는지 살도 오르고 그 맛도 기름졌다.

11월 중순쯤 되면 물이 차가워지고 고기들의 움직임도 둔해진다. 이때쯤 고기잡이들이 와서 가두리그물을 치고 고기를 잡는다. 고기잡이들은 작은 쪽배를 타고 밀양교 다리 아래쪽 강을 가로질러 둥글게 가두리그물을 쳐놓고, 강 윗목에서부터 멀찌감치 꼬꾸랑 바우 아랫녘으로 삿대로 저어 가로지른 그물로 강바닥을 훑으면서 다리 쪽으로 내려온다. 그러면 그물코를 빠져나가지 못하는 큰 고기만 다리 아래쪽으로 몰려오고 작은 고기는 그물코를 빠져나간다. 고기잡이들은 규정된 그물코 크기를 엄격히 지켜 작은 고기를 보호했다.

다리 아래로 몰려온 큰 고기들은 우굴우굴하면서 그물코를 빠져나가려고 몸부림치지만 그럴수록 그물에 휘감기게 된다. 그래도 걸리지 않은 고기는 고기잡이들이 가지고 있는, 자루길이가 두세 발쯤 되는 길다란 삼지창에 찍혀 나온다. 숙달된 고기잡이들의 창 솜씨는 여간 아니다. 물 속에 삼지창을 넣은 채 힘을 한 번 불쑥 주어 쑤실 때마다 한 마리씩 꿰어 올라온다. 이렇게 한나절 동안 배에 건져올린 잉어나 물고기들은 쪽배에 제법 그들먹했다. 밀양교 위에는 고기잡이를 구경하는 사람들로 다리 난간이 하얬다.

겨울강 어는 소리

1950년대 초에 나는 외갓집에서 겨울 한철을 지냈는데 대구 근처인 달성군 구지면 도동이라는 낙동강가의 동네이다. 폭군 연산군이 일으킨 무오사화 때 희생된 선비 한훤당(寒暄堂) 김굉필(金宏弼)의 배향서원인 도동서원이 있는 동네이다. 외갓집은 이 한훤당의 후손이다.

집 삽짝을 나서면 바로 낙동강이고 나루터였다. 도동 사람들은 모두 강 건너에 농토를 가지고 있었는데 그곳은 행정구역이 고령군 개진면 오사동이다. 도동 사람들은 언제나 이 나루에서 나룻배나 개인 소유의 배로 강을 건너 농사를 짓고 있었다. 배로 사람뿐 아니라 소도 건너고 거름도 져내고 가을 추수도 실어오고 했다.

대개 동짓날쯤 되면 강이 얼어붙기 시작한다. 한동안은 사공이 배가 다닐 수 있는 수로를 확보하기 위하여 삿대로 얼음을 탕탕 두드려 깨는 소리로 아침이 시작된다. 그러나 소한 때부터는 강이 완전히 접히어(결빙되어) 두께가 반 자 넘게 되면 배는 못 다니고 등빙(凳氷)해서 다녔다. 깡추위가 기승을 부리는 밤중에는 얼음 어는 소리가

　"껑 껑 꾸꾸르르르……."

하고 울렸다. 겨울 달이 찢어지게 밝은데 오줌이 마려워 뒷간에 가면 얼음 어는 이 소리는 뼛속까지 추위를 느끼게 했다.

　남천강이 얼어붙으면 두께가 적어도 10센티미터를 넘었다. 이쯤 되면 사람들이 마음놓고 얼음 위로 다닐 수가 있다. 물이 하도 맑아서 판유리 같이 언 얼음 위에 올라서서 물 속을 보면 그 밑바닥의 자갈들이 그대로 보였고 깊은 데서는 마치 수족관의 판유리 속을 보듯 강바닥의 바위도 그대로 보였다.

　남천강의 얼음은 위쪽으로 꼬꾸랑 바우부터 밀양교 아랫녘 100미터 정도까지 얼어붙는다. 꼬꾸랑 바우 위는 여울져 흐르기 때문에 여간해서는 얼지 않고 밀양교 아래쪽도 그리 센 물살은 아니지만 여울이기에 잘 얼어붙지 않았다. 그래서 꼬꾸랑 바우 아래녘부터 밀양교 아래까지 한 300∼400미터 어간은 강이 완전히 접히고 군데군데 숨구멍이 있기는 해도 두께 10센티미터 넘는 얼음으로 튼튼하게 얼어붙는다.

　요즘처럼 실내 스케이트장이 없던 시절이다. 당시 스케이팅을 즐기는 멋쟁이들은 제법 멋을 냈고 우리 같은 어린 아이들은 앉은뱅이 썰매나 발썰매를 지치고 놀았다. 발썰매란 발바닥에 철사줄을 댄 판대기를 대어 묶고 길다란 대나무 작대기에 송곳을 박아 얼음을 찍어 지치면서 서서 나가는 두 짝 썰매를 말한다. 남천강의 얼음지치기는 얼음밑 물밑 자갈까지 환히 보이기에 바로 유리 위에서 노는 기분이었다. 점점 깊은 곳으로 가면 그 빛깔이 푸르렀다. 그러면 겁이 나서 발바닥이 간지러웠다. 이 얼음판 위에서 어린이들은 팽이를 치고 진불놀이도 하고 놀았다.

　남천강은 계절에 따라 강기슭의 풍광도 변하고 거기에 따라 우리들 어

린이의 놀이도 변한다. 그러나 변하지 않는 것은 언제나 밑바닥까지 환히 보이는 유리 같은 맑은 물이다. 그래서 밀양 고을의 선비는 고결했고 밀양의 아가씨들은 정결했고 어여뻤는가 보다. 남천강에서 밀양 고을 사람들의 삶이 생겨났고 그로부터 많은 이야기가 만들어졌으며 그것은 아름다운 전설이 되어 남천강에 언제나 흐르고 있다.

사자평의 사람들

사자바위 가는 길

　밀양 동북 산악지대에 천 미터가 넘는 높은 산으로 둘러싸인 해발 800
미터나 되는 고원지대가 있다. 여기에 올라서서 보면 들머리 남쪽 능선에
서 고원으로 내려오는 산줄기가 있고 그 둔덕진 곳에 사자머리 같은 검은
바위가 불쑥 나와 있다. 이 바위를 사자바위라 하는데 이로 인해 이 고원
을 '사자평'이라고 부른다.

　밀양시에서 북으로 올라가는 국도를 따라가면 긴늪 솔숲이 나온다. 여
기에서 더 올라가면 청도로 해서 대구로 가는 간선국도로 연결되지만, 그
냥 오른편으로 돌아 동으로 굽어 죽 산쪽으로 가면 밀양 동북부 산악지대
로 들어간다. 거기에서 한 20리쯤 가면 도로가 두 가닥으로 갈라지는데
이곳 갈림목이 있는 동네가 쇠실이다. 이 갈림목에서 왼편으로 가면 산내
천을 거슬러 끼고 산내면으로 가고, 오른편으로 가면 단장천을 끼고 단장
면으로 간다. 단장천은 깊은 산골내가 되어 맑은 물이 여울지어 흐르고
군데군데 물에 미끈히 닳은 커다란 바위가 냇물을 막고 소(沼)를 이루고

있다. 밑바닥까지 투명한 물은 보기만 해도 눈이 시리다. 다시 10리쯤 더 올라가면 내는 두 갈래로 갈라진다. 오른쪽으로 내를 거슬러 올라가면 고례(古禮) 골짝으로 가지만 도로는 공굴다리를 건너 오른쪽으로 나 있고 다리목에 동네가 있는데 이곳이 범도(泛棹)라는 동네이다. 고례 골짝은 엄청나게 깊은데 여기서부터 40리쯤 들어간다. 10리쯤 남쪽으로 더 들어가다가 병목같이 좁은 오른쪽 계곡으로 굽어돌아 다시 북쪽으로 들어가는데, 계곡은 사자평 고원 너머 능동산 밑에까지 파고든다.

범도에서 흘러오는 내를 한 10리쯤 거슬러 올라가면 오른편에 표충사 들머리 광장이 나온다. 광장 앞을 탁 막아서는 아득히 높은 벼랑진 거산이 있는데 이것이 표충사를 뒤에서 받쳐주고 있는 재약산이다. 표충사의 오른편에는 아까 거슬러 올라온 내가 계곡이 되어 쏴아 하는 물소리가 시원하다.

이 계곡을 치올라 왼쪽으로 빙 돌면서 계곡을 건넜다 도로를 건넜다 하면서 한 20리쯤 올라가면 층층폭포가 나오는데 이 폭포 오른편에 가파르게 올라가는 산길이 있다. 나무 밑둥이나 가지를 잡고 이 산길을 치올라가면 간신히 층층폭포 위의 물길에 닿는다. 이 물길을 따라 300~400미터 올라가면 널찍한 고원이 탁 트이는데 여기가 사자평이다.

표충사에서 이 사자평으로 오르는 지름길도 있다. 표충사 왼편에 있는 효봉스님의 부도탑 옆으로 해서 치올라 오른편으로 틀면 표충사 뒤의 대밭 너머로 난 길이 있는데 이 길을 따라 급경사로 올라가면 갈 지(之)자로 가파르게 오르는 길이 나온다. 한참 급한 길을 올라가다 보면 왼편으로는 산굽이를 돌면서 평탄한 길이 나오지만 오른편은 깎아지른 듯한 계곡으로 그 아래 아득히 층층폭포로 가는 계곡이 까마득하게 보인다. 한동안 평지와 같은 길이 산굽이를 돌아가는데 오른편은 여전히 가파른 계곡이고 건너편 산 허리에서 쏟아지는 폭포는 하얀 실타래를 드리워놓은 것 같다. 마지막으로 그리 높지 않은 능선에 올라서면 잡목숲 속으로 들어서고 밋밋한 내리막길을 좀 걸으면 갑자기 시야가 확 트이며 광활한 고원이 펼쳐진다. 여기가 사자평이다. 바로 앞에는 층층폭포로 흘러내려가는 물길이 있다.

겨울 달밤에 이 길을 걸어보면 달빛이 계곡과 산굽이를 환하게 비춰주는데 바로 선경이다. 또한 시원하게 들려오는 솔바람 소리에 가슴에 가득 찬 진세(塵世)의 우수가 날아가는 것 같다.

이 사자평으로 가는 길을 나는 1960년대 후반부터 그저 한 달에 한두 번은 꼭 다녔다. 표충사에서부터 밤길을 걸어 밤 10시쯤에 사자평에 도달했다. 그때 사자평에는 고사리학교라고 하는 단장초등학교 사자평분교장이 있었고 선생님이 단 한 분 계셨다. 그 선생님과도 고사리 같은 손을 가진 아이들과도 참 친했다. 밤중에 도착하면 교실에서 자기도 했다. 내가 어렸을 때는 그곳에 학교는 물론 없었고 화전민 몇 집이 있었을 것이다.

표충사에서 사자평으로 가는 비포장도로가 있다. 이 도로는 산의 나무를 베어내던 산판도로를 가다듬어 계곡에 콘크리트 암거(暗渠)를 놓아 비포장도로로 만든 것이다. 표충사에서 층층폭포로 들어오는 계곡을 따라 오른편 산허리를 감돌아 길이 나 있는데 꾸불꾸불하고 험한 자동차길이다. 사자평에는 산장도 있다. 말이 산장이지 허술하기 그지없지만 그래도 산장 사람들이 마냥 산장이라 하기에 그대로 불러주기는 한다. 산장 주인이 가진 지프차가 이 길을 오르내리며 장을 보고 있다.

아름다운 무릉동

사자평에서 층층폭포로 내려가지 않고 이 도로를 따라가다 보면 산 모퉁이를 휘돌아 굽어서 골짝으로 밋밋하게 올라가는 산길이 나 있다. 이 길을 따라 300~400미터쯤 올라가면 성긴 잡목지대가 끝나고 비스듬한 오르막 초원에 관목이 듬석듬석 나 있다. 그 한가운데로 실개천이 흐르며 양편에 나지막한 산줄기가 감싸들어 있어 한 동네를 좋이 이룰 만한 터전이 나온다. 여기가 바로 '무릉동'(武陵洞)이라 부르는 곳이다.

무릉동은 원래 제법 틀이 잡힌 동네였는데 한국전쟁 후 빨치산을 토벌한다면서 불질러 없애버렸다. 그후 약초 채집과 재배를 생업으로 하는 몇 집이 생기기도 했다. 그러다가 1960년대 후반 박정희 군사정부 때 산악지대 부락을 집단화한다면서 집을 헐어버리고 억지로 사자평 마을로 모아 아름다운 이름과 전설을 가진 무릉동은 영원히 없어지고 말았다.

무릉동은 그 이름에서도 이미 선경다운 인상을 주지만, 실제로 계곡 건너편 재약산 허리에 구름이라도 한줄기 걸치기라도 하는 날에는 이곳이 바로 진세에서 멀리 벗어난 신선이나 사는 하늘 세상이 아닌가 하는 생각이 든다. 지금은 그 아래 코 밑까지 산판도로가 있어서 기름냄새를 풍기지만 예전엔 큰 계곡이 아득히 아래에 있어서 바로 내려갈 길이 없고 사자평으로 해서 층층폭포로 내려가거나 산허리를 감돌아 표충사로 갈 수 있을 뿐이다. 겨우 티끌 세상에 닿는다 하더라도 사람이 사는 마을이 아니라 그 또한 속세와는 멀리 떨어진 절이다. 그래서 이곳을 인간 세상과 인연을 끊고 평화롭게 사는 무릉동이라 했던 것 같다. 밀양 사람들은 세상 소문에 어둔 사람을 보고

"이 사람 무릉동에서 왔나. 자다가 봉창 뚜드리는 소리 하는 거 보이."
하면서 바로 이 무릉동을 들먹인다.

옛날에 가난한 홀아비 선비가 무남독녀 딸 하나를 데리고 살았다. 그 선비는 비록 가난했지만 이웃 사람들의 병도 고쳐주고 농사 절기도 가르쳐주어서 많은 사람들에게 존경을 받았다. 그 딸은 인물이 절색인데다가 침선범절과 길쌈 솜씨가 좋아 가근방에 좋은 규수로 소문이 나 있었다.

시집갈 때가 되자 곳곳에서 혼처가 나서는데, 이 규수는 한 동네에 사는 한 총각에게만 마음이 있었다. 그 총각은 홀어머니 밑에서 자랐는데 인물이 옥골선풍이고 글도 잘했지만 집은 몹시 가난했다. 어릴 때부터 이

웃에 살면서 소꿉동무로 사귀다가 차차 자라면서 서로 좋아하게 되었고 마침내 사랑하는 사이가 되었다.

그런데 어느날 처녀의 아버지가 갑자기 병을 얻어 죽게 되었다. 그는 이미 두 사람의 사랑을 알고 있던 터라 총각을 불러놓고,

"나는 이제 병으로 죽게 되었고 아무래도 살 가망이 없다. 그러나 내 딸아이를 여우지 못해 차마 눈을 감을 수가 없구나. 내가 죽거든 자네가 내 딸에게 장가 들어 아들 딸 낳고 잘 살기 바라네."

라는 말을 남기고 세상을 하직했다.

그러나 세상일이란 그리 쉬운 게 아니었다. 이웃 동네에 권세 있는 참판댁이 있었는데, 그 집에는 고을의 건달로 거들먹거리며 동네 아가씨들이나 건드리고 노름이나 하는 손자가 있었다. 이놈이 그 처녀의 소문을 듣고 자신의 권세로써 차지하려 했던 것이다. 일가친척 하나 없이 외로운 이 처녀는 이웃 총각의 어머니에게 의탁하고 있었는데, 이 건달놈은 권세를 믿고 집안의 힘꼴깨나 쓰는 종놈들을 데리고 그 처녀를 내놓으라고 사흘 거리로 행패를 부렸다. 사랑하는 총각은 힘이나 권세로는 당할 수 없어 하는 수 없이 처녀와 어머니를 데리고 어느날 밤중에 살던 동네를 벗어나 도망을 갔다.

건달놈이 이 사실을 알고 졸개놈들을 데리고 뒤를 쫓았다. 총각은 처녀와 어머니를 데리고 아주 깊은 산골짝으로 들어갔는데 몸이 약한 두 여자를 데리고 애를 먹었다.

이 산골짝에는 온갖 짐승이 많아 여간한 사람이 아니고는 들어올 수 없었다. 그래서 건달놈은 사자탈을 쓰고 졸개들은 늑대, 살쾡이, 여우 등의 탈을 쓰고 이들의 뒤를 쫓았다.

도망가는 세 사람은 골짝으로 골짝으로 깊이 들어갔으나, 마침내 눈앞에 아주 높고 큰 폭포를 만나게 되었다. 양옆은 깎아지른 듯한 절벽이었다. 이제는 더 이상 갈 수도 없고 곱다시 붙잡히게 되었다. 그래서 처녀는 죽은 아버지와 어머니의 혼령에게 빌었다. 살 길을 열어달라고.

그러자 하늘에서 밧줄이 내려왔다. 세 사람이 밧줄을 타고 올라갔더니 곳곳에 새가 우지지고 꽃이 피고 물가에는 노루가 한가로이 물을 마시고 노니는 요지경 속과 같은 곳이었다. 물을 마시고 있던 노루가 세 사람을 보더니 슬슬 앞서 가기 시작했다. 이 노루를 따라 산을 한 굽이 휘돌아갔더니 도화꽃이 만발한 환한 마을이 나타났다.

그 마을에 들어갔더니 마을 사람들은 모두 혈색이 좋고 옷도 깨끗이 입고 얼굴에는 웃음이 떠나지 않았다. 마을 사람들에게 이곳이 어디냐고 물었다.

"이곳은 무릉동이라 하는 마을입니다. 이곳은 한 번 들어오면 나갈 수 없는 곳이지요. 일 년 열두 달 늘 봄과 같은 곳이고 부지런하면 먹고 살 걱정이 없으며 잘난 사람도 힘센 사람도 권세 있는 사람도 없고 서로 돕고 아껴주는 평화로운 동네지요."

총각은 이 무릉동에서 처녀에게 장가를 들었다. 그리고 그곳 사람이 되어 어머니를 모시고 근심 걱정 없이 평화롭게 오래도록 잘 살았다고 한다.

한편, 사자탈을 쓰고 뒤를 쫓아가던 건달놈과 그 졸개들도 그 골짝 막창에 있는 폭포까지 다다랐는데 세 사람이 타고 올라간 밧줄이 그대로 있었다. 그래서 가장 먼저 건달놈이 올라갔다. 이놈은 올라가서 못가에서 노닐고 있는 노루를 보고 우선 노루를 잡아 피를 마시려고 칼을 들고 나섰다. 뒤에 건달놈을 따라나선 졸개놈들은 서로 먼저 올라가려고 밧줄에 주렁주렁 매달려 올라갔는데 그 무게를 지탱 못한 밧줄이 끊어지고 말았다. 졸개들은 모두 폭포 아래 깊은 물웅덩이에 떨어져 죽고 말았다.

건달놈은 노루를 쫓아갔는데 무릉동과 반대쪽으로 갔다. 얼마만큼 따라갔더니 앞서 가던 노루는 간 데 없고 머리와 수염이 허연 도사가 길다란 작대기를 짚고 나오며

"네 이놈! 여기가 어디라고 그 탈을 쓰고 살생을 하려 드느냐!"
라고 호통을 치며 작대기로 쳤더니, 건달놈은 그 자리에서 바윗돌이 되고

말았다. 그것이 바로 사자평의 사자바위인 것이다. 탈을 쓰고 있어서 그런지 좀 어설픈 사자머리 같은 모습이다.

이 사자바위가 생기고부터 사자평에는 못된 여우, 늑대, 살쾡이, 뱀 등이 없어졌고 사자평은 노루, 사슴, 토끼, 산염소들이 평화롭게 사는 동산이 되었다고 한다.

사자평의 역사를 담고 있는 이 이야기는, 운문산 꼭대기 바로 아래 사운암(娑雲庵)에 들어온 보살에게 들은 얘기이다. 그 보살은 예전에는 무릉동에서 살다가 아들 딸 따라 산 아래 마을로 내려갔는데, 산이 그리워 다시 돌아왔지만 무릉동에는 살 수 없어 암자로 들어왔다고 한다. 1960년대 후반부터 이곳 산을 자주 찾은 나는 1년에 두세 번 이 암자에 들렀는데 그때 이 보살의 나이는 일흔이 넘었다. 내가 가면 "내 아들이 왔다"면서 매우 반가워했다. 1976년엔가 사운암에 들렀더니 다른 보살이 있었다. 그 보살의 안부를 물었더니 자식 따라 다시 산 아래로 내려갔다고 했다. 지금은 아마 수를 다하고 서방정토에서 영원한 복락을 누리리라 생각한다.

사자평으로 가는 길은 좀체로 사람을 가깝게 하는 길이 아니었다. 1,000미터에서 1,400미터나 되는 산봉우리가 마치 200~300미터쯤 되는 구릉처럼 사방으로 빙 둘러 있다. 사자평을 둘러싼 이러한 구릉은 사자평 안에서 보는 것과는 달리 그 밖으로는 모두 깎아지른 듯 천 길이나 되는 깊은 계곡이어서 내려다보기만 해도 아찔하다. 사자평 안에 들어오면 평화롭고 안온하지만 주위를 둘러싼 시커먼 바위 벼랑은 산 아래 진세의 훤소(喧騷)가 그 안으로 들어옴을 거연히 막아 서 있는 것 같다.

공자는, 학정은 호랑이보다 무섭다고 했다. 산 아래의 가난하고 힘 없는 백성이 억압과 착취에 시달리다가 이도 저도 할 수 없는 지경에 이르면 모든 것을 버리고 도망하여 천신만고 이 사자평으로 와서 평화를 찾았던 것이다. 사자평으로 오는 골짜기나 산 허리에 득실거리는 맹수가 인간

세상의 벼슬아치나 빚쟁이보다는 덜 무서웠던 것이다.

사자평의 자연도 수월한 것은 아니다. 서리가 일찍, 그리고 늦도록 내려서 이곳 사람들은 옥수수나 감자 이외의 농사는 할 수 없고 약초를 캐거나 재배해서 저 멀리 산 아래까지 내려가 약간의 베와 생활용품과 바꾸며 어렵게 살았다. 그래도 송두리째 빼앗기는 일이 없고 매맞지 않고 억울하지 않으니 살 만했다. 비록 가난하지만 옥수수, 감자만이라도 배곯지 않고 이웃끼리 서로 나누며 살게 되니 그렇게 평화로울 수가 없는 것이다. 아래 세상에서 어떤 죄를 짓고 왔건 이 사자평은 모두 품어주었으니 바로 여기가 피난처요 평화를 주는 안식처였다.

앞서 말한 무릉동 얘기는 바로 이런 피난처를 찾아와서 평화를 얻었고, 평화를 짓밟으려 드는 자에 대해 용감히 맞서 싸웠던 사자평 사람들의 삶을 나타내는 전설이다.

실제로 사자평은 지배자의 가렴주구에 시달리던 사람들의 피난처였고 이들 유랑민은 화전을 일구어 살면서 때로는 지배자에게 항거하는 투쟁에 나서기도 했다. 사자평은 이러한 투쟁의 근거지였다. 그것은 멀리 신라시대부터 고려·조선 시대에 이르렀고, 또 일제의 수탈과 억압에 저항했던 사람들이 이곳으로 모여들어 커다란 민족해방세력을 형성했다. 이곳은 한국전쟁 후 1960년대에 들어서서야 비로소 행정력이 미치게 되었다.

사자평에서 동북으로 나 있는 산판길을 따라 4킬로미터쯤 가면 오른편에 억새풀 초원으로 덮인 민둥산이 점잖게 솟아 있다. 이것이 바로 천황산이다. 1,100미터가 넘는 거산인데도 사자평에서는 좀 높은 구릉으로 보일 뿐이다. 쾌청한 날에 허리를 넘는 억새풀을 헤치고 올라가면 마치 마을 뒷동산이나 올라가는 기분이 들지만 날씨가 불순한 날에는 사람의 몸뚱이를 날려보낼 듯이 비바람이 불어 숨도 제대로 쉴 수 없고 10미터 앞도 안 보이는 농무(濃霧)가 인다.

천황산 정상에 올라서면 사자평 쪽은 그럴 수 없이 산세가 부드럽지만, 그 너머는 깎아지른 듯한 험한 산이다. 아랫녘에는 거대한 산내면 골짝이 있고 그 건너편에는 운문산이 웅장한 자태로 치솟아 있다. 북쪽을 보면 멀리 가지산이 우뚝 솟아 있는데 천황산에서 이어진 능선이 빤히 보인다. 동남으로 바라보면 신불산으로 이어진 능선이 보이고 그 너머 양산 통도사의 뒷산인 영취산의 정상이 부드럽다.

사명대사 이야기

표충사는 밀양 고을에서 가장 큰 사찰이다. 사명당(四溟堂)이 나라를 위해 바친 충절을 기려서 조선 영조 임금이 표충사라 부르게 하고 사액을 내렸다.

사명당의 속성은 풍천 임씨(豊川任氏)로 속명은 응규(應奎)이다. 조선 중종 때 밀양 무안면 괴나루골〔槐津〕에서 태어났다. 그의 증조부 임효곤(任孝坤)은 대구 도호부 부사를 지낸 선비인데 점필재 김종직과 같은 시대의 선비로 성종 때 벼슬을 살다가 밀양으로 낙향했다. 연산군은 즉위하자마자, 세자 시절 궁내에서 기르던 사슴을 발로 찼다가 아버지인 성종으로부터 꾸지람을 받았던 화풀이로 사슴을 활로 쏘아 죽였다. 이 소문을 듣고 연산군의 폭정을 짐작한 임효곤은 낙향하여 자손들에게 벼슬할 생각하지 말라고 유언했다. 이후 그 참혹한 무오, 갑자 사화가 일어나 영남의 많은 선비들이 죽었고, 또 중종 때는 훈구파의 모략으로 조광조를 비롯한 많은 선비들이 죽은 기묘사화가 일어났다. 사명당은 나라가 훈구파에 의하여 혼탁된 세월에 명리를 피해 화전민이 사는 괴나루골의 산림으로 낙향한 몰락양반의 집에서 태어났다.

사명당은 어릴 때부터 남달리 영특하여 열네 살에 이미 초시에 합격했다. 그런데 이 명석한 소년에게 액운이 닥쳐왔다. 열다섯 살에 어머니를 여의고 다음 해에 아버지마저 돌아가셨다. 사명당은 죽은 형과 연이은 부모의 죽음을 당하자 인생의 근본문제인 생과 사 그리고 희로애락에 대한 깨우침을 얻고자 스승과 친지의 만류를 뿌리치고 출가하고 말았다.

사명당은 황악산 직지사에 들어가 신묵화상을 만나 머리를 깎고 입도했는데, 승명을 유정(惟政)이라 하고 호를 사명당 또는 송운(松雲)이라 했다. 묘향산에 들어가 서산대사를 만나 기허당 영규와 뇌묵당 처영과 더불어 불법을 공부하고 금강산에서 구도하고 있던 중 임진왜란이 일어났다.

사명당의 스승 서산대사는 의주에서 몽진중인 선조임금을 만나 '팔도선교십육도총섭판병부승의병대장'(八道禪敎十六都總攝判兵符僧義兵大將)의 직책을 받았다. 그리고 팔도에 격문을 띄워 전국 각 사찰의 승려들은, 늙고 병든 자는 도장에서 구국의 기도를 드리고 젊은 승려들은 항마구국군(降魔救國軍)으로 떨쳐 나서라고 했다. 이리하여 황해도, 평안도, 경기도의 승병은 서산대사의 휘하로 모이고, 기허당 영규는 충청도 공주 갑사에서, 뇌묵당 처영은 전라도에서, 중관해안은 경상도 진주에서, 의엄대사는 황해도의 일부에서 승병을 모아 일어났다. 사명대사는 서산대사가 보낸 격문을 중간에서 왜놈에게 탈취당해 받아보지는 못하였으나 금강산에서 의거하여 평안도 순안으로 가면서 연도 사찰의 승려들을 규합하여 평양탈환전에 참가했다. 또한 벽제전투에서 임진강을 방위하고 서울탈환전에 참가했다. 그후 도원수 권율을 따라 영남에 내려가 수차에 걸쳐 왜적을 무찔렀고, 가등청정(加藤淸正)과 세 번이나 만나 왜적의 정세를 파악하여 우리 군사의 전략과 전술을 세우도록 했으며, 정유재란에는 명나라의 장수 마귀(麻貴)와 유정(劉鋌)을 따라 왜적을 토멸했다. 임진왜란 후 국서를 받아 왜국에 가서 침략하지 않겠다는 맹세를 받았고 동포 삼천 수백 명을 데리고 돌아왔다.

사명대사의 이러한 공으로 선조는 높은 벼슬을 내렸으나 사양하고 만년을 치악산에서 보내다가 가야산 해인사에서 1610년 가을에 예순일곱 해로 수를 다했다. 나라에서는 훈위와 직품 그리고 시호를 내리고, 3일 동안 조회를 폐하고 백성들은 철시했으며 임금도 소찬에 음악을 금했다. 그리고 대신·공신의 예로 국장을 지냈다.

표충사는 사명대사의 위패를 모신 절인데 규모가 그런대로 크고 많은 스님이 있었다. 이들 스님들이 밀양 읍내에 들어와서 탁발을 하는데 읍내의 별난 아이들은 그 탁발승의 뒤를 따라다니면서 놀린다.

표충사에는 불이 났는데
땡땡이 중놈들이 불꺼로 간다고
엇샤 푸푸 엇샤 푸푸.

그래도 탁발승은 싱긋 웃고 손을 흔든다.
어느 여름날 수돗가에서 나는 호스로 담 밑 남새밭에 물을 뿌리며 장난을 치고 있었다. 물이 세차게 뿌려지자 신이 나서 나도 모르게 이 노래를 불렀다.
"표충사에는 불이 났는데…… 엇샤 푸푸."
물살이 센 만큼 내 노래도 세찼다. 그때 마침 활천 할매가 오셨다.
"아이고 더버라. 재구야, 그 호우수 이리 다고. 물 좀 마시자."
"예. 할매 오나."
하고 호스를 드렸다. 할매는 물을 마시고 손을 씻고 난 다음,
"재구야, 니가 무슨 노래를 그런 노래를 다 하노? 뭐 표충사에는, 땡땡이 중놈이라고. 표충사에는 옛날부터 도가 높은 스님이 계신다. 더군다나 사명당이라 카는 높은 도승의 신주를 모시고 있는 절인데, 그리 마구 돼도 않는 소리 하면 안된다이."
"할매. 사명당이 누군데? 도술이 그리 있는강?"
"와 아이라. 못된 왜놈들을 얼마나 많이 죽인 승병대장인데."
나는 호스를 내던지고 할매 따라 대청으로 올라갔다.
"할매. 사명당 도사 얘기해주고."
"아이고 야가 뭐라 카노. 이 더운데. 지금은 더워서 얘기가 아니라 그보다 더한 것도 몬하겠다. 나중에 저녁 먹고 나서 시원해지던 해주께."

언제나 활천 할매가 와야 옛날 이야기를 재미나게 들을 수 있었다. 나는 빨리 저녁이 오기를 기다렸다. 활천 할매는 나와 수환이 아지매에게 옛날 이야기로 인기였다. 나는 저녁을 먹자마자 이야기 때문에 할매 곁에서 떠나지 않고 할매가 할아버지와 얘기하는 동안 초조하게 빨리 도술을 부리는 '사명당 이야기'의 보따리를 풀기만 기다렸다.

마침내 활천 할매는 대청에서 나와 수환이 아지매에게 이야기 보따리를 끌러놓기 시작했다. 곁에서 고모도 듣고 할머니도 들었지만 일이 있으면 그 자리를 떠나 왔다갔다 하기도 했다. 그러나 우리 둘은 꼼짝 않고 활천 할매의 입에서 눈을 떼지 않았다.

"옛날에 아마 300년은 훨씬 넘었을꺼로. 나한테 11대조 할아버지 때 이야긴까네 400년은 못되고, 재구 니게는 13대조 할배구나. 아무튼 300년이 넘는 옛날에 우리 조선나라가 태평하게 잘 살았는데 남쪽 바다 건너 왜놈들이 샘이 나서 임진년에 우리 조선나라를 쳐들어왔는기라. 우리 나라는 몇백 년을 태평하게 살아 놓이까네 병정도 얼마 없고 대앙구(대포)도 없고 총도 없었제. 왜놈들은 어디서 구했던동 총을 갖고 싸우는기라. 그러이 조선 병정들은 싸움이 안되는기라. 그래서 전쟁에 지고 도망가기 바빴고 나랏님도 서울을 내버리고 피양(평양)으로 도망갔는데 왜놈들이 거기꺼정 오이 또 도망쳐서 압록강의 의주꺼정 달라뺐는기라."

"압록강만 건느면 조선땅 아이제."

라고 내가 말하자 할매는 신통해서

"그래, 그래. 거기만 건느면 조선땅 아이고 대국땅(중국땅) 아이가."

할매는 얘기를 계속한다.

"왜놈이 온 나라에 들어와 집이란 집은 모두 불사르고 사람들은 보이는 쪽쪽 죽이기나 잡아갔는기라. 잡아간 사람들은 종놈을 만들어 죽도록 부려먹었제. 이래 놓이 나라가 왜놈한테 모두 뺏기고 망하게 되었거던. 그래서 온 나라 조선 백성들이 들구 일어났제.

홍의장군이라고 망우당(忘憂堂) 곽장군이 의령에서 일어나이 밀양, 창령, 현풍 고을에서도 일어나 모두 홍의장군한테로 모여들었제. 또 전라도에서도 충청도에서도 함경도, 평안도, 황해도, 강원도 조선 팔도에서 모두 일어났제. 그라고 바다에서는 이순신이라는 장군이 거북선이라는 거북 모양을 한 배를 만들어 왜놈 배를 들어받아 엎어버리고 절딴을 내놓았제.

우리 낙원공 할배는, 그러이 니한테는 13대조 할아버지인데 바로 이 홍의장군이 처삼촌이라 안카나. 나이가 아주 젊어도 글재주가 어찌나 좋던지 홍의장군 곁에서 왜놈들을 쳐 없애자는 글을 지어 온 고을에 보냈다 안카나. 글이 얼마나 좋던지 이 할배가 지은 글을 읽어보면 구구절절이 나라와 임금에게 충성하고 나라를 구하기 위해 싸울 힘이 생기게 했던기라. 홍의장군은 이 할배를, 그라이까네 홍의장군 질서(姪壻 : 조카사위)제, 늘 곁에 두고 임금께 보내는 편지, 다른 장군께 보내는 편지, 백성에게 알리는 글, 모두 짓게 했거든.

지금 성만이 종가에 병풍이 있는데 이것은 낙원공 할배의 장조(丈祖) 어른, 그라이까네 홍의장군의 아버지 감사공이 명나라로 가는 사신으로 갔을 때 명나라 임금이 내리신 선물인데 손서인 우리 낙원공 할배에게 주신기라 카거던. 명나라 임금이 감사공에게 이 병풍하고 붉은 비단하고 벼루 그라고 은으로 된 말안장을 내렸는데, 홍의장군이 붉은 비단으로 전복을 해 입고 은안장에 올라타 동에 번쩍 서에 번쩍 치고 달라드니 왜놈들 머리가 추풍낙엽이라 카거던. 그래서 나중에는 붉은 옷만 봐도 왜놈들은 질겁을 하고 달아났다 안카나. 그러이 홍의장군이라는 이름이 생겼제. 그라고 벼루는 큰아들이 받아 아즉도 현풍 원산이 종가집 사당에 있다카제. 그 집 종부가 너그 어매 고모라 카지 아매. 그러이 명나라 임금이 준 선물 네 가지를 두 아들하고 손서(孫壻 : 손녀의 남편)에게 나누어주었제."

"나중에 성만에 가거던 종갓집 아재한테 한번 보자고 해야지."

"어데 아무 때나 내어놓는강."

"와. 가도 거기 없는강."

"귀한 기 돼 놓이 아무 때나 내놓지 않는다. 나중에 집안에 큰 경사가 있을 때 내놓지."

이야기가 영 옆길로 돌아버리고 말았다.

"내가 사명당 얘기 할라 카다가 우째 홍의장군 이야기가 돼 버렸노? 그래. 온 천지 조선 백성이 다 일어났제. 이때 나라 안에 있는 절도 모든 스님들, 그라이까네 중들 말이제, 스님들도 다 왜놈하고 싸우로 나왔거던. 그 중에서 제일 높은 스님이 서산대사라 카는데 사명당의 선생인기라.

사명당이 바로 이 서산대사 밑에서 도를 닦았거던. 그래서 공부도 많이 했지만 도술도 많이 배웠고 칼싸움도 모두 이 서산대사라 카는 도사한테 배웠다 안카나. 비도 오게 하고 오는 비도 근치게 하고 짚동을 군사가 되게 하고, 어디 몬하는 재주가 없는기라. 하루에 천리 길을 가는 축지법도 하고. 온갖 도술을 다 배웠는데 바로 그때 왜놈이 쳐들어와 난리가 났는기라.

그래서 사명당은 금강산에서 여러 스님들을 거느리고 서산대사에게 갔더니 피양에 왜놈들이 들어왔다 안카나. 사명당은 서산대사하고 도술을 부려 피양성을 꽁꽁 얼어붙도록 맹그러서 왜놈들이 물 한 방울도 몬 구하고 밥도 몬해 묵도록 맨들어버렸는기라. 조선 군사가 쳐들어가이 몇날 며칠을 굶어놓이 힘이 없는기라. 그래서 모조리 목을 베어 피양을 도로 뺏아버렸다 안카나.

사명당이 온갖 도술을 부려서 왜놈들을 절딴내놓이 왜놈 장군 가등청정이 놈이 안 죽을라고 빌면서 '우리는 그만 돌아갈랍니더. 조용하이 돌아가도록 좀 해주이소' 하고 손이야 발이야 닳도록 비는기라."

수환이 아지매는 이야기가 별로 재미없는지, 더워선지 꾸벅꾸벅 졸다가 그만 할매 무릎을 베고 잠이 들었다. 할매는 베개를 내다 베어준다. 할매는 내게

"이야기가 재미없나, 그만 하까?"

라고 묻는다. 나는 고개를 흔들며

"왜놈 자석들 때려잡는 얘긴데 들어야지."

라고 하자 할매는

"그런 소리 아무데나 하면 큰일난다. 그런 소리 하면 안된다이."

라며 야단을 친다.

"할매. 안 그랄께. 이야기해도고."

"우리 조선 군사가 왜놈들을 마구 쳐죽이는데 왜놈들이 견딜 수가 있어야지. 바다에서는 왜놈들이 도망갈라 캐도 이순신 장군한테 몽땅 배가 다 부서졌지. 이제 곱다시 죽게 되었는데 이순신 장군이 전쟁을 한참 하다가 그만 총을 맞고 죽었기라. 그래서 왜놈들은 바로 이때다 하고 달아났는데 백 놈 중에 열 놈도 옳게 몬 달아났을꺼로. 겨우겨우 달아났거든."

"그래서 전쟁이 끝나고 말았나?"

"아이지. 왜놈한테 잡혀간 조선 사람을 다 찾아 대꼬 와야지."

"누가 갔는데?"

"그게 바로 사명당이 갔다 아이가. 사명당이 임금의 분부를 받고, 그라이까네 왕명을 받았는데 그게, '네가 가서, 왜국에 가서 왜놈 임금한테 이제 다시 안 쳐들어온다는 다짐을 받고 거기에 붙들려간 조선 백성을 다 데리고 오너라' 카는 기거든. 그래서 사명당이 배를 타고 일본으로 건너갔제. 그런데 사명당이 왜놈의 나라에 떡 갔더이, 아 요놈들이, 요 못된 놈들이 말이다, 사명당의 도술을 달아볼라꼬 안카나."

나는 쾌씸한 생각이 들었다.

"그놈들이 우쨌는데?"

"왜놈들이 사명당을 데리고 '오늘밤은 여기서 주무시이소'라고 하는데 그 방에 들어갔더이 사방이 쇠벽이고 방바닥도 천장도 쇠로 돼 있는 거 아이가. 그라고 고놈들이 문을 닫고 나가더이 불을 때는데 방바닥이고 벽이고 점점 뜨거워오거던. 밖에서는 불을 마구 때고 풀무질하는 소리가 왱왱 안카나. 그래서 사명당은 종이에다 얼음 빙(氷) 자를 몇 장 써가지고 사방 벽하고 방바닥, 그라고 천정에는 도술을 부려서 휙 던져붙였는기라.

붙여놨더니 사방에 고드럼이 생기는기라. 불을 때면 땔수록 고드럼이 더 생기는기라. 그래서 사명당이 방바닥에 있는 요이불을 깔고 앉었제. 왜놈들이 인자는 불에 새까맣게 타서 죽었을 끼라고 생각을 하고 아침에 방문을 열어보이 사명당 수염에 고드럼이 얼어붙었는데, 사명당이 '일본은 조선보다 남쪽이라서 따뜻하다 카던데 우째 이리 춥노. 군불을 좀 많이 때라'라고 안카나. 왜놈들이 깜짝 놀라, '이래가는 안되겠다'라고 생각하고는 다른 도리를 궁리했다 아이가.

이번에는 요놈들이 노골적으로 달아보는기라. 왜놈 임금을 만나로 갔더이 왜놈 임금이 '사명당의 도술이 대단하다는 소문을 들었는데 저기 저 마당에 있는 쇠로 된 철마를 타고 마당을 돌 수 있겠소'라고 물었지. 그래서 사명당은 웃으면서 '그것쯤이야' 하고 마당에 내려가서 보이 철마가 불에 달궈져 벌건기라. 그래서 사명당은 찰 냉(冷) 자를 써서 가사장삼에 넣고 벌건 말에 올라타이 아무렇지도 않고 말볼기를 손바닥으로 찰싹 때리니 말이 힘차게 달리는데 말에 대이는 것은 모두 불이 붙는기라. 사람도 대이면 타죽고 야단이 났거던. 그라이 우짜겠노. 왜놈들이 사명당을 골릴라고 했다가 도리어 큰일이 났거던. 왜놈 임금은 마당에 기어나와 손이야 발이야 파리맨치로 빌면서 '잘몬했심더. 지발 용서해주이소. 뭐라 카던지 시키는 대로 하겠심더'라고 빌었지. 지눔이 별 수 있나."

나는 그 얘기가 그럴 수 없이 고소했다. 그래서

"왜놈의 자석들, 몽땅 씨종자도 없애버려야제."

라고 했더니 할매는 한참 웃더니

"니 맴이 사명당 맴하고 우째 그리 똑같노. 그래서 사명당은 '네놈들이 인총(인구)이 많아서 이웃 나라를 몬살게 쳐들어오이 인총수를 좀 줄여야 겠다'고 하면서 해마다 사람 가죽 삼천 장하고 불알 석 섬을 보내고, 다시 안 쳐들어오겠다고 맹세하고, 네놈들이 잡아간 조선 백성들을 다 내어놓아라'고 했지. 왜놈 임금이 지 안 죽을라꼬 '예, 그라겠심더'라고 하면서 문서를 만들어 도장을 찍었다 아이가. 그래서 사명당은 이것을 가지고 돌아와 우리 임금께 갖다바쳤고 또 올 때는 우리 조선 사람 수천 명을 데리고 왔다 안카나."

활천 할매의 얘기는 끝났다.

"니가 아까 수돗가에서 스님 놀리는 노래를 하던데 그라면 안되겠제. 표충사에는 이 사명당의 신주가 모셔져 있는데 거기 있는 스님을 보고 욕하면 나쁘제."

"응, 나는 스님보고는 한 번도 그런 노래는 안했는데, 아이들이 부르이 나도 몰래 저절로 나왔다 아이가."

나는 순순히 잘못을 인정했다. 할매는 그런 내가 귀여운지 머리를 쓰다듬어 준다. 그리고는 대청에 쳐놓은 모기장 안으로 들어갔다.

밀양시에서 서쪽으로 30리쯤 가면 밀양시 무안면 무안리에 있는 무안초등학교 앞에 비각이 있는데 이것은 사명대사의 사적을 새긴 표충사적비 (表忠事蹟碑)이다. 비면의 높이만 해도 아홉 자나 되고 대석과 용머리까지 합치면 전체 높이가 열석 자쯤 된다. 비면은 가로가 석 자 넘고 세로는 두 자쯤 되는데 거울같이 비치는 새까만 오석이고, 대석과 용머리는 흰 화강석이다. 앞면에는 사명대사 영당비명(影堂碑銘)이고 옆면은 표충사사적비명인데 기허대사의 사적도 새겨져 있다. 뒷면은 서산대사의 비명이다. 그래서 사명대사의 영당비명과 표충사사적비명 그리고 서산대사 비명이 들어 있다고 해서 이 비를 삼비(三碑)라고 한다. 표충사의 정문에는 삼비문이라는 현판이 붙어 있었다고 하는데, 지금은 표충사의 사당과 이 현판은 없어졌고 새로이 사당을 지었지만 이름은 홍제사(弘濟祠)로 바뀌어 있다.

이 비는 조선 영조 18년 임술년에 세워져 지금까지 그대로 전해져 내려오고 있다. 사람들은 나라에 큰일이 생길 때는 이 비가 꼭 땀을 흘린다고 해서 '땀내는 비'라고 부른다.

옛날부터 우리들은, 집안에 큰일이 있거나 나라에 큰일이 생기면 온 집안 그리고 온 나라 사람들이 모두 힘을 다하는데 집안의 조상도 나라의 위인들도 우리들과 함께 힘을 써주시길 빈다. 그러면 조상들도 위인들도 음우(陰佑)해주신다고 믿으며 이러한 믿음이 '땀내는 비'라는 이야기로 나타나는 것이다. 여기에 과학이라는 이름을 가지고 턱없이 잣대를 들고 나선다는 것은 공동체적 의식 형성을 이해 못하는 것으로 그 자체가 바로 과학일 수가 없다. 강력한 소망은 사람의 의지력을 모으게 하고 이렇게 모아진 의지력은 환란에 맞서 싸워나갈 수 있는 창조성을 낳게 하는 것이다. 아무튼 사명대사와 서산대사 그리고 임진왜란에 참가한 많은 승의병은 이 비를 통해서 후손인 우리들과 함께 나라와 겨레를 걱정하고 있으리라 믿고 있으며 그들의 높은 충절을 영원히 기리고 있는 것이다.

호박소의 지킴이

밀양시에서 동북부에 있는 산악지대로 들어갈 때 단장천과 산내천이 마주치는 쇠실이라는 곳에서 길이 두 갈래로 나누어진다. 단장천을 따라 올라가면 표충사에서 사자평으로 가는 길이고, 산내천 쪽으로 가면 산내교라는 공굴다리가 나오는데 이 다리를 건너 한 30리 더 들어가면 남명리라는 마을에 이른다. 거기에서 동으로 계속 후벼진 골짜기가 시례(時禮)라는 골짜기이다.

남명리에서 북쪽을 바라보면 저 멀리 잘룩이 진 데가 있는데 이 고개마루로 가는 길이 빤히 보인다. 이 고개가 운문재이고 왼편에 장엄하게 치솟아 있는 거산이 운문산이다. 운문재를 넘으면 대낮에도 어두침침한 원시림이 펼쳐져 있고 아래의 계곡을 따라 흘러가면 운문사가 나온다.

남명리 동쪽의 시례골짜기로 들어가면 오른편에 천황산이 솟았는데 그대로 드러난 바위절벽은 사람들에게 미리부터 가까이 오지 못하도록 겁을 주고 있다. 왼편에는 백운산의 비스듬한 바위벽이 햇빛에 하얗다. 천황산 아랫자락에는 '얼음골'[氷谷]이라 부르는 계곡이 있는데 삼복더위에도 바위틈에 얼음이 맺혀 있다. 이 얼음골에 들어서면 정수리는 한더위에 따갑지만 아랫도리는 시원하고, 앉으면 더위를 모를 뿐 아니라 좀 있으면 으슬으슬하다. 골짜기에서 흘러나오는 물은 손을 넣을 수 없을 만큼 차다. 바위틈에는 얼음이 얼고 성에가 끼어 있다. 바깥 날씨가 더울수록 얼음이 더 많이 언다고 한다. 이러한 현상은 골짜기의 특수한 구조가 자연냉동현상을 일으키는 것이다.

얼음골에서 왼편 등성이를 하나 넘으면 '가마볼'이라는 골짜기가 있다. 이 골짜기 안쪽에 들어가면 두 바위 절벽이 한 자 반 폭으로 마주보고 있는데 그 사이에는 급경사로 내려오는 물길이 나 있고 그 높이는 아득해서 얼마인지 모른다. 이러한 긴 물길의 양쪽 암벽이 무너져 덮여 관으로 된다면 자연냉동장치의 설명이 될 수 있다. 얼음골이 바로 이렇게 만들어진 냉동장치가 아닌가라고 생각해본다.

이 시례골짜기를 좀더 올라가면 왼편에 구룡동(九龍洞)이라는 10여 호되는 산골 마을이 있다. 이 마을 위쪽에 사람들이 '백연사'(白淵寺)라고 부르는 조그마한 절이 있는데, 이 절 앞을 지나가면 바로 왼편에 가지산에서 내려오는 계곡이 골짜기에 흘러든다.

이 계곡은 소가 세 개 연이어 있는데 모두 커다란 돌확처럼 둥글게 깊이 패여 있다. 그 중에서 가운데 소가 제일 넓고 깊다. 유리처럼 맑은 물이 가장 위에 있는 확에 담겨 흘러넘쳐서 가운데 확으로 폭포가 되어 떨어져서 담기고 그것이 다시 아래 확으로 떨어진다. 물은 다시 아래의 비스듬한 반석 위로 흘러 큰 골짜기로 합쳐진다. 밀양 사람들은 돌확을 호박이라 하고 이곳을 시례호박소[時禮臼淵]라고 부른다. 그 옆에 있는 백연사도 혹 옛날에는 구연사(臼淵寺)라고 했던 것을 절구 구(臼) 자를 흰 백(白) 자로 잘못 나타낸 것은 아닐까, 그리고 구룡동이라는 마을 이름도 '구연동'(臼淵洞)이 아닐까 생각해본다.

여름에 비라도 좀 올 때 백연사 절방에서 자면 세 호박을 채우면서 떨어지는 맑은 물소리는 마음 속에 낀 울울한 때를 깨끗이 씻어주는 듯하다. 대낮에 햇빛이 비칠 때 그 물안개에 걸쳐 생기는 무지개는 바로 여기가 선경의 들머리인 듯 생각되게 한다.

이 호박소에서 시례골짜기를 몇 걸음 치올라가면 논 한두어 마지기가 넘는 반석이 죽 깔려 있는데 그 위로 물이 흘러내린다. 반석 위에서 매끄럽게 흐르기 때문에 물결도 일지 않고 물소리도 들리지 않지만 흐름이 빠르고 고요하다. 물이 많아야 깊이가 장딴지쯤이나 될까. 앉으면 허리까지 오고 비스듬히 누우면 온몸이 잠길 만하다. 이 반석은 틈없이 온전히 한 장인데 사람들은 이것을 '오백평 반석'이라고 부른다. 달 밝은 밤 반석 위로 잔잔히 맑게 흐르는 물은 선녀들이 하강하여 노닐 만한 곳이다.

옛날 호박소의 지킴이로 용이 있었다고 한다. 이 호박소는 한정없이 깊어서 동해의 용궁에 닿는데 호박소의 용은 바로 그 동해 용왕의 아들이다. 이 용은 시례골짜기와 가지산, 운문산, 천황산의 비구름을 관리하여 산내면과 단장면 그리고 그 물줄기를 받는 산외면 들판의 곡식을 잘 자라게 해주었다. 이와 같이 점잖고 착한 용이 호박소의 지킴이로 있기 때문에 하늘나라의 옥황상제는 안심하고 선녀들에게 1년에 한 번씩 시례골짜기 반석 물에 물놀이를 하도록 허락했다. 그날이 음력 7월 보름 백중날이다.

그런데 이 시례골짜기 건너편 가마볼 폭포 밑에는 염염세월 묵은 이무기놈이 있었는데 이놈이 용이 되고 싶어 미칠 지경이었다. 바로 곁에 있는 호박소에는 동해 용왕의 아들인 용이 있어서 온갖 도술로 비구름을 부려 풍년이 들도록 해서 그 일대 인간들로부터 존경을 받고 있었다. 게다가 매년 백중 보름달 밤에 내려오는 선녀들 편으로 옥황상제로부터 하늘나라의 선물을 받고 있는 것을 보고 샘이 나서 정말 죽을 맛이었다.

이무기는 어떤 수단을 쓰든지 하늘에 오르기만 하면 용이 되겠는데 비구름을 자기 마음대로 할 수 없었다. 비구름이 와서 이무기놈이 하늘에

오를 만하면 호박소의 용이 그만 그치게 했다. 호박소의 용에게 사정을 해보아도 용은,

"네가 아직 도술이 모자라서 그렇다. 네가 하늘에 오를 만큼 비를 내린다면 아래 인간세상은 물에 잠기고 만다. 그러니 가마볼에 얌전히 있으면서 더 열심히 도를 닦아라."

하고 충고했다.

이무기는 백중날 선녀가 반석에 내려온다는 것을 알고 선녀가 목욕할 때 선녀의 깃옷을 훔쳐 입고 하늘에 오르기로 했다. 마침내 백중날이 되자 이무기놈은 오백평 반석으로 숨어들어 선녀들이 벗어놓은 깃옷을 몰래 훔쳐 입고 하늘에 날아올랐다.

달빛을 따라 올라가던 이무기놈에 가려 청명하던 달빛이 갑자기 흐려지자 용은 깜짝 놀랐다. 그러자 반석 쪽에서는 옷을 잃은 선녀의 울음소리가 들렸다. 용은 '이무기란 놈이 기어코 일을 저질렀구나' 하고 생각하고는 가마볼로 쫓아갔다. 과연 이무기놈은 거기에 없었다. 용은 이무기놈이 도사리고 있던 소의 물을 하늘로 치올리면서 그 물길을 따라 이무기놈을 추격했다. 그래서 가마볼의 물은 모두 말라버렸다. 용은 물길을 따라 그 까마득한 곳까지 올라가 이무기놈을 잡고 후려쳐 선녀의 깃옷을 벗겼다.

이무기놈은 올라오는 용을 향해 손에 쥐고 있던 우박 상자를 냅다 던졌으나 그것은 용에게 맞지 않고 바로 얼음골로 떨어졌다. 얼음골의 얼음은 바로 이 이무기놈이 던진 우박 상자에서 한정없이 나오는 얼음인 것이다. 선녀들은 용이 도로 빼앗은 깃옷을 입고 서둘러 하늘나라로 올라갔다. 이무기놈은 가마볼의 물이 말라버려 도로 내려올래야 내려올 수가 없었다.

그래서 이무기놈은 밀양의 평야지대 야산에 이리저리 일정한 곳 없이 옮겨다니는데, 천황산 산골짜기 근처에는 용이 무서워 얼씬할 수도 없고 용이 되기는 영영 글렀는지라 심술만 부렸다. 용이 되지 못한 이무기를 강철(強鐵)이라고 하는데 이놈이 지나가는 데는 초목이 다 말라붙는다. 그래서 강철이 가는 데는 풍성한 가을도 봄이라고 한다. 이놈은 또 무슨

쇠든지 쇠라는 쇠는 다 먹는데 그 중에서 돈을 제일 잘 먹는다. 밀양의 평야지대 사람들은 비가 안 오고 가뭄이 들면 이 시례호박소까지 찾아와서 용에게 정성을 드렸다고 한다. '제발 그 못된 강철이 놈을 쫓아달라'고.

이 이야기는 산내면 시례골짜기의 의미를 여러 가지로 나타내고 있다. 얼음골의 가마불 등성이로 해서 천황산으로 올라가는 꽤 험한 바위산 길이 있다. 사자평으로 가려면 이 길을 올라가야 하는데 그 길목 가마불에 못된 이무기놈이 있어서 오르내리는 선녀처럼 평화로운 사람들을 괴롭혔던 것이다. 하지만 이 사람들을 보호하는 용이 있어서 시례호박소쯤에서 이 못된 이무기놈과 싸워 산악지대 밖으로 내쫓았다. 쫓겨난 이무기놈은 평야지대 사람들을 못살게 굴어서 가을도 봄이 되게끔 했는데 정 견디기 어려울 때는 시례골짜기의 산사람인 용을 데리고 와서 응징했던 것이다. 여기에서 이무기놈은 못된 탐관오리들이고 용은 정의로운 장수가 아닐까 생각해본다.

이 호박소에서 시례골짜기로 올라가면 한 10리쯤 가서 쇠점이라는 곳이 나온다. 땅이름으로 보아 철광이 있었고 이곳에서 쇠를 생산했는가 보다. 옛날에 숯을 구운 숯막의 흔적이 더러 보이기도 한다. 여기서부터 골짜기는 아주 좁아지는데 계곡도 실개천으로 되면서 약간 가파르다. 한 10리쯤 더 올라가면 석남재 마루 위에 올라서게 된다. 이 고개를 넘으면 울주군 언양 고을이고 그 바로 아래 가지산 밑에 석남사(石南寺)가 있다.

쇠점에서 이 석남재까지 오르는 산길은 사람들이 잘 다니지 않아서 희미한 흔적 따라 맑은 실개천의 물소리를 벗삼아 더러 노루나 고라니, 오소리들과 얼굴을 대하면서 올라갈 수 있다. 군데군데 칼날처럼 모난 바위가 골짜기를 메우고 있다. 저 아래 남명리에서 석남재를 넘어 언양으로 이은 도로를 닦았는데 이 도로는 산업과는 아무 상관이 없다. 다만 사자평 일대를 군사작전 아래 제압하기 위한 군용도로라 할까. 산허리를 마구 잘라 굴을 뚫었고 그 골짜기를 아주 못쓰게 만들어놓았다. 게다가 차를 타고 다니는 논다니 관광객들이 무심히 마구 버린 쓰레기로 그 맑은 계곡 물을 못쓰게 만들었다. 마구 밀어서 파헤친 산허리를 보고 돌격정신이 투철한 사람들은 적진을 공격해놓은 기분이 들지 모르겠으나 우리 민초들은 어머니땅 조국이 발가벗겨 능욕을 당한 것처럼 처량한 기분이 든다.

밀양에서 언양으로 가는 데는 양산으로 둘러가더라도 충분한데 구태여 이처럼 관통해놓은 도로를 이용해야 할까. 급경사와 급회전 등으로 위험해서 이 도로로는 자동차가 다니기를 꺼린다. 그렇다면 이 도로는 작전용으로 병력을 신속하게 산능선에 쏟아놓은 일 이외는 아무데도 쓸 곳이 없을 성싶다. 이래저래 환경은 파괴되고 생태계는 교란당하게 되며 나라땅은 보기 싫게 할퀸 자국만 남게 되었다.

운문재의 마루 위에서 서쪽 능선을 타고 치올라가면 운문산 정상으로 올라가는 등산로가 있다. 이 등산로는 밋밋하지만 정상 부근으로 가까워질수록 가파르다. 더러 풍화된 너럭바위를 기어올라가면 정상은 싱겁게 펑퍼짐하고 민둥하게 솟아 있다. 날씨가 화창한 날에는 1,200미터가 넘는 거봉도 동네 뒷동산과 별다른 곳이 아니다.

정상에서 오던 길을 도로 내려오다가 오른편으로 민둥한 자락을 돌아 산허리를 감고 있는 길을 따라가면 곧 사운암이 나온다. 사운암은 민둥한 정상봉우리 아래에 붙어 있는데 1,100미터가 넘는다. 사운암 앞에서 서쪽으로 뻗은 주능선으로 올라서는데 능선을 넘어가면 아주 가플막진 길로 해서 운문사로 빠진다. 그냥 능선 아래로 길을 한참 가다보면 좌우로는 벼랑이 솟아 있고 그 한가운데 흐르는 계곡의 물소리를 들으며 만사를 잊어버리고 산허리를 감도는 길을 따라 내려가면 산기슭에 아담한 절이 나오는데 절 이름이 석골사(石骨寺)이다.

옛날 고려시대 밀양 고을 무안에서 김사미와 효심이 주도한 농민봉기가 일어났다. 호족장주의 수탈로 삶이 부서진 농민들과 노예들을 지도하여 밀양 초전(草田)에서 토벌군을 쳐부수고, 이 산내면 산악지대에 들어와 석골사를 중심으로 해서 운문산의 산세에 의거하여 장기적 항쟁에 들어갔다고 한다. 초전의 전투는 역사기록에 남아 있는데 그 장소가 밀양의 초동면인지 무안면인지 확실하지 않다. 아무튼 이 두 곳 중 어느 곳이든지 산으로 들어가면 화악산으로 이어지고 바로 또 운문산으로 능선이 이어진다. 그후에 삼별초의 유격대도 이쪽으로 들어와서 몽고 침략자의 앞잡이 관군의 토벌에 대항해서 싸웠다고 한다.

이러한 역사 속에서 민중의 고난과, 그 고난에 맞서 영웅적으로 싸운 이야기가 여러 가지 모습으로 전설에 담겨 입에서 입으로 전해지고 있는 것이다. 그것은 밀양 사람들의 조상이 살아온 삶의 방식이자 슬기로 이 고을 문화의 한 가닥을 이루고 있다.

이야기 셋

무너지는 공동체

통바우의 할아버지들

그래도 너는 조선 사람

그날이여 어서 오라

무너지는 공동체

모진 바람

1939년 당시에는 보통학교라고 불렀는데 지금은 초등학교라고 부르는 그 학교에 내가 입학하기 1년 전, 일곱 살 때의 늦은 봄 어느날이었다. 아침에 잠이 깨어 눈을 비비고 일어나보니 곁에 동생 재두와 같이 자던 어머니가 보이지 않고 집안 분위기가 서늘해서 무언지 이상했다. 일어나 할머니방으로 갔더니 할아버지가 어이없는 얼굴을 하고 있고 어머니는 옷고름으로 눈물을 찍고 있었다. 할머니는 아무 말 없이 들어오는 나를 곁에 앉혔다. 그리고는,

"애비도 무슨 요량을 하겠지요. 이곳에서는 아무것도 마음대로 되는 일이 없으니 살 길이라도 있을까 하고 찾아나섰겠지요. 그만하면 제 일 알아서 할 나이 아잉교. 너무 걱정해쌌지 마소. 좀 지나면 무슨 소식이라도 안 오겠능교."

하면서 할아버지를 위로한다. 아버지가 하던 사진관을 팽개치고 어디론가 떠나버린 것이다. 할아버지는 매우 못마땅한 듯 담배를 재떨이에다 부벼

끄면서 말씀하셨다.

"그래도 그렇지. 무슨 말이라도 하고 서로 의논이라도 해야지. 집안 식구 어느 누구에게도 아무 말 없이 그냥 팽개치고 나가버리다니. 사진관은 어떻게 하며 데리고 있던 사람은 또 어떻게 하란 말고."

아침에 일어나보니 아버지는 어머니에게 써놓은 편지 한 장을 남겨두고, 사진기의 렌즈만 빼가지고 밤새 집을 나서고 말았던 것이다. 사진기는 렌즈 값이 제일 비싸고 렌즈만 있으면 약간의 돈으로 나머지 것은 사 맞출 수 있는 것이기도 하다.

일본 군국주의 침략자들은 중국의 동삼성, 만주를 집어삼키더니 그 힘으로 열하성을 빼앗고 만리장성을 넘어 북경 근처 산동성 일대로 밀고 들어갔다. 이에 대해 중국 민중은 적극 항쟁을 부르짖었으나, 장개석 정부는 공산당과의 내전에만 빠져 정신이 없었다. 일본의 침략에 대해서는 양보와 후퇴만 거듭할 뿐 중국 민중을 일제 침략의 발 아래 버려두고 있었다. 이에 중국 민중은 국내 전쟁을 그만 집어치우고 항일통일전선을 결성하여 일본 침략자를 몰아내자고 호소했다. 그리하여 서안사변으로 장개석을 연금하여 국공합작의 약속을 받아내고 중국 민중의 소망인 항일통일전선을 형성함으로써 대일투쟁에 나서게 되었다.

일본 침략군은 중국 민중이 항일통일전선으로의 결집을 완성하기 전인 1937년 7월 7일, 북경 교외 노구교에서 중국군을 기습하여 전면적인 중일전쟁을 도발했다.

이 전쟁의 처음에는 일본이 연전연승해서 북경을 빼앗고 상해를 둘러빼고 남경에서 대학살을 하는가 하면, 그 여세를 몰아 무한삼진(武漢三鎭)을 점령하여 중국 내륙으로 깊숙이 들어가 광주 등 중국의 동남해안선 도시들을 점령했다. 그래서 1937년에서 이듬해까지 일본의 중국 침략은 그야말로 승승장구였다. 거의 매달 중국 도시를 점령했다는 전승 축하로 그 기세가 하늘을 찌를 듯했다. 낮에는 일장기를 들고 행렬하기에 바빴고 밤에는 등불 행렬로 전승 기분을 내면서 미쳐 날뛰었다.

얼마 안 있어 일본은 중국을 다 먹어치우고 중국인을 일본인과 조선인의 종놈으로 만들 수 있게 될 듯이 설쳐댔다. 중국인을 극도로 멸시해서 '시나진(支那人) 쨩꼬로'라고 비하했고 장개석을 언제나 우는 얼굴에 뒤꼭지가 툭 불거진 그림으로 그려 조롱했다.

당시에 '노라꾸로'라는 만화책이 인기였는데 노라꾸로라는 이름을 가진 영리하고 재빠른 깜둥 강아지를 주인공으로 한 만화였다. 이게 무적의 강아지 부대를 이끌어, 어리숙하고 추접고 도망만 치는 돼지부대 '돈꼬로'를 결단내는 만화책이었다. 왜놈들은 이 만화책으로 일본의 중국 침략을 미화하고 중국인을 멸시하는 사상을 어린이들에게 고취시켰다. 이런 만화책으로 아이들 입을 통해 중국 침략을 대중들에게 정당화시키고 중국인을 학대하는 일을 용기 있는 일로 여기도록 했다.

어디를 가나 일본 군가가 들렸다. 어린 학생들에게 군국주의 침략을 찬미하는 노래를 가르쳤고, 말소리도 옳게 못하는 아이들조차도 아무 의미도 모르면서 언니들한테 배운 그 노래를 골목골목에서 부르게 만들었다. 세상은 온통 전쟁 분위기로 들끓었다. 그런데 이런 노래가 30년이나 지나서도 박정희 유신 독재시대에 시끄럽게 부르던 노래와 촌수가 있는 듯하게 들리니 멜로디에서 느끼는 감정이라는 게 무섭다. 가장 많이 부르게 한 일본 군가로 '갓데 구루조또 이사마시꾸(이겨 돌아오겠노라면서 용감하게)……' 어쩌구 하는 노래가 있었는데, 어릴 때 지겹도록 들었다. 그런데 이 왜놈의 군가조를 '고냥 고대로' 박정희 유신독재시대의 대표적인 노래인 '백두산의 푸른 정기……' 어쩌고 하는 노래에서 다시 만나게 되니, 왜놈에게 충성하면서 배운 것은 죽을 때까지 없어지지 않는 모양이다.

아무튼 중일전쟁을 일으킨 왜놈들은 1937~1938년까지는 아주 잘 나갔다. 그러나 1939년부터는 중국의 광활한 '인민의 바다'에 빠져 그 진창에서 허덕이게 되고 말았다. 기세 좋게 척척 점령해 나갔지만 그것은 그 넓은 중국 대륙에서 점과 선일 뿐 면일 수는 없는 것이고, 왜놈의 군대를 아무리 많이 갖다부어도 가뭄에 바가지 물이지 별수가 없었다. 손바닥만

한 섬나라에서 군대를 모으면 얼마나 되고 물자가 있으면 얼마나 되랴. 그 거대한 중국과는 아예 비교할 수 없는 것이다. 병력도 물자도 바닥나기 시작했고, 중국 민중의 반격도 날이 갈수록 치열해졌다.

왜놈들은 그 벌충을 조선 민중에 대한 수탈로 감당할 수밖에 없었다. 왜놈의 수탈은 날이 갈수록 가혹해졌다. 거기에다 제놈들의 총알받이 몸뚱이의 소모가 심해지자 조선 사람의 몸뚱이로 대신하기 위해 지원병제도를 실시했다. 말이 지원병이지 식민지 통치기구를 통한 강제지원이었다. 이것을 합리화하려고 내선일체니 왜놈과 조선 사람은 한 조상의 뿌리라는 동근동조(同根同祖)니 하는 해괴한 이론을 내놓았다. 최남선, 이광수 같은 역적놈들이 앞장서 겨레를 왜놈에게 총알받이로 팔았던 것이다.

밀양에서도 이런 친일주구가 모여서 친일단체를 만들었고 이놈들은 왜놈 경찰과 합세해서 조선 사람들로부터 존경을 받는 어른들을 회유, 공갈, 협박해서 친일단체에 끌어들이려 했다. 밀양 고을에서 존경받고 있는 우리 가족공동체에 대한 왜놈들의 이러한 공세는 1939년부터 더욱 거세지기 시작했다. 그래서 나의 아버지는 못 견뎌 집을 나가고 말았던 것이다.

왜놈들은 처음에는 위협으로 공격해왔다. 먼저 우리집에 출입하는 사람에 대해서 불심검문하고 눈을 부라렸다. 동네 사람들로부터 우리집을 고립시키려는 것이었다. 다음은 아버지가 경영하는 사진관을 말려 죽이려고 했다. 사진관 건너편 길가에서 '도리우치'(수렵) 모자를 쓰고 콧수염을 기른 놈이 세퍼드 눈깔을 하고서 사진관을 드나드는 사람들을 쩨려보고 있으니 손님이 올 수가 없었다. 게다가 사진 찍으려는 사람들에게 비상시도 모르는 비국민이니 뭐니 하면서 공갈을 쳤다. 그래서 항의를 했더니 이놈은 오히려 적반하장이었다.

"우리들은 안상(안씨) 사진관 영업을 결코 방해한 일이 없소. 다만 이 비상시에 사치스럽게 차려 입은 사람들을 단속했을 뿐이오."

이에 대한 해결책은 단 한 가지, 할아버지가 경찰서 서장이나 고등계 계장을 만나서 일제통치에 협력하겠다고 서약하고 친일단체에 가입하여 동포들에게도 일제통치에 협력하라고 연설하고 다니는 것이다. 그밖에는 아버지가 아무리 밀양에서 살아보려고 발버둥질쳐도 안될 일이었다.

"그짓이 무슨 어려운 일인가, 요즘 세상에. 모두 주의 주장을 다 버리고 시국에 협력해서 시국 따라 사는데. 협력하겠다고 말만 하고서 그놈들이 주는 시국단체의 벼슬이나 받으면 되는 일 가지고. 그러면 그놈들이 사진 찍을 일을 몰아다 줄건데."

오랜 일제 통치 밑에 길이 든 몇몇 친지들 중에는 이렇게 빈정대는 사람들도 있었다. 할아버지가 워낙 무서운 어른이라 직접 대고 말하지는 못하고 뒤에서 숙덕거리곤 하는 것이었다.

늦은 봄날, 다른 때라면 선볼 사진을 찍으려고 예쁘고 멋지게 차려 입은 처녀와 총각들로 사진관 응접실이 비좁을 텐데 아버지는 그 모든 것을 버려두고 떠나고 말았던 것이다. 할아버지와 할머니, 그리고 나와 나의 동생 재두와 나의 누이를 잉태하고 있는 어머니, 이들의 어이없고 황당한 그때의 모습을 나는 잊을 수가 없다.

그후 반년이나 지나 아버지는 만주와 북부 중국을 한 바퀴 둘러 바람을 잡은 다음 경주에다 자리잡았다는 소식을 전해왔다. 어머니는 곧 내동생 재두를 들쳐 업고 무거운 몸으로 경주로 아버지를 찾아나섰다. 나를 할아버지와 할머니에게 맡겨두고.

경주역 광장에서 서쪽으로 죽 트인 큰길이 나 있는데 역에서 약 300미터쯤 가면 경주극장이 나온다. 아버지는 그 극장 앞마당 왼쪽에 '오리엔트 스타디오'라는 사진관을 차려놓고 있었다. 아버지의 사진 기술은 당시로는 일류였다. 경주 사람들의 수준 높은 문화에다 천년고도의 경주를 찾는 많은 관광객으로 인하여 사진관은 날로 번창했다. 또한 일본 아사히 신문의 경주주재 사진기자라는 신분은 그곳 일본 통치기관이 마구 할 수 없는 것이었다. 일단 어머니는 그 사진관에 붙어 있는 안방에 짐을 풀고 살림을 차렸다. 그뒤 우리 가족은 곧 북부리(北部里)에서 자그마한 살림집을 마련하여 생활 기반을 잡게 되었다.

경주에서 새로 차린 아버지의 사진관은 잘 되었다. 창졸간에 아버지가 밀양을 떠났고 또 어머니가 따라갔기 때문에 나는 할아버지 할머니의 슬하에 남게 되었다. 할아버지 할머니는 매우 섭섭해하셨다. 아버지가 밀양에서 터를 잡도록 할아버지가 그처럼 애쓰셨고 사진관도 아담하게 지었는데 몽땅 팽개치고 훌쩍 떠나고 말았으니, 어쩔 수 없는 사정은 두고라도 얼마나 서운하셨을까.

어머니는 경주에 간 지 얼마 안되어 1940년 연초에 아주 예쁜 나의 누이동생을 낳았다. 아버지는 언제나 향기를 간직하라고 이름을 재향(在香)이라고 지었다. 밀양의 할아버지와 할머니는 재향의 출생과 더불어 모든 섭섭함을 훌훌 털고 좋아하셨다. 죽은 나의 누이 재진에 대한 아버지의 슬픔은 새로 얻은 예쁜 딸 향이로 가셨고, 사진관 사업도 잘 되어 퍽 행복한 한때를 가졌다. 내 누이 재향은 아사히 신문사에서 있었던 어린이 콘테스트에 당선되어 평이 프랑스 인형 같다고 할 만큼 깜찍하게 귀여웠으니 아버지의 기쁨과 사랑은 이루 말할 수 없었다. 그러나 사나운 세월은 그러한 아버지의 행복을 그대로 두지 않았다.

밀양제이공립심상소학교

1940년 봄 나는 당시 '심상소학교'(尋常小學校)라고 부르는 지금의 초등학교에 입학했다. 왜놈들은 조선인의 초등교육기관을 보통학교라고 했는데 1938년부터는 왜놈 아이들이 다니는 학교 이름과 똑같이 해준다면서 심상소학교로 고쳤다. 교육도 내선일체로 한다고 떠들고 일시동인(一視同仁)이라면서 우리가 바라지도 않는 간살을 떨었다. 왜놈의 명치천황이 반포했다는 일본군국주의 교육의 강령적 지침인 이른바 교육칙어(教育勅語)라는 것을 일시동인으로 조선인에게도 적용한다는 등 생색을 내면서 심상소학교라는 이름을 붙여주었다. 일본 국경일에는 이 교육칙어를 학교 교장이 근엄하게 읽었고 아이들과 선생들은 모두 고개 숙여 경청하도록 했다.

밀양읍에는 왜놈 아이들만 다니는 밀양공립심상소학교가 있었다. 조선 아이들이 다니는 학교는 밀양제일공립심상소학교와 밀양제이공립심상소학교 두 곳이 있었는데 모두 1938년에 보통학교에서 심상소학교로 된 것이다. 제일학교는 삼문동에 있었는데 지금의 밀양초등학교의 전신이고, 제이학교는 교동에 있었는데 지금의 밀성초등학교의 전신이다. 나는 바로 이 밀성초등학교의 전신인 밀양제이공립심상소학교에 입학했다. 졸업할 때는 해방 후였기에 학교 이름이 밀성국민학교로 바뀌었다. 8·15 해방 후 왜놈들이 쫓겨가자 왜놈들이 다니던 밀양공립심상소학교는 한때 밀양중학교의 교사로 사용되었던 때도 있었으나 요새는 밀주초등학교가 되어 있다.

밀양제이공립심상소학교, 그전의 밀양제이공립보통학교는 내가 입학하기 3년 전에 신설되었는데 1940년 1학년에 입학할 때 최고 학년이 4학년이었다. 그래서 제1회 졸업생이 1943년에 나왔다. 작은아버지는 이 학교의 1회 졸업생이다. 내 고모와 종숙은 밀양제이공립보통학교가 신설되기 전에 학교를 다녔으므로 밀양제일공립보통학교를 졸업했다.

그때는 의무교육제도가 아니라서 지원자를 받아서 선발했다. 학구제가 되어 밀양제이학교는 밀양읍의 내이동과 교동 그리고 부북면의 전사포(前沙浦), 후사포(後沙浦) 두 동네, 즉 삼개의 마을이 이 학구로 되어 있었다. 왜놈들은 학구 안에 있는 아이들이 입학할 때 학부형과 함께 학교에 오게 해서, 간단한 지능검사와 함께 숫자 헤아리기 등을 시켜보아 왜놈들 표준으로 똑똑한지 어떤지를 살폈고, 학부형이 입학금과 수업료를 낼 수 있는지 어떤지도 알아보았다.

만 6세 이상이라고 했지만 대개 만 7~8세 되는 아이들이 많았고 만 6세짜리는 적었다. 어떤 아이는 여남은 살 되었는데도 1학년에 들어왔다. 나는 만 6세 6개월에 입학했다. 한 반에서 나이가 나보다 어린 아이는 없었고 동갑내기는 10명도 안되었다고 기억한다. 남자 두 학급, 여자 한 학급으로 세 학급을 뽑았는데 남자와 여자는 반을 달리 해서 우리 나라 봉건 관습대로 '남녀 칠세 부동석'을 지켰다. 어떤 고을에서는 아예 남자학교와 여자학교가 따로 있었다. 여자는 '공립여자보통학교'라고 꼭 여학교임을 나타내었는데 남자학교는 그냥 '공립보통학교'라고 했다.

나는 1940년 3월의 어느날 저녁, 나의 종조부인 끝에 할배를 따라 팔만상점(八萬商店)이라는 백화점에 갔다. 끝에 할배는 새까만 학생복과 까만 학생모자, 란도셀이라는 어깨에 둘러메는 책가방과 '와싱톤' 운동화, 공책과 연필, 크레용, 색종이, 붓, 벼루, 먹, 도화지와 습자지 등을 사주셨다. 모자를 살 때는 내 머리가 커서 맞는 게 없기에 열서너 살 아이들이 쓰는 중학생 모자를 가지고 왔더니 상점 아저씨와 끝에 할배는 어처구니없는 얼굴을 하고 웃었다. 집에 들어가니 할머니는 반가워하면서

"우리 재구는 어디 가고 모자만 들어오노."
하고 놀렸다.

그 이튿날, 끝에 할배를 따라 교동에 있는 소학교에 갔다. 그 학교에는 나의 숙부가 이제 4학년이 되고 수환이 아지매와 찬이 아재, 건이 아재가 2학년이었다. 두 아재는 나보다 두세 살 많지만 학교에 좀 늦어 2학년이었다.

학교에 들어서니 운동장이 까마득하게 넓었다. 운동장은 시뻘건 황토흙이었다. 교사는 겉을 군청색 시멘트 모르타르로 바른 목조건물인데 운동장에서 언덕져 세 군데 계단으로 해서 올라가게 되어 있었다.

끝에 할배의 손을 잡고 올라갔더니 수험표를 가슴에 달아주었다. 내 이름은 '안재구'인데 일본식 한자 발음으로 '안자이큐우'라고 불렀다. 미리 집에서 연습한 대로 일본말로 '하이'라고 대답했다. 부르는 선생의 책상 앞에 가서 섰더니 먼저 아버지의 이름을 물었고 내 나이를 물었다. 씩씩하게 대답했더니 머리를 쓰다듬으면서도 또 그 소리이다.

"야 이놈, 대단한 두장군이구나. 쇼까이세끼 머리구나."

내 뒤꼭지가 유달리 튀어나왔다고 놀렸다. '쇼까이세끼'는 장개석의 일본식 한자 발음이다. 당시에는 장개석을 풍자한 만화를 그려 중국 사람을 멸시하고 있었다. 그 만화에서 장개석 뒤꼭지가 툭 튀어나왔는데, 내 뒤꼭지가 이와 비슷하다고 놀린 것이다. 나는 기분이 몹시 좋지 않았다. 그래도 꾹 참고, 다음 선생에게로 갔더니 손가락으로 열까지 헤아려보라고 했다.

'문제 없다. 그거야 못 할까 봐.'

그 다음은 괘도에 있는 소를 가리키더니 물었다.

"이것이 무엇이고?"

"소."

라고 했더니, 일본말로 해보라고 했다.

"우시."

"참 잘한다. 무어라고 우노?"

"움머."

그 선생은 잘했다는 말도 없고 다 되었으니 그냥 나가라고 한다. 끝에 할배의 손을 잡고 밖으로 나갔다. 끝에 할배는

"빌어먹을 놈, 일본놈 소울음 '모오'라고 안했다고 안 그러나."

나는 누가 듣건 말건 큰소리로 말했다.

"왜놈 소는 조선 소하고 우는 것도 다른강?"

곁에서 이 소리를 듣고 어른들이 껄껄 웃었다.

사흘 뒤 학교에서 합격자 발표를 한다고 해서 아재들이 다녀오더니 합격했다고 했다. 집안에서는 모두 좋아서 손뼉을 치고 웃었다. 나는 찬이 아재, 건이 아재 그리고 수환이 아지매와 함께 학교로 뛰어갔다. 우리집에서 학교까지는 1킬로미터, 어린 아이 걸음으로 15분쯤 된다. 학교에 들어가서 방을 보았다. 내 이름이 있었다. 모두 다 손을 들고 반자이(만세)라고 했다. 그리고 상급생인 건이 아재, 찬이 아재, 수환이 아지매의 안내로 학교 이곳저곳을 소개받았다.

4월이 되자 나는 밀양제이공립심상소학교 1학년에 입학했다. 이때부터 책가방을 메고 때로는 책을 싼 책보자기를 허리에 묶기도 하고 어깨에 둘러메기도 하면서 학교에 다니기 시작했다. 4월 초 어느날 끝에 할배의 손을 잡고 학교 입학식에 갔다. 나의 첫 담임 선생은 표(表)씨 성을 가진 사람이었다. 바로 그 사람이 8·15 해방 후 장학관을 했던 표광호라고 한다. 하도 어릴 때 일이라 모습이 그렇기도 하고 다르기도 해서 잘 요량할 수는 없다. 아무튼 이 사람은 나중에 창씨해서 사람 인(人) 변을 하나 더 붙여 일본 고유한자인 '가마니 표'(俵)로써 '다와라'라 불렀다. 일제 말기의 미친 시절에는 '하오리' '하까마'라는 왜옷 바지저고리를 입고 자기 집에서는 조선말을 일체 쓰지 않는다는 '국어상용의 가'(國語常用의 家)라는 패쪽을 대문에 붙여두었다. 일본말을 모르는 학부형이 찾아오면 내쫓거나 통역을 세워 상대한 얼치기 왜놈으로 살았던 자였다. 그래서 나는 이 사람에게 선생이라는 말을 절대 쓰지 않는다.

1학년 입학식 때 여러 가지 책을 받았다. 국어(일본어), 산술, 조선어 독본, 창가, 습자, 도화, 수신 책이었다. 책 첫머리의 기억인데 국어(그때는 일본어를 국어라 했다)책을 열어보니 첫장에는 일본기가 펄럭이는 그림에 '하다'(旗), '히노마루노 하다'(해 동그라미의 기)부터 나왔다. 지금 생각하면 군국주의 냄새가 확 끼친다. 조선어 독본의 첫장은 황소를 한 마리 그려놓고 '소'라 씌어 있다. 조선놈은 소처럼 일이나 꾸벅꾸벅 하고 말은 하지도 말라는 것인가. 그 나라의 교육이념은 초등학교 1학년 교과서 첫장을 열어보면 안다고 했다. 일본은 군국주의 애국심을 국민에게 강요했고 조선 사람들에게는 소처럼 일이나 하는 노예가 되기를 바란 것이다.

아무튼 책을 받은 나는 그날부터 방구석에 틀어박혀 궁둥이를 하늘로 치켜들고 엎드려 밥 먹는 것도 잊은 채 책에 매달렸다. 그 책을 다 읽고 쓰고, 안 보고 쓰고, 산술문제는 모조리 다 풀었다. 한 이틀 붙박혀서 다 끝냈다. 그리고는 책과 공책을 가방에 쑤셔넣고는 다시 들여다보지 않고 그냥 놀기만 했다. 학교에 갔다오면 책가방은 대청마루에 던져두고 놀기에 바빴다. 학교 가서도 놀기에 바빴고 동무들과 장난질에 재미를 붙였다.

하도 공부를 안하자 할머니가

"재구야, 공부 좀 해라."

라고 했다. 나는

"할매, 공부 다했다. 와."

라고 고함을 쳤다. 고모는

"재구는 학교 벌써 졸업했제."

라고 놀렸다.

그래도 책을 읽고 공부하고 싶으면 수환이 아지매 책을 훔쳐보거나 고모가 읽고 있는 소설책을 몰래 내다가 큰방이나 골방 툇마루에서 서녘 저녁 햇살을 쪼이면서 읽기도 했다. 그러다가 수환이 아지매의 책상을 흐트려놓고 아지매에게 들켜 싸우기도 했다. 작은아버지의 책상은 티끌 하나 없이 깨끗하게 정리되어 있어서 조금이라도 손을 댔다가는 나의 섣부른 호작질이 들통나 혼이 난다. 좀체로 손을 안 대지만 그래도 호기심이 나서 이 책 저 책 뒤져보기도 한다.

예비검속

1940년 들어 아버지가 경주에 자리를 잡은 후 나의 누이가 출생했고 또 내가 학교에 입학해서 그런대로 우리 가족공동체에 화기가 돌았다. 그러나 왜놈들은 우리의 이런 행복을 그냥 두지 않았다.

내가 학교에 입학했던 바로 그 달 우리집에 왜놈 경찰들이 밀어닥쳤다. 왜왕 유인(裕仁)의 생일, 이른바 '덴쬬세쯔'[天長節]에 불상사가 일어나는 것을 미리 예방한다는 구실로 예비검속을 그 이틀 전부터 시작했던 것이다. 왜경들은 할아버지와 밀양 고을에서 절개를 지키고 있던 여러 어른들을 경찰서 유치장에 구금했다. 아마 예비검속령이 맨 처음 시작된 것으로 생각된다. 경찰은 할아버지를 잡아가면서 연계소 집에 대해 가택수색을 했다.

내가 학교에 갔다가 오정 때쯤 돌아왔더니 집안이 말이 아니었다. 정침의 큰방, 다락방, 골방의 살림살이가 엉망진창으로 흩어져 있고, 사랑채도 마찬가지였으며, 행랑채에 사는 내 재종조부의 살림집도 뒤죽박죽이었다. 이것은 수색이 아니라 일부러 우리를 못살게 구는 수작이었다.

왜놈 경찰은 할아버지를 잡아가서는 할아버지가 창씨개명을 안하는 것은 창씨개명 정책을 반대한다는 것이라 하고, 사상전향서를 내지 않고 있다는 것은 사회주의운동과 조선독립운동을 하고 있다는 것이라고 했다. 그러므로 창씨개명과 사상전향서를 내라는 것이었다. 할아버지는 매우 강경하셨다.

"너희들이 우리집을 못살게 해서 사진관을 망쳐먹었다. 이제 굶어죽게 되었으니 그런 것 저런 것 할 것 없다. 이왕 여기에 잡혀왔으니 죽을 때까지 이 유치장에서 살 터이다. 그러니까 창씨개명도 사상전향서를 써서 나갈 필요도 없다. 마음대로 해라."

놈들은 온갖 회유, 공갈, 협박을 했으나 먹혀들지 않았고 수색해보았자 걸 거리도 별로 없었다. 또 할아버지가 몹시 편찮으셨다. 그래서 한 열흘만에 내놓았는데 바로 그날 할아버지는 할아버지의 친구 김형달(金炯達) 선생의 삼성의원에 입원했다. 할아버지가 편찮으시다는 소식을 듣자 김형달 선생은 경찰서에 달려가서 진찰을 하고 경찰서장에게 이대로 며칠만 더 두면 영영 돌이킬 수 없는 병이 될 것이라고 했다. 왜놈 경찰은 결국 석방할 수밖에 없었다.

할아버지는 한 달쯤 병원에 입원하셨다. 입원해 있는 동안 할머니는 수발하시느라 늘 병원에 계셨고 부엌일은 주로 고모가 맡았다. 밥과 죽을 해다가 병원으로 날랐는데 처음 며칠은 작은아버지가 날랐지만 하루는 내가 가지고 갔다. 할아버지는 그동안 잘 안 자시다가

"네가 가져왔으니 조금이라도 먹어야지."

하고 잡수셨다. 할머니는 나를 보고

"네가 가져오니 할아버지가 억지로라도 기분 좋게 자신다."

하기에 나는 진심으로 할아버지가 하루빨리 나으시기를 바라면서 말했다.

"그라믄 만날 할아버지 진지를 가지고 올게. 아재는 점심 때 학교에서 못 오제. 그러이 내가 할배 할매 진지 가지고 올게."

할아버지는 내가 기특한지 웃으셨고 할머니는 내 머리를 쓰다듬으셨다.

"효손이 일부러 되는기 아이구마는. 천출이라야지."

그뒤부터 날마다 진지는 내가 가지고 갔다.

삼성의원의 김형달 선생은 내가 날마다 진지를 가지고 오는 것을 알고 하루는 할아버지에게,

"그놈, 뚝배기보다 장맛이라더니. 울퉁불퉁 모개 같은 놈이 제 할애비한테는 천출 효손이구먼."

이라고 하시자 할아버지의 대답이

"내가 무엇을 보고 살 맛이 있겠노. 바로 저놈 보고 살 맛이 나제. 그리고 저놈들 세상을 위해 살아야제."

라는 말을 주고받았다는 얘기를 뒷날 할머니한테서 들었다.

삼성의원 김형달 선생

삼성의원 의사 김형달 선생의 집안은 그 윗대 대대로 밀양 고을에서 인술을 베푼 훌륭한 의원 집안이라고 한다. 김형달 선생 대에는 세상이 개화되어 한의 공부를 하지 않고 양의 공부를 했다.

김형달 선생은 언제나 왕진 가방을 매단 자전거를 타고 흰 가운을 입은 채 밀양 고을 어디나 안 다니는 곳이 없었다. 40~50리 떨어져도 급한 환자가 생겼다고만 하면 자전거로 달려갔고 밤낮이 없었다. 있는 사람이건 없는 사람이건 차별 없이 치료했다. 돈을 받건 못 받건 일단 치료부터 하

고 돈 문제는 나중에 해결하였다. 그것이 때로는 현금이기도 했고, 가을의 곡식이기도 했고, 채소밭의 김장거리이기도 했고, 가을 햇볕에 영근 빨간 고추이기도 했고, 호박밭의 호박이기도 했고, 당장 안되면 나중에 해결하기도 했다.

아무것도 없는 가난한 집에서 난산을 겪고 있는 임신부에게는 아이를 빼주고 치료비를 받는 것은 고사하고 쌀밥과 미역국을 끓여먹으라고 호주머니를 털어서 몇 원이라도 주고 왔다.

한번은 어딘가 왕진을 갔다가 저녁 늦게 돌아와 할아버지의 입원실에 오셔서 할머니에게 이야기했다.

"휴우, 오늘은 아이를 셋이나 낳았더니 기운이 죽 빠져 죽겠구마."

"우째 선생님이 아이를 다 낳는교?"

"아이를 맹글기만 했지 하도 못 먹어서 낳을 기운이 없는 산모가 낳도록 내가 빼주었으니 아이는 산모가 낳은 게 아니라 내가 낳은 것 아닙니꺼."

그리고 그날 겪은 비참한 농민의 삶을 이야기했다.

"오늘 오전에 아이 둘을 낳아주었더니 저녁 때는 '이웃집 산부가 난산이라서 죽게 되어 선생님을 모시러 왔심더'라고 하면서 논에서 일하던 매무새로 금동(琴洞)에서 어떤 사람이 왔기에 자전거를 타고 20리 좋이 되는 길을 달려 안 갔심니꺼. 그런데 가보이 울도 담도 없는 단칸 초가집에 산모가 들누어 아이를 못 낳아 야단이고, 이웃집 여자 두셋이 우두커니 서 있는기라. 그래서 가자마자 솥에 물을 우선 끓여달라고 해놓고 방에 들어 갔더니 빼빼 마른 여자가 남산만한 배를 부둥켜안고 아이를 못 낳아 땀을 뻘뻘 흘리고 있는기라. 아이는 역산(발부터 먼저 나오는 것)이라 그냥 두면 아이도 어른도 그만인기라. 그래서 우찌우찌해서 낳아주었지요."

할머니는 '낳아주었다'는 말이 우스워서

"그렇네요. 참말로 선생님이 낳아주었구먼요."

라고 했다. 선생님은 한숨을 한 번 길게 쉬고선 이야기를 계속했다.

"아무것도 없는 놈이 아이는 뭐 할라꼬 맹글어놓고. 신랑이란 놈은 그 동네에서 머슴살다가 모집(일제 자본가가 조선 농촌에서 노동력을 모집했는데 온갖 거짓말로 유괴했다)에 나가고 없고 시집은 멀리 있는데 가난해서 먹고 살기 바빠 올 수도 없다 안카요. 아이는 낳았지만 솥에 넣을 게 있어야지. 그냥 두면 산모고 아이고 살지 못할끼고. 어쩔 수 있어야지. 호주머니를 탁탁 털어냈더니 돈이 8원 몇십 전이 나오기에 이웃 아주머니에게 안 주었능교. '속히 장에 가서 쌀 팔고 미역 사서 산모 구안하라'고 했더니 산모는 정신이 좀 나는지 날보고 '관세음보살'이라 안카능교. '관세음보살'이고 뭐고 모집갈 놈이 새끼는 와 맹글었는공 모르겠다카이."

라고 했다. 할머니 눈에는 눈물이 맺혔고, 눈감고 이 얘기를 듣고 있던 할아버지는 눈을 감은 채 떨리는 목소리로 말씀하셨다.

"오늘 자네가 활인(活人)했네. 그런 좋은 일 해놓고 와 힘이 없다 카노. 힘이 나야지."

선생님은 '허허' 웃으면서

"나는 힘이 없는데 얘기만 들은 자네는 힘이 나는구먼."

두 분이 참 오랜만에 탁 트인 웃음을 웃었다.

김형달 선생은 당시 밀양 고을에서 광복운동과 사회운동을 하는 사람들과 그 가족들을 원호하는 데도 열심이셨다. 밀양 고을에서는 식민지 통치 아래 나라를 도로 찾고자 일제의 폭압에 맞서 투쟁하던 사람들이 온갖 박해를 받았고 그들이 가지고 있던 경제적 기반도 빼앗겨 살 길이 막막했다. 또한 사회적 불평등으로 해서 계급적 압제를 받고 있는 사람들을 위하여 활동하던 여러 주의자들도 일제의 가혹한 탄압으로 자기 일신은 물론이고 가족이 기아선상에서 헤매고 있었다. 김형달 선생은 의원을 경영해서 생긴 돈으로 아낌없이 이런 어려운 사람들을 위해 생활을 걱정하고 도움이 되어주었다. 물론 이들과 이들의 가족도 질병으로부터 지켜주었다.

할아버지가 편찮으시면 언제나 삼성의원을 찾으셨고 필요에 따라 입원도 시켜주었다. 우리 가족이 아프면 누구나 삼성의원의 신세를 졌다. 그 시대에는 영양이 부실해서 그런지 아이들의 부스럼이 심했다. 모기에 물린 자리가 헐어서 곪아 종기가 되기도 했다. 종기가 생기면 우선 '조고약'을 발라 집에서 치료하지만 덧나서 자리를 잡으면 삼성의원에 가서 째고 고름을 닦아내어 치료를 받는다. 나도, 여러 아재도, 여러 아지매도 갔다. 그 많은 우리 식구들을 싫어하는 기색 하나 없이 자기 아이처럼 치료해주고 놀아주고 언제나 5전, 10전 과자값을 주기도 했다.

한번은 할머니가 정강이에 부스럼이 났는데 고약을 발라도 자꾸 헐기만 했다. 나중에는 누룩나무 속껍질 가루로 심을 만들어 종기에 박아 고름을 빼냈지만 낫지를 않았다. 그러다가 마침내 정강이 뼈가 보일 지경이 되었다. 결국 내가 졸라서 삼성의원에 가게 되었는데 할머니는 말씀하시기를

"네 할애비도 아프면 가고 우리집 아이들도 모두 폐를 끼치는데 내조차 폐를 끼치기 싫어서 안 갔더니 결국 병을 이처럼 키워서 폐만 더 끼치게 되었구나."

라고 했다. 할머니를 모시고 갔더니 김형달 선생님은 상처를 보시고는

"와 이리 병을 더 키워가지고 오셨능교. 보나 안 보나 내 신세 덜 질라고 하신 것 같은데 그게 신세를 더 지게 하는 기지요. 병 키워 아주머니 애먹고 치료하기 힘들어 내 애 먹고 약 많이 써서 손해보고. 병희(할아버지 이름)집 하고는 그런 마음 안 쓸 만한데, 와 이카요."

하고 우스개로 핀잔을 주셨다.

10만의 장례식 인파

삼성의원에 가면 몸이 뚱뚱하고 언제나 얼굴 가득히 웃음을 담으신 선생님이 한 분 계신다. 이분은 아버지의 친구이다. 앞서 말했지만 내가 아주 어렸을 때 포항에서 디프테리아라는 극히 위험한 목병에 걸렸는데 마침 우리집에 오셔서 나를 살린 바로 황용암 선생이다. 황용암 선생은 삼

성의원의 김형달 선생 밑에서 의술을 공부하면서 조수로 일했다.

황용암 선생은 백민(白民) 황상규(黃尙奎) 선생의 아들이고 의열단을 조직하여 일제를 무력 공격하신 약산(若山) 김원봉(金元鳳) 장군의 생질(甥姪)이다. 황상규 선생은 약산 장군과 의열단을 조직해서 활동하시다가 일제에 체포되었다. 징역을 살고 나와서 반일민족통일전선 조직인 '신간회'(新幹會)의 간사장을 하셨다가 또 일제에 체포되어 징역을 살았다. 일제의 가혹한 감옥살이에 끝내 병을 얻어 돌아가시기 직전에 석방되었는데 일제의 패망과 조국의 광복을 못 보시고 돌아가셨다.

황상규 선생이 출옥한 지 얼마 안되어 돌아가시자 밀양 고을의 각계각층 애국적 유지들은 모여서 전 조선인의 사회장으로 장례할 것을 결정하고 할아버지를 장례위원장으로 선정했다. 장례행사를 하기 위해서는 반드시 겪어야 할 일이 당국, 말하자면 일제 경찰로부터 집회허가를 받아야만 했다. 집회허가를 받기 위해서는 경찰서장과 대좌해야만 했다. 그래서 할아버지는 실무를 맡은 청년을 대동하고 경찰서장을 만났다. 경찰서장 왈,

"에— 또, 이번 황상규 선생 장례식의 사회장 집회를 허락해달라는 말이오?"

"그렇소."

"그런데 참례자를 몇 명쯤 초청할 예정이오? 너무 많으면 치안이 어려우니 곤란하오."

할아버지는 '옳지! 되었다'고 생각하고 대답했다.

"황상규 선생의 사회적 명망에 따라 장례식 본부에서는 황상규 선생을 존경하는 인사들 중 약 2만 명에게는 안내장을 내어야 할 것 같소."

"꼭 2만 명 정도라야 하겠소."

"그렇소."

경찰서장은 다짐을 두었다.

"2만 명 정도면 좋소. 그 이상은 안되오."

그래서 할아버지는 웃으면서

"알았소."

경찰서장은 다시 다짐을 두었다.

"만일 그 이상 넘으면 모든 책임을 장례위원장인 안선생이 져야 할 것이오!"

"그렇소. 모든 책임은 내가 지지요."

집회허가는 의외로 쉽게 나왔다. 대동하고 갔던 사람은 '이래서는 곤란한데'라고 생각했는지 할아버지의 옆구리를 쿡 찔렀다. 할아버지는 뜻있는 미소로 눈을 꿈벅하고 나가자고 했다. 밖으로 나오자 그 사람이 불퉁거렸다.

"선생님, 우짤라꼬 2만 명이라고 했습니까? 필경 10만 가까이는 모일 겁니다."

할아버지는 걱정 말라는 듯이 말했다.

"됐네. 부고를 2만쯤 내고 장례식 안내장을 2만 부쯤 인쇄해서 전 조선에 돌리세."

"예? ……예에!"

왜놈 경찰서장은 집회 인원이 2만 명 정도 된다고 상부에 보고하고 그 인원에 대해 경비작전의 계획을 짜고 경남 경찰부의 지원을 요청했던 것이다. 왜놈 경찰서장은 장례식이니까 일본식으로 생각해서 안내장을 받고 부고를 받아야만 참석할 것이라 생각했고, 할아버지는 왜놈의 그런 풍속을 알고 그 의표를 찔렀던 것이다.

장례위원회에서는 부고와 장례식 안내장을 각각 2만 장씩 인쇄하여 전국 13도와 저 멀리 만주에, 중국에, 그리고 바다 건너 일본에, 태평양 건너 미주에까지 보냈다. 각 지방에서는 이 부고와 안내장을 받고 애국자 황상규 선생의 대대적인 장례식에 참가하는 참례단을 조직했다.

그동안 우리 민족은 왜놈 통치기구의 폭압으로 민족적 울분을 토로하지 못했다. 그래서 황상규 선생의 사회장에 참례하여 동포들의 가슴 속에 서리서리 맺힌 한을 이 커다란 마당에서 풀어보려고 모여들었던 것이다. 이리하여 삼천리 방방곡곡에서, 만주에서, 중국에서, 저 멀리 연해주에서 그리고 바다 건너 일본에서 사람들이 모여들었다. 장지는 밀양 고을 부북면 굴밭인데 읍에서 5리 남짓 떨어진 곳이다. 조그만한 고을에 10만 명이 훨씬 넘는 참례자가 모였으니 읍에서 장지까지 도로는 물론 마침 겨울이라 마른 논바닥 위에까지 흰옷 입은 사람들로 뒤덮였다고 한다.

일시에 10만이 넘는 무수한 군중이 모여들었으니 왜놈 통치배들은 당황할 수밖에 없었다. 경남 경찰부의 경찰병력으로는 어림없는 것이었다. 그래서 경북, 충남, 충북의 도경찰부와 경기도 일부의 경찰병력을 지원받았으나 그래도 놈들은 마음을 놓을 수 없었다. 장례식이 끝나고 군중이 해산할 때까지 왜놈 경찰은 조심조심, 그처럼 친절할 수가 없었다고 한다.

그러나 장례식을 마친 다음날 상부로부터 불똥이 떨어졌다. 경찰서장이 보고한 2만 명 정도의 군중이 모일 것이라는 추산에 대한 책망이었다. 할아버지는 경찰서장과 다시 대좌했다. 경찰서장은 도끼눈을 해가지고 할아버지를 잡아먹을 듯 노려보았다.

"당신이 나에게 2만 명 정도라고 다짐했지 않소. 그 이상 넘으면 당신이 책임진다고까지 말해놓고 이게 뭐요?"

할아버지는 웃으면서,

"내가 분명히 당신 말대로 2만 명을 초청한다고 했소. 그리고 나는 부고 2만 장을 내고 안내장을 2만 장을 발송해서 초청했소. 약속 어긴 게 하나도 없소."

경찰서장은 책상을 치면서 벌떡 일어났다.

"아니, 당신, 어제 군중이 2만밖에 안된단 말이용!"

할아버지는 여전히 웃음을 입가에 묻히고 말씀하셨다.

"글쎄, 내야 안내장을 2만 장을 내었으니 그것을 받은 사람은 올 줄 알았지. 그밖의 사람은 내가 어떻게 안단 말이오. 오는 사람 못 오게 하는 권리는 당신에게 있을지 몰라도 나에게는 그런 권리가 없소. 당신이 언제 그런 권리를 나에게 준 적이 있소? 이 사람, 말이 되는 소리를 해야지."

경찰서장은 말문이 막혔다.

"내가 졌소. 당신 나가시오. 보기도 싫소."

할아버지는 그때서야 눈을 부라리며 경찰서장을 노려보았다.

"당신이 오라고 해서 왔지 당신의 고약한 얼굴 보고 싶어서 내가 온 것이 아니오. 내가 할 소리를 당신이 하고 있소."

그리고는 문을 '꽝' 여닫고 나왔다.

장례식이 끝나고 밀양의 여러 유지들이 모여 황상규 선생의 유가족에 대해서 의논을 했다. 특히 당시 스물이 못된 황용암 선생의 장래 문제가 논의되었다. 할아버지는 삼성의원의 김형달 선생과 의논해서 현대 의술을 가르쳐 의사 면허시험에 합격하도록 공부시키기로 했다. 모든 생활을 병원에서 하고 거기에서 조수로 일하면서 의학을 공부시킨다는 것이었다. 황용암 선생은 성품이 후덕하고 두뇌가 명석해서 아버지의 유지를 간직한 훌륭한 청년으로 성장했다.

몇 년 후 총독부에서 의사 면허시험이 있었다. 의학공부를 아주 열심히 해서 황용암 선생을 아는 사람은 넉넉히 합격할 것이라고 했다. 그러나 왜놈은 이번에도 또 그놈들의 섬나라 소인 근성을 나타내었다. 시험장에 금테 두른 경찰 간부가 와 시험 걱정 말고 자기와 얘기하자고 해서 따라갔더니 무슨 종이를 한 장 내주며 읽어보고 서명 날인하라고 했다. 거기에 서명 날인만 하면 면허 같은 것은 문제 없다고 했다. 황용암 선생이 거기에 적힌 내용을 자세히 읽어보니 '앞으로 일본 통치에 협력하고 오직 일본을 위해 충성하겠다'는 내용이었다. 황용암 선생은 그 자리에서 벌떡 일어나

"내가 총독부 밑에서 의사가 안되면 될 거 아니냐."

하고 시험장을 뛰쳐나와버렸다고 한다.

황용암 선생은 그뒤로 의사 면허시험에 응시하지 않다가, 8·15 해방 후 첫 시험에 합격했다고 한다. 그리고 김형달 선생의 인술을 이어받아 가난한 사람들에게 인술을 베풀고 아버지의 애국을 이어받아 조국의 통일을

위해 일하면서 훌륭한 인생을 살았다.

흩어지는 연계소 사람들

1940년 4월 하순, 우리집에 모진 바람이 불어닥쳤다. 할아버지는 경찰에 잡혀갔다가 삼성의원에 입원하여 치료를 받고 5월 하순에 집으로 오셨다. 그러나 문제는 그리 간단하게 해결되지 않았다. 바로 창씨 문제였다. 창씨를 안하려면 왜놈의 행정기관과 교육기관과는 일체 담을 쌓아야 했는데 제일 큰 문제는 자라는 아이들의 학교교육이었다. 담을 쌓고 살려면 사람이 살지 않는 산중에나 들어가거나 나라 밖 왜놈 없는 곳으로 가야 하는 것이다. 사상전향을 하고 친일단체에 들어가면 일단 잡혀가는 것은 면할 수 있었으나 그렇지 않으면 예비검속으로 언제 감옥에 들어갈지도 모르고, 일단 잡혀가면 석방하고 안하고는 저놈들의 의중에 맡겨지게 되는 것이었다.

할아버지는 편찮으셔서 석방되었지만 언제 미친 듯이 와서 다시 잡아갈지 몰랐다. 할아버지는 이 문제에 대해서는 이미 각오를 하고 계셨다. 감옥 밖에 있으나 감옥 안에 있으나 자유가 없기는 마찬가지였다. 밀양 성내를 벗어날 때는 고등계 형사를 대동해야 했고, 먹고 사는 것도 어렵기는 마찬가지였기 때문이다.

그래서 할아버지는 할아버지의 두 숙부인 나의 종증조부들, 웃집 할아버지와 뒷집 할아버지와 이 문제를 의논하셨다. 웃집, 뒷집이라는 말은 우리가 옛날에 시골 성만 곁 '통바우'라는 동네에 살 때 우리집의 위쪽과 뒤쪽에 두 할아버지가 사셨기 때문에 이런 말이 계속되었다. 특히 창씨 문제에 대해서 의논을 하셨는데 다음과 같은 결론을 내렸다.

첫째, 창씨 문제는 국내에 있는 한 아이들 학교교육 때문에 어쩔 수 없어 하기로 한다. 둘째, 연계소 집의 식구를 정리하고 나의 종조부, 재종조부는 식구를 데리고 시골로 내려가고 재구는 경주의 애비 애미에게 보낸다. 조상 신주는 두암 웃집 할아버지 사랑에 벽감을 만들어 모신다. 셋째, 할아버지의 사상전향 등의 문제는 일체 할아버지의 생각에 맡긴다.

특히 창씨 문제는 우리 일가의 전체적 결론은 못 얻었으나 아이들 학교 때문에 대체적으로 의견을 모아 1940년 말에는 거의 창씨를 했다. 연계소집 식구들 가운데 재종조부들 식구는 성만과 이웃하는 두암에 웃집 할아버지가 계셨기에 그쪽으로 합가했고, 종조부 식구 중 안포동 할머니 식구는 안포동으로, 끝에 할배 식구로 수환이 아지매는 끝에 할배 따라 안포동에 가까운 귀미(龜美)라는 동네로, 그리고 셋째 종조부인 유천 할아버지 식구인 갑이 아지매는 유천으로 갔다.

마지막으로 내가 경주로 가야 하는데 할배 할매 곁을 떠나기 싫었고 할배 할매도 보내기가 섭섭해서 그냥 데리고 있었다. 그러나 할아버지의 건강이 날로 나빠져 병원에 입원하기도 하고 퇴원해서 집에서 치료하기도 해서 할머니는 할아버지 수발에 매달리기 때문에 나를 돌볼 수가 없었다. 그래서 어쩔 수 없이 경주에 가기로 했다. 그럭저럭 해를 넘겨 1941년 1월 말에야 나는 끝에 할배를 따라 경주에 갔다.

당시는 학년이 3학기제였다. 4월에서 7월까지 제1학기였고 7월 하순부터 8월 중순까지가 여름방학, 8월 하순부터 12월 중순까지가 제2학기이고 12월 하순부터 이듬해 1월 중순까지가 겨울방학, 1월 하순부터 3월 하순까지가 제3학기였다. 3월 하순에 5일이나 7일쯤 봄방학이 있었다.

나는 밀양에서 교동에 있는 밀양제이공립심상소학교 1학년에 입학하여 1~2학기를 마치고 3학기에 경주로 가서 경주계림공립심상소학교 1학년에 전학했다. 겨울방학이 되어 통신표를 받을 때 담임 선생에게 아버지가 계신 경주로 전학하기로 했다고 하면서 전학수속 서류를 만들어달라고 했더니 선생님은 학부형을 모시고 오라 했다. 할아버지는 편찮으시고, 할머니는 할아버지 간호로 올 수 없다고 하자 선생님은 나를 교무실에 데리고 가서 전학수속 서류를 만들어주었다.

1941년의 새해가 왔으나 집안은 쓸쓸했다. 벅적거리던 그 많은 식구가 다 나가고 할배 할매와 고모, 소학교 4학년인 작은아버지 그리고 나 다섯 식구밖에 없었다. 연계소 집도 한 채씩 팔려나갔다. 제일 먼저 길가에 있는 사진관집이 팔리고 객사행랑채, 대문채, 사랑채가 팔렸다. 마당도 사랑채가 팔릴 때 정침 사이에 판자를 치고 갈라놓아 우리 차지는 손바닥만 했다. 덩그렇게 높은 연계소 정침채를 둘러싼 좁은 공간만 우리집으로 남았던 것이다. 아재, 아지매들로 와작거리던 그 넓은 마당과 울안은 이제 영영 없어진 것이다.

할아버지는 이러한 모든 것이 상심되어 병이 나신 것이다. 나라 빼앗겨 성까지 갈아야 하는 기막힌 모욕, 게다가 식구들이 뿔뿔이 흩어져가는 고독감, 언제 또 감옥으로 가야 할지 모르는, 그래서 왜놈의 손아귀에 생명 줄까지 잡힌 분노, 이런 모든 것이 할아버지의 육신을 저몄던 것이다.

1941년 정월도 거의 지날 무렵, 끝에 할배가 나를 경주에 데려다 주러 오셨다. 그날 나는 책과 공책 등 학용품을 책가방에 넣고 할머니는 깨끗하게 빤 내복과 학생복을 다리고 새 양말과 운동화를 준비하셨다. 그 이튿날 아침을 일찍 먹었는데 할머니는 내가 즐기는 알배기 청어구이를 해 주셨다.

할아버지 방에 갔더니 할아버지는 이불을 걷어놓고 요 위에 앉아 계셨다. 나는 방문 밖에서 할아버지와 할머니에게 절을 했다. 방안에 들어가서 평소에는 꼭꼭 존대말을 썼지만 이때만은 그냥 어리광 말을 했다.

"할배 편찮으신 것 다 나아 경주 올 꺼지?"

할아버지는 존대말을 쓰지 않아도 야단치지 않고 한 손으로 내 손을 잡고 한 손으로 내 볼을 쓰다듬으면서

"오냐, 봄에 날 따뜻해지면 병 다 나아서 경주에 가꾸마."

"할배 할매, 경주 오면 내가 불국사, 석굴암 꼭 구경시켜 주께."

"오냐, 꼭 경주에 갈께. 너도 공부 잘해야 한다. 몸도 튼튼히 하고."

"응, 할배. 그만 갈께."

끝에 할배는 조손간의 하직인사를 똑바로 보지 못하고 창밖으로 얼굴을 돌렸다. 할아버지는 끝에 할배에게

"그만 데려가거라."

하셨다. 나는 끝에 할배의 손을 잡고 방에서 나왔다. 문 밖에 고모와 작은아버지가 있었다. 고모는 날 껴안았다.

"재구야. 공부 잘해. 올 봄에 키도 더 크고."

작은아버지는,

"봄이 되면 할배 모시고 경주 갈께. 잘 가제이."

라며 내 어깨에 손을 얹었다. 고모, 할머니와 함께 대문 밖까지 나왔다. 대문 밖에서 끝에 할배 손을 잡고 몇 번이나 뒤돌아보며 가는 나를 향해 작은아버지와 고모는 손을 흔들고 있었다.

경주 생활

밀양역으로 갈 때는 마차를 탔다. 당시에는 연료가 귀해서 역까지 다니는 자동차는 없었고 대신 기차 시간에 맞춰 다니는 마차가 있었다. 마차는 말발굽소리를 '똑깍똑깍' 내면서 달렸다.

밀양역에서 기차를 타고 대구역에서 경주로 가는 기차를 바꿔 탔다. 경주는 저녁 때 도착했다. 경주역에서는 이미 아버지가 기다리고 계셨다. 아버지는 역에서 얼마 멀지 않은 사진관으로 우리를 데리고 갔다. 사진관에서 뜨거운 차와 간단한 과자를 좀 먹었다. 아버지는 그동안 사진관에 있는 심부름하는 소년에게 몇 가지 부탁을 해놓고 함께 경주박물관 뒤에 있는 살림집으로 갔다.

아버지는 대문에 들어서면서 큰소리로 "재구 왔다!"라고 외치셨다. 어머니는 부엌에서 뛰어나와 나를 껴안고 끝에 할배를 보고 인사를 했다.

"끝에 아버님, 오셨습니까? 얼렁 방으로 들어가입시더."

나를 보시고는

"그동안 많이 컸구나. 청으로 올라가자."

하셨다.

그러자 큰방의 미닫이문이 왈칵 열리더니 그 사이 몰라보게 자란 내 동생 재두가 얼굴 전체에 함박 웃음을 가득 채우고 나온다. 나는

"재두 많이 컸구나. 힝야다(형이다). 알아보겠나?"

하면서 손을 잡았다. 밀양에서 경주로 갈 때 겨우 '찌러'(싫어)라는 말로 의사를 나타내고 디뚱디뚱 걸었는데 그동안 몰라보게 자라서 소년 같다. 이때 재두는 네 살이었다.

나의 누이동생 재향은 집에서 심부름하는 열대여섯 살 된 '출이'라는 이름을 가진 아지매의 등에 업혀 있었는데, 갑자기 달라진 분위기에 호기심 어린 예쁜 눈을 이리저리 두리번거렸다. 나는 그날 처음 내 누이동생을 만났다. 보얀 얼굴이 참 예뻤다.

일단 어수선한 만남이 끝나고 제일 먼저 끝에 할배가 큰방에 들어가 정좌하자 아버지와 어머니는 방문 밖에서 끝에 할배에게 절을 했다. 그리고 방에 아버지와 어머니가 들어가자 나는 아버지와 어머니가 절한 바로 그 자리에서 아버지와 어머니에게 절했다. 그리고 방에 들어갔더니 동생 재두가 나를 따라 들어오려고 했다. 아버지는 재두에게 끝에 할배에게 절을 하라고 했다. 재두는 뜻밖의 주문에 당황해서 출이 아지매의 치마를 붙잡고 뒤로 뺀다.

"재두는 절도 못하나?"

아버지가 놀렸더니 아무래도 안되겠는지 아까 내가 절했던 자리에서 절을 하는데, 손을 머리에 대고 궁둥이는 하늘에 높이 치켜들고 남자 선절에다 엄마가 하는 큰절을 합친 이상한 절을 해서 온 식구가 웃었다. 제 딴에는 멋진 절을 한다고 했는데 모두가 웃으니 재두는 부끄러워 얼굴이 벌겋게 되었다.

"나 절 잘했는데 와 웃노? 나 방에 안 들어간다. 씨!"

화가 난 재두는 고함을 치더니 옆방에 들어가서 피아노 건반을 마구 탕탕 쳤다.

방에 들어가 출이 아지매에게 업힌 재향이의 그 보드라운 뺨을 손가락으로 살짝 튕겨주니 나를 보고 방긋 웃는다. 며칠 전에 돌이 지났는데 정말로 귀여웠다. 등에서 내리려고 몸을 비튼다. 내려놓으니 담박에 나에게 안겨온다. 곁에서 보고 있던 끝에 할배는 아버지를 보고

"천륜은 어쩔 수 없제. 얼굴 하나 안 가리고 금방 저래 가네. 핏줄이 땡기는 모양이제."

하며 웃었다.

어머니는 오늘 큰아들인 내가 오고 끝에 할배도 오신다고 해서 미리 시장도 보고 출이 아지매 어머니의 도움으로 저녁상과 술상을 준비했다.

이윽고 밥상 겸 술상이 차려졌다. 커다란 향나무 두리반에 밥, 찬, 국, 아버지와 끝에 할배의 술잔 그리고 여러 가지 안주를 차려놓았다. 재두는 아직 화가 풀리지 않은 채 옆방에 있었다. 내가 가서

"재두야, 힝야하고 밥 먹으로 가자."

하면서 허리에 손을 대었더니 몸을 비틀며 말했다.

"덜."

'덜'이란 그 당시 경주 아이들이 쓰는 '싫어' 하는 말의 사투리였다. 나는 그 말소리가 우스웠으나 웃었다가는 화를 더 낼 것 같아서 억지로 웃음을 참고,

"저 방에 엄마가 맛있는 것 많이 해서 갖다놓았는데 다 먹어버리면 나중에 네가 무얼 먹을래. 재두야, 자 가자."

라고 했더니 오래 버티면 손해보겠다고 생각하는 빛이 완연했다. 그래서 다시 허리에 손을 댔더니 갑자기 주먹으로 내 불퉁가지를 한 대 친다. 나는 일부러 뒤로 벌렁 나자빠지면서

"야아, 재두 힘이 억시기 신데."

라고 하자, 제 동무 이름을 말하면서 그 조그맣고 통통한 주먹을 쥐고서

"이걸로 한 방 때리면 울고 간다."

라고 했다. 성이 그만 풀렸다. 그리고는 아무 일도 없었던 듯이 나하고 큰방으로 건너갔다. 재두는 형이 와서 신이 났다. 내일 동무들에게 자랑할 일이 생긴 것이다.

그 이튿날 아버지를 따라 경주역 가까이 있는 경주계림공립심상소학교에 갔다. 아버지는 그전 해부터 그 학교의 졸업생 앨범을 만들고 있어서 교장 선생과 잘 아는 사이였다. 교장 선생은 성이 지바(千葉)라는 일본 사람이었는데 일본 사람치고 얼굴이 뽀얗고 말쑥한 할아버지였다. 전학서류를 보더니

"아직은 1학년이지만 성적이 아주 좋습니다."

라고 했다. 1학년 남자반의 한 담임 선생을 불렀다. 조금 있었더니 전형적으로 일본 사람 모습을 한 사람이 들어왔다. 입이 툭 튀어나온 데다 내가 아주 보기 싫어하는 콧수염을 달고 있었다. 왜놈들이 숭배하는 히틀러가 이런 수염을 해서 당시에는 콧수염을 단 사람이 많았다. 눈을 굴리고 있는 것이 여간 심술내기가 아닌 것 같았다. 성이 요시노(吉野)라고 했다. 그날은 대강 인사만 하고 아버지 따라 집으로 돌아왔다.

그 이튿날부터 개학이라서 학교에 갔더니 아이들이 나를 빙 둘러싸고 신기한지 이것저것 물어봤다. 그러는 중 한 아이가

"야! 너, 집이 '오리엔트'지? 나 너 봤다. 너 아레(그저께) 우얀(어떤) 아저씨하고 같이 왔지?"

라고 하면서 여간 반가워하지 않았다.

"너는 누고. 어디서 날 봤노?"

나는 하도 이상해서 물었다.

"내가 아레 저녁 때 극장 앞에서 동무들하고 구실치기를 하고 있어이니가 우얀 아저씨하고 사진관에 들어가는 걸 안 봤나. 야, 사진관 아저씨가 니게 무엇되는데? 너 사진관에 있는 힝야 알지? 얼마나 무섭다고. 그 무지무지한 큰 주먹으로 머리를 깐다? 조심해라이."

라고 조잘거린다. 나는 못 들은 체하고 교실에 있었더니 담임 요시노가 들어왔다. 그냥 서 있는 나를 교단에 세우더니 인사를 시켰다. 그리고 자리를 정해주었다.

공부를 마치고 집으로 가는데 그 아이가 뛰어오더니, 내 어깨를 툭 쳤다. 내가 고개를 돌리고 보자 그 아이는 싱긋 웃었다.

"너 사진관으로 갈 꺼지? 우리 집도 바로 극장 옆이다. 울 아버지 치과 의사다. '평산치과'가 우리집이다."

'평산치과'는 극장 마당 옆 우리 사진관 반대쪽에 있었다. 이때부터 이 아이와 아주 가까운 동무가 되었다. 언제나 붙어다녔고 나의 별명은 '오리엔트'가 되었다. 이 아이는 창씨한 성이 히라야마(平山)였고 집에서는 수일이라고 불렀다. 창씨한 성의 한자가 평산이니 평산 신가가 틀림없다.

나는 창씨한 성이 아주 싫어서 누가 부르면 대답을 잘 안했다. 오히려 별명을 불러주면 모른 체 대답을 했다. 그래서 그런지 늘 별명을 가지고 있었다. 경주에서는 '오리엔트'로 통했다. 물론 가까운 동무들은 일제강점기에도 나를 '재구야'라고 불렀다. 그러면 내 눈빛이 아주 부드러워진다.

경주에서 아버지의 생활은 어느 정도 기반이 잡혔다. 북부리에 있는 살림집은 전셋집이지만 아담한 3칸 두 줄 기와집이었다. 남향집으로 서쪽에 대문이 나 있고 대문에서 들어오면 툇마루와 미닫이문이 있는 작은방이 있다. 툇마루와 대문 사이에는 제법 넓직한 공간이 나 있는데 위에 청포도나무 넝쿨이 올려져 있어서 근방에서는 청포도집으로 불렸다. 남쪽에는 널찍한 마당이 있어서 상추, 풋고추, 가지, 호박, 부추 등 남새가 봄부터 늦가을까지 밥상에서 떨어지지 않게 해주었다.

작은방에는 피아노가 있고 라디오, 전축도 있으며 책상과 의자며 책꽂이, 책장 등이 있어서 당시로는 상당한 문화수준이었다. 어머니, 아버지가 쓰는 큰방은 상당히 넓은 두 칸 방이다. 그 옆에는 부엌이 있고 안쪽에는 찬방이 하나 있는데 집에서 일하는 출이 아지매 방이다.

떡반텡이와 요시노

내가 경주에 있던 기간은 얼마 안된다. 경주에 있는 동안 세월은 곤두박질치고 거기에 따라 우리집도 이루 말할 수 없는 회오리 속에서 휘둘렸기 때문에 그런지 학교생활이나 동무들에 관해서는 별로 기억이 없다. 기억나는 동무로는 평산치과의 수일이와, 황남리에 살며 창씨성이 아라이(新井)로 성이 박가이고 이름은 청길이라고 하는 아이가 있었는데 아주 깨끗하게 생긴 아이로 공부도 잘했다.

청길이의 집 뒤에는 산과 같은 능묘 고분이 몇 기 있었는데 소나무가 무덤 위까지 우거져서, 거기에서 여럿이 전쟁놀이를 했던 기억이 난다. 그리고 여름에는 서천에 가서 수일이, 청길이와 함께 물놀이를 했다. 거기에서 처음으로 물에 떠서 헤엄을 칠 수 있었다. 특히 청길이는 다음에 얘기하는 '빰 맞은 사건' 이후부터 나와 아주 친해졌다.

3월 말 들어 학년 말 봄방학이 가까워지자 담임 선생 요시노는 학년말 사무정리가 바빴나 보다. 하루는 끝시간의 조선어 시간에 담임이 안 오고 여선생이 들어왔다. 이 여선생은 일본 사람인데 얼굴이 동글한데 살이 엄청나게 쪄서 코가 파묻힐 지경이고 엉덩이가 무지무지하게 컸다. 그래서 아이들은 별명을 '떡반텡이'(떡함지)라고 지었다. 이 여선생은 들어와서 아이들에게 책보를 싸고 의자를 책상 위에 엎어 얹고 뒤로 물리라고 했다. 또 조선어 시간을 빼먹고 대청소하고 그만 가라는 줄 알고 모두 좋아했다. 그런데 그게 아니라 여선생은 아이들을 앞쪽 너른 공간에 세우더니 유희(무용)를 가르치려고 했다. 그것도 조그맣고 예쁘장하게 생긴 놈만 가려서 가르치고 남은 아이들은 책상 위에 앉아서 구경이나 하란다.

그래 놓고서 유희를 가르친다고 그 뚱뚱한 엉덩이를 흔들면서 설쳐대니 아이들은 그렇잖아도 기분이 안 좋은데 미울 수밖에. 그때 뒤쪽 소제통 곁에 밀어붙인 책상 위에 있던 나와 수일이, 청길이 그리고 열두어 살 된 큰 아이들이 있었는데 큰 아이들이 여선생을 보고

"저놈으 가시나 지랄하네. 억시기 큰 떡반텡이를 흔들어대네. 우리 떡반텡이라고 소리치자."

라고 해서 그 자리에 있던 아이들이 모두 하나, 둘, 셋 해서

"떡반텡이!"

라고 불렀다. 이 여선생은 그때까지는 아직 자기 별명인 줄 몰랐던 것 같았다. 가까이 있는 아이들에게 물었다.

"저쪽에 있는 아이들이 무어라고 하느냐?"

물론 일본말이었다. 그 아이들은 너무 나이가 어린 탓인지 눈치 없이 제 아는 그대로 말했다.

"떡반텡이또 이이마시다(떡반텡이라고 했습니다)."

"도구반다이또 난네(그게 뭐지)?"

"떡반텡이와 모찌오 이레다 하꼬데스(떡반텡이란 떡을 넣은 함지입니다)."

여선생은 자기의 아픈 데를 놀리고 있다는 것을 알자 화가 잔뜩 났다. 얼굴이 시뻘개지더니 교실문을 쾅 열고 나갔다.

조금 있자 요시노가 왔다. 들어오자마자 소제통 쪽에 있는 우리를 꼬나보더니 대번에 검지손가락으로 나를 가리키고선 나오라고 했다. 요시노 앞에 나갔더니,

"고노야로. 기미가 잇다로(이 자식, 네가 그랬지)?"

나도 틀림없이 '떡반텡이'라고 했으니 정직하게 그렇다고 했다. 그랬더니 다짜고짜 뺨을 때렸다. 처음에 왼뺨에 손이 날라와서 '철썩' 했다. 고개가 오른쪽으로 돌려지고 넘어지려 하니 어느새 오른뺨에 손이 날라와서 '철썩' 했다. 이번에는 왼쪽으로 고개가 돌아가고 넘어지려고 했다. 넘어지기 전에 또 왼뺨에 '철썩', 이렇게 해서 수도 없이 양쪽 뺨을 얻어맞았다. 처음에는 겁이 나서 울음이 목구멍으로 넘어왔으나, 얼마 전 요시노가 내게 당한 일이 생각났고 '지금 요시노가 그때 일로 이러는구나'라고 여겨지자 화가 나서 울지 않고 요시노의 눈을 똑바로 쳐다보았다. 그때

청길이가

"센세이, 아마리 히도이데스(선생님, 너무 심합니다)."

라고 고함을 쳤다.

그때 일이란 지난주 조선어 시간의 일을 말한다. 요시노는 일본 선생이라서 조선어를 모른다. 그래서 조선어 시간에는 조선 선생이 대리로 와서 가르쳐야 하는데 요시노는 조선 선생을 부르지 않고 언제나 국어(일본어) 책을 내어 자습하라고 했다. 그래서 나는 요시노에게 말했다.

"선생님, 조선어 시간에 한 번도 조선어 공부를 못했습니다. 조선 선생한테 조선어를 배우도록 해주십시오."

요시노 선생은 한참 동안 나를 노려보더니

"이제 조선어는 배울 필요가 없다. 앞으로 가르치지도 않을 조선어는 배워서 무엇하겠는가."

라고 했다. 나는 더 이상 말하지 않았다. 더 이상 말했다가는 이유가 많다고 야단칠 게 뻔하기 때문이었다. 요시노는 이때 일을 마음 속에 담아두고 나를 그렇게 때렸던 것이다.

청길이의 항의로 요시노는 때리는 것을 일단 멈추었다. 그리고는 일본 말로 뭐라 하더니 소제하고 집으로 가라고 했다.

어른 손으로 양쪽 뺨을 '찰싹' 소리가 나게 수없이 맞았으니 입안에서 피가 나고 뺨이 벌겋게 부어올랐다. 수일이와 함께 사진관에 갔다. 사진관에서 일하는 병갑이 형이 나를 보고 암실에서 일하고 있는 아버지에게 말했다. 아버지는 암실에서 나와 나를 보더니 놀라 물었다.

"어쩌다가 이렇게 맞았노?"

그래서 나는 자초지종을 다 말했고 수일이도 곁에서 내 말을 거들었다. 아버지는 화를 내며 벌떡 일어나더니 내 손목을 잡고

"가자. 학교로 가자. 이놈의 자석들이 때려도 분수가 있지."

하고 바로 학교로 가서 교장실에 들어갔다. 선비 같은 교장 선생도 자초지종을 듣고 화를 냈다. 당장 요시노 선생을 불러왔다.

"왜 조선어 수업은 안하고 아이를 이처럼 때렸소. 당신이 정말 정신이 있소, 없소. 설사 아이가 아무리 잘못했다 해도 그 억센 어른 손으로 아이 뺨을 이처럼 부어오르게 때리는 법이 어디 있소. 이 자리에서 학부형에게 사과하시오."

요시노는 그 구리구리한 눈을 내리깔고 아버지에게,

"도오모 스미마셍(대단히 미안합니다)."

하고 사과했다. 밖에 나오니 청길이와 수일이가 기다리고 있었다. 우리들은 수일이 집에 갔다. 수일이 아버지가 나에게 약을 발라주고 수일이 어머니는 얼음 수건을 뺨에 대어 찜질을 해주었다.

이때부터 나는 우리 반 나이 많은 동무들한테 상당히 대우를 받았다. 요시노에게 그처럼 맞고도 울지 않았고 또 다른 아이의 이름을 대지도 않았기 때문이다.

할아버지의 대수술

경주에 온 지 얼마 안되어 할아버지가 몹시 편찮으시다는 기별이 왔다. 아버지는 당장 밀양으로 가서 삼성의원에 입원하고 계신 할아버지를 만났다. 그런데 할아버지의 병이 심상치 않았다. 삼성의원의 김형달 선생은 진단 결과 췌장염 같으니 하루빨리 큰병원에 가서 수술해야 한다고 했다. 큰병원이란 부산도 서울도 아니고 바다 건너 일본 후꾸오까에 있는 일본 구주제국대학(九州帝國大學)의 대학병원을 말한다.

김형달 선생님이 구주제국대학 대학병원에 알아보았더니 마침 췌장염에 대해 권위인 박사가 부산부립병원(釜山府立病院 : 현 부산대학교 의과대학 부속병원)에 와 있다고 했다. 그래서 그날 바로 부산부립병원에 모시고 가서 입원하고 그 박사의 정밀한 진단을 받은 다음 며칠 후 대수술을 받았다. 명치 끝에서부터 배꼽을 둘러 불두덩까지 내리 절개한 대수술이었다. 수술에 입회한 아버지는 까무러쳐 들려나왔다고 한다. 집도한 박사는 수술이 대성공이라 했고 앞으로 10년은 문제 없다고 했다.

그러나 할아버지는 한 일주일간은 생과 사 사이를 왔다갔다 하는 고통을 겪어야 했다. 할머니가 곁에서 할아버지의 고통과 함께 하며 수발을 했다. 아버지는 할아버지의 수술을 보고 한 열흘 만에 경주집으로 오셨다. 그리고 며칠 동안 밀린 사진관 일을 하고 이리저리 주선해서 돈을 마련하여 부산으로 갔다. 그때 나는 아버지를 따라 부산으로 갔다.

부산부립병원은 어린 내 눈에 엄청나게 크게 보였다. 아버지를 따라 병원에 들어갔더니 복도가 마치 한 동네의 골목길같이 이리저리 나 있는데 군데군데 매점이 있어서 거리의 상점 같았으며 별천지였다. 한참 가다가 문을 열고 들어가니 할머니가 거기 계셨다.

"재구가 오는구나. 내 새끼야."

하고 나를 끌어안는다. 방문을 열고 들어서니 할아버지가 침대에 누워 계시는데 영 몰라보겠다. 얼굴이 하얗다 못해 파리하고 살이 빠져 뺨이 폭 꺼졌고 얼굴은 주름살이 져 쪼글쪼글해서 뒷집 할아버지(나의 끝에 종증조부)보다 더 늙어보였다. 나는 눈물이 왈칵 나왔다. 할아버지는 겨우 눈을 뜨고

"재구 오나."

라고 하신다. 내가 가까이 가니 할아버지는

"절하지 마라. 아파 누운 어른에게 절하는 법 아니다. 이리 오너라."

하고 가늘고 여윈 손을 내민다. 나는 울면서 할아버지에게 갔다. 할아버지는 울고 있는 나를 보시고 웃으시면서 내 손을 잡고,

"울지 마라. 너를 보니 아픈 것도 모르겠다. 이제 병은 낫는다. 걱정 마라. 사내가 우째 눈물이고."

라고 띄엄띄엄 말씀하신다. 그날은 할아버지 곁에서 밤늦도록 팔과 다리를 주물러 드렸다. 할아버지는 기분이 좋으신지 눈을 감고 계셨다. 입원실이 아주 좋았다. 가스 곤로가 있는 부엌이 있어 거기에서 간단한 취사

를 할 수 있었다.

그 이튿날 나는 아버지를 따라 경주로 돌아왔다. 할아버지는 나에게

"이제 병의 뿌리를 완전히 뽑았으니 곧 나을 게다. 아무 걱정 하지 말고 공부 열심히 해라."

라고 하셨다.

할아버지는 그뒤 부산부립병원에서 퇴원하셔서 경주로 오셨다. 일단 경주에서 일본인 의사가 개업하고 있는 야마구찌(山口) 의원에 입원하셨다. 이 야마구찌 의원에서 한 달쯤 계시다가 4월 어느날 퇴원하여 경주 우리집으로 오셨다. 나는 할아버지와 함께 작은방을 썼다. 할아버지는 5월에는 거의 건강을 회복하셔서 불국사와 석굴암을 구경하셨다. 내가 모시고 간다는 옛날의 약속은 학교에 다녀야 하기 때문에 지키지 못했고 아버지가 모시고 갔다. 불국사에서 석굴암 가는 산길은 기운이 부칠 것 같아서 가마를 세내어 타고 가셨다고 했다. 경주의 이곳 저곳 옛 고적을 운동삼아 다니시다가 건강을 완전히 회복하신 다음 아버지가 밀양에 모셔다 드렸다.

세월이 갈수록 더욱더 왜놈의 탄압이 심해졌다. 중일전쟁은 그냥 진창에 빠져 한 걸음도 나갈 수 없었고 왜놈은 전쟁을 계속해 나가려고 안간힘을 쓰고 있었다. 공장은 전쟁에 필요한 물자 생산에만 힘을 쓰고 국민생활은 제쳐놓고 있었다. 총알받이 인간을 충당하기 위하여 조선에서는 지원병 모집에 혈안이었다. 온갖 구실을 다해 위협과 회유, 공갈, 거짓선전으로 청년들을 끌어갔다. 여기에 얼치기 왜놈이 된 친일주구 문인이 설쳐댔고 지조를 판 혁명가들이 나발을 불고 있었다.

지원병에 끌려가 중국 북부 어디에서 죽은 '리 진샤꾸'(李仁錫) 상등병의 얘기를 영웅으로 추켜세워 만들고 '대동아공영권'(大東亞共榮圈) 건설의 성업을 위하여 산화했다고 선전했다. 또 '기미또 보꾸'(자네와 나), '무기또 헤이따이'(보리와 병정)라는 얼치기 왜놈 병영생활을 그린 영화를 만들어 지옥과 같은 일본 병영생활을 명랑하고 활기 있는 것으로 묘사하여

조선 청년들을 기만했다. 이것은 모두 겨레를 팔아먹은 친일파 문화인들이 만든 것이다.

친일파들은 또 '황국신민의 서사'를 만들어서 조선 사람들에게 외우게 했고 기차표를 팔 때도 이것을 외우라고 했다. 이 때문에 조선 사람들은 기차도 마음놓고 탈 수가 없었다. 아이들이 외는 것을 따로 만들어 아침마다 교실 정면에 걸어놓은 왜왕이 있는 궁성다리 니쥬우바시(二重橋) 사진을 바라보고 절하게 하고, '고우고꾸 심민노 찌까이'(황국신민의 다짐)를 외우게 했다.

4월이 되자 나는 2학년이 되었다. 이때부터 계림공립심상소학교가 '계림공립국민학교'(鷄林公立國民學校)로 이름이 바뀌었다. 조선어는 폐지되었고 학교에서는 일체 조선어를 쓰지 못하게 했다. 지바 교장이 정년이 되어 퇴직하고 다른 사람이 새로 왔다. 새로 온 교장은 취임 때 '국민복'이라는 군청색 왜놈 군복과 같은 옷을 입고 가슴에 오동색줄을 늘이고 '센또보오시'(戰鬪帽: 왜놈의 병정모자)를 쓰고 나타났다. 학교가 완전히 군국주의 일색으로 바뀌었다. 선생들도 모두 국민복을 입고 센또보오시를 썼다. 아이들도 까만 학생복을 벗고 '국방색'이라는 군청색 옷을 입고, 까만 학생모자를 벗고 센또보오시를 쓰라고 했다. 선생들도 긴 머리를 빡빡 깎고 2푼깎기(머리카락을 2푼 길이로 깎는 것)의 민대머리가 되었다. 선생들은 긴머리로 밑만 돌린 머슴애들에게 빡빡 깎고 오라고 했다. 일체의 몸단장은 허용하지 않았고 온 세상을 빡빡 깎은 민대머리에다가 군청색 국민복에 센또보오시를 쓴 획일적인 모습으로 만들어놓으려고 했다.

이처럼 어수선해지자 사진관 영업도 잘 되지 않았다. 물자 통제가 심해져서 사진 재료가 귀해졌고 모든 물자가 배급제로 되었다. 아직까지는 밥 걱정할 정도는 아니지만 아버지 어깨에 매달려 있는 식구 수도 많았고 게다가 아직도 건강을 완전하게 회복하지 못한 할아버지는 약을 계속 써야 했다. 경기가 좋을 때 많이 번 돈은 할아버지의 대수술로 거의 다 써버렸다. 이래저래 아버지는 실의에 빠졌다. 이것저것 팔면서 살아야 할 판이었다. 피아노도 팔았고 사진관에 있는 사치성 물건도 정리해갔다.

　세월이 사치를 허용하지 않았다. 왜놈들은 조선 사람이 자기들보다 사치하면 참지 못했다. 일종의 문화적 열등감이었다. 이놈들은 사진관에 오면 요모조모 눈여겨 봐두었다가 꼭 한마디씩 했다. 그래서 아예 사치스럽다고 생각되는 것은 없앴고 돈이 되는 것은 팔았다. 하지만 왜놈들은 사진관에서 사진 찍는 것조차 사치라고 생각하는 것이었다.

샘에 빠진 재두

　1941년 여름에는 경주 일대에 장티브스가 유행했다. 7월에 방학이 되자 나는 장티브스에 걸리고 말았다. 엄청난 고열에 의식을 잃고 허덕였다. 나는 아버지와 친한 야마구찌 의원에 입원했다. 이 병원은 할아버지가 부산부립병원에서 퇴원해서 경주로 오실 때 입원하셨던 병원이었다.

　그때는 항생제가 없을 때여서 장티브스의 치유기간이 오래 걸렸다. 그래서 '날수 많은 병'이라고도 했다. 해열제와 섭생 그리고 병자가 가지고 있는 체력으로 이겨내야만 했다. 못 먹어서 몸이 약한 농민들에게는, 걸리면 온 식구가 죽어나가는 염병이었다.

　나는 방학 내내 앓았다. 처음에는 고열이지만 일단 한 시기를 이겨내면 열이 올랐다 내렸다 하면서 체력을 극도로 소모시켜 나가는데, 완쾌되는 데는 상당한 기간이 걸린다. 열이 떨어지면 장이 아주 약해져 있기 때문에 음식을 조심해야 한다. 회복기에 들어서면 머리카락이 빠지고 장이 약한데도 음식이 미친 듯이 당긴다. 환자 생각대로 먹다간 장에 구멍이 나서 죽는 일이 허다하다. 섭생을 아주 잘해야 하는데 회복되면 일체의 잔병이 없어지고 새로 태어난 것처럼 무병하고 신체가 튼튼해진다고 한다. 그래서 그런지 어릴 때는 감기도 잘 걸리고 배탈도 잘해서 잔병이 잦았는데 이 장티브스를 앓고 난 다음에는 예순이 넘는 이때까지 큰병을 앓아본

일이 없다.

여름방학이 지나고 '한도닭'(싸움닭)처럼 털빠진 머리를 해가지고 좀 늦게 학교에 나갔다. 나만 그런 줄 알았더니 우리 반에 나말고 몇 아이가 그랬다.

나는 장티브스의 모진 병에서 헤어났지만 경주 우리집은 나날이 경기가 없어졌다. 전망도 별로 좋지 않았다. 여름이 가고 가을이 되면 관광객이 많았는데 비상시국이라고 그처럼 떠들어대니 각 학교의 수학여행조차도 '총후'(銃後 : 왜놈들은 후방을 이렇게 살벌하게 말했다)의 전시태세라 하여 없앤다고 했다. 거기에 할아버지의 귀향으로 우리 집안의 긴장은 갑자기 풀렸다. 아버지도 어머니도 자연 삶의 긴장이 해이해졌다. 아버지는 사진관을 비우고 친구들과 소일했고 어머니는 수란스런 마음을 달래기 위하여 몇 군데 친지들의 집을 방문하곤 했다.

나는 학교에 다니면서 주로 수일이 청길이와 놀았고, 향이는 어머니가 업고 다녔다. 집에는 출이 아지매가 재두를 데리고 놀았는데 재두는 길에서 제 또래와 놀려고 자꾸 길 쪽으로만 나갔다. 뒷집에 '이가 한약국'(李家漢藥局)이라는 약국집 손자로 '직'이라는 둘째 아이가 있었다. 이 아이가 재두보다 두어 살 많았지만 재두를 잘 데리고 놀았다.

여름이 지났다고 하지만 아직 늦더위가 꼬리를 내리고 있어서 한낮은 덥기만 한 날이었다. 하루는 학교에서 공부를 마치고 사진관에 책가방을 던져두고 수일이와 서천에서 놀다가 오후 두세 시쯤 헤어져서 집으로 돌아왔다. 그런데 집안이 어째 어수선했다. 어머니는 청에서 넋나간 듯이 우두커니 앉아 있고 출이 아지매는 칭얼거리는 향이를 업고 마당에서 달래고 있었다. 나는 재두에게 무슨 일이 생겼다고 짐작하고

"엄마, 재두는 어디 갔노?"

하고 소리쳤다. 어머니는 그때서야 나를 껴안으며 말했다.

"걱정 마라. 재두 괜찮다. 방에서 잔다."

방에 들어가보니 재두는 이불을 덮고 세상 모르게 자는데 이마에는 땀

방울이 송글송글 맺혀 있었다.

일인즉, 재두가 샘에 빠졌는데 다행히 누가 건져올렸다는 것이다. 뒷집 이가 약국의 할아버지가 오셔서 방에 눕히고 그 집 할머니가 방에 군불을 지펴놓았다. 어쩌다 재두가 샘에 빠졌는 줄은 아직 아무도 모르고 다만 건져낸 자초지종만 알고 있었다.

뒷집 이가 약국의 작은 손자 직이가 샘에 빠진 재두를 제일 먼저 발견했다고 한다. 재두가 제 또래 아이들과 길에서 공을 가지고 놀다가 집에 들어간 지 한참 뒤였다. 직이는 재두와 같이 놀려고

"재두야, 어디 있노?"

하고 집에 들어왔다. 그런데 재두는 보이지 않고 집에는 아무도 없는데 샘에서 무슨 소리가 나기에 들여다봤더니 재두가 샘에 빠져 칭얼거리고 있었다. 직이는 깜짝 놀라 제 집으로 뛰어가서 할머니에게

"할매, 할매. 재두가 새미에 빠져 있더라."

라고 소리쳤다. 그 소리를 듣고 부엌에 있던 할머니가 놀라 우리 집으로 뛰어와서 샘을 내려다보니 재두가 샘에 빠져 샘의 벽을 쌓은 돌을 붙들고 있는 것을 보았다.

"재두야, 할매가 건져주께. 돌을 꼭 잡고 있거래이."

"응. 할매. 얼렁 올려도고."

할머니는 대문 밖으로 나가 한길에서 소리쳤다.

"살림 살리시요. 아이가 새미에 빠졌소."

마침 그날은 경주 장날이라 우리집 가까이에 소전(우시장)이 있었다. 소전에서 나오던 시골 농군 한 사람이 뛰어오더니 샘가에 와서 보고 빨랫줄에 널린 빨래를 잡아 째 띠를 만들어 그것을 가지고 그냥 성큼성큼 돌을 딛고서 내려갔다. 그리고 재두를 띠로 단단히 묶어 업더니 다시 성큼성큼 올라왔다. 샘은 수면까지 한 2미터가 넘고 물 깊이는 1미터가 넘어 아이 한 길은 훨씬 넘는다.

재두는 나오자 추워서 입술이 새파랗게 되어 부들부들 떨고 있었다. 아

이를 방에 눕히고 군불을 지피고 하는 어수선한 사이에 아이를 건져올린 사람은 그만 가고 말았다. 나중에 고맙다고 말하고 주인이 곧 올 것이니 좀 기다려달라고 하려 했더니 없더라고 했다. 그래서 그 고마운 분을 영영 찾지 못하고 말았다.

그 사이에 밖에 잠깐 나갔던 출이 아지매가 돌아와서 겁이 나 울고 있었고 어머니도 돌아와 그 난리를 듣고 새파래졌다. 그러나 재두가 방에서 세상 모르게 자고 있는 것을 보고 일단 마음을 놓았다. 그때 내가 집에 들어왔던 것이다. 재두는 두어 시간 자고 난 후 깨어나 엄마를 보더니

"엄마!"

라고 부르며 일어났다. 어머니는 재두를 왈칵 끌어안고 울면서

"재두야. 인제 엄마는 다시 밖에 안 나가고 재두하고만 놀께."

라고 했다. 재두는 웃으면서

"엄마. 나 새미에 빠졌데이. 우얀 아재가 건져주었데이. 새미에 공이 빠졌다. 힝야, 건져도고."

라고 했다. 그래서 샘에 가서 들여다보니 공이 물 위에 동동 떠 있었다. 샘가에는 나즈막한 발판이 놓여 있었다. 방에 들어갔더니 재두는 어머니가 들어올 때 사온 과자를 맛있게 먹으면서 샘에 빠진 얘기를 자랑삼아 떠들고 있었다.

"내가 집에 들어와 공 갖고 놀다 공이 새미에 빠져붓다. 그래 올라서는 거(발판) 갖고 올라서서 뚜루박 갖고 공 건진다 하다 그만 새미에 빠져붓다."

어머니는 아버지가 요새 매우 심란한데 걱정을 끼친다고 아버지에게 말 안하기로 하고 재두에게 당부했다.

"재두야. 아버지한테 새미에 빠졌다카면 안된데이. 카지 마레이."

그날 저녁에는 재두가 일찍 잠들어서 아버지는 모르고 지나갔다. 그러나 이튿날 아침밥을 먹으면서 재두는 아버지를 한 번 보고 어머니를 한 번 보고 자꾸 번갈아 보고 있었다. 재두는 아버지에게 샘에 빠진 일을 자

랑삼아 말하고픈데 엄마는 하지 말라고 했기 때문에 눈치를 보고 있는 것이었다. 엄마는 마음이 졸망졸망했다. 밥을 다 먹고 난 다음 어머니가 부엌으로 나가자 기어이 재두는 아버지에게 말하고 말았다.

"아버지. 나 새미에 빠졌다."

아버지는 처음에는 무슨 말인지 알아듣지 못했다.

"야가 뭐라 카노, 언제?"

나는 어처구니 없어서 재두를 빤히 쳐다보았다. 재두는 나를 보고서야 안해야 할 말을 해버렸다고 생각했는지 눈을 밑으로 깔고 입을 삐죽이 내밀고서 말한다.

"자꾸 말하고 싶은데……."

아버지는 나에게 말했다.

"지금 재두가 무슨 말 하노? 네가 자세히 말해라."

그래서 나는 이왕 들통이 난 것, 하는 수 없다고 생각하고 어머니를 불렀다. 어머니는 부엌에서 방으로 들어와 아버지에게 자초지종 다 얘기했다. 아버지는 얘기를 다 듣고 나서 아무 말도 안하고 있다가 밖으로 나가더니 목수를 데려왔다. 샘을 덮을 뚜껑을 만들기 위해서였다. 커다란 자물통을 달아놓고 샘을 쓰지 않을 때는 잠가두도록 했다.

그뒤 며칠이 지나서 누가 재두더러

"재두야. 새미에 빠졌더니 어떻더노?"

하고 물으면 재두는

"응. 쩐쩐하이(선선해) 좋더야!"

하고 능청을 떨었다.

재두의 이런 사건이 생긴 다음, 아버지와 어머니는 다시 정신을 수습했다. 어머니는 늘 집에 있었고 아버지는 사진관에서 일하고 집에 일찍 들어오셨다. 재두를 데리고 시내에도 자주 나가 옷이나 놀이개도 사주었다. 재두는 신이 나서 상점에 보이는 것은 모두 제것이라 했다.

"엄마, 저기 재두 구두 있네."

"엄마, 저기 재두 자동차 가네."

사나운 시절

1941년 12월 8일, 일본군은 몰래 태평양 한가운데 있는 진주만으로 기동함대를 살금살금 기어보내 기습공격을 감행했다. 미국 태평양 함대의 대부분을 파괴하고, 또 영국의 동양 병력 거점 싱가포르를 공격하기 위하여 영국의 식민지 말레이시아 반도에 상륙했다. 그래 놓고서 미국과 영국에 대해 선전포고를 했다. 이것은 왜놈이 남의 나라에 전쟁을 도발하는 전형적인 방법이다. 대청(對淸) 전쟁도, 대러시아 전쟁도 모두 기습을 먼저 하고 선전포고를 했고, 만주사변도 중일전쟁도 기습부터 하고 봤다. 왜놈들은 이런 비열한 짓을 용감무쌍한 행동이라고 자랑했다.

왜놈들은 중국 침략전쟁으로 영 헤어날 수 없는 늪에 빠졌다. 미국, 영국 등의 대일 금수조치는 일본의 전쟁물자 고갈을 불러왔다. 중국 침략에서 물러나든지 미국, 영국, 네덜란드, 프랑스가 가지고 있는 동남아시아 식민지를 탈취하여 고무, 석유, 주석 등 전쟁물자를 빼앗든지 양단 간에 춤을 추어야 했다. 대륙이라는 거대한 늪에 빠진 왜놈들은 마지막 춤을 추기로 했다. 그래서 벌인 춤이 태평양전쟁이었던 것이다.

왜놈들은 진주만에 있는 미국의 태평양 함대를 일거에 쓸어버리고, 이미 확보한 프랑스의 식민지 베트남, 캄보디아의 교두보에서 말레이시아로 상륙했다. 그래서 영국 동양함대의 기지 싱가포르를 배후에서 공격하고, 대만에서 미국의 식민지 필리핀으로 쳐들어갔다. 또 수마트라, 자바를 둘러빼어 네덜란드의 식민지 인도네시아의 여러 섬을 공격해 들어갔다.

왜놈들의 공격은 눈부셨다. 그야말로 전격전이었다. 전쟁을 시작하자마자 말레이시아에 상륙한 일본군은 70일 만에 싱가포르를 점령했고 그 사이 말레이시아 근해에서 영국 동양함대의 기함(사령함) '프린스 오브 웰

즈'와 '레펄스'라는 두 전함을 격침했다. 싱가포르의 교외 브키데마 고지에 있는 일본군 쪽으로 영국군의 사령관 버시벌 대장이 백기를 들고 걸어오는 장면과, 그 고지의 한 건물에서 일본군 사령관 야마시다 호오붕(山下奉文)이 영국군 사령관 버시벌을 향해

"예스까, 노오까!"

하며 책상을 치며 호통쳤다는, 진위는 고사하고 기고만장한 모습을 찍은 사진은 왜놈들에게 초전 승리의 기분을 한껏 내게 했다. 결국 야마시다는 종전 후 전쟁범죄자로 총살당했다. 또, 필리핀으로 침공해 들어간 일본군은 맥아더를 필리핀에서 내쫓았다. 전쟁 개시 100일이 채 안되어 동남아시아와 서남 태평양의 여러 섬을 석권했던 것이다.

싱가포르를 점령한 왜놈들은 발칵 미쳐버렸다. 1942년 2월 17일 왜놈들은 이 섬을 '쇼오난또'(昭南島)라고 고쳐 일본의 영토임을 선포하고 대대적인 축하대회를 열었다. 쇼오난또란 일본 연호가 쇼오와(昭和)였는데 이 쇼오와 시대에 남쪽에서 얻은 섬이라는 뜻이다. 이날 우리 어린이들은 고무공을 하나씩 받았다. 그동안 물자부족으로 좀처럼 가지기 어렵던 하얀 고무공을 얻었기에 그날 학교 운동장에서는 공들이 하얗게 하늘로 날아올랐다. 이제 고무가 많이 나는 남양(南洋 : 일본은 동남아시아를 이렇게 불렀다)을 점령했으니 고무공과 운동화를 얼마든지 생산해서 아이들을 즐겁게 해줄 수 있다는 것을 과시하는 것이다.

짧은 기간에 엄청나게 판도를 넓힌 왜놈들은, 그 판도 때문에 또한 새로운 전장의 늪에 발이 빠져 더욱 허덕이게 되었다. 왜놈들 전쟁은 바로 '빠짝' 전쟁이었다. 이제 왜놈들은 더 이상 판도를 넓힐 수 없었다. 그 앞에는 새로운 힘을 가지고 있는 연합군이 버티고 있었다. 뉴기니를 점령하고 남태평양 솔로몬 군도로 나갔으나 거기에는 미국군과 오스트레일리아군이 버티고 있었다. 버마(지금의 미얀마)를 점령하고 인도로 다가갔으나 거기에는 영국군과 인도군이 버티고 있었다.

그뿐만이 아니었다. 이미 저들의 판도에 넣었다고 하는 새로운 점령지

에서도 새로운 저항에 부대껴야 했다. 베트남에서는 호지명이 지도하는 항일애국전선의 유격대, 말레이시아에서는 말레이시아 공산당이 이끄는 말레이시아 인민해방군, 필리핀에서는 후크당이라 일컫는 필리핀 인민해방군이 조직되어 일본군의 후방을 교란하고 병참기지를 습격하기 시작했다. 전선은 전쟁 시작 후 100일을 넘긴 다음부터 교착상태에 빠졌고, 초기의 전과 대신 많은 희생을 치르기 시작했다.

이 전쟁의 파도는 우리집에 바로 밀어닥쳤다. 밀양의 할아버지에게는 태평양전쟁이 일어난 전후로 고등계 형사들이 몇 번 들락거렸다. 말은 안부 인사라는데 잡아갈 수 있는지 없는지 할아버지의 병환을 알아보려고 온 것이었다. 그때는 전쟁이 한참 신나게 이기고 있을 때여서 그처럼 독살을 피우지 않았지만 병이 다 나으면 경찰서에 잡아가서 시국에 협력하라면서 공갈을 할 것이었다. 그러나 당시에는 놈들이 보기에 데려놓고 부려먹을 처지가 못된다고 판단했음인지 그냥 두고 있었다. 그래도 전황이 나빠지면 그놈들의 화풀이로 잡아갈 수도 있을 것이었다.

경주에서는 이제 사진관 영업이 잘 되지 않았다. 대신 아버지는 더러 불려나가 전승기념대회의 사진을 찍어주어야 했고 친일단체의 여러 가지 행사에 나가 보기 싫은 놈들의 상판때기를 찍어주어야 했다. 구두쇠 같은 일제 통치배의 졸개들 그리고 친일주구들은 사진값을 떼먹기까지 했다. 각급 학교의 수학여행은 없어졌고 천년고도를 찾는 관광객도 거의 없어졌다. 설사 있다고 하더라도 사진 찍을 기분이 나지 않았을 것이다.

1941년 말부터 상점의 모든 간판에서 외국어, 그러니까 영어, 프랑스어 등 적국어로 된 것은 모두 없애라는 지시가 내려왔다. '오리엔트 스타디오'라는 사진관 이름이 영어라고 다른 것으로 바꾸라는 것이다. 별로 재미없는 사진관 영업이었고 게다가 아버지는 이미 어디 멀리 떠날 생각이 있는지라 연말부터 사진관 영업을 그만두었다. 그뒤 일본인에게 사진관을 팔아버리고 어느날 갑자기 만주로 떠나버렸다.

그 해 겨울은 유달리 춥고 지겨웠다. 어머니는 우리 삼남매를 데리고 언제 올지 모르는 아버지를 기다렸다. 나는 쓸쓸했고 재두도 풀이 죽었다. 향이는 제일 귀여워해주는 아버지가 없어서인지 잘 울었다. 새해 들어 집안이 어려워지자 향이를 업고 돌보는 출이 아지매도 자기 부모 곁으로 돌려보냈다. 물론 사진관에서 일하던 병갑이 형도 자기 집으로 보냈다. 그 해 겨울은 그래서 더욱 추웠다.

병갑이 형

사진관에서 일하던 병갑이 형은 아버지가 밀양을 떠나 만주로, 북부 중국으로 한바퀴 휘돌아 경주에 왔을 때 임시 거처로 정했던 '동아여관' 여주인의 외아들이었다. 병갑이 형은 계림보통학교를 갓 졸업하고 집안일을 거들고 있었는데 당시 열다섯의 소년이었다.

아버지는 우선 이 여관에 자리잡고 사진 영업을 시작했다. 여기저기에 불려다니면서 사진을 찍어다가 캄캄한 밤중에 여관방에서 사진을 만들어내는 것을 보고 병갑이 형은 신기해서 졸졸 따라다녔다. 그리고 나서는 자기 어머니에게 나의 아버지한테 사진을 배울 수 있게 말해달라고 졸랐다. 아버지는 아이가 아무 일이나 부지런하게 잘 하면서 성격도 씩씩하고 밝아서 데리고 있기로 했다. 그렇잖아도 장차 사진관을 차리면 심부름할 아이도 한 사람이 있어야 하겠기에 병갑이 어머니의 청을 받아들였다.

병갑이 형은 내가 계림학교에 전학오자, 곧 자기의 후배라면서 형이라고 부르라고 했다. 대개 병갑이 형 또래가 되면 밀양에서는 아재라고 불렀지만, 경주에서는 밀양이 아니라서 형이라 부르기로 했다. 아재라 부르지 않고 형이라 부르니 처음은 좀 어색했지만 '평산치과' 수일이가 이미 형이라 불러서 그런지 곧 나도 익숙해졌다.

내가 경주에 갔을 때 병갑이 형은 그동안 나이가 두 살 더 먹어 열일곱 살이었다. 키도 컸고 얼굴도 사내답게 선이 굵어서 사진관 손님들도 그리 만만히 보지 못했다. 특히 처녀들에게는 제법 인기가 있었고 얼굴의 여드름을 다스린다고 거울을 자주 보고 아버지가 쓰는 향수를 훔쳐 뿌리기도 했다. 사진관에 있는 기타, 만도린을 제법 켤 줄 알았고 노래도 잘 했다. 특히 옛날 주의자가 잘 불렀다는 '가레스즈끼'라는 노래를 심각한 표정을 해가며 잘 불렀다.

병갑이 형은 사진관에서 손님을 접대하거나, 촬영할 때 조명을 담당하고 암실에서 원판을 현상하는 일을 했다. 옛날의 사진 촬영은 사진기에 들어온 상을 감광시켜 음영을 만들어내는 것인데 사진 원판은 유리판에 감광물질을 칠한 것이다. 암실에서 이것을 현상액에 넣어 일정 시간 반응시키면 감광이 강하게 된 부분은 검게, 감광이 약하게 된 부분은 희게 되어 현상이 된다. 그것을 정착액에 넣어서 현상반응을 정지시키고, 반응하고 남은 감광물질을 녹여낸다. 그리고 잘 건조시켜 음화원판을 만든다. 여기까지 병갑이 형이 하고 있었는데 잘한다고 아버지가 늘 칭찬하고 있었다.

사진관에서 하는 촬영은 일정한 조도(照度)에 따라, 원판의 감광도에 따라 감광노출의 시간과 양이 정해진다. 노출시간은 셔터의 속도로, 노출량은 밝기의 조리개로 조절한다. 사진관의 고정된 시설에서는 노출시간과 노출량이 고정되어 있기에 촬영이 비교적 쉽다. 그러나 구도, 그늘의 표현 등은 예술적 소양으로 상당한 수련이 필요하다.

야외에서 하는 촬영은 조도가 태양의 위치, 날씨, 피사체의 위치, 방향 등 조건에 따라 여러 가지로 달라진다. 때로는 마그네슘을 폭발시켜 그 빛으로 촬영하기도 한다. 또한 배경의 선정과 피사체와 어우른 구도 등에 대해서는 상당한 수련을 쌓아야 한다. 병갑이 형은 이런 야외 출장 촬영 때에 촬영에 필요한 모든 기재를 가방에 넣어 자전거에 싣고 가서 촬영기를 조립했다. 특히 조명이 어두울 때는 마그네슘을 아버지의 하나, 둘, 셋 구령에 맞추어 터뜨려야 했다.

사진을 만들어내는 데 가장 어려운 작업은 수정이다. 수정은 암실에서 현상하여 잘 건조시킨 원판에 생긴 여러 가지 흠을 없애는 일이다. 이것은 수정대라는 틀을 만들어서 하는데, 네모진 나무상자의 안쪽을 비스듬하게 판으로 가려서 한가운데 지름이 두 치 좀 넘게 되는 원으로 구멍을 낸다. 구멍 저편에는 밝은 젖빛 유리 전구를 켜놓고 구멍 이편에는 젖빛 유리판으로 가려서 그 위에 원판을 놓으면 흠을 똑똑히 볼 수 있다. 그 흠을 아주 뾰족하게 다룬 연필심으로 칠해서 없앤 다음 수정액이란 것을 칠해서 고정시킨다.

수정은 원판에 생긴 흠도 없애지만 얼굴에 나 있는 흠이나 여드름 등 그밖의 여러 가지 흠이 찍혀나온 것도 없애준다. 또한 두터운 입술도 예쁘게, 홀쭉한 뺨 모양도 복스럽게, 불룩한 뺨도 아담하게, 좁은 이마는 넓게, 넓은 이마는 훤하게 보기 좋도록, 낮은 코도 콧대가 쪽 서게, 너무 높은 콧대는 부드럽게, 여러 가지 재주를 부린다. 그래서 처녀 총각의 선보는 사진을 찍을 때는 부끄럼 없이 자기 인물의 결점을 서슴없이 말하고 주문이 요란하다. 그러니 사진관에서 찍은 사진으로 선본다는 것은 말짱 헛일이라 할 수 있다.

병갑이 형이 우리 사진관을 그만두게 된 1941년 연말에는 이 수정작업도 다 배우고 익히고 있었다. 그밖의 인화작업은 기계적이기 때문에 그리 어려움이 없는 것이고, 사진을 확대하는 것도 인화작업의 한 가지이기 때문에 어려움이 없다. 병갑이 형은 사진에 관한 기술적인 것은 모두 배웠고 다만 수련을 더 쌓아서 기술을 더욱 닦을 일만 남았다고 했다. 그후 어디가서 더 수련했는지, 사진관을 차려 영업을 했는지 통 소식을 듣지 못했다.

출이 아지매

경주 우리집에서의 한 식구로 우리 삼남매를 알뜰하게 돌본 출이 아지매도 잊을 수 없다.

경주에서 대구 쪽으로 가면 건천역이 있고 거기에서 내려 대구 쪽으로 좀더 올라가면 금척리(金尺里)라는 동네가 있는데 바로 이곳에 출이 아지매의 집이 있다. 이 금척리에는 똑같은 고분이 세 개 있다. 어머니가 그에 얽힌 전설을 어디서 듣고서 나에게 이야기 해주었는데 재미있어서 지금도 기억하고 있다.

옛날 신라시대에 금성(金城 : 신라시대 때 경주의 이름)에 처녀 총각이 이웃해서 살았는데 두 사람이 서로 사랑했다. 양가의 부모도 좋아해서 혼인하기로 하고 날짜를 잡았다. 그런데 호사다마인지 혼례일을 바로 앞두고 신랑이 병이 들더니 죽고 말았다. 신부는 기가 막혀 가슴이 메이고 앞이 캄캄해서 그저 울기만 했다. 신부는 부처님께 빌었다.

"나도 빨리 죽어서 내 낭군 따라가게 해주소서. 그렇지 못하면 내 낭군의 명을 돌려주소서."

슬픈 가운데 너무나 정성을 다해 애절하게 빌다가 신부는 그만 정신이 몽롱해지고 말았다. 그런데 어느 순간, 그 몽롱하던 정신이 깨끗이 걷히면서 신부의 눈앞에 하얀 옷을 입고 머리에 찬란한 보관을 쓴 여인이 한 손에 금빛나는 잣대를 하나 들고 서 있는 것이 보였다.

"아가야. 너무 상심하지 말아라. 나는 동해바다의 뱃길을 돌보는 관세음보살이다. 너는 전생에 하늘나라에서 옥황상제 곁에서 천의(天衣)를 짓던 여인이었는데 천마(天馬)를 먹이는 목부(牧夫)와 눈이 맞아 하늘나라의 법도를 어지럽혀 벌을 받게 되었단다. 그런데 옥황상제께서 너희 둘을 특별히 가련하게 여겨 인간 세상에서 인연을 맺어 한 세상 살라 하고 신라 금성으로 내려보냈다.

그런데 지부(地府)에서 착오가 생겨 네 신랑을 지부로 끌어가게 되었구나. 옥황상제께서는 네가 울고 있는 것을 알고 나를 보내 애초에 정한 대로 바로잡아 인연을 맺게 되도록 해주라고 하셨다.

그런데 너의 신랑의 혼을 지부에서 찾아 데리고 왔지만 그 혼이 육신을 입지 못해 다시 살아나지 못하고 있다. 마침 하늘나라에서 네가 썼던 자를 가져왔는데 이것은 천의를 마름할 때도 쓰지만 인간 세상에서 혼이 육신을 벗어났을 때 다시 입도록 하는 데도 쓰이는 것이다. 이 자로 머리에서 발끝까지 재면서 '한 자, 두 자, 몇 치, 몇 푼, 벌떡'이라고 하면 혼이 그 육신을 입고 벌떡 일어난다."

여인은 이 말을 남기고 홀연 안개 속에 사라졌다. 신부는 정신이 들어 눈을 떴다. 그리고 보니 그 금빛 찬란한 하늘나라의 자가 바로 앞에 있지 않는가. 그래서 신부는 그 자를 들고 죽어 누운 신랑 곁에 가서 관세음보살이 말씀한 대로 머리끝에서 발끝까지 재면서

"한 자, 두 자, 석 자, 여섯 치, 닷 푼, 벌떡."

이라고 했더니 신랑이 눈을 뜨고 벌떡 일어나 앉아 살아났다.

두 집의 이런 기막힌 경사가 세상에 또 어디 있겠는가. 곧 날을 다시 잡아 혼례를 치러 사랑하는 처녀 총각이 가시버시되어 잘 살았다.

그런데 하늘나라에 있어야 할 자가 이승 땅에 있게 되니 큰 문제가 생겼다. 사람이 이 세상에서 살다가 죽으면 육신이란 옷을 벗고 혼만 남아서 죄 지은 놈은 지옥으로 가고 착한 일을 한 사람은 극락으로 가게 된다. 하지만 이 자가 인간세상에 있으니 육신을 벗고 혼이 제 갈 데를 가려고 해도 부모처자들이 이 자를 가지고 다시 육신을 입혀버리므로, 죽고 사는 질서가 영 엉망이 되고 말았다. 생과 사의 질서가 없어지니 나라의 법이 아무 소용이 없었다.

그래서 나랏님이 그 자를 금성 궁전에 가져오게 하고 신하와 더불어 어떻게 처리할까 의논했다. 결국 땅에 묻기로 했다. 그리고 아무도 그것을 몰래 파내어 가져가지 못하게 하기 위하여 무덤을 세 곳으로 하되 똑같게 하여 그 중 한 곳에 묻었다. 그리고 그 무덤들을 엄청나게 깊고, 또 크게 해서 자를 파내려면 많은 사람이 여러 날 땅을 파야만 하게 했다. 그래서 아무도 남몰래 자를 파낼 수 없도록 했다. 이렇게 해서 자를 묻은 세 무

덤이 있는 곳이 바로 '출이 아지매'의 동네인 금척리(金尺里)라는 것이다.

　'출이 아지매'의 금척리 집에는 아버지와 어머니 그리고 남동생이 둘 있다고 했다. 집이 몹시 가난했다. 그래서 입 하나 덜 겸 출이 아지매를 우리집에 보냈고, 우리집에서는 나중에 출이 아지매를 시집보내 주기로 하고 데리고 있게 되었다. 어머니는 집에 무슨 일이 있으면 출이 아지매의 어머니도 오도록 해서 도움을 받았다. 어머니는 출이 아지매의 어머니가 일이 끝나고 집에 돌아갈 때는 집에서 쓰고 여유가 있는 것은 무엇이든지 보따리에 싸서 들고 가도록 했다. 된장, 간장, 고추장, 쌀, 보리쌀, 깨, 콩, 옷가지 등과 함께 노자라면서 돈도 좀 주어서 보냈다. 출이 아지매는 자기 어머니가 우리집에 와서 돌아갈 때 이런 것을 싼 보따리를 가지고 가는 것을 아주 싫어했다. 그래서 어머니가 갈 때는 언제나 눈에 눈물이 그렁했고 입을 꾹 다물고 잘 가라는 말도 안했다.
　당시 우리 농촌은 말할 수 없이 가난했다. 땅뙈기 하나 없는 농민이 대부분이었고 굶어서 얼굴이 누렇게 부숭부숭했으며, 아이들은 배만 올챙이처럼 불렀다. 겨울이 되어도 잘해야 윗도리만 걸치고 아랫도리는 그냥 맨살이어서 언제나 감기로 시퍼런 코가 인중에 매달려 있었다. 그런 동생들을 생각하느라 그런지 출이 아지매는 웃는 일이 별로 없었다.
　하루는 학교에 갔다가 사진관에 들르지 않고 좀 일찍 곧바로 집으로 왔다. 집에는 어머니가 없어서 그런지 조용했다. 그런데 부엌 쪽에서 말소리가 들리기에 그쪽으로 갔더니 부엌방에서 출이 아지매와 그 어머니가 티격태격하고 있었다.
　"어매가 여기 오면 언제고 그냥 가나? 내 하나 이 집에 살면 된다 캐놓고 자꾸 와서 얻어갈라 카면 우짜노? 내사 남부끄러바 몬살겠다."
　"아이고 이 가시나야. 니는 이 집에서 때 안놓고 먹으이 지 얼굴 하고 있제. 니 동생은 때거리 놓으이 부앙(부황)이 들어 정말 몬보겠다. 아이구, 그래서 안왔나. 이 가시나야, 카지 마라. 오죽하면 내가 왔겠나."

"그란다꼬, 어무이도(우리 어머니) 없는데 우짜노? 그라고 어무이가 있다 캐도 그렇제. 장(항상) 줄 끼 어딨노?"

거의 울음소리이다. 그래서 내가 좀 큰소리로 말했다.

"아지매, 내 학교 갔다왔다. 엄마는 어디 갔노?"

"엄마는 좀 늦을 끼라 카시더라. 저녁밥 해놨으이 좀 있다가 밥 차려주께."

"오야. 거기 누구 왔노?"

나는 알면서 물었다.

"우리 어매다."

"할매요. 언제 왔능교."

출이 아지매 어머니가 나오면서

"재구, 학교 갔다왔나. 엄마보고 얘기할라꼬 왔는데 엄마가 없어놔서 그냥 갈란다. 다음에 오지."

하고 그냥 가려고 한다.

"좀 있으이소. 출이 아지매, 할매한테 쌀이고 보쌀(보리쌀)이고 있는 대로 좀 챙겨조라. 나중에 내가 엄마한테 카꾸마(말할게)."

출이 아지매는 아무 소리도 안하고, 답답했던 출이 아지매의 어머니는 이 소리를 듣고 얼굴이 활짝 펴졌지만 차마 자기 손으로 퍼 담을 수는 없는 것 같다. 그래서 내가 쌀독과 보리쌀독을 열고 좀 퍼담고 출이 아지매더러 된장과 김치 등을 챙기라고 했다. 보따리를 들고 가면서 출이 아지매의 어머니는 떨리는 목소리로

"재구야. 니 복 많이 받을 끼다."

라고 했다. 저녁에 어머니가 돌아왔기에 자초지종을 이야기했다.

어머니는,

"잘했다, 이놈아. 나중에는 니 간이라도 빼줄 끼다."

라고 하셨다.

그 이튿날 아침에 아버지는 얼마인지는 몰라도 출이 아지매에게 돈을

주어서 금척리로 보냈다.

아버지가 사진관을 그만두자 출이 아지매도 애초에 약속한 대로 시집갈 때까지 데리고 있다가 시집보내 주겠다는 약속을 못 지키고 금척리 자기 집으로 보냈다. 보낼 때 어머니는 이불감 무명과 비단 그리고 여러 가지 옷감을 챙겨 보냈고, 아버지는 돈도 좀 주어서 보냈다. 그후 우리가 밀양으로 떠나오고 난 다음 소식을 듣지 못했다. 열세 살에 우리 집에 와서 열다섯 살에 갔다. 그 가난을 어떻게 이겨내고 살아왔는지. 항상 커다란 눈에 그렁한 눈매, 그 모습이 아직도 잊혀지지 않는다.

남양으로 가는 아버지

연말에 사진관을 팔아버리고 만주로 떠난 아버지가 한 달쯤 지나 경주로 돌아왔다. 아마 2월 초쯤이라고 생각된다. 그날도 몹시 추웠다. 밤에 한잠이 들어 있었는데 무언지 시끌시끌해서 깼더니 아버지가 두터운 외투에 털가죽으로 댄 깃을 세우고 머리 모양을 이상하게 하고서 재두와 내가 자고 있는 방안으로 들어왔다. 아버지가 떠날 때는 머리 모양이 하이칼라 머리였는데, 이제는 빡빡 깎은 맨머리였고 이마 좌우로 깊이 벗어 올라간 모양은 아버지 모습답지 않았다. 그때는 하이칼라 머리를 하고 있으면 경찰이 잡아서 '서양머리'라면서 깎으라고 눈을 부라렸다. 눈을 뜨고 정신 없이 아버지의 낯선 머리 모습을 바라보고 있자 아버지는 나를 보고 웃더니 손으로 자기 머리를 한 번 쓰다듬고

"재구야, 그동안 잘 있었나?"
라고 했다.

아무 기별 없이 너무 갑자기 아버지가 오셔서 어머니도 나도 정말 어리둥절했다. 아버지가 돌아오시자 집안에 일단 활기가 돌아왔다. 어머니는 부엌에서 맛있는 찬을 장만하고 재두는 신이 났고 잘 울던 향이는 아버지

곁에서 떨어질 줄 몰랐고 귀여운 재롱이 다시 되살아났다.

아버지는 왜놈들이 덜 설치는 만주에 터 잡을 데가 있을까 해서 가보았으나 그곳 세상도 온통 전쟁판이어서 어디고 사람 살 곳이 아니었다. 그래서 생각을 다시 하려고 집으로 일단 돌아오셨던 것이다.

태평양전쟁이 일어나고 해가 바뀌자 왜놈들은 조선 사람들의 대량적인 희생을 강요했다. 20대에게는 강제지원병제도가 더욱 기승을 부렸다. 30대는 중일전쟁 중에 이미 공포된 국민징용령이 있어서 광산, 군수공장, 군사시설 건설공사 등에 강제로 끌려가기 시작했고, 40대는 총알이 날고 포탄이 터지는 전쟁터에 맨몸으로 탄약과 식량을 등짐으로 져 나르는 보국대로 몰고 가기 시작했다.

전쟁이 격화되고 왜놈들이 밀리기 시작하는 1943년부터 학병으로 끌어가고 징용, 보국대로 끌어갔다. 전쟁의 마지막 발악기인 1944년에는 조선 청년을 몽땅 총알받이로 하는 징병령이 나오는가 하면 사람사냥이 도처에서 일어났다. 여자 정신대라 하여 초등학교를 갓 졸업한 12세 이상의 처녀와 홀몸인 여자를 끌어가서 대부분 중국과 동남아시아 일대의 전쟁터에 보내 군인 상대의 산 노리개인 위안부로 삼는 만행을 저질렀다.

이러한 험한 세월에 당시 30대였던 나의 아버지는 왜놈의 군대나 징용에 끌려나가 놈들의 총알받이가 되거나, 광산의 막장에서 일하다가 귀신도 몰래 파묻히게 되거나, 또는 비행장 닦는 데 목도를 메고 노예노동에 시달려 죽거나 하는 험한 꼴을 당할 위험에 처하게 되었다. 징용을 면하려면 면서기라도 해야 했고 징용을 면제받는 기업체에 취직이라도 해야 했는데 이런 자리를 얻으려면 가장 먼저 나서는 문제가 할아버지의 사상전향이었다. 이는 할아버지가 목숨을 내줄지언정 절대로 할 수 없는 것이고, 또한 아버지도 할아버지의 지조를 팔아가면서까지 자기 일신의 안전을 구차하게 구하려고도 하지 않았다.

1942년에 들어서 왜놈들은 동남아시아 일대를 점령하여 저들의 판도를 넓게 되자 연합군의 수만 명이나 되는 포로들을 관리해야 할 문제가 생겨났다. 교활한 왜놈들은 이 일을 조선의 청장년에게 맡기고, 제놈들 중에서 늙고 못쓸 예비역 장교로써 조선 청장년을 감시했다. 직접 연합군 포로와 대하는 일을 조선 청장년에 맡김으로써 포로의 강제노동과 반인권적 관리 그리고 학대, 학살 등으로 생기는 여러 가지 전쟁범죄 문제를 조선 청장년에게 뒤집어씌울 꾀를 내었던 것이다. 그래서 조선의 똑똑한 청장년들을 군속으로 모집했다. 월급도 많이 주고 상당히 높은 관리의 대우를 한다면서 조선 전역에서 대대적으로 모집했다. 당시 조선의 청장년들은 강제지원병, 강제징용을 피하는 하나의 방편으로 이 모집에 지원했다.

만주에서 돌아온 아버지는 왜놈의 세월에 부대껴 고민하다가 이 군속에 지원하고 말았다. 총알받이가 되거나 강제노동으로 희생당하는 것보다는 그래도 대접이 좀 나을 것 같고 포로지만 연합군 병사와 지내는 것도 뜻있는 일이라 생각되었다. 될 수만 있으면 이들의 도움이 되리라는 생각을 가지고 지원했던 것 같다. 또 일본군의 군속에 지원함으로써 할아버지에 대한 왜놈의 혹독한 탄압을 좀 누그려뜨릴 수 있으리라는 바람도 있었다. 이리하여 아버지는 그 해 이른 여름, 부산 서면에 있는 일본군 병영에 들어가고 말았다.

또다시 우리 삼남매는 어머니 혼자만 바라보고 경주에 남게 되었다. 그때는 살기도 몹시 어려웠다. 어머니는 내 셋째 동생이 뱃속에서 자라고 있는 몸으로 동네 이곳저곳에서 주문이 들어온 바느질감을 맡아 삯바느질로 우리들을 키웠다. 훈련이 끝나면 아버지의 월급이 나온다고는 했지만, 놈들은 아버지를 데리고 간 후 한 푼도 집에 돈을 보낸 일이 없었다. 나중에 아버지가 남양으로 가서도 월급을 모두 왜놈 군표로 주었는데 그것은 조선에 부칠 수 없는 돈이었다.

아버지는 병영 훈련을 7월에 다 마쳤다. 얼마 안 있어 남양으로 떠난다고 했는데 그전에 며칠간의 면회기간이 주어졌다. 우리들은 할아버지, 할머니, 작은아버지와 함께 부산 서면에 있는 일본군 병영으로 아버지를 만나러 갔다.

조선 천지 각 곳에서 면회하러 모여온 가족들이 넓은 연병장을 그득히 채우고 있었다. 아버지가 즐기는 여러 가지 음식을 어머니는 정성스레 차렸다. 우리들이 연병장에 자리를 잡고 기다리자 아버지는 안내하는 일본 병사를 따라왔다. 아버지는 할아버지와 할머니를 보고 군대식 거수경례를 했고, 할머니는 아버지의 손을 잡고 울었다. 할아버지는 고개를 돌리고 저멀리 하늘만 바라보았고, 나와 재두는 작은아버지와 함께 아버지 다리를 붙들고 반가워했다. 엄마에게 안겨 있던 향이는 아버지를 향해 두 팔을 내밀어 안겼다.

저녁 때가 되어서 우리는 헤어졌다. 할머니는 아버지의 손을 놓지 못하고 우리들 아이들은 할아버지 곁에 서서 아버지에게 인사하고 어머니는 아버지를 내내 바라보았지만 울지 않았다. 그러나 아버지가 돌아가고 난 다음 풀밭에 무너져 앉더니 하염없이 눈물을 흘렸다. 할아버지는 종내 말이 없으시다가 어머니에게,

"야야, 그만 그치거라. 갸는 어디 가도 절대 죽을 아가 아니다. 인제 우리 고생도 마지막 고비에 왔는갑다. 이 고비만 넘기면 된다. 야야, 힘을 내야 한다. 우리 몇 년만 참고 기다리자."
라고 하시면서 위로했다.

지금 할아버지의 이 말을 생각하니 태평양전쟁은 왜놈의 마지막 발악이었고 이제 왜놈의 망할 날이 다가오고 있다는 뜻이었던 것 같다. 비록 자식을 사지에 보내고 있지만 할아버지의 해방의 신념은 더욱 굳건했으며 말씀이나 태도가 그처럼 당당하셨다.

아버지를 남양으로 보낸 다음 할아버지는 경주에 오셨다. 그리고 며칠 동안에 살림살이를 모두 정리하고 우리 삼남매와 동생 용아를 회임한 어머니를 데리고 밀양 연계소 고향집, 비록 다 베어주고 정침채만 남긴 했지만 그 집으로 돌아갔다. 겨우 병고에서 벗어나 아직 건강을 덜 회복한 할아버지의 여윈 어깨에 우리 삼남매와 장차 태어날 용아와 더불어 어머니까지 다섯 식구가 매달리게 되었다. 할아버지, 할머니, 고모, 작은아버

지의 네 식구와 합쳐 아홉이라는 큰 식구를 거느리게 된 것이었다. 그리고 왜놈의 마지막 발악 3년을 고스란히 겪어야 했다.

통바우의 할아버지들

통바우

내가 어릴 때 밀양의 고향집 연계소에서 자랐듯이 나의 할아버지는 '통바우'[桶岩]라는 동네에서 성장했다고 한다. 그 동네는 성만에서 약 500미터쯤 떨어진 도로가로 나오는 중간에 위치해 있다.

우리집은 약 520년 전 조선 성종 때에 영남 함안(咸安)에서 대대로 살다가, 18대조 할아버지가 밀양으로 이거(移居)하여 금포(金浦)라는 동네에 정착했다. 이 할아버지의 맏아들인 태만(苔彎) 안구(安覯) 할아버지는 점필재 김종직 선생의 문하에서 공부하였고 여러 고을의 원으로 살았는데, 연산군 때 벼슬을 버리고 고향으로 돌아왔다. 반정 후 중종 때 청백리(淸白吏)로 표록(表錄)되었다.

이 할아버지는 밀양에 삼형제를 두었고 남원에서 부사로 있으면서 그곳에서도 또 장가를 들어 삼형제를 두었다. 남원의 삼형제 자손은 남원, 화순 일대에 여러 동네를 이루고 있다. 밀양의 삼형제 중 맏의 자손은 금포에서 그냥 이때까지 이어져 오고, 둘째 역시 금포에서 살다가 임진왜란을 맞아 일가가 흩어지면서 영천(永川)으로 갔는데 그 자손이 도동이라는 동네를 이루었다.

셋째가 우리집으로 이어져 오는데 창녕의 옥천이라는 동네에 살다가 지금으로부터 260년 전쯤 조선 영조 때 맏집의 동네 금포 가까이의 동산 아래 성만으로 왔다. 그 아래 대대로 내려오면서 여러 형제가 갈래로 되어 집안이 번성하였는데, 나의 5대조 할아버지 때 '통바위'라는 새 동네를 이루었다고 한다. 그것이 지금으로부터 170년 전이었고, 고향에서는 우리 집안을 '통바위' 안씨라고 부른다.

'통바위'라는 동네는 행정구역상으로는 밀양시 초동면 성만리의 한 동네이다. 이 동네 북쪽에는 밀양시의 남쪽에 우뚝 솟은 종남산의 줄기를 이어받아 유독 우뚝 불거져 솟은 약 600미터 높이의 산이 있다. 앞에는 낮은 들판이라서 그 모습이 쳐다보기에 당당하다. 이름하여 덕대산(德大山)이라 한다. 덕대산이 낙동강을 바라보면서 줄기가 들녘으로 내려오다가 바로 동네 뒤에서 멈춘 봉우리가 있는데 그 꼭대기에 통처럼 생긴 커다란 바위가 있다. 그 바위 이름을 통바위라 하고 그 밑 산자락에 있는 동네 이름도 통바우라고 부른다.

이곳으로 처음 옮겨온 5대조 할아버지는 초당을 짓고 가근방 또는 영남 일대의 선비들과 함께 예학과 성리학을 토론하였다고 한다. 지금은 계곡을 막아 저수지가 되고 말았지만, 옛날에는 덕대산에 숲이 무성했기에 그 풍부한 수량으로 계곡이 맑았으며 바위집이 군데군데 있었다고 한다. 5대조 할아버지는 자신의 호를 계엄(溪广)이라 짓고, 고을 사람들은 그의 학문을 존경해서 처사(處士)로 호칭하여 계엄처사라고 불렀다.

이 할아버지가 새 동네를 이루어 다음 대까지 이어갔지만 두어 대가 지나자 조선 말 개화바람으로 모두 서울로, 밀양 성내로 들어가고 이제는 남의 동네가 되고 말았다. 그렇지만 고향 사람들은 계엄처사의 자손인 우리들을 지금도 통바우 안씨 집이라고 부른다.

할아버지가 어릴 때는 할아버지의 할아버지 삼형제가 모두 이 '통바우'

에서 살면서 전형적인 조선시대의 대가족공동체를 이루었다고 한다. 이 삼형제분들의 이야기는 할머니를 통해서 많이 들었는데, 할머니는 시어머 님인 나의 증조모와 시할머께 들은 이야기이다. 할머니는 소시적 일에 대한 기억이 비상했다. 그 비상한 기억을 풀어내면 몇 날이 걸리더라도 한정이 없다. 우리집에 시집와 억울한 일도 많이 겪었으리라. 그것을 때 때로 손자인 나에게 풀어놓았다. 그런 이야기로, 그리고 우리집에 남아 있는 기록으로써 할아버지들의 이야기를 알 수 있다.

고조부와 이씨 할매

고조할아버지 삼형제 중 맏이가 나의 고조부이다. 호는 아버지의 호를 따라 석엄(石广)이고 이름은 안종철(安鍾哲)이다. 일찍 생원시에 합격하여 성균관에서 공부하였으나 성품이 강명하여 당시 장동 김씨를 중심으로 한 노론 권귀에 비위가 상해 벼슬길을 그만두고 고향으로 내려왔다. 바로 아 래 아우의 도움으로 밀양 성내에 유림연계소를 지어 후진 교육에 전념하 였고 고결한 학문으로 고향 사람들로부터 존경을 받았다.

나의 고조할아버지는 자기의 뜻을 펴지 못한 울분을 술로 달래었다. 술 이 취하여 집에 돌아오다가 논에 개구리가 시끄럽게 울어 울울한 심정을 건드리면

"네 이놈들, 시끄럽다!"

라고 소리를 쳤다 한다. 그러면 온 들판의 개구리가 울음을 뚝 그쳤고 동 네의 개들은 모두 마루 밑으로 숨었다고 한다.

고조할아버지는 집에 들어와서도 화증을 삭이지 못해 더욱 답답해했다. 그래서 엄동설한에도 모든 방문을 다 열어놓으라고 했다. 수하들은 추워 서 벌벌 떨었는데, 그것이 제일 견디기 어려운 일이었다고 한다. 나라는 점점 거덜나고 있었고, 마나님은 젊어서 두 사람이나 먼저 보냈으니 그

마음이 오죽했을까.

고조할아버지는 마나님 복이 참 없었던 것 같다. 나의 첫 고조모는 밀성 손씨(密城孫氏)였는데 딸 하나를 낳고 고조할아버지가 나이 스물다섯일 때 돌아가셨다. 그 딸은 경주 최씨 집으로 시집갔다. 둘째 고조모는 밀성 박씨(密城朴氏)인데 나의 증조부를 낳고 또 돌아가셨다. 그래서 나이 사십에 열아홉 살 처녀에게 새장가를 들었는데 그 고조할머니가 벽진 이씨(碧珍李氏) 할머니이다.

이 할머니는 그의 며느리인 나의 증조모보다 열 살밖에 많지 않았다. 할머니가 열네 살 때 우리집에 시집왔더니 시어머니의 나이가 서른넷이고 시조모의 나이가 마흔넷이었다고 한다. 이 시조모가 당신의 손부인 우리 할머니에게 그처럼 살갑게 대할 수가 없었다며 언제나 그리움이 가득한 목소리로 말씀하셨다. 나이 많은 남편을 맞아 한번도 물색 고운 옷을 입어보지 못해서 그런지 손부인 할머니에게 늘 고운 옷을 입으라고 하셨다고 한다.

우리집에 시집온 것을 억울해하면서 나의 할머니에게

"내 제삿날에는 내 밥그릇만 놓고 제사지내다오. 내가 죽으면 영감 제삿날에도 안 올게고 다른 제삿날(전처 제삿날)에도 내사 안 온다. 내 제삿날에 밥 네 그릇 놓고 제사지내면 제일 끝에 내가 앉아야제. 더럽고 억울해서 어떻게 하노. 내 혼령이 있다면 젯상을 차버릴 게다!"

라고 말씀하셨다고 한다. 그래도 제사란 법도가 있기에 언제나 상에는 멧밥 네 그릇이 놓여진다. 혼령이 없거나 고조할머니가 억울해서 안 오시거나 하는지 제사상이 아직까지 엎어진 일은 없었다. 제사를 지낼 때마다 나는 언제나 이 고조할머니 생각이 유독 난다.

나의 증조부는 열 살 때 어머니를 잃었지만 이 새어머니가 키워주셔서 구김살 없이 성장했다고 한다. 또한 이 고조할머니는 장한 아들 형제를 낳았는데 바로 나의 종증조부이다. 증조할아버지 형제들의 효도와 우애는 대단했다고 한다. 무엇이건 색다른 것이 있으면 증조할아버지는 먼저 어머니에게 드렸고 아우에게 주었으며, 또 아우들도 형에 대한 존경심이 깊었다. 나중에 성장해서도 두 종증조부는 큰집 일이라면 모든 일을 제쳐두고 먼저 했고, 우리집이 객지로 돌아다녀도 큰집 일인 선영의 모든 일을 맡아 하셨다. 이러한 정성은 아랫대로 내려와서도 여전하다. 나의 재종조부, 재종숙, 나의 삼종제들은 지금도 큰집 일이라면 헌신적으로 나선다.

영감 할배

고조할아버지 삼형제 중 둘째 할아버지는 호를 석하(石下 또는 石荷)라 하고 이름은 안종덕(安鍾悳)이라 한다. 젊어서 전시에 급제했는데 그 총명함과 경세에 밝음이 출중하여 왕이 바로 국가재정을 담당하는 선혜랑(宣惠郎)을 제수했다. 그러나 그의 청렴함과 강직함에 장동 김씨 노론 권귀들이 아우성이었다. 왕도 어쩔 수 없이 외직으로 보내어 여러 고을을 살게 했다.

그래서 우리집에서는 이 할아버지가 고을살이 많이 했다고 '영감 할아버지', '영감 할배'로 부른다. 나중에 당상관이 되어 대감이 되었는데도 옛날 그대로 수하들은 '영감 할아버지', '영감 할배'로 불렀다.

영감 할아버지가 고을에 가시면 제일 먼저 한 일이 언제나 기민구제였다고 한다. 나의 아버지가 포항에서 '동해사장'이라는 사진관을 경영했을 때의 일이다. 흥해(興海)의 어떤 잔칫집에 기념사진을 찍으러 갔는데 점심 대접을 받고 그 집주인 어른과 이런저런 얘기를 하다가 아버지의 고향이 밀양이라는 것을 알게 되었다. 집주인 어른이 말했다.

"그러면 호를 석하라 하는 종자 덕자 어른이 귀문인가요?"

"예. 그 어른이 바로 저의 종증조부올시다."

그러자 그 집 어른이 옷깃을 다시 바로잡으며 감격해서 말했다.

"선생이 이번에 우리에게 참 귀한 걸음을 했습니다. 그 어른의 종손을 여기에서 만나다니."

그 집 어른이 여남은 살 먹었을 때 흥해 일대에 아주 심한 가뭄이 들어서 논이고 밭이고 모두 말라버렸고, 또 바다조차도 물이 변해서(이상조류가 생겨서) 물고기도 잡히지 않아 고을 백성이 거의 굶고 있었다고 한다. 그때 새로 흥해 군수로 도임한 어른이 바로 영감 할아버지였다.

영감 할아버지는 흥해에 도임하자 바로 기근상황을 시찰했다. 곧 흥해 일대의 깊은 산에 나무가 많다는 것을 알고 그 나무를 벌채하도록 했다. 그것을 팔아 식량을 샀고 배급 때는 기민들이 벌채한 산에 묘목을 심는 삯으로 양식을 주었다고 했다. 그래서 흥해 일대의 기민은 그 모진 가뭄에서 살아났다고 했다.

주인 어른은 이런 말을 끝내고 마당에 나가서 손으로 산을 가리키면서

"저기 저 산마루에서 오른쪽의 산은 짙푸르지만 왼쪽부터는 산이 덜 푸르지요? 그 사이의 경계가 보이지요? 그 왼쪽이 벌채한 곳입니다. 그때 심은 솔이 아직 덜 자라서 그렇다오."

라고 하면서 그 주인의 소년시대를 회상하였다고 한다.

영감 할아버지는 왕의 부름을 받고 잠시 내직에 들어갔으나, 전라남도 관찰사 김세기가 토색이 매우 심하다는 소문을 듣고 다시 전라남도 순찰사로 보냈다. 그래서 김세기의 포흠한 증거를 잡고 김세기를 문초한 다음 불법으로 수탈한 세미와 세금을 원상으로 돌려놓고 창고를 봉인하였으며, 김세기를 그 현장에서 파직하고 장계(狀啓)했다. 김세기는 장동 김씨의 인물로 세도가 당당하여 아무도 손을 못 대고 있었지만 할아버지는 즉각 처단하고 왕에게 보고했던 것이다. 그리고 가선대부(嘉善大夫)로 품계가 한 단계 올라 지중추부사(知中樞府事)의 배명을 받았다.

관찰사 김세기를 파직하자 장동 김씨들은 원한을 품고 영감 할아버지를 해치려 했다. 서울에 있는 동안에도 장동 김씨들이 사주한 자객들의 공격을 여러 번 받았다. 왕도 이들의 포악함을 잘 알고 있는지라 이번에는 청송 군수로 내려보냈다. 마침 청송과 안동 고을 접경에 큰 살인 사건이 생

겨 오래도록 해결 못해 근심하고 있었는데 그것을 해결하라면서 내려보내
어 일단 장동 김씨들의 공격에서 벗어나게 했다. 그러나 이들은 왕도 암
살했다는 소문이 나올 정도로 포악한 자들이라 청송까지 암살자를 보내
영감 할아버지를 독살하고 말았다. 독살한 증거가 역력한데도 사건을 담
당한 자들이 모두 장김 일파이거나 그들과 연통된 자들이라 하소연할 곳
없이 당하고 말았던 것이다.

영감 할아버지의 위국충절과 척사위정의 절절한 글로 지중추부사 때 상
소한 '만언소'(萬言疏)가 있다. 1920년에 할아버지가 밀양 고을의 여러 인
물, 물산, 여러 사건들을 모아 『밀주징신록』(密州徵信錄)이라는 전6권의
방대한 책으로 편찬했는데, 거기에 영감 할아버지의 '만언소'가 실려 있다.
왜놈들은 이 만언소를 실었다 해서 우리집에 처들어와 가택수색을 하였고
이 책과 판목(版木)을 모두 압수해갔다. 그래도 이 책을 없애지는 않고
총독부 도서관에 금서로 보관했는데 이것이 지금 국립도서관에 희귀본으
로 보관되어 있어 후학들이 볼 수 있다. 왜놈들은 만언소에 들어 있는 영
감 할아버지의 자주독립사상이 후대에 영향을 준다고 책을 모조리 압수하
고 판금했던 것이다.

영감 할아버지는 형제간의 우애가 대단했고 큰집에 대한 정성도 남달랐
다. 옛날 우리집은 꼬장한 선비 기질이 억세기만 했지 살림살이는 매우
가난했다. 집도 초가집에다 겨우 손님을 맞을 사랑채나 지키고 있을 정도
이고 그저 아이들의 글읽는 소리만 들리는 집이었다고 한다. 영감 할아버
지가 벼슬을 하고 고을살이를 하자 장조카인 나의 증조부를 책실(冊室)로
데리고 다녔다. 그 요록(料祿)으로 큰집 살림살이를 돕기 위해서였다. 자
기 봉록으로 사당을 모시고 있는 큰집을 먼저 지었으며 또 논밭을 장만해
도 큰집 것을 먼저 장만하고, 비옥한 땅을 골라서 큰집 것으로 했다.

할머니가 영감 할아버지의 이야기를 하도 많이 하시기에 영감 할아버지
가 어떻게 생겼느냐고 물었다. 할머니는 우리들 윗대 할아버지를 말할 때
는 꼭 '너그 무슨 할배'라고 했다. 아들, 손자의 '할배'이지 우리집에 시집

온 당신의 할배는 아니라는 뜻이 배어 있는 것일까.

"너그 영감 할배는 인물이사 별볼 곳 없지. 얼굴은 까무잡잡하고 어릴 때 손님(천연두)을 해서 약간 얽었고 키도 짱딸막했다. 그러나 눈매는 총기가 있어서 언제나 빛이 났다. 말은 항상 조용하게 하면서 수하들에게 우스개를 잘 해서 많이 웃겼다. 특히 큰집 손자들이 재주가 있다면서 매우 귀여워했고 너그 할배를 그럴 수 없이 중히 여겼다. 내가 시집올 때 환갑이 지난 지 이태가 되었다고 했다. 종부를 봤다고 참으로 좋아했고 서울에 계실 때는 여러 가지 옷감도 보내고 귀한 것도 많이 받았다. 퍽 인정스러웠다. 아주 당찬 양반으로 뭐라 할꼬, 차돌멩이라 하면 꼭 맞제."

아무튼 조선 말의 썩은 정치 아래에서는 거의 모든 관원이 백성들을 토색질했고 고을 한두 곳 살면 천석군 만석군이 되었다. 그런 판에서도 맑은 물로서 역할을 다하고 백성을 위해 일하며 깨끗한 관리로 살았던 영감 할아버지가 우리 가문에 있었다는 것을 나는 무한한 자랑으로 생각한다.

나의 고조할아버지는 이 영감 할아버지 외에 나이가 열한 살이나 아래인 막내아우가 있었다. 이 할아버지는 영감 할아버지보다 여덟 살이나 적었다. 백형이 밀양 고을에서 존경받는 선비이고 중형이 권세가 당당한 고을원에다가 당상관이라 그 그늘에서 무척이나 설쳤던 것 같다. 집안에서도, 집 밖에서도 문제를 일으켰고 두 형이 그 치닥거리에 애를 먹었다고 한다. 그러나 할머니와 다른 어른들도 이 할아버지에 대해서는 잘 얘기를 하지 않아 내가 아는 게 별로 없다.

증조부와 선비 할매

그 아랫대는 1900년대, 1910년대의 세대이다. 나의 증조부 대에도 삼형제였다. 나의 증조부는 그의 숙부인 영감 할아버지가 고을 살 때 책실로 따라다녔다는 얘기는 앞에서 말한 바 있다. 그후 통바우 동네에 좌정하여 나라가 망할 시기에 사당과 선영을 지키고 살았다. 큰할아버지는 술을 참 좋아하셨다. 술이 한 잔 들어가면 수하들에게 농도 많이 하고 고향 일가들에게도 잘 대했다고 한다. 고향에 가면 '인정 있고 마음씨 좋은 도천 할배'의 얘기가 어른들의 입에서 자주 나왔다.

나의 증조부는 영산(靈山) 고을 도천(都泉)이라는 동네 영산 신씨 집안으로 장가가셨기에 댁호가 '도천'이다. 증조모 영산 신씨 할머니는 부잣집 딸이었다. 어릴 때는 많은 남형제 속에서 외동딸로 자라면서 남형제들과 함께 글공부를 해서 문장이 좋았고 책 읽기를 좋아하셨다. 한학도 잘하지만 특히 내방가사에는 아주 취미를 가지고 있었다고 한다.

할머니가 나의 증조모에 대해 말씀하시길,

"너그 큰할매는 부잣집에서 외동딸로 자라서 그런지 시정(세정)이 어두우셨다. 하기야 부잣집에서 자랐다고 우예 다 그렇겠노. 나도 어릴 때 우리집에서 어려움 모르고 자랐지만 우리 어매가 어디 그냥 두나. 내가 맏이 되어 그렇겠지만 시집가서 일 잘 못하면 네 동생 치우기가 어려워진다고, 찬모가 있어서 다 하는데도 반감할 때 꼭 나를 다리고 했고, 아배 핫옷도 나에게 꾸미라고 했다. '시집가서 일은 아랫사람들이 한다지만 네가 모르면 아랫것들이 시답잖게 보고, 또 너도 알아야 일을 시킬 수 있다'며 우리 어매는 그 야단이었다."

큰할머니 얘기를 하다가 옆으로 빠져 당신 얘기로 나갔다. 할머니는 이게 아니다 싶었던지 얼른 얘기의 원줄기를 찾아 계속한다.

"어머님은, 점심 때가 지나고 집안일을 대충 끝내고 방에 들어가 좀 쉴라치면 용케 알아보고 안 부르시나. 그래서 방에 들어가보면 누구집 내방가사인지 가사 두루말이를 펴가지고 '야야, 이거 한번 읽어봐라'라고 하시고는 그에 대한 평을 해보라고 하시거나 나에게 자기의 평을 늘어놓기도 하시지. 큰할매는 참 글재주도 있는기라. 우리사 도무지 따라갈 수가 없제. 남자로 태어났으면 큰 문장이 되었을 꺼로.

그러다가 저녁을 지을 때가 다 되어 안 가나. 그런데도 어머님이 당최 놔조야지. 어른 말씀 도중에 나갈 수도 없고. 궁뎅이는 방바닥에 붙어 있잖고 들먹거리싸도 당최 시정이 있어야지. 그러다가, 그러다가 우짤 수 없이 '어머님, 저녁 때가 늦겠심더. 이야기는 저녁 먹고 듣겠심더'라고 할라치면 그때서야 '오냐 오냐. 너그 끝에 시동생 또 용뿔대지길라, 얼렁 나가봐라'고 하시곤 겨우 풀어주시거든."

이야기는 할머니의 며느리, 그러니까 나의 어머니와 얽혀들어 세대를 넘나든다.

"그러다가 오현(五賢)집 한훤당 집안에서 손부를 보시고는 이제 임자 만났는갑제. 이번에는 손부를 부뜰고 놔조야제. 너그 어매도 갓 시집온 새댁이라 얼마나 조심이 되겠노. 그래도 시정 없는 너그 큰 할매는 책 읽은 얘기, 읽으라고 준 가사 얘기로 시간 가는 줄 모르지.

한번은 밤이 오래 되었는데도 큰할매 방에서 손부를 데리고 얘기를 하길래 들어가보이 세상에, 큰할매는 얘기하는 데 정신이 없고, 너그 어매는 잠이 와서 안 자불라고 정신이 없고. 기가 차서. 내가 큰할매 곁에 앉아서 말대답하고 너그 어매에게 나가라고 쿡쿡 쥐어박았다 아이가. 호호…… 그런데 시정 없는 너그 큰할매가 화를 버럭 내면서 '와이라노? 내가 니캉 얘기할라 카나. 손부하고 얘기 좀 할라 카는데!'라고 안카시나. 호호…… 그래서 내가 '어머님, 손부가 고단해서 얼마나 졸리겠심꺼. 마 보내주이소'라고 했더니, 그만 '깔깔' 웃으시면서 '오냐, 내가 못할 짓 했다. 그만 너그 신랑한테 가 자거라'라고 안카시나. 그라고 '내가 이러다가 손자한테 미움받겠다'라고 하시고 '우리도 그만 자자. 너도 그만 네 신랑한테 가거라' 하시면서 놓아주셨다 아이가. 말씀을 하셔도 꼭 우습게 하시더라."

할머니는, 술 좋아하시고 마음이 한량없이 후하시며 천하태평이신 시아버지와 세상을 언제나 밝게만 보고 늘 자손들에게 글하는 분위기를 만들어주시지만 세정에는 좀 어두우신 시어머니를 모시고 커다란 가족공동체 속에서 종부로서 소임을 다 하시느라고 얼마나 애쓰셨을까.

참위 할배

나의 증조부 삼형제 중 둘째 할아버지는 이름이 안봉수(安鳳洙)인데 바로 앞서 말한 이씨 할매의 아들이다. 1902년 스물세 살 때 대한제국무관학교(大韓帝國武官學校)를 졸업하여 시위연대(侍衛聯隊) 보병참위(步兵參尉)로 임관했다. 그래서 이 할아버지를 모두 참위 할아버지라고 불렀다. 1907년 8월에 구한국군대가 일제에 의해 강제 해산될 때는 계급이 부위(副尉)였지만 사람들은 그냥 참위 할아버지, 집을 참위댁이라 불렀다. 큰집인 우리집에서는 이 할아버지를 웃집 할아버지라고 부른다.

참위 할아버지는 무관답게 키도 훤칠하게 크고 동그란 눈동자로 똑바로 쏘아보면 눈에 광채가 나는 듯해서 모두 바로 보기 어렵다고 했다. 거기에다 허연 수염에 긴 눈썹이 바로 호랑이 모습이었다. 하지만 나에게는 그처럼 자상할 수 없었고 장손이라고 매우 소중히 여기셨다.

아마 내가 초등학교 5학년 때인 것 같다. 참위 할아버지가 사시는 동네인 두암에 갔다가 할아버지의 손자인 나의 재종숙 찬이 아재와 함께 여러 아재들과 동네 앞 저수지에서 수영을 하고 놀았다. 다들 시골 아이들답게 개헤엄이나 칠 줄 알았지만 나는 읍내 아이들과 물놀이에서 익힌 크롤형, 평영, 배영 등을 마음대로 하고 못을 몇 바퀴나 돌았더니 아재들이 그만 놀라버렸다.

이 헤엄친 일을 참위 할아버지가 알고, 찬이 아재와 나를 불렀다. 찬이 아재는 할아버지가 부르신다는 소리를 듣고 벌써 겁이 나서 걱정이었고 나도 겁이 좀 나기는 했다. 보통 때 나에게 그처럼 자상하셨지만 그 동그란 호랑이눈으로 똑바로 쏘아보면 겁이 안 날 수가 없는 것이다. 둘이서 할아버지가 계신 사랑방 앞에 서서,

"할배, 저이들 왔심더."

"오냐, 이놈들. 청에 올라와 앉거라."

"예."

하고 둘이서 청에 올라와 방문 앞에 꿇어앉았다.

"재구 이놈, 니가 물재주를 잘한다면서!"

"……."

"재구, 너는 우리집에서 어떤 아이고?"

"집안의 장손입니더."

"집안의 장손이 위태한 물재주나 하고, 누구를 걱정시킬라고 그라노? 부모 걱정시키고, 할애비, 할애미 걱정시키고. 물재주하는 놈 물에 빠져 죽고, 나무재주하는 놈 나무에서 떨어져 죽고. 이걸 몰라서 못에서 물재주를 해. 어른들 걱정시키는 것을 무어라고 하노?"

"불효라고 합니더."

"이놈이 알기는 아는구나. 그리고 찬이 이놈, 너는 나이가 두어 살 많은 놈이 집안의 장손이 물에 들어가면 말길 생각은 않고 같이 물에서 놀아. 이놈!"

"잘못했심더. 다시는 안 그라겠심더."

"한 번만 더 그랬다간 종아리가 성하지 못할 끼다. 둘 다 방으로 들어온나."

방에 들어갔다. 방에는 커다란 수박 한 덩이와 외가 몇 개 있었다.

"찬아, 외 깎아라."

둘은 할아버지가 주시는 외와 수박을 잘 먹었다. 그리고 할아버지는 물에 조심하라는 얘기를 해주셨다. 부득이 물을 건너야 할 때는 예비운동을 하고 천천히 손발부터 먼저 적시고 차츰차츰 깊은 데로 가야 한다고 하시면서 물에 갑자기 뛰어들면 큰일난다고 주의해주셨다.

이렇게 말씀하시는 동안 찬이 아재는 그만 신명이 나서 나의 헤엄 솜씨를 자랑했다. 그때 나는 찬이 아재의 옆구리를 쿡쿡 쑤셔박았고 할아버지는 못마땅한 표정과 함께 일변 대견스러운 표정이 섞여 입은 야단치는 모습으로 꽉 다물고 있는데 눈은 귀여워하는 눈웃음을 치는 묘한 표정이었다.

참위 할아버지가 젊어서 무관학교에 들어갈 때는 외적으로부터 나라를 지키고 임금에게 충성하려는 한 마음이었다. 그러나 나라는 이미 건잡을 수 없을 지경으로 기울고 말았다. 광무연간(光武年間) 개혁의 한 가닥으로 근대적 군대의 기간 장교를 육성하기 위해 무관학교를 설립했는데 할아버지는 거기에 명예롭게 합격하여 초급장교로서 교육을 받고 졸업했다. 그래서 보병 참위, 부위로 시위연대에서 궁성을 지키고 특히 황제의 시위장교로 근무했다. 그러나 1905년 11월 을사보호조약으로 나라가 일제의 통감 밑으로 들어가서 자주권이 완전히 박탈되었다. 이리하여 마침내 1907년 8월 1일에, 겨우 8,800명 정도로 명맥만 이어온 대한제국군대를 해산하고 말았다.

이날은 시위연대 장병을 비무장으로 연병장에 모아 국군 해산의 조서(詔書)를 받드는 식을 거행할 예정이었다. 시위연대의 대대장 박성환(朴星煥) 참령(參領)은 부하에게 연병장에 모이라고만 하고 자기는 대대장실에서 권총으로 자결하고 말았다.

총성이 나자 참위 할아버지는 대대장실에 뛰어들었다. 박성환 대대장은 피를 흘리고 쓰러져 있었다. 할아버지는 박성환 대대장의 시신을 안고 밖으로 나와 모여 있던 국군장병에게 호소했다.

"박성환 대대장은 이처럼 죽음으로써 군대해산을 반대했소. 군대 없는 나라가 어찌 있을 수 있겠소. 여러분, 군대해산을 반대하여 자결하신 박성환 대대장의 뒤를 따라서 나라의 군대를 지킵시다!"

이처럼 호소하자 연병장에 모여 있던 국군장병은 모두

"와아, 왜놈들을 쳐부수고 나라의 독립을 지키자!"

라고 외치면서 무기고를 향해 달려가 무기고를 깨부수고 무기를 들고 궐기해 나섰다.

영문 밖에는 일본군이 진을 치고 있다가 사격을 해댔다. 국군은 돌격해서 이들을 쳐부수고 대한문으로 해서 남산에 올라가고 일부는 서대문 쪽으로 빠져나갔다. 가는 곳마다 왜놈들은 지켜섰다가 총을 쏘아댔다. 죽음을 무릅쓴 국군은 왜놈들에게 무리죽음을 안겼으나 전투가 길어질수록 탄

약도 떨어지고 왜놈의 총탄으로 사상자가 많이 생겨났다. 대다수는 죽고 상했으나 일부는 북한산으로 해서 산악지대로 들어가 의병활동의 대열에 합류했다.

서울에서 이런 난리가 일어났다는 소문을 듣고, 나의 끝에 증조부 뒷집 할아버지가 바로 서울에 가서 참위 할아버지를 찾아나섰다. 서울에 도착한 뒷집 할아버지는 곳곳에 즐비한 국군의 시체를 보았으나 참위 할아버지는 없었다. 여름에 부패한 시체를 덮은 거적을 들치고 보았으나 찾을 길이 없었다. 그래서 척연한 심정으로 있던 중 제중병원에 부상자가 많이 있다는 소문을 듣고 달려갔는데 거기에서 참위 할아버지를 만났다. 할아버지는 대퇴부에 관통상을 입고 치료를 받고 있었던 것이다.

군대는 해산되었고 왜놈들의 총탄으로 부상을 입은 참위 할아버지는 고향으로 돌아오셨다. 다행히 뼈는 다치지 않았으나 부상을 치료하고 있는 동안 나라는 영영 망해가고 있었다. 고종 황제도 왜놈들 등쌀에 이미 퇴위하였으며 세상이 왜놈들 세상으로 걷잡을 수 없이 되어가다가 1910년 8월 29일의 국치일을 맞게 되었다.

참위 할아버지는 통바우 고향집으로 돌아오신 다음부터는 머리를 다시 길러 상투를 틀었다. 경술국치를 맞아 스스로 나라를 잃은 죄인임을 자처하고 삼베옷을 입었으며 밖에 나갈 때는 해를 가리는 대삿갓을 썼다. 그리고 농사를 짓고 골을 심어 초석자리를 짜서 팔아 살았다.

참위 할아버지는 고향으로 돌아오신 다음

"나라 없는 놈이 글을 알아 뭐 하노. 글을 알면 쓰일 데란 왜놈 종 노릇 더 잘하는 것밖에 더 있나. 종 노릇을 해도 무식한 놈은 죄라도 덜 짓제. 유식한 놈은 유식한 만큼 죄는 더 짓고 나라는 더 잘 팔아먹더라."
하시면서 자식들이 글을 못 배우게 했다.

위의 두 아들은 참위 할아버지의 뜻대로 곁에서 농사를 지으며 살았다. 맏이인 명례 할배는 제사지낼 때 축, 지방이나 쓸 줄 알게 한다면서 한문을 좀 가르쳤지만 이덤 할배는 전혀 글을 가르치지 않았다. 명례 할배는 예절에 대해서, 특히 상례와 제례에 대해서는 고을에서 가장 밝다. 그래서 집안에서 생기는 장례일은 모두 이 할아버지의 지휘를 받았다.

아래의 세 아들은 그렇게 살 수는 없었다. 농사를 지을래야 농사를 지을 땅이 없었던 것이고 일을 할래야 일자리가 없었던 것이다. 그래서 셋째인 죽서 할배는 일본으로 건너가서 죽을 고생을 하면서 발동기 수리공장에서 일을 하고 밤에는 야학을 다니면서 공부하여 야간학교를 졸업했다. 죽서 할배는 계속 발동기 관계의 기술을 익혀나갔다.

죽서 할배는 아래의 쌍동이 두 아우를 일본으로 불러들여 야학에서 공부하도록 하고 기술을 배우게 했다. 위의 월산 할배는 공부에 열심이었고 아래의 월연 할배는 기술에 열심이었다. 두 형제는 참위 할아버지의 엄명으로 일시 귀국해서 장가를 들었는데 위의 월산 할배는 그대로 고향에서 머물렀고 월연 할배는 다시 일본으로 가서 선반, 주물 등 철공 기술을 배우고 철공소에서 일하다가 8·15 해방을 맞아 죽서 할배와 함께 돌아왔다. 이렇게 해서 일제 말기의 징용을 면하고 그 어려운 시대를 무사히 보냈지만 또한 이 아래의 삼형제는 8·15 해방 후 소용돌이치는 정국과 한국전쟁이라는 동족상잔의 틈바구니에서 흩어지고 죽고 했다.

참위 할아버지가 사시던 두암의 초가집은 실은 큰집 소유였다. 20대 초반 내가 대구에 살 때 때로 고향의 선영에 가면 꼭 참위 할아버지의 곁에서 자곤 했다. 한번은 내가 두암에 가서 참위 할아버지의 곁에서 자는데 할아버지가 말씀하셨다. 그때는 할아버지의 근력이 영 떨어지고 있었다.

"재구야, 내가 앞으로 얼마 못 살 것 같다. 그런데 나는 죽어도 내 집에서 죽고 싶은데, 그게 바람인데……."

"할아버지, 할아버지 집이 여기지 어딥니꺼. 나는 무슨 말씀인 둥 모르겠심니더."

"아니다. 이 집은 너그 집이다. 그러이 나는 큰집에서 살다가 죽는기라."

"할아버지, 무슨 말씀인지 알겠심더. 돌아가서 아버지께 말씀드리고, 이

집, 할아버지나 명례 할배 앞으로 이전하도록 하겠심더. 진작 말씀하시지 않고 그게 무슨 어려운 일이라고 그럽니꺼."

집으로 돌아와 아버지께 말씀드리고 곧 이전수속하도록 나의 인감증명을 떼어서 가지고 갔다. 등기가 나의 할아버지 앞으로 되어 있는 것을 내 앞으로 상속 이전하고 나는 곧 명례 할아버지 앞으로 이전하도록 했다. 참위 할아버지는 그때 웬일인지 그럴 수 없이 좋아하셨다. 나는

'별로 그처럼 좋아하실 일도 못되는데 왜 이러실까?'

했지만 두어 달 후 그 해 늦가을, 참위 할아버지가 잠자듯이 세상을 떠나셨다는 부고를 듣고,

'아마 돌아가실려고 그러셨구나.'

하는 생각이 들었다.

20대 초에 무관학교에 입학했을 때 참위 할아버지는 얼마나 청춘의 희망에 벅찼을까. 그러나 왜놈들은 이 할아버지의 젊은 청춘의 꿈을 짓밟아 버렸던 것이다. 할아버지는 봉건적 왕조국가관과 왕조에 대한 변함없는 충성심을 못다한 한과 더불어 삿갓과 상복으로 싸서 36년간의 세월을 사셨다.

사랑방에 있는 탁자 위의 사진틀에는 시위연대 시절 동료 장교들과 더불어 찍은 구황실 군관제복을 입은 할아버지의 빛바랜 사진이 있다. 그 사진은 참위 할아버지가 청춘의 꿈을 평생 잊지 못하고 있음을 말해주고 있다. 지금 할아버지의 산소에 서 있는 비석에는 '통정대부 시위연대 보병부위'(通政大夫侍衛聯隊步兵副尉)라는 직함이 새겨져 있는데 바로 참위 할아버지의 청춘의 단절과 조선시대의 단절을 동시에 나타내주고 있다.

이덤 할배

참위 할아버지의 다섯 아드님 중 나는 이덤 할배의 순박과 근면 그리고

효성과 우애를 잊을 수 없다. 한때 이덤 할배는 내가 어릴 때 연계소 고향집 객사채에서 아이들을 데리고 살았다. 참위 할아버지가 고향으로 돌아오셔서 두암에 터를 잡으셨지만, 당시의 농촌에서 자기 땅 없이 남의 땅을 부치고 사는 어려움은 말로 어찌 다 하겠는가. 망국의 한과 가난이 겹쳐 여러 형제가 모두 조그마한 토담 초가집에서, 겨우 산목숨이라서 땅에 붙어 산다고나 할까.

그래서 이덤 할배는 자기 아들과 형의 아들인 장조카를 데리고 밀양읍 연계소 집으로 왔다. 배내기한 소 한 마리에 의지하여 동북 산악지대인 단장면, 산내면으로 달구지를 몰고 가서 장작을 실어다가 밀양 성내 나무 시장에 팔거나 곡식 또는 그밖의 여러 가지 짐을 실어다 주면서 아들딸을 키우고 두 종형제 공부의 치닥거리를 했다.

그러나 1940년 봄, 우리집에 불어닥친 왜놈들의 탄압으로 읍에서 더는 살 수 없었고, 또 두암에 계신 부모와 농사일에 익숙지 못한 형의 삶도 걱정이었다. 그래서 두암으로 가서 부모와 형이 사는 집 옆에 역시 토담 초가집을 짓고 살게 되었다. 이덤 할배가 두암으로 오시게 되자 두암의 여러 할배들이 모두 열심히 일을 해서 그런대로 보리밥이지만 조반석죽으로 살아가게 되었다.

이덤 할배와 할매 내외분은 산비탈 어디고 간에 씨앗을 넣을 만한 곳이면 갈아서 밭을 일구어 고구마, 깨, 수수, 옥수수, 그밖의 농사짓는 걸로는 하나도 빠지는 것 없이 지었고 또 할매는 밤늦게까지 길쌈을 해서 쉬는 일이 없었다. 이처럼 부지런히 일을 하자 그래도 땅마지기나 있는 일가들과 연척들은 땅을 소작주어서 농사를 짓게 했다. 바로 '여문 땅에 물이 고인다'라고 하는 우리 속담은 이 할배 할매 내외 두 분을 두고 하는 말이라 하겠다.

이덤 할배의 농사는 언제나 큰집 농사가 먼저였다. 논갈이도 큰집 것부터 먼저, 모를 심어도 큰집 논부터 먼저였고, 가을걷이도 큰집부터 먼저였다. 밭에 무슨 색다른 것이나 새물 것이 소출되면 언제나 큰집에 먼저

드리고 나서였다.

언젠가 내가 두암에 갔을 때 고구마걷이를 했다. 고구마를 캐다가 섬에 가득히 담아 이덤 할배가 지게에 지고 들어오셨다. 일고여덟 살짜리 재종숙 아재들이 햇고구마여서 모두 좋아하면서 하나씩 쥐고 나서자 이덤 할매는 야단을 치고 도로 빼앗아 담았다. 그러면서 하는 말이

"야들이 와 이카노! 아직 큰집에도 안 갖다드렸는데. 이리 안 갖다놓나!"

라고 하셨다. 아이들인 아재와 아지매들은 아무 소리 없이 그냥 고구마섬에 도로 갖다놓았다. 할매가 말하는 큰집은 바로 옆에 사는 부모인 참위 할아버지 댁이다. 물론 큰집에서도 고구마 농사를 지었다. 그러나 아직 소출이 되지 않았고, 두암에 찾아온 나에게 고구마를 삶아먹이고 싶어서 이 집에서는 조금 일찍 캐왔던 것이다. 그날 저녁에 참위 할아버지 곁에서 삶은 고구마를 먹으면서 나는 이덤 할배 할매 내외분의 큰집을 생각하는 남다른 효성과 우애를 느끼며 배웠다.

그래도 자기 이름과 제사 때 축, 지방은 쓸 수 있을 만큼 한자를 가르쳤던 명례 할배와는 달리 이덤 할배는 글을 하나도 모른다. 그러나 이덤 할배의 효성과 우애는 글을 배운 사람보다 몇 배나 낫다. 이덤 할배가 나에게 한 말이 있다.

"나는 글을 몰라서 글로써 배운 것은 없다. 그러나 나는 땅에서 배웠기에 거짓말을 모른다. 땅에 씨를 뿌리면 싹이 터서 자라고 또 열매를 맺는다. 나는 거기에서 나를 열매로 맺도록 싹을 틔워 이처럼 자라게 해준 부모와 조상들의 고마움을 안다. 또 농사를 지어보면 줄기가 튼튼해야 열매가 풍성하고 그 나무는 오래 산다는 것을 알 수 있다. 나는 거기에서 큰집은 줄기여서 튼튼해야 하고 그래야 작은집도 풍성하고 집안이 번성한다는 것을 배운다. 여기에서 효성은 만물의 근본이고 우애는 만물이 번성하는 거름이라는 것을 안다."

어느 철학자가 이처럼 위대한 원리를 터득했겠는가! 그 질박한 얼굴에

항상 넉넉한 웃음, 그리고 투박한 손에 사랑을 가득 담아서 나의 머리를 쓰다듬어 주는 그 손길이 지금도 따뜻하게 느껴진다.

이덤 할배는 이제 농사일 그만 하고 좀 편히 사시는가 했더니 겨우 쉰 넷의 수로 돌아가셨다. 아마 젊을 때의 그 고된 노동으로 쉬이 늙으셨는 가 보다.

이덤 할매는 그후 일흔이 넘도록 사셨다. 커다랗고 서글서글한 눈매, 그리고 인정이 철철 넘치는 말소리, 내가 읍에서 배곯는다고 밥그릇이 거의 빌 양이면 자기 밥그릇에서 숟가락으로 듬뿍 퍼담아 주며

"어이구, 내 새끼야. 저래 달게 먹는데……."

하며 울먹거리는 목소리는 지금도 생생한데…….

이덤 할배의 효성과 우애는 아랫대로 이어받아 지금 우리 집안에서 형제간에 가장 돈독하고 집안이 가장 화목하다. 이덤 할매의 그 인정은 바로 아랫대 며느리인 다동 아지매가 고스란히 내림을 받고 있어서 지금도 고향에 가면 나를 따뜻이 맞아주고 별식이라도 해서 못 먹여 애를 쓴다. 이들 나의 재종숙 여러 형제, 그리고 삼종제들은 멀리 타향으로만 돌아다니는 큰집인 우리집 일을 헌신적으로 돕고 있다.

한목 할배

나의 증조부 삼형제 중 끝에 할아버지는 모두 한목 할아버지라고 불렀고 뒷집 할아버지로도 통한다. 이 할아버지를 생각하면 떠오르는 것이 제사 때 언제나 조기 한 손, 즉 조기 두 마리를 들고 오시는 모습이다. 때로는 밤이나 대추를 한 '봉탱이' 들고 오신다. 우리 고향에서는 한 두어 되쯤 넣을 수 있는 자루를 '봉탱이'라고 하는데, 거기에 넣은 내용에 따라 무슨 봉탱이, 예컨대 '찐쌀 봉탱이' 등으로 부른다. 아무튼 '밤대추 봉탱이' 에다가 조기 한 손은 꼭 들고 오신다.

한목 할머니는 일찍 돌아가시고 서울에서 후취로 들어온 할머니가 있었는데 조선 왕실의 궁녀였다고 한다. 왕조가 망하고 궁에 있던 궁녀를 내보냈는데 우리 뒷집 할아버지께 시집을 오셨다. 키가 작았으나 얼굴은 크고 길다. 특히 귀가 부처님 귀처럼 크고 귓불이 축 처져 있었다. 언제나 머리를 동백기름으로 발라 단정히 빗어 쪽을 찌고 있었으며 방은 항상 티끌 하나 없이 깨끗해서, 특히 나처럼 바짓가랑이에 흙을 더덕더덕 묻히고 다니는 아이는 섣불리 들어가기가 망설거렸다. 내가 아주 어렸을 때는 삼문동 제방 아래 조그마한 초가집에서 살았는데 일본에 가신 두 아들이 보낸 돈으로 터실에 삼간 기와집을 사서 사셨다.

뒷집 할아버지는 이 할머니와 단둘이 살았다. 나중에는 막내 며느리만 떼어내 데리고 살았지만 아이들이 없기에 창호지를 한 번 발라놓으면 거스름이 묻어 빛깔이 거무스레해지도록 구멍나는 일 없이 절간처럼 살고 있었다.

뒷집 할아버지는 일찍 돌아가신 할머니로부터 3남1녀의 자녀를 얻었는데 위로부터 운동 할배, 중산 할배, 도동 할배, 그리고 경주 이씨 집안으로 시집간 할매가 있다. 이 할매는 종종 연계소 집으로 오는데, 오면 나의 존고모 활천 할매와 사촌끼리 무슨 이야기를 하는지 시끌시끌하게 웃고 지냈다.

운동 할배는 내가 여섯 살 때 철도 사고로 돌아가셨는데 그때 엄청나게 추웠던 기억이 생생하게 남아 있다. 나의 할아버지는 연계소 집 작은방에서, 맏아들의 참상을 당해 못 견디어 술에 함뿍 취한 뒷집 할아버지를 모시고 위로하고 계셨고 작은 할배들이 분주히 왔다갔다 했다. 그 아랫대의 아재 두 형제는 어머니를 모시고 모진 가난에 시달렸지만 근면과 절약으로 집안을 일으켰다. 그러나 그 모진 노동에 골병이 들었는지 그리 오래 살지 못하고 돌아가셨다. 지금은 그 아랫대인 나의 삼종제들 모두 제 구실을 하고 산다.

둘째 아들인 중산 할배는 일찍 일본에 들어가서 살다가 8·15 해방을 맞아 고향으로 오셨지만 해방 후의 혼란 속에서 어렵게 살았다. 중산 할배는 귀환동포 수용소에서, 그리고 이들의 주택이라면서 밀양 동문 밖에 엉성하기 짝이 없이 지은 다세대 주택에서 고생을 하시다가 아이들이 밥 먹고 살 만하자 돌아가셨다. 그 아래 나의 재종숙 아재들은 많은 곤경을 겪다가 이제 밥 먹고 살 정도라 할까.

이 삼형제 할아버지들 중 잊을 수 없는 분은 막내 할배인 도동 할배이다. 도동 할배는 세 살 때 어머니를 여의고 앞서 말한 궁녀 출신 후취 할매가 키웠다고 한다. 중형인 중산 할배를 따라 일본에 건너가서 낮에는 남의 집에서 일하고 밤에는 야간학교를 다니면서 치과의원에서 일했다. 치과보철기공을 배워서 치과의사자격시험에 합격하여 뒤에 치과의사가 되었다.

뒷집 할아버지는 이 도동 할배를 장가보내어 고향에 붙들어 두려고 귀향시켰다. 그리하여 대구시 근교의, 해안면 도동의 서씨 집안에 장가를 갔는데 그 할매가 도동 할매이다. 나의 어머니보다 나이가 적으나 시종숙모가 된다. 항렬이 하나 위지만 연배가 그리 차이 나지 않아서 아주 가까이 지냈고, 시집살이 어려움을 서로 위로하고 살았다. 이 할매는 참말로 조선의 전형적인 미인이었고 마음씨도 고왔다.

도동 할배는 부인을 데리고 다시 일본으로 가려 했으나 아버지인 뒷집 할아버지의 완강한 반대로 뜻을 이루지 못했다. 종백형인 나의 할아버지의 지원을 부탁했지만, 이 때문에 숙질간에 말다툼만 생기고 의만 상하고 말았다. 이래저래 부인을 데리고 가기는 틀렸는지라 혼자 몰래 일본으로 건너가고 말았다. 일본에 가서도 여러 번 편지를 해서 도동 할매를 보내라고 애걸했지만 뒷집 할아버지의 완고한 성격이 허락할 리 만무하고 그 때문에 도동 할매는 시집살이가 참으로 고되었다. 나의 할아버지는 며느리를 왜 데리고 있느냐며 숙부인 뒷집 할아버지를 나무라고 이 통에 말다툼이 잦았다. 도동 할매는 종종 우리집에 와서 나의 어머니와 얘기를 하며 눈물을 많이 흘렸다.

8·15 해방은 이들 부부, 도동 할배, 할매 내외의 반가운 만남을 갖다주었으나 해방정국은 두 내외의 애틋한 사랑을 그냥 두지 않았다. 도동 할배는 조국의 분단을 반대하여 헌신적으로 투쟁했고 많은 고난을 겪었다. 한국전쟁 바로 전에 수배되어 고향을 떠나 숨어살다가, 해안면에 속했던 불로동에 자리잡고 치과의원을 개업하여 몇 년 동안 따스한 살림맛을 오붓하게 보고 살았다. 그러나 수명은 넉넉지 못하게 타고났는가 보다. 쉰을 갓 넘어 돌아가셨다. 자그마한 키에 유달리 빛나는 눈, 그리고 조용하고 듣기 좋은 음색의 목소리와 장난끼 어린 몸짓이 지금도 눈에 선하다.

세월도 많이 흘렀는가 보다. 그토록 숱한 할배들이 이제 다 이 세상에 없다. 그렇기도 하리라. 내 나이 벌써 환갑을 넘어 망칠(望七)하고 있으니. 내 어릴 때 한참 새댁으로 일찍 홀로 되신 종숙모 교동 아지매가 나의 아버지 이외에는 가장 어른으로 되었고 팔순이 훨씬 넘었다. 정말 세월이 많이 흘렀는가 보다. 그 많던 할배들의 따뜻한 손길이 이제는 하나도 없구나.

나의 할배

여러 할아버지들 가운데 나의 할아버지는 큰집 장손으로 6대째의 장손이니 나는 8대째의 장손이다. 전근대사회에서는 집안의 장손은 그 집안의 얼굴이다. 그래서 온 집안이 힘을 모아 장손을 신언서판(身言書判)이 분명한 사람으로, 남의 존경을 받는 사람으로 만들기 위해 힘쓴다. 집안의 다른 사람들의 많은 희생을 무릅쓰고라도 애써 장손 하나만은 똑똑한 사람이 되기를 바란다.

그런데도 장손이 분명한 사람이 못되면 집안에서 똑똑한 사람을 구하여 장손의 일을 돕고 그 살림살이마저 감당한다. 장손이 불출해서 집안이 엄청난 희생을 치르는 경우도 드물지 않았다. 장손의 일 중에서 가장 중요한 것이 제례와 전통을 간직한 종물(宗物) 관리인데 제위답(祭位畓)이나 종물을 팔아먹고 해서 집안의 체면을 수습하기 위해 다시 장만하느라고 애쓰던 일이 허다했다.

할아버지는 한 집안의 장손답게 신언서판이 분명했고 집안에서뿐 아니라 고을의 유림에서도 존경을 받았다. 할아버지의 이름은 안병희(安秉禧)인데 남들이 이름을 잘 부르지 않고 친구들은 자(字)인 창서(昌序)라고 부르며 후배들은 호(號)를 일컬어 우정(于正) 선생이라 불렀다. 1890년, 앞서 말한 우리 동네였던 성만의 통바우에서 나셨다.

할아버지가 나셨을 때 우리 나라는 제국주의 여러 나라들의 공갈 아래였지만 개화를 서두르고 있었고 조선의 봉건제도 자체 안의 심화된 모순으로 인해 각처에서 농민봉기 반란으로 자고 새는 세상이었다.

철이 들기 시작하자마자 바로 집에서 한학을 공부했다. 우리 집안이 모두 선비들이어서 따로 선생을 들이거나 서당에 보낼 필요는 없었으므로 할아버지는 딱히 언제 누구한테 천자문을 배웠는지 그리고 동몽선습을 배웠는지 기억나지 않을 만큼 자연스럽게 공부를 시작했다.

바로 세 살 아래 아우가 있었는데 이 작은할아버지는 형이 공부하는 것을 그냥 따라 하느라고 훨씬 빨리 공부가 진척되었다고 한다. 이 아우의 글재주는 고을에서도 일찍 이름을 드날렸다. 그 시절 우리집은 세도도 있었고 부자는 아니지만 생활도 선비의 삶에 부족한 편은 아니었다고 했다.

할아버지는 어릴 때부터 경우가 대쪽같이 발라서 아랫사람들에게도 절대로 경우에 어긋나는 짓은 하지 않았고 누가 집에서 부리는 아랫사람들에게 경우 없이 대하거나 모진 말이라도 하면 그냥 넘기는 일이 없었다고 한다. 그래서 아랫사람들은 언제나 '도련님, 도련님', 나중에는 '서방님, 서방님' 하면서 잘 따랐다고 한다.

할아버지는 열네 살 때 낙동강 건너 30리쯤 떨어진 창원 고을 동면(東面) 석산(石山)이라는 마을, 상산 김씨(商山金氏) 집안에 동갑내기 아가씨에게 장가를 들었다. 이 아가씨가 바로 나의 할머니이다. 이때는 조선 사회도 광무연간 개화기여서 호적도 정리되어 여자도 이름을 가지고 호적에 들었기에 할머니는 상희(祥熙)라는 이름을 가지고 우리집에 시집오셨다. 아마 우리집에서 자기 이름을 가지고 시집온 일은 할머니가 제일 먼저였을 것이다.

할아버지가 석산이라는 마을에 장가를 가셨기에 우리 집안 일가들은 할아버지를 석산 형님, 석산 아재라고 부르고 할머니는 석산댁, 석산 아지매라고 불렀지만 우리 대소가 가까운 집안에서는 그냥 큰집 형님, 큰집 아재였고 할머니는 큰집 아지매라 불렀다.

할아버지의 처갓집, 즉 할머니의 친정집, 나에게는 진외가(陳外家)인데 할아버지가 장가들 때는 집안이 엄청나게 컸고 부자였다고 했다. 논밭도 많았지만 석산 마을 앞에 아주 넓은 늪이 두어 곳 있었는데 이 늪이 나의 진외갓집 것이었다고 한다. 옛날에 나의 진외가 윗대의 한 할아버지가 쳐들어온 왜구와 맞서 싸워 왜놈들을 이 늪에서 크게 깨뜨리고 무리죽음을 시켰다고 했다. 그 공로로 이 늪을 하사받았는데 그뒤 일제강점기 초기에 토지조사 때 왜놈들에게 빼앗기고 말았다. 할머니의 백부가 나라를 빼앗은 왜놈과는 상종을 안한다는 봉건적 절개 때문에 소유권 신고를 하지 않아서 왜놈들이 이 늪뿐 아니라 많은 논밭을 국유지로 빼앗아가고 말았던 것이다.

내가 어릴 때 할머니를 따라 진외갓집에 가면 이 늪에 가서 많이 놀았다. 늪가에는 갈대가 무성했다. 물에는 온갖 곤충이 있었고 이를 잡아먹는 개구리, 또 이것을 잡아먹는 무자수, 또 이것을 잡아먹는 오리, 물새들이 있어서 그곳도 한 세상이었다. 아침 일찍 일어나 늪에 나가면 물에서 피어올라 자욱하던 안개가 걷히는 모습은 하늘나라에서 밤새 명주 솜 이불을 땅에 덮었다가 이제 일어나라고 이불을 걷고 늪을 깨우는 듯했다. 여기저기에서 잠자던 물새들이 일어나 우는 '끼럭' 소리가 들리면 늪의 모습이 천천히 드러났다. 석산 동네는 이 늪과 더불어 바로 선경이었다.

할머니는 시집올 때 무척 많이 해가지고 오셨는가 싶다. 옛날에는 해가지고 온다고 해봤자 무명, 명주, 삼베밖에 더 있었겠는가. 이 무명, 명주, 삼베 중에서 고운 것은 할머니의 친정 어머니가 손수 길쌈하신 것이라고 했다. 할머니 평생, 할아버지 소용은 물론이고 윗대 어른 소용도, 그리고 많은 시동생 소용도, 아랫대 두 아들, 두 딸의 소용도 다 감당했고 나도 어릴 때 이 베로 옷을 해 입고 이불도 만들어 덮었다. 할머니가 돌아가시고 할머니의 물건을 챙겨보니 그러고도 무명, 명주, 삼베가 남아 있어서 초상에 보태 썼다고 했다.

할머니는 시집올 때 일을 회상하며 나에게 말했다.

"시집을 가라고 했으니 왔지만, 하도 어려서 시집이 뭔지 알기는 알아야지. 단지 부모형제 곁을 떠나 남의 집에 가서 그 집 귀신이 된다고 생각하이 섧기만 하더라. 신랑이라고 왔는데 이목구비가 또록하게 생겼더구나. 글재주가 있어서 사랑에서 아버지하고 아재들하고 글얘기만 했지. 나야 어디 똑바로 한번 보기나 했나. 어리고 작아도 당차서 아무나 섣불리 못하던구로. 우리 아버지, 우리 어머니는 좋아서 그저 '안서방, 안서방'이지. 그래서 나도 좋은가 보다 했지. 옛날이야 부끄러바서 말이나 한번 제대로 할 수 있어야지."

1894년 갑오개혁으로 공사노비법(公私奴婢法)이 폐지되어 법으로는 노비제도가 없어졌으나 1900년대에 들어서도 아직 지방에서는 그 잔재가 청산되지 못했다. 그래서 노비로 살던 사람이 그대로 주인에게 매어져 있었다. 그것은 노비가 법으로는 해방되었으나 경제적 자립조건이 이루어지지 않아 신분적으로 주인에게 계속 예속되어 있지 않을 수가 없었기 때문이었다.

1900년대 들어서자 우리집에도 개화바람이 불어왔다. 영감 할아버지가 서울에 내직으로 들어가 계시고 또 숙부인 참위 할아버지가 대한무관학교에 다니고 있어서 할아버지는 서울에 올라가 있을 수 있게 되었다. 그러나 집에서는 허락할 리 만무하고 말을 꺼냈다가는 감시만 더할 것 같아서 할아버지는 몰래 뛰쳐나갈 생각을 했다.

할아버지는 1906년, 그때 나이 열일곱이었는데 통바우집에서 뛰쳐나왔다. 나오기에 앞서 할아버지는 먼저 집안에서 부리던 아랫사람들을 모아놓고 그 사람들이 보는 앞에서, 이미 사문서로 된 문서지만, 노비문서를 꺼내어 태웠다. 그리고 땅문서를 나눠주면서 이 땅을 가지고 모두 나가서 제가끔 살고 우리집에는 이제 오지도 말라고 했다. 그리고 통바우에서 10리쯤 떨어진 왜놈들의 취락이 있는 수산으로 나왔다. 왜놈의 이발관에 들어가 왜놈 주인을 보고 상투를 자르고 개화머리로 해달라고 했더니 왜놈 주인은

"서방님, 어쩔려고 그러십니까? 나중에 서방님 집에서 알 건데, 그때 나는 맞아 죽습니다. 다른 일은 몰라도 그 일만은 안되겠습니다."

라고 하기에, 할아버지는 거기 있는 가위를 쥐고 자기 손으로 스스로 상투를 잘라버리고 그것을 종이에 싸고 갓과 망건을 주면서

"오늘, 이것을 우리집에 갖다주고 내가 와서 내 손으로 상투를 잘랐다고 하게. 그리고 나는 서울로 올라갔다고 전해주게."

라고 하자 이발관 주인은 하는 수 없이 개화머리로 깎으면서도 손을 벌벌 떨었다고 했다. 그 길로 할아버지는 밀양의 기차역으로 가서 기차를 타고 서울로 올라갔다.

이발관 주인 왜놈은 그날로 바로 통바우로 가서 할아버지의 아버지, 즉 나의 큰할아버지, 증조부를 찾아뵙고 아침에 있었던 일을 자초지종 고했더니 집안이 발칵 뒤집혔다. 큰할아버지, 큰할머니가 통곡을 하고 야단이 났던 것이다.

부리던 아랫사람들은 할아버지가 나눠준 땅문서를 받고서 그럴 수가 없다면서 큰할아버지께 전말을 고하고 도로 드렸지만, 집안의 장손이 개화바람이 나서 머리를 깎고 달아났으니 당시로서는 여간 큰일이 아니었다. 큰할아버지는 곧 아우인 뒷집 할아버지를 뒤따라 보냈으나 할아버지는 이미 서울 가는 기차를 타고 가버렸던 것이다. 며칠 동안 큰할아버지는

"이제 집안은 망했다. 무슨 낯으로 사당에 들어가서 조상을 대하노!"

라고 하시면서 아침마다 하시던 사당 참배를 화가 진정되는 날까지 못하셨다고 한다.

할아버지는 서울에 올라가서 종조부인 영감 할아버지의 주선으로 한성학교 보습과에 입학했다. 당시 학교의 입학은 정규과정에 바로 들어가지 않고 학생의 나이와 한학을 공부한 정도에 따라 보습과에 들어가서 1, 2년 집중 속성교육을 받은 다음 걸맞는 정규과정의 학년에 편입했다고 한다. 할아버지가 들어간 학교가 어떤 학교인지 나는 잘 모른다. 그 시대 한성학교라는 공립학교가 있었기는 하나 할아버지가 그 학교에 다녔는지 어떤지는 모르겠다. 한성학교 보습과라고 한 것은 내가 초등학교 5학년인가 되었을 때 할아버지가 무슨 필요에선지 이력서를 썼는데 그때 본 기억이다. 할아버지는 학력란의 처음에는 가정에서 한학이라고 쓰고 다음에는 한성학교 보습과 입학, 한성학교 중등과 중퇴라고 썼는데 그 사실만 머리에 남아 있다.

할아버지의 한학은 상당히 높은 수준이었다. 연세가 많아서도 한문고서를 늘 읽고 계셨고 율서(律書)라는 시부(詩賦)의 책도 보셨다. 내가 한학이 없어 어느 수준인지는 몰라도 『밀주징신록』이라는 방대한 책을 편찬했을 정도이니 상당히 높은 것만은 사실이다. 그리고 근대교육도 받아서 역사, 지리, 과학에다 일어는 왜놈들하고 의사소통이 자유로웠고 산술에, 주산에, 대수, 기하, 삼각법도 아셨으니 확실히 중학교 수준의 근대교육을 받았다는 것은 확실하다.

할아버지는 3~4년 서울에서 공부하시다가 1910년, 국권이 왜놈들에게 침탈되는 것을 보고 모든 것을 일단 포기하고 고향에 오셨다. 이때 할아버지는 아마 기독교 신자였던 것 같다. 기독교 성서에는 유대민족의 해방운동이 서사시적으로 표현되어 있다. 거기에서 우리 민족의 국권회복과 해방운동의 전형을 보았던 것이다. 그래서 예수를 믿고 예배당에 다니면서 조국광복을 기원하는 사람들과 교통했다. 할아버지가 한때 예수를 믿었다는 것은 집안의 어른들로부터 들은 애기이다. 장손이 예수를 믿는다고 제사 참사도 안하겠다고 했으니 집안에서는 얼마나 황당했을까. 서울에서 할아버지가 다녔던 예배당이 어느 예배당인지는 몰라도 장로까지 했다는 말도 있는데 참말인지 거짓말인지, 할아버지는 한 번도 이런 말을 한 일은 없었다. 다만 더러 얘기중에 성서에 있는 내용을 비유하는 일이 가끔 있을 뿐이다. 언젠가 할아버지가 제례나 가례 문제에 대해 원칙을 강조할 때 집안 일가 중에서

"언제는 제사라는 것이 미신이고 헛된 것이라 하더니……."

하며 빈정거리기에 내가 뜻밖이라는 듯 쳐다보니

"야야, 너그 할배, 옛날에는 예수쟁이였다."

라면서 키들거리며 웃었다. 이런 정황으로 보아 할아버지는 스무나므살 때 기독교 신자였던 것은 틀림없다고 본다. 할머니한테 물어보았더니 그냥 웃기만 하고 승인도 부인도 하지 않았다.

8·15 해방 정국 시기에 할아버지와 아주 가까운 어른으로 대구시 남산동에서 삼세한의원이라는 한약방을 하시던 박삼세 선생으로부터 들은 이야기가 있다.

"너그 할배는 젊을 때부터 성품이 대단하셨다. 한일합방 이후 조선 청년들이 어떻게 하면 나라를 도로 찾을까 하고 허둥거렸는데 많은 사람들이 예수를 믿었다. 예배당은 당시 왜놈들의 치외법권이라서 거기에서 자유롭게 모이고 민중들에게 독립정신을 고취하고 계몽운동을 할 수 있었다. 그래서 많은 유지자들이 예배당에 다니면서 예수를 믿었다. 그래서 너그 할배도 예수를 믿었던 것이다. 그런데 미국인 선교사들의 태도가 갑자기 달라졌단다. 예배당 안에 독립운동가들은 들어오지 말라 하고 독립운동을 할라거든 예배당에서 나가라고 했거든. 그러자 너그 할아버지는 '우리가 예수를 믿는 것도 조선의 독립을 위해서, 독립된 나라의 백성이 되기 위해서 믿는 것이다. 지금의 일본 밑에서 우리는 해방된 하느님의 백성이 될 수는 없다. 우리는 선교사들 보고 독립시켜 달라고 하지는 않는다. 우리는 예배당이 아니라 그 어떤 곳에서든지 독립운동을 계속할 것

이다.'

라고 항변했단다. 선교사가 화를 내면서 당장 나가라고 하자, 그만 너그 할아버지는,

'오냐, 안 그래도 이 예배당에서 예수 믿는 것은 그만둘라고 했다. 미국인 선교사들이 요즘 총독부에 들락거리고 왜놈들과 짝꿍이 되어 고약한 짓을 한다는 소문이 나던데, 너도 이놈아, 그런 놈이지.'

라고 하자 예배당은 선교사 지지패와 너그 할아버지 지지패로 나뉘어져 수라장이 되고 말았다고 하더라. 아마 그러고는 예배당에 발걸음을 끊었는갑더라. 성품이 그야말로 대쪽 같지.”

그래서 할아버지가 한때 기독교 신자였다는 사실과 그만두게 된 이유를 알게 되었다. 아마 그때가 1911년인가 1912년인가 되리라고 생각한다. 이때 할아버지의 나이는 스물두셋이었다.

이 사건은 할아버지에게는 상당히 충격석이었던 것 같았다. 한때의 운동방향이 허물어지자 사상적 공백과 체념상태가 생겼는가 보다. 1912년에 들어서자 총독부는 전국의 토지 측량을 정확히 하여 그 소유권을 근대화한다면서 대대적으로 선전하고 측량기사를 양성한다고 했다. 할아버지는 측량기술을 배우기 위해 지원했다. 그리하여 측량기사가 되었다. 말하자면 '에라, 취직이나 하자'는 심정이었던 것이다.

측량기사가 되어 이리저리 많이 다녔는데 왜놈의 토지조사는 소유권을 명백히 하는 것이 결코 아니었다. 그 소리는 겉명분이고, 하는 것은 '어떻게 하면 토지를 약탈할까' 하는 완전히 강도 같은 짓이었다. 그래서 할아버지는 반 년도 채 안되어 그만두었다. 그후 한 번도 측량관계 일을 한 적이 없었다. 이래저래 되는 일이 없자 그만 서울살림을 작파하고 고향으로 내려왔다.

당시에는 조국광복운동은 청년들의 실력양성에 달렸다고 하면서 조선의 얼을 지키자는 운동으로 사립학교 설립이 요원의 불길처럼 번지고 있었다. 할아버지는 고향으로 돌아와서 고향 청년들을 깨우치기 위해 통바우

에 있는 영감 할아버지의 집을 뜯어 통바우 동네 바로 곁에 학교를 지었다. 지금은 초동초등학교 자리인데, 거기에다 교사를 짓고 '초동학교'라는 이름으로 사립학교를 설립하여 학생들을 모아 가르쳤다.

1910년대에는 시대적으로 세계적 변혁기에 들어섰고 새로운 사상들이 조선에 넘쳐들어왔다. 그것은 사회주의 사상, 무정부주의 사상 등 사회혁명의 신사조였다. 새로운 세상을 동경하는 식민지 조선의 청년들이 이러한 사상들을 공부하여 거기에서 조국광복운동의 사상적 지주를 세워보려고 했음은 당연하다. 할아버지도 초동학교에서 학생들을 가르치는 한편 이러한 새로운 사조에 대해 공부했다.

일제의 폭압은 날이 갈수록 더 거세어지고 1915년에는 사립학교 규칙을 개정하여 교육과정은 물론이고 교과서와 교사까지 통제했다. 때때로 헌병들이 들이닥쳐 학교 사무실, 교실에까지 들어와 뒤지며 빽빽거렸고, 휴교 명령을 제멋대로 내리는가 하면 구실을 찾아 폐쇄하려 했다. 마침내 왜놈들은 할아버지의 초동학교를 폐쇄하고 그 자리를 빼앗아 바로 제놈들의 고용인을 양성할 '초동공립보통학교'를 설립했다.

할아버지는 새세상을 찾는 운동을 다시 전개하기 위하여 서울로 올라가셨다. 서울에 오셔서는 주로 서대문 근처 그리고 청진동에서 살았다고 한다. 이때쯤에는 우리집 형세가 말할 수 없이 가난했기 때문에 할머니는 이래저래 변통을 해서 살림을 꾸려나가느라 숱한 고생을 하셨다. 할아버지가 하는 일에 대해서는 할아버지의 처가에서 많이 도왔다고 한다.

할아버지는 먼저 고학생들을 조직화해서 이들에게 새로운 사조에 눈뜨게 하고 이들을 통해서 노동자들을 의식화하면서 활동을 했다. 서대문 근처에 '고학생동맹'이라는 간판을 건 고학생회관을 열고 거기에서 청년학생들과 사귀면서 새로운 사상을 전파해 나갔다. 그러는 동안 계속된 왜놈들의 회관 수색, 연행으로 갖은 고생을 다하셨고 할머니도 수없이 옥살이를 하는 할아버지의 수발을 맡아야 했다. 그 사이 나의 아버지 아래로 낳은 아이들을 가난과 질병으로 잃어야 하는 슬픔도 겪었다.

1917년 러시아 사회주의 대혁명과 제1차 세계대전 이후 혁명의 세계적 고양기를 맞아 조선에서도 3·1 독립운동이 일어났다. 이 운동은 광범한 청년학생, 도시민, 농민대중들이 참가한 조직적 저항으로 일제 통치를 뒤흔들어 놓았다. 이들은 조국광복과 민족해방운동의 주체로 떠오르게 되었고, 새로운 사상은 노농대중 속에 뿌리를 튼튼히 내리는 계기가 되었다. 이때부터 반제민족해방 조국광복의 전선에서 사회주의 운동가들이 지도적 역량을 발휘하게 되었다.

할아버지는 1920년대 서대문 근처의 한 회관을 빌려 '조선노동학원'이라는 간판을 내걸고 노동자들을 혁명전사, 해방전사로 키워내어 투쟁의 일선에 나서게 했다. 이 노동학원에서 공부한 사람 중 많은 사람들이 실제 노동대중 속에서 구심점 역할을 하면서 반제민족운동가로 성장했다. 일제는 몇 번이나 노동학원을 폐쇄하고 할아버지를 연행해서 감옥에 넣었지만 노동학원은 계속되었다. 나중에 노동학원은 할아버지가 '적박단'(赤雹團) 사건으로 서대문감옥에서 징역을 살게 되어 저절로 폐쇄되고 말았다.

1925년 조선공산당이 창립되자 할아버지는 한때 그 산하에서 청년교양 사업을 했다. 8·15 해방 이후 고향의 여러 청년들에게 그때의 형편을 말씀하셨는데 정말 문제가 많았다고 한다. 할아버지의 얘기를 간추리면 다음과 같다.

"당시 공산주의자라고 하는 사람들은 반드시 어떤 파벌에 속해야 당사업을 하게 되는 것으로 알고 있었던 것 같다. 그만큼 파벌이 심화되어 있었고 일상화되어 있었다. 이처럼 처음부터 여러 파벌이 모여 당을 만들었는데 모두 다 헤게모니는 자기 파가 쥐어야 한다면서 기를 쓰고 설치면서 서로 쥐어뜯고 싸웠다. 어느 파벌이고 속하기 싫다는 사람을 개별적 당원이라 하면서 서로 자기 파에 끌어넣으려고 안달이었다. 그러다가 안되면 조직 탈락자니 뭐니 하면서 갖은 욕을 퍼붓고 나중에는 상대도 해주지 않았다. 그래서 나는 저절로 그들과 관계가 멀어졌고 공산주의 운동가라는 사람들에게 환멸만 생기고 말았다.

그렇지만 ML당이라 부르는 제3차 공산당 조직 때 나는 또 가담하게 되었는데, 일본 조직과 연계하기 위하여 허(許) 모라는 가명으로 일본에 간 일이 있었다. 그런데 이미 일본 쪽 경찰에서 먼저 알고 허 모를 기다리고 있는 판이니 기가 차서. 안 모인 내 본명을 들이대고 겨우 모면하고선, 엇뜨거라 하고 조선으로 도로 나와버렸지.

종파하다가 밀정인 줄도 모르고 모두 제편으로 끌어들이려고만 했으니 명색이 당이지 그 안에는 밀정이 우글우글했다. 왜놈들은 우리를 손바닥에 얹어놓고 보고 있는 셈이니 비밀이 어디 있을 수 있어야지. 우리 쪽보다 왜놈들이 우리 움직임을 더 자세하게 알고 있는 지경이니 무슨 일을 하겠노."

이러한 운동에 대한 환멸 속에서 당운동은 그만두고 할아버지와 가까운 동지들은 왜놈의 밀정이나 좀 족쳐보려고 말 그대로 붉은 벼락을 안긴다는 폭력조직인 적박단을 조직하는 등 한때 원칙에서 벗어나기도 했다. 이 사건으로 할아버지는 옥고를 치렀다.

감옥에서 나온 할아버지는 밀양으로 하향했다. 이때 자리잡은 곳이 바로 밀양 연계소 고향집인 것이다. 그때가 아마 1929년쯤 되는 것 같다. 그 해는 원산총파업이 있었고 광주학생운동이 전국적으로 확산되고 있었으며 신간회가 조직되어 정열적으로 활동하고 있었다. 출옥한 할아버지에겐 언제나 왜경이 붙어다녔고 그래서 표나게 활동할 수는 없었다. 신간회 밀양지부 일과, 그때 진주에서 백정들의 신분차별철폐운동으로 '형평사'(衡平社) 운동이 시작되었는데 그 운동을 지원했다고 한다. 그리고 소작농민운동에 대해서는 많은 자문에 답해주었다고 했다.

할아버지가 형평사 운동을 지원하기 위하여 집회에 나가 신분차별의 부당성을 주장하고 강연하자, 밀양의 유림에서는 야단이 났다고 했다. 할아버지는 유림 영감들에게 담뱃대만 두드리고 시회나 여는 유학에서 언제 벗어날 것이냐고 대들었다. 이 통에 밀양 백정들은 할아버지를 보면 그저 굽신굽신거렸고 그래서 할아버지 친구들이 할아버지를 '도백정'(都白丁)이라 하면서 놀렸다고 한다.

할아버지는 1930년에 나이가 41세였다. 당시로서는 선배격이었으며 그때부터 고향 지역운동에서는 고문격으로 대접을 받거나 상징적인 분으로 보았으며 끝까지 왜놈들에게 굴복하지 않는 어른으로 존경을 받았지만, 왜경의 모진 감시하에서 꼼짝도 못하는 상태였다.

1932년에 나의 아버지를 장가들여 어머니를 며느리로 맞아들였는데, 이때 상객으로 나의 외가에 가면서도 고등계 형사를 대동했다고 한다. 그리고 1933년 10월에 첫손자인 나를 얻게 되었는데 그때 할아버지의 나이 마흔넷이었고, 남은 손자 못 보고 자기 혼자만 본 것처럼 좋아하셨다고 할머니는 말한다.

할배 할매 들

나의 할아버지는 형제자매가 사형제에 두 누이이다. 앞서 말한대로 맏은 나의 할아버지이고 둘째는 집에서 안포동 할배라고 부르고, 셋째는 유천 할배, 넷째는 끝에 할배라고 부른다. 셋째와 넷째 사이에 두 누이가 있었는데 큰누이가 앞서 나에게 이야기를 잘 해주시던 활천 할매이고 작은누이가 우리들 아이들이 고향 마을에 갈 때 중간 귀착지였던 조음 마을에 사는 조음 할매이다. 활천 할매는 김해 고을의 활천 마을, 광주 노씨(光州盧氏) 집으로 출가하셨고 조음 할매는 밀성 박씨(密城朴氏) 집에 출가하여 밀양 상남면의 조음 마을에 살았다.

조음 할매는 어릴 때 잘 울었다고 했다. 그래서 집안에서는, 울기만 하면 박가한테 시집보낸다고 했다. 그때 우리 마을 바로 앞에 밀성 박씨 마을이 있었는데 그 집안 아이들이 서당에서 공부를 아주 못했기 때문이었다. 그런데 정작 그 할매는 바로 그 박씨 집안으로 시집가게 되고 말았다. 이 조음 할매의 새 할배는 언제나 푸근한 웃음을 안고 처남인 할배들과 장난이 심했다.

둘째 할아버지인 안포동 할아버지는 글재주가 대단했다. 어릴 때부터 밀양 고을에서 이름난 신동이었고 글씨도 잘 써서 어른들을 놀라게 했다. 밀양 고을 단장면에서 조선 말에 군수를 지낸 남양 홍씨(南陽洪氏) 집의 사위가 되었는데 그 집이 부잣집이라 한살림 톡톡히 내주었다. 이 할아버지는 처갓집에 가까운 안포동이라는 신선 같은 마을에 조그마한 아래채 딸린 초가집만 장만하고 장인이 내준 논밭과 그밖의 산지 등 땅을 몽땅 팔아서 일본으로 건너갔다. 거기에서 모두 책으로 사서 부쳐왔는데 참말 인지 어떤지는 몰라도 기차곳배(화물차)로 한곳배라고 했다. 그것을 안포동 집에 따로 서고를 한 채 지어 쌓아놓고 책 속에 묻혀 살았다고 했다. 이런 분이었으니 온 집안이 처가와 함께 얼마나 야단이 났을꼬. 그러나 이 할아버지는 태연히

"어디 사내가 할 일 없이 처가 재물로 치가(治家)할까부냐. 장인이 준 재물 버릴 수는 없고 책으로 받는 것이 가장 의미가 나을 성싶어 그랬다." 라고 큰소리를 쳤다. 옛날 선비는 그 정신이 이랬던 모양이다. 그러나 처가 재물로 치가 안한다고 했으니 치가 방도가 별달리 있어야 하겠는데 실은 그렇지 못하여 안포동 할매를 숱하게 고생만 시켰으니, 재주 있는 사위를 보았다고 그처럼 좋아했던 장인으로선 그 사위가 얼마나 미웠을까. 그래도 딸 준 죄라고 군소리 하나 못하고 딸이 어려우면 또 보태줄 수밖에 없었던 옛날 사람들을 지금 사람으로서는 도무지 이해할 수 없을 것이다.

안포동 할아버지는 공부할 때는 곁에 밥상을 갖다놓아도 몰랐다. 잡숫는 것도 잊어버렸고 또 숟가락을 들고 몇 술 잡숫다가 무슨 책을 볼 생각이 나서 책을 들면 그만 곁에 밥이 있는 것을 잊어버렸다고 했다. 공부할 때 먹는 일이 귀찮아서 그런지 생식(生食)을 연구한다면서 솔잎가루와 생쌀가루를 물에 타서 끼니를 대신하기도 했다. 그러다 결국 되돌릴 수 없도록 건강을 해쳤다. 그 아까운 재주를 식민지 조국땅에서 태어났기에 한

번도 피워보지 못한 채 기인으로 살다가 결핵으로 마흔을 겨우 넘기고 돌아가셨다.

안포동 할아버지는 입는 것도 언제나 아래위가 한데 붙은, 여기저기에 호주머니가 많이 달린 작업복이었다는데, 그 옷을 입고 조선 천지 어디고 안 가시는 곳이 없었다. 머리는 올백으로 뒤로 넘겼는데 목언저리에서 가위로 잘라버린 장발이었고 훤하고 흰 얼굴에 팔자 수염에 구레나룻이 아주 좋았다고 한다. 구두도 발목까지 오는 짧은 장화를 신고 굵직한 작대기를 흔들며 서울이고 어디고 다 다녔는데, 그 희한한 모습에 모두 걸음을 멈추고 뒤돌아보았으며 아이들이 줄줄 따라다녔다고도 한다. 그래도 안포동 할아버지는 개의치 않고 서울 종로를 활보했으며 아는 친구들 집을 찾아 시국을 담론했고 문필이 좋아 즉흥시를 붓으로 휘갈겼다고 한다.

사치는 안하지만 언제나 깔끔한 몸가짐을 하고 사는 할아버지는 아우의 이러한 삶을 아주 싫어했다. 만나기만 하면 야단이었는데 할아버지의 그 모질고 야멸찬 독설, 아버지의 말씀으로는 마치 칼로 살을 베고 소금을 휙 뿌리는 듯한 독설로 야단을 쳐도, 할머니의 표현을 빌면 이불솜에 바늘 찌르기로 그저 빙그레 웃기만 했다고 한다.

1920년대의 조선 사회의 지식계급에는 이런 사람들이 더러 있었는데 특히 자칭 주의자(사회주의자 또는 무정부주의자를 통틀어서 주의자라고 했다)들 중에 이런 사람들이 많았다고 한다. 마르크스의 사상, 크로포토킨의 사상을 가지려면 차림도 그렇게 닮아야 하는지. 할아버지는 이런 스타일로 주의자 행세를 하는 것을 아주 질색으로 싫어했는데, 아우가 하고 있는 차림이 그런 주의자 뽄세를 치는 줄 알고 더욱 야단을 쳤던 것이다. 그러나 안포동 할아버지의 그런 차림은 주의자 행세를 하는 것이 아니라, 사람의 차림은 자기 편한 대로 편리하게 하면 된다는 생각에서인 것 같다.

아마도 안포동 할아버지는 무정부주의에 상당히 가까웠던 것 같다는 생각이 든다. 내가 초등학교 5, 6학년 때 안포동에 더러 가서 옛날 할아버지 책장의 책을 이리저리 빼보기도 하고 빌려오기도 했는데 손때 묻은 크로포토킨의 책이 여러 권 있었다. 그 중에서 『상호부조론』(相互扶助論)이라는 책을 읽고 많은 감동을 받았다. 거기에는 안포동 할아버지가 곳곳에 줄을 친 곳이 있었다. 그밖에 무정부주의 책들이 있었는데 매우 정성스레 읽은 자국이 있었다.

수학책이나 물리학책 등 과학책은 그냥 가지고 읽다가 이리저리 없어졌다. 그 중 수학책 두 권은 내가 한 번도 못 뵌 종조부인 안포동 할아버지가 주신 것으로 생각하고 내가 대학에 들어갈 때까지 소중하게 가지고 있었는데, 결국 하나는 없어졌고 하나는 서울까지 가지고 왔다가 그만 어디 갔는지 모르겠다.

안포동 할아버지가 서재에 사다놓은 수학책, 산술, 대수, 기하의 책은 내가 수학에 재미를 붙이는 계기를 만들어주었다. 초등학교 5학년 때이지만 중학교 산술책을 보니 정말 체계적이었고 재미가 있었다. 대수, 기하책은 옛날의 일본 동북대학교 교수였던 임학일(林鶴一 : 하야시 가꾸이찌) 선생이 지은 것인데 그 교수는 나의 은사인 박정기 교수의 은사이다. 이 대수책을 보고 방정식을 만들어서 문제를 푸는 법이 너무나 신기했고 또 기하책을 읽고서 도형이론을 연역적 체계로 한 가닥 논리로 이은 것을 보고 '세상 이치도 이렇게 생각해야겠구나' 하고 나 혼자 고개를 끄덕거리기도 했다. 초등학교 6학년 때는 이미 중학교 과정의 수학을 다한 셈이었다. 내가 오래도록 가지고 있던 수학책 두 권은 일본 고등학교 입학시험 문제를 체계적으로 편집해서 만든 것이었는데 여러 가지 문제를 재미있게 풀어놓은 것이었다.

그러고 보니 책이란 참 좋은 것이다. 한 번도 못 뵌 할아버지가 가졌던 책을, 돌아가신 해에 태어난 종손이 보고 공부했으니 세대를 넘나드는 책이야말로 얼마나 좋은가.

안포동 할매는 부잣집 딸로 우리집에 시집오셨으나 언제나 검소한 차림이었고 나중에는 친정집도 형세가 못해져 사는 게 고생이었다. 그래도 마

음은 늘 태평이었다. 아무리 화나는 일이 있어도 일단 화난 얼굴로

"지랄 안하나!"

한마디뿐이었고 곧 평상시 웃는 얼굴로 되돌아갔다. 수많은 젊은 할배, 즉 시동생들이 놀려도 항상 웃음으로 맞받아 놀려주곤 했다. 슬하의 나의 종숙 사형제 중 맏이는 일찍 돌아가셨는데 그 아지매가 앞서 말한 교동 아지매이다.

셋째 할아버지인 유천 할아버지는 글씨가 참 아름다웠다. 특히 행서와 초서는 고을에서 유명했고 곳곳에 유묵이 많이 있다. 부부 사이에 의가 나빠서 딸 하나 두고 갈라졌는데 그 딸은 한때 할머니가 데리고 있었다. 갑이 아지매라고 불렀는데 처녀 때는 어머니와 떨어져 자라서 고생이 많았지만 좋은 집안에 시집가서 아들딸 낳고 잘산다. 그 아래에 이복동생 2남2녀가 있다. 유천 할아버지의 내림을 받았는지 두 아재는 문장이 대단히 좋다. 위의 아재는 소설가이다. 두 아지매도 자랄 때는 어렵게 살았지만 결혼해서 따뜻한 가정을 꾸려 잘 산다.

유천 할아버지는 부부생별의 고통으로 그런지 탁 트인 웃음 한번 웃는 것을 못 보았다. 제사 때 오셔도 언제나 말이 없으셨다. 8·15 해방정국 때 고향에서 사회운동 하시다가 극우폭력단의 폭행으로 크게 다쳤는데 그 후유증으로 고생하시다가 몇 년 후에 돌아가셨다.

끝에 할배는 우리집에서 좋은 일이든 궂은 일이든 일이 생기면 막내라서 그런지 섭외 심부름을 도맡아서 했다. 내가 어릴 때 나를 포항에서 밀양으로, 또 경주로 데리고 간 것도 모두 끝에 할배가 했다. 나에게는 5전, 10전, 군것질 밑천의 전주이기도 했다.

부부 사이에 의가 안 좋아 끝에 할매를 소박하고 딴곳에서 딸을 낳았으나 아기 엄마는 곧 죽고 돌이 못된 아이를 안고 와서 할머니에게 맡겼다. 그 아이가 앞서 말한 나와 함께 자란 수환이 아지매이다.

끝에 할매는 밀양 무안면의 서가정이라는 마을의 친정집에서 살았는데 집안의 제사 때 그리고 잔치, 초상 때는 꼭 오셔서 며느리의 본분을 다했

다. 옛날의 법이란 게 참 이상도 했지. 일단 결혼을 하고 나면 친정도 시집도 그 매듭을 풀지 못했고 부부 당사자도 풀지 못했다. 나에게 참으로 살갑게 대해주었고 인정이 많은 할매이다. 그리고 눈물이 많은 할매이다.

끝에 할배는 8·15 해방 후 조국의 분단을 반대하여 투쟁하다가 숱한 탄압을 받아 고생했는데 전쟁중에 행방불명이 된 많은 사람들 중의 한 사람이다. 아버지를 잃은 수환이 아지매는 집을 나가 간호사로 부산의 어느 병원에서 일한다는 소문이 있다가, 또 더러 한두 번 소식이 있었으나 지금은 어디에 있는지 알 수가 없다. 한 하늘 아래에나 있는지!

내가 나기 바로 전에 안포동 할아버지가 돌아가셔서 이 할아버지는 내가 잘 모르지만, 두 분 종조부는 나를 장손으로 몹시 중하게 여겼고 때때로 양복도 사주고 운동화도 사주었다. 언제나 그 따뜻한 손길을 잊지 못한다.

나에게는 많은 할아버지들이 있었는데 이제는 한 분도 없이 다 돌아가셨다. 세월이 많이 흘렀는가 보다. 할아버지들과 함께 살던 그 세월이 때때로 생각나지만 꿈속에라야 겨우 볼 수 있을 뿐이다. 이젠 하도 오래 되어서 꿈에서마저도 오시지 않는다. 고향 산천에 묻혀 있는 할아버지들, 언젠가 나도 거기에서 다시 만나겠지. 그리고 고향 마을을 지키며 영원히 함께 있겠지.

그래도 너는 조선 사람

다시 밀양집으로

1942년의 여름은 그냥 덥다기보다 바로 불이었다. 그후 10년쯤 지나 다시 지독한 더위가 왔는데 사람들은 10년 만의 더위라 했다. 20년쯤 지나 또 몹시 더운 여름이 왔는데도 20년 만의 더위라 했다. 30년, 40년, 50년이 지나서는 불더위 여름인데도 30년, 40년, 50년 만의 더위라고 하니 그 해의 더위는 반세기 넘는 동안 아직 그 기록을 유지하고 있는 것 같다.

이 폭염의 여름, 중복을 지난 8월 초순에 우리 네 식구, 몸 무거운 어머니와 우리 삼남매는 할아버지를 따라 경주에서 밀양의 고향집으로 이사를 했다. 방학이 되어 학교가 텅 비었기에 경주의 동무들에게 간다는 인사도 못하고 부랴부랴 할아버지를 따라가던 나는, 역으로 가는 곧은 길에 들어서서 비록 간판은 달리 했지만 아버지가 하던 사진관 앞을 지나치자 자꾸 뒤돌아보아졌다.

재두는 어머니 손을 잡고 걸어가면서 식구가 함께 가는 나들이쯤으로 알고 신명이 났고 향이는 어머니에게 업혀 손으로 여기저기를 가리키면서 혼자 무슨 소리인지 재잘거렸다. 나는 한 손에 책보자기를 들고 다른 손에 어머니가 만든 점심 도시락을 들었으며, 할아버지는 짐은 부치고 몇 가지 남은 것을 보따리에 싸들고 갔다.

역에 나왔더니 수일이와 수일이의 통기를 받은 청길이가 나와 있었다. 우리 세 동무는 할 말이 없는 듯 그냥 우두커니 바라볼 뿐이었다. 이윽고 청길이가,

"언제 경주에 또 오겠나. 그래도 방학 때는 경주에 한 번 오이라."

라고 하자, 수일이는 벌써 비죽비죽 우는 얼굴이었다.

"인드라야, 인자 나는 같이 놀 동무가 없어서 심심해서 우야꼬."

"수일아, 청길아. 우리 후재(나중에) 크면 마음대로 왔다갔다 하재이."

그렇지만 그후의 세월은 우리들을 서로 만나게 해주지 않았다.

그후 10년이 넘어 내가 대학에 다닐 때 마침 같은 과에 진기라는 경주 고등학교 출신이 있었다. 그 친구에게 내가 초등학교 2, 3학년 때 경주의 계림초등학교에 다녔다고 했더니

"가만 있자, 물리과의 기봉이가 그 학교를 졸업했을꺼로."

하였다. 그때 '물리수학' 강의가 있어 물리과 학생들과 함께 강의를 듣고 있던 중이라 바로 그 기봉이라는 친구를 만나게 되었다. 진기는 기봉이를 불러 이리 오라고 하더니, 나를 가리키면서,

"어이, 기봉이. 인드라가 계림학교 다녔다 안카나. 니 알겠나?"

기봉이는 나를 한참 보더니 물었다.

"언제 다녔는데?"

"초등학교 때, 1학년 3학기 때 전학가서 3학년 1학기 마치고 밀양으로 전학갔다. 나는 니를 잘 모르겠는데."

그랬더니 기봉이는 웃으면서 이야기했다.

"그럴 끼다. 나는 시골에 있을 때 해방되었고 해방 후 개학하자 경주로 나와 계림학교에 전학 안했나. 그러이 알 택이 있나."

나는 수일이와 청길이가 궁금해서 기봉이에게 물었다.

"너 혹시 경주극장 바로 옆에 있는 평산치과집 아이인데 수일이라고 아나?"

"응, 근드라는 알기로. 근드라는 지금 부산에서 전시연합대학에 다닌다. 고려대학 법과에 들어갔는데. 지금은 평산치과 안한다. 저그 집 모두 부산으로 이사갔다 카더라."

1952년에는 서울에 있는 대학이 모두 남쪽으로 피난와 있었는데 대구와 부산에다 '전시연합대학'이라 해서 한데 모아놓고 판잣집으로 강의실을 지어 강의를 했다. 대학의 학적은 각각 다르지만 대구나 부산의 이 전시연합대학에서 강의를 들었고 학점을 받았던 것이다.

그래서 나는 또 청길이의 소식을 물었다.

"혹시 청길이라고 아나?"

"응, 근드라는 해방이 되고 나서 저그 아배가 서울로 전근갔는데 아배 따라 갔다. 근드라 소식은 그뒤로는 모른다."

이렇게 두 동무 소식은 한 번 듣고는 그뒤 영영 거처를 알 수가 없었다. 그러니 경주역에서 나를 전송할 때 얼굴을 본 것이 영영 마지막이 되는 것이다.

기차가 왔다. 우리 네 식구는 할아버지 따라 개찰구로 나갔다. 나는 뒤돌아보고 손을 흔들었다.

"수일아, 청길아. 잘 있거래이."

다정다감한 수일이는 울음소리로 말했다.

"재구야, 잘 가재이."

차분한 청길이는

"재구야, 공부 잘해라이. 후재 커서 다시 만나재이."

라고 했다.

옛날의 기차는 속도가 느렸다. 요즘 대구에서 밀양까지는 60킬로미터 정도의 거리인데 20분 남짓하고 완행열차라도 40분 못 걸린다. 그러나 그때는 한 시간 반 남짓 걸렸다. 대구에서 내려 경부선 기차로 갈아타야 하는데 기차가 도착할 때까지 역 플랫폼에 있는 대기실에서 기다렸다. 그동안 점심 때가 되어 도시락을 내어놓고 먹었다. 아침에 찬물에 채워 식힌 수통의 보리차는 그새 바깥 불볕더위로 미지근했다. 재두는 바깥에서 도시락을 먹는 것이 재미가 좋았고 잘도 먹는다. 향이는 더위에 녹초가 되어 그저 치근덕거리고 있다. 할아버지와 어머니는 몇 술 뜨는 둥 마는 둥.

이윽고 하행 기차가 왔다. 기차는 발 디딜 틈도 없이 사람들로 빽빽하다. 모두 더위에 지친 얼굴이다. 그래도 승강구에 틈을 내어주고 재두와 향이를 안다가 안으로 들여놓자 향이는 사방을 두리번거리며 엄마를 찾아 악을 쓰며 운다. 내가 겨우 들어가서 받아안자 울음소리는 잦았지만 그래도 엄마를 찾으면서 운다. 재두는 어느새 어떤 할아버지의 무릎에 점잖게 앉아 있다. 이렇게 한소동 하고서 기차는 떠났다.

기차는 밀양역에 닿았다. 해는 서산으로 훨씬 기울어 있었다. 그 석양볕이 뜨겁다. 할아버지가 먼저 내리자 끝에 할배와 작은아버지가 나와 있었다. 둘은 재두와 향이를 받아 안고 짐을 내렸다. 워낙 더워서 모두 말할 힘조차 없었다. 역광장에 나와 10리 좋이 되는 길을 걸어가기가 아득한데 마침 빈 소달구지가 있어서 태가(駄價)를 좀 주기로 하고 모두 달구지에 타고 걷고 하면서 연계소 고향집으로 왔다.

집이 가까워지자 먼저 작은아버지가 달려갔다. 할머니와 고모 그리고 수환이 아지매가 대문 밖으로 맞아 나왔다. 수돗가의 빨래터에 물이 가득차 있었다. 나와 재두는 그냥 팬티 바람으로 물에 들어갔다. 고모는 향이를 받아 안고 옷을 벗기고 큰대야에 담아 땀을 씻겼다. 아이들이 목욕을 끝내자 어른들이 등물을 하고 겨우 대청에 올라와 몸을 뉘었다. 어머니는 큰방 퇴청에 떠다놓은 물로 땀을 씻었다. 그리고 할머니가 찬물에 채워놓은 외와 수박을 먹으면서 더위를 식히고 겨우 정신을 좀 차렸다.

이렇게 해서 아버지를 멀리 남양에 보낸 우리 네 식구는 할아버지 곁에 와서 살게 되었다. 고향을 떠났던 식구가 한데 모이기는 했으나 집안의 기둥인 아버지를 뽑힌 우리 식구는 환고향의 기쁨을 가질 수가 없었던 것이다. 누가 조금만 건드리면 곧 통곡이 나올 지경이었으나 할아버지를 보고 할머니도 어머니도 어금니를 깨물고 나오는 울음을 속으로 도로 밀어넣고 있었을 것이다.

여름방학이 끝나고 개학이 되자 나는 전에 다녔던 '밀양제이국민학교'에 가서 전학수속을 했다. 내가 경주로 갈 때는 심상소학교였으나 이 학교도 역시 국민학교로 이름이 바뀌었다. 그때 작은아버지는 6학년이었다. 작은아버지를 따라 사무실(옛날에는 교무실을 이렇게 불렀다)에 가서 교두(教頭 : 교감) 선생을 만나 인사를 하고 전학수속을 하고, 다베(田部)라는 담임 선생을 따라 교실에 들어가 반 동무들에게 인사를 했다. 그리고 자리를 배당받아 바로 수업을 받았다.

수업 시간이 끝나자 모두 나를 둘러싸고 물어댔다. 1학년 때 헤어져서 3학년에 다시 오니 그동안 모두 자라서 알아볼 수가 없었다. 그래도 몇 가지 말을 주고받는데, 갑자기 한 아이가,

"히야, 니 재구 아이가! 니 그동안 어디 갔더노?"

라고 하기에 돌아보니 우리집 옆의 수식이네 골목 안에 있는 수업이란 아이였다. 그 아이의 아버지는 짐마차를 몰고 다니는데 수업이의 나이는 나보다 서너 살이 더 많다. 형이 둘 있는 막내아이인데 집이 가난해서 두 형은 학교에 못 보냈지만 막내인 수업이만은 어떻게 해서라도 공부시켜보려고 했다. 수업이는 공부도 잘했지만 당시 우리 학교에서 유명한 싸움꾼이었다. 몸이 재빨라서 3, 4학년 때 5, 6학년의 저보다 큰아이도 때려눕혔다. 얼굴이 갸름하고 해사하지만 할퀸 자국이 남아 있는 게 그의 역전의 전적을 나타내고 있었다.

1학년 어릴 때 전학을 갔기 때문에 다른 아이는 거의 나를 기억 못했지만 나를 아는 아이는 나와 싸워서 팔뚝을 물린 오봉이가 있고, 이 수업이와 그리고 한둘 더 있었다. 수업이는 나를, 제가 아는 대로 반 아이들에게 소개했다. 다른 반 교실에도 데리고 가서 소개했다. 그때 우리 학년은

남학생이 두 학급이었고 여학생이 한 학급이었다.

　이처럼 우리 학교에서 싸움꾼으로 높은 위치를 차지하고 있는 수업이가 소개했기 때문에 다른 아이도 나를 무시하지 못했다. 그리고 뒤에서 오봉이가, 비록 나를 헐뜯어 하는 말이지만, 팔뚝에 물린 자국을 보이면서 지난날의 싸움을 실감나게 말했기 때문에 그 효과도 상당히 있었다. 그래서 전학왔지만 다른 아이들이 함부로 집적거리지 못했다. 또 오자마자 모르는 것 없이 공부를 잘했고 시험 때마다 만점이니 한두 달 만에 학년에서 공부를 제일 잘하는 아이라는 소리를 듣게 되었고 다베도 나를 인정해주었다.

공출 소동

　태평양전쟁을 일으킨 왜놈들은 1942년 5, 6월까지만 해도 승승장구하여 판도를 한껏 넓혔지만 그 넓은 판도 만큼 병참선도 엄청나게 길게 뻗었고 폭이 넓어 감당하기 어려웠다. 모든 힘을 다 쏟아버려 힘이 다 빠지고 만 일본은 이제 더 이상 판도를 넓힐 수도 없었고, 그나마 유지하기 위해서는 민중을 또 한껏 수탈해야만 했다.

　모든 경제는 전시경제로 군부에 예속, 합류되었고 물자와 노동력은 전쟁수행을 최우선으로 해서 동원되었다. 그래서 생활필수품은 시장에나 상점에서 사라졌고 통제되었다. 민중들이 생산하는 생산물은 통제가격으로 묶어 생산원가도 못되는 가격으로 약탈해갔기 때문에 재생산마저 불가능하게 만들었다. 이 통제가격을 '마루떼이', '마루꼬오' 가격이라 불렀는데 동그라미 안에 한때 '정'(停) 자를 넣어 표시하더니 나중에는 '공'(公) 자를 넣어 표시했다. 물가는 통제가격의 2배, 3배로 껑충 뛰어오른 데다가 거래까지 함부로 못하게 했고 몰래 거래하다 들키면 감옥으로 끌려갔다.

　특히 설탕, 분유, 광목, 석유, 밀가루에다가 과자 종류까지 모든 물품이 통제되어 상점에 일체 나오지 않았다. 왜놈들과 그 밑에 붙어서 사는 친일주구나 관리들은 특별배급을 받아 놈들의 사치생활에 충당하고 또 일부는 암시장에 내다팔아 몇 곱이 되는 폭리를 취했다.

왜놈들은 전쟁을 감당하기에는 너무나 힘이 부쳤다. 태평양전쟁 전에는 고철을 미국으로부터 수입해서 군함이나 대포도 만들었고, 동산(銅山)은 일본에도 좀 있지만 태평양전쟁에 필요한 포탄과 총탄을 감당하기에는 턱도 없었다. 그래서 왜놈들은 쇠를 잡아먹는 강철이라는 못된 이무기처럼 쇠붙이란 쇠붙이는 모조리 찾아 게걸스럽게 거두었다. 제일 먼저 빼앗은 것이 조선 사람이 일상으로 쓰고 있는 놋그릇이었다. 그래서 우리집도 큰 피해를 입게 되었다.

그 불더위의 여름이 지나 아침저녁으로 좀 선선해지는 어느날 오후에 일본 국민복을 입고 센또보오시를 쓰고 팔에 한자로 ‘國民總力’(국민총력)이라고 쓴 완장을 팔에 두른 ‘조선 왜놈’ 몇 놈이 와서 할아버지를 좀 보자고 했다. 할아버지는 퇴청에 나와서 그놈들을 내려다보았다. 평소 때같으면 안으로 들어오라고 해서 좌정시켜 인사를 했을 터이지만 행동거지가 고약스러운지라 할아버지는 마루 끝에 선 채로 물었다.

“무슨 일로 왔소?”

“우리는 국민총력연맹 밀양지부에서 나왔소.”

할아버지는 그냥 놈들을 마당에 세워놓고

“어쩐 일로 왔소?”

“댁에는 유기(鍮器)가 많다는 얘기를 들었소. 놋쇠는 군수품을 만드는 원료이기에 성전(聖戰)에 협력한다는 뜻으로 헌납해주기 바라오.”

할아버지는 한참 그들을 바라보더니

“우리집에 있는 유기는 조상의 제사를 모시는 기명(器皿)으로 대물림해서 내려오는 것이오. 이것을 가지고 내가 무엇에 협력한다는 것은 말도 되지 않는 소리요. 그러나 나는 당신들에게 못 가지고 가게 할 힘이 없소. 그 유기들은 저기 뒤주 안에 있소. 가지고 가든 말든 마음대로 하시

244

오."

라고 하고선 그냥 방으로 들어갔다.

그러자 그 중의 한 놈이 다른 놈더러 고개를 끄덕거렸다. 눈치를 받은 그놈은 신발을 벗고 마루에 올라와서 유기 뒤주를 열어보았다. 다른 한 놈은 부엌에 들어가서 살강에 있는 놋그릇을 보았다. 그리고는 아까 고개를 끄덕거리던 놈에게 가서 무어라고 중얼거리자 다른 놈을 밖으로 내보내더니 한참 있다가 손수레를 끌고 와서 뒤주에 있는 제기(祭器)와 부엌에 있는 놋그릇, 수돗가에 있는 놋대야 그리고 요강까지 모조리 거두어 손수레에 가득히 싣고 가버렸다.

이런 일이 있기 며칠 전 할아버지와 할머니는 놋그릇 공출을 두고 승강이를 하였다.

"이놈들이 놋그릇 공출하라고 올긴데 우짤랑교?"

라고 할머니는 할아버지에게 말했다.

"아, 그놈들이 자식도 빼앗아가는데 놋그릇쯤이 대수냐?"

"그래도 몇 가지쯤은 어디 숨겨놓읍시다."

"그러다가 놈들이 뒤져내면 우짤라꼬. 들키면 온 집안을 까뒤집을 텐데. 놈들이 하는 대로 둬요."

그러나 할머니는 그 중에서 할머니가 시집올 때 가지고 온 할아버지의 밥그릇 한 벌과 집안 식구가 쓸 수저를 돌가루종이(시멘트 포장지)에 싸서 큰방 부엌의 방고래 속에 넣어 재를 덮어 묻어두었다. 놋그릇을 빼앗으려고 온 놈들은 그 많은 양을 가져가다 보니 집뒤짐할 생각까지는 나지 않았던지 구석구석 뒤지는 일은 없었다. 다행히 할머니의 기지로 밥 먹을 때 수저는 쓸 수 있었다.

날이 갈수록 쇠붙이를 모아가는 일은 극성이었다. 학교에서는 매주 한 날을 '국방헌납의 날'로 정해놓고 그날은 학교수업을 오전으로 끝내고 오후는 거리에 나가 쇠붙이를 줍고 다녔다. 청동으로 새겨놓은 학교의 문패도 빼먹고 눈깔 빠진 것처럼 뻐끔한 채 한참 두었다가 나무 문패를 만들어 걸었다. 학교의 모든 쇠난간은 나무난간으로 바뀌었고, 심지어 몇 학년 몇 조(반) 교실을 가리키는 패조각을 건 쇠막대기까지 빼갔다. 전쟁은 격심해지고 쇠붙이가 달리자 남천강 밀양교의 다리 난간 쇠막대기도 뽑아가고 그 자리를 나무막대기로 대신했다. 관공서의 울타리, 공해청의 울타리도 쇠울타리는 뽑아갔고 학교의 철봉대마저 뽑아갔으며 수업시작과 마치는 시간을 알리는 학교종도 헌납하고 두부장수가 쓰는 요령을 가지고 사환 아이가 복도를 다니면서 흔들어 시간을 알리게 되었다.

1942년 11월에 어머니는 몸을 풀었다. 셋째 아우가 태어났다. 할아버지는 이름을 용웅(龍雄)이라 지었다. 용처럼 하늘을 날아오르는 영웅이 되어 겨레를 지켜나가기를 소망했을까. 콧대가 똑바로 서고 이목구비가 수려한 것이 할아버지를 닮았다. 할아버지는 아버지가 없는 채 낳은 아이라서 그런지 천하에 없이 귀해했다. 내가 이때까지 할아버지의 귀여움을 독차지하다가 용아에게 빼앗기는 기분이 들 만큼이었다. 아이도 어머니도 건강했다. 그러나 어머니의 젖이 적었다. 모든 경제가 통제되어서 분유, 연유를 구하기가 여간 힘이 들지 않았다. 그때까지는 분유, 연유가 배급제가 되지 않아 주문하면 구할 수는 있었으나 1943년부터는 배급제로 된다고 했다.

왜놈들은 우리 조선 사람을 뼛골까지 수탈하기 위하여 1942년 가을 추수부터 모든 곡물은 생산자의 자기 소비량만 빼놓고 전량 공출하라는 '조선식량관리령'이라는 것을 실시했다. 쌀과 잡곡이 대상이었는데 자기 소비량을 빼놓는다고는 하지만 그 양은 도시민의 하루 일인당 배급량 2합3작에 따른다고 했다. 그러나 농가에 곡물이 있으면 이런 이유는 집어던지고 불문곡직 빼앗아갔다. 길다란 쇠꼬챙이를 가지고 의심나는 데는 벽이고 방바닥이고 마구 쑤셔대었으며 뒤뜰의 거름더미도 파헤치고 쑤셔댔다. 그것은 약탈이었다.

1942년의 연말까지는 나의 새로운 동생 용아의 분유는 그럭저럭 댈 수 있었고 식량도 시골에 있는 일가의 도움을 받아 살아갈 수 있었지만 1943

246

년부터는 모든 것이 배급제로 되었기 때문에 살아갈 일이 아득했다. 식량은 '식량배급조합'을 통해서 배급되는데 한 사람당 하루 2합3작이었다. 쌀 2합3작으로 밥을 하면 밥식기에 보기 좋게 담아 한 그릇이 된다. 이것으로 어른이고 아이고 간에 하루를 먹고 살라고 하니 기가 찰 노릇이었다. 그나마 나중에는 쌀은 점점 줄고 대신에 만주산 좁쌀, 나중에는 콩깻묵으로 채워주었다.

그밖의 모든 생활필수품은 다 배급제였는데 세탁비누, 등유(조명용 석유), 소금 등은 어쩌다가 한 번씩 배급이 나오기도 하지만 치약이나 세숫비누 그리고 설탕, 밀가루 등은 보통 사람은 아예 생각지도 못했고, 분유는 영영 구할 수가 없는 물건이었다. 이런 귀한 물건은 관공서에 있는 사람이라도 아주 지위가 높은 사람에게만 넉넉하게 특별배급으로 주었다. 또 조선 사람 중에도 왜놈들에게 입안에 든 혀처럼 시키는 대로 잘하고 때때로 '국방헌금'이라는 명목으로 돈도 잘 내는 사람에게만 특별배급을 하였다.

이러한 모든 생활필수품의 특별배급을 독점적으로 취급하는 상점이 밀양읍에 한 곳 있었는데 '난파상점'이었다. 난파라는 말은 일본말로 '나니와'라고 부르는데 일본 오사까(大阪)의 옛 지명이다. 이 상점 주인은 일본 오사까 출신으로 상점 이름은 '나니와쇼땡'(難波商店)이라 했으나 밀양의 조선 사람들은 그것을 조선말로 음독해서 난파상점이라 불렀고 그 가게 주인을 그냥 난파놈이라 불렀다. 이 상점은 밀양 시내에 있는 상업은행 지점 앞거리 맞은편에서 서쪽으로 20~30미터쯤 옆에 있었는데 지금은 여러 가게가 새로 지어져 있다. 해방 후 한때 그 집에는 밀양소방서가 있었고 상점의 창고는 소방차 차고로 쓰이기도 하였다.

통제경제가 되어 배급제도가 실시되자 밀양의 다른 모든 가게는 문을 닫게 되었는데 난파상점만 유일하게 장사를 하고 모든 생활필수품을 독점하여 엄청나게 돈을 벌게 되었다. 처음에는 조그마한 구멍가게 비슷한 것이었으나 특별배급상점으로 지정받게 되자 가게 옆에 커다란 창고를 지었는데 거기에는 밀양 사람들이 부러워하는 모든 물건들이 있었다. 돈이 붙자 그전에는 밀양의 조선 어른들에게 굽신굽신거리던 가게 주인 난파놈은 거만해졌다. 그놈의 여편네는 생긴 모습이 **빼쪽한** 얼굴에 행동거지가 초라니처럼 방정맞게 까불거렸고 조선 사람을 아주 우습게 보며 특히 아이들에게 팩팩거렸다. 그래서 밀양의 조선 아이들은 그 '난파놈'의 여편네를 미워해 '조오빨년'이라는 별명을 지어서 불렀다. 그 여편네가 이런 별명을 얻게 된 데는 재미난 사연이 있다.

하루는 시골에서 어떤 할아버지가 갓을 쓰고 도포를 입고 성내로 왔는데 아마 밀양경찰서 곁에 있는 어떤 집을 방문하려고 했던 것 같다. 상업은행 지점에서 왼쪽으로 올라가야 경찰서가 나오는데 그 할아버지는 초행이라 길을 몰랐던 것이다. 난파상점 앞에서 경찰서로 들어가는 골목을 찾느라고 두리번거리다가 마침 난파놈의 여편네가 나와 가게 앞에 물을 뿌리고 있기에 점잖게 길을 물었다.

"여보시오, 여기에서 경찰서로 가는 길이 어디오?"

난파놈 여편네는 빼쪽한 얼굴로 할아버지를 쳐다보니 아주 점잖은 어른이라 갑자기 친절한 마음이 나서, 평소 때 같으면 '조리 비껴소다'라고 팩거렸을 것이지만, 들고 있는 물뿌리개로 가리키면서

"조오게 조, 싯자고리에(십자거리에서) 조올로 조옷빠로 가소다. 고기 겡차루소가 있소다(거기 경찰서가 있습니다)."

라고 했다. 할아버지는 고맙기는 한데 어찌 말이 아주 상스러운 생각이 들었다. 그래서 혼자 중얼거렸다.

"그년 말투가 욕이구먼. 어허 고오약타(고약하다)."

라고 했는데 그만 난파놈의 여편네가 듣고 말았다. 그래서 이 여편네는 그 빼쪽한 얼굴에 그만 생파리같이 화를 냈다.

"아니, 얀바니노상. 지금 무라 캤소까?"

할아버지도 여편네가 부끄럼도 없이 따지고드니 그만 화가 났다. 손에 들고 있던 담뱃대를 휘저으며

"네 이 요망한 년. 어디 여편네가 어른한테 말대답이고오!"

길 가던 사람들이 이 희한한 구경거리를 놓칠 리가 없어 그 할아버지 곁에 모여들었다. 그곳에서 처음부터 목격한 한 소년이 있어서 자초지종을 설명하는데 특히 '조옷빠로 가소다'라는 말에 힘을 주었다. 둘러 있던 사람들이 모두 박장대소를 했고 친절하게 길 가르쳐주다가 엉뚱하게 당한 난파놈의 여편네만 분을 못 삭여 빽빽 소리만 내고 있었다. 이렇게 해서 그뒤부터 밀양 아이들은 난파놈 여편네를 보면 '조오빨년'이라고 놀리게 되었던 것이다.

할아버지는 새해 들어 모든 생활필수품이 배급제로 되자 가장 안타까운 일이 용아 먹일 분유를 못 구하는 일이었다. 할 수 없이 쌀을 빻아 백설기를 쪄서 말리고 다시 가루를 내어 암죽을 끓여 먹일 수밖에 없었다. 그런데 설탕을 넣지 못해 단맛이 없으니 아이가 먹지 않고 혀로 밀어냈다. 젖이 모자라니 암죽으로 키울 수밖에 없는데 아이는 달지 않다고 먹지 않으니 안타깝기 짝이 없었다.

할아버지는 난파놈에게 가서 설탕을 좀 팔라고 사정을 했다. 이놈은 특별배급표가 없으면 안된다고 한다. 설탕 같은 생활필수품의 특별배급은 밀양경찰서 경제담당 경찰주임이 맡고 있는데 거기에 부탁해보라고 했다. 할아버지는 하는 수 없이 그 담당 경찰주임을 찾아가서 부탁했다. 그 녀석은 장부를 이리저리 뒤적거리다가 나가더니 고등계 주임 형사와 함께 와서 특별배급을 받으려면 전시시국에 대해 당국에 협력할 사람이 되어야 한다고 했다. 말하자면 '사상전향서'를 써서 '황국신민'이 되겠다는 맹세를 하라는 것이었다. 할아버지는 그냥 일어서 나올 수밖에 없었다.

집에 와서 할아버지는 양치질을 오래오래 하고서 자기 입으로 백설기를 꼭꼭 씹어서 단맛이 날 때, 말하자면 침 속에 있는 지아스타제로 단맛이 생길 때 그것을 용아에게 먹였다. 그렇게 하니 용아는 뱉어내지 않고 받아먹었다. 이렇게 하는 할아버지의 눈에는 이슬이 맺혔다. 가까운 친지들이 이 사실을 알자 수수로 만든 조청도 가지고 오고 꿀도 가지고 오고 어떤 때는 우리 아이들이 '꿀아재비'라고 부르는 사카린도 가져오고 해서 암 죽을 먹일 수 있게 되었다. 용아는 원래 튼튼하게 타고났기에 이런 어려 움 속에서도 무럭무럭 잘 자라났고 돌이 되자 무른 밥을 먹게 되어 그 어 려움을 훌륭히 이겨내었다.

이잡기

1942년도 저물어가자 왜놈들은 한소동했다. 12월 8일은 태평양전쟁을 일으킨 지 만 1년이 되는 날이다. 이때부터 매달 8일을 '다이쇼호오따이 비'(大詔奉戴日)라고 해서 이날은 교장이 천황의 선전포고 조서를 읽고 훈 화를 하고 신사참배를 시켰다. 영남루 위 무봉산 중턱에 있는 신사로 끌 고 가서 절을 시켰는데, 신사참배는 왜놈다운 방정맞은 격식에 따라 했 다. 처음에 약간 절을 하고 다음에 최경례를 두 번 하고 손뼉을 두 번 '딱 딱' 치고 또 최경례를 한 번 했던가, 대충 이렇게 기억이 난다. 최경례는 허리를 90도로 굽혀서 하는 절인데 신사와 천황에 대한 의식에만 하게 되 어 있다.

교두 선생이 흰 장갑을 끼고 조서가 든 상자를 머리 위에 치켜들고 와 서 교장 앞에 놓인 탁자 위에 놓으면 교장이 최경례를 하고, 역시 흰 장 갑을 낀 손으로 꺼낸다. 교장이 최경례를 할 때 우리도 따라 최경례를 해 야 한다. 교장이 읽는 소리는 가성(假聲)인데 그 소리가 아주 높은 소리 로 방정맞기 짝이 없다. 읽는 동안 모두 머리를 숙여야 했다. 만일 머리 를 숙이지 않거나 소리를 내면 불경죄로 다스렸는데 엄한 중형을 받는다. 다 읽고 나면 상자에 도로 넣고 또 최경례를 하는데 이때도 따라해야 한 다. 그리고 교두가 받아서 머리 위에 치켜들고 교장실 어딘가에 갖다둔 다. 조서는 천황 자신을 징(朕)이라 하고 국민은 난지(汝)라든지 신민(臣 民)이라 하는 등 아주 권위가 철철 넘치는 기막힌 말투로 되어 있었다.

1943년 4월 나는 4학년이 되었고 작은아버지는 3월에 졸업을 했다. 작은아버지는 학교에서 언제나 1, 2등을 했다. 때문에 학교장이 추천하여 진주사범학교에 시험을 쳤는데 떨어지고 말았다. 그 이유를 알아보았더니 기가 막혔다. 입학시험 성적은 아주 훌륭해서 합격되고도 남는데 신분조회에서 아버지가 불령(不逞)하다 해서 실격시켰다는 것이다. 그 시절은 독립운동이나 사회운동의 전력이 있는 사람으로 항복하지 않은 사람, 즉 전향하지 않은 사람의 자식은 중학교에 들어가기가 어려웠다. 또, 부산공업학교에도 시험을 쳤더니 여기에서는 납세등급이 낮다는 이유로 실격시켰다. 살기가 어려워 세금을 적게 내게 되니 등급이 낮아서 자식을 공부시킬 능력이 없다는 것이다. 하는 수 없이 작은아버지는 1년을 쉬고 다음해를 기다리기로 했지만 그때도 역시 마찬가지였다.

일제는 그 당시 초등학교 졸업생 중에서 상급학교에 진학하지 못한 소년들을 소년항공병, 소년전차병 등 왜놈의 또다른 총알받이로 끌고 가기 위해 담임 선생을 시켜 지원하도록 꾀었다. 작은아버지의 담임 선생이 우리집에 몇 번 와서 권유하였으나 우리는 말도 안되는 소리 하지 말라고 야단을 쳐 보냈고 작은아버지는 선생이 찾아와도 없다고 하고 나가보지도 않았다.

작은아버지는 붓글씨를 잘 썼다. 나도 작은아버지와 함께 붓글씨 공부를 시작했지만 소질이 없어서인지 영영 잘 되지 않았다. 작은아버지는 획에 힘이 있고 똑바르게 긋는데 나는 획에 힘이 없고 힘을 넣으려고 하면 획이 그만 꾸불꾸불해서 지렁이처럼 구불거리고 만다. 나는 아무래도 글씨는 되지 않았다. 할아버지도 어쩔 수 없는지 붓글씨 공부만은 나에 대해 포기한 것 같았다. 작은아버지는 학교 대표로 뽑혀 대회에 나가기도 하였으며 학교 안 곳곳에 작은아버지의 글씨가 붙어 있었다.

작은아버지는 중학교에 가지 못한 어린 소년의 울분을 글씨 쓰는 것으로 달래었던 것 같다. 그저 아무 소리도 안하고 글씨만 썼다. 글씨는 날로 솜씨가 늘었다. 할아버지도 칭찬하고 특히 글씨 잘 쓰는 셋째 유천 할아버지가 좋아하셨으며 칭찬이 대단했다. 망할 놈의 미친 왜놈 세상이 이 어린 소년의 가슴에 멍을 들였던 것이고 그 멍을 먹물로 해서 붓끝을 통해 종이에 그려 풀었던 것 같다.

4학년이 되자 물자는 더욱 귀해졌다. 3학년 때는 그래도 4, 5개월에 한 번쯤은 운동화 배급표가 나왔는데 이젠 아예 없어지고 말았다. 그러나 왜놈의 학교 아이들은 말쑥한 운동화에 '아미아게'(編上靴 : 발목까지 오는 가죽구두인데 지금의 농구화처럼 끈으로 꿰매어 묶는다)도 신고 다녔다. 거리에는 신기료장수가 있어 찢어진 운동화, 구두, 고무신에 쪼가리를 대어 기워주기도 했지만 아이들의 발에 그 기운 것이 당할 리 없다. 이제 학교에 다니는 아이들은 일본 나막신인 게다를 신거나 '와라지'(짚세기로 게다처럼 삼은 딸딸이 짚세기)나 '조오리'(와라지에 뒤축을 댄 것)를 신고 다닐 수밖에 없었다. 발등어리를 가는 새끼로 곱게 얽은 조선 미투리는 왜놈 선생이 한사코 신지 못하게 해서 왜놈 짚세기를 신을 수밖에 없었다. 그래서 왜놈 짚세기를 신고 자란 나는 발이 옆으로 퍼질 대로 퍼져서 지금도 언제나 발 볼에 맞추어 신을 신다보니 엄청나게 큰 구두를 신고 다닌다.

더러 같은 반에는 부잣집 아이들이 한둘 있어서 귀한 운동화를 신거나 또 발목까지 오는 아미아게 구두를 신고 다니기도 했지만 모두가 게다와 짚신을 끌고 다니기에 이들도 학교에 올 때는 게다를 신고 다녔다. 그런데 이놈의 게다 코끈은 어찌나 잘 끊어지던지. 옛날에는 나일론이 없었고 질긴 것이라 해봤자 삼끈이나 명주끈 정도였으니 코끈이 끊어진 게다짝을 들고 한 짝을 떨떨 끌며 학교에서 집까지 맨발로 다닐 때가 많았다. 새 짚신을 신으면 엄지와 검지발가락 사이가 거친 새끼오랭이에 긁혀 피가 나기도 했다. 겨울에는 코끈이 끊어져 맨발로 다니거나 발가락 사이가 새 끼오랭이에 얽혀 짓물러 피가 난 채 다니다가 동상에 걸리기도 했다.

그때는 또 양말이 어찌나 잘 해어지던지. 할머니와 고모는 밤마다 전구를 받쳐 불을 대고 양말을 깁는 일이 또한 중노동이었다. 입성은 겨울에 내복을 입는 아이가 드물었다. 어떤 아이는 여름 홑옷을 누덕누덕 쪼가리를 대어 기워서 겨울에도 그대로 입고 다녔다. 몸과 얼굴은 추워서 시퍼렇지만 그래도 추위를 모르고 그냥 쏘다니는 것이 바로 아이들이다. 코를 훌쩍거리며 잘도 뛰어다녔다.

우리가 어릴 때는 또 이가 어찌 그렇게나 많던지. 옷을 벗고 옷솔기를 보면 이가 군데군데 박혀 있고 또 허옇게 서캐가 끼어 있었다. 밤이 되면 화롯불에 내복을 쪼이면서 이를 잡는 것이 하루의 일과였다. 화롯불에 쬐면 뜨거워서 이란 놈이 솔기에서 기어나오고 인두를 달구어서 서캐가 끼어 있는 솔기에 갖다대면 '따닥따닥' 소리를 내며 노린내를 피운다.

다섯 살 먹은 재두가 엄마에게 묻는다.

"엄마, 이는 어디서 나오노?"

"이놈아, 니 배꼽에서 나오지."

재두는 종이에 엄마 바느질 풀을 묻혀 배꼽에다 바르고서

"인자, 이 니는 몬 나온다. 그 안에서 죽거라."

라고 한다. 엄마와 나는 배꼽을 쥐고 웃었다.

나는 특히 몸에 열이 많아 그런지 온 집안의 이가 모두 내게 모이는 것 같았다. 이는 원래 임자가 없다고 한다. 모두 남한테서 이가 옮았다고 하지, 남에게 자기 이가 옮았다는 말을 안한다. 그렇지만 확실히 나는 몸에 열이 많았고 따라서 내 이는 물론이고 남의 이도 모두 내게 모였다.

옛날에는 겨울에 모두 장작으로 군불을 땠는데 그 장작 군불을 때면 초저녁엔 방이 따뜻하지만 새벽녘에는 방바닥이 식어버린다. 연계소 고향집의 큰방은 어머니가 우리 사남매를 데리고 사는 방이다. 나는 밤늦도록 책을 보고 어머니는 밤늦도록 재봉틀을 '달달' 돌리면서 삯바느질을 하다가 잔다. 잘 때 나는 윗목에서 자는데 새벽에 방이 식으면 어머니는

"재구야, 너 춥지. 아랫목에 와서 좀 안 잘래?"

라고 부탁조로 말한다. 그러면 나는,

"치이! 초저녁엔 윗목에서 자라고 하다가 이제 아랫목이 다 식어빠지면

아랫목에 와서 발꼬랑내나 맡으라 하고. 안해!"

라고 말은 하지만 엄마가 추울 것 같아 아랫목으로 가서 눕는다. 엄마의 발이 나의 옆구리 밑에 파고든다. 옆방 골방에서 자던 고모도 춥던지 베개를 들고 큰방으로 건너와서

"아이고 춥어라. 재구 어디 갔노? 벌써 아랫목에 누웠구나."

라고 하면서 엄마 곁에 파고들면서 발을 내 옆구리 밑에 밀어넣는다. 이 바람에 이란 놈은 따뜻한 곳을 찾아 살살 기어드는데 방안에 있는 모든 이는 나에게로 모여든다.

일요일 아침 어머니는 내 옷을 모조리 벗겨들고 바쁠 때는 김이 푹푹 나는 밥솥 위에 얹어서 이와 서캐를 김에 쪄서 죽인 다음 밖에 나가 휠휠 털어서 입히거나, 어떤 때는 솥에 삶아서 이와 서캐를 죽여서 빨기도 했다.

교실에서 공부하는 중, 남쪽 창가에 햇살이 들어와 따뜻해지면 머리 속이나 목덜미 솔기에 있던 보리알만한 이란 놈이 살살 기어나와 이때까지 살려주던 주인을 창피스럽게 만든다. 또 옆구리가 스물거려 손을 넣어 만져보면 굵다란 놈이 잡혀나오기도 했다.

그때 아이들은 이가 있건 말건 예사로웠고 또 장난이 심했다. 이가 많기로는 나도 대단했지만 또 나처럼 유명한 동무가 하나 더 있었는데 장난이 심해서 모두 개병쟁이라고 불렀다. 하루는 개병쟁이가 이가 스물거리는지 어깨를 몇 번 꿈틀대더니 목덜미 쪽으로 손을 집어넣어 굵다란 이를 한 마리 잡아냈다. 그리고서 나를 보고,

"재구야, 너도 한 마리 잡아내라. 그래서 우리 왜놈들 하는 개씨름처럼 이씨름을 붙이자. 어서 임마, 한 마리 잡아내라."

라고 재촉했다. 그래서 나도 손을 허리에 넣어 옷솔기를 따라 살살 더듬어 가다가 '이크' 굵다란 놈 한 마리를 잡아냈다. 그래서 둘이 따뜻한 창가의 책상 위에 얹어놓았더니 까만 책상빛에 볕살이 따끈하게 들어와 이란 놈이 제법 활기 있게 긴다. 그래서 책상 위에 분필로 동그라미를 그려

놓고 두 마리를 한가운데 갖다놓고서 한 마리는 잉크를 약간 묻혀 표를 해두었다. 그리고서는 서로 응원을 했다.

이 이상한 장난을 보고서 온 반 아이들이 양편으로 갈라서서 서로 자기편 이보고 이기라고 응원하는 소란을 피웠다. 한참,

"이겨라, 이겨라. 엇샤, 엇샤."

"노곳따, 노곳따. 핫게이 용이야(왜씨름하는 데 지르는 추임새). 아오 가데(청군 이겨라), 시로 가데(백군 이겨라)."

하고 야단을 치며 소란을 피우느라고 선생이 들어온 줄도 몰랐다.

"고노, 바가야로!(야, 이 바보 같은 놈아!)"

선생이 고함을 치는 통에 장난은 끝났으나, 우리 둘은 선생 앞에 불려 나갔다.

"너희 두 놈은 그저 붙으면 온 교실을 떠들썩하게 만든다."

라고 꾸중을 하면서 머리통에 꿀밤을 하나씩 먹였다. 그리고선 교실 뒤켠에다 걸상을 들고 서 있는 벌을 세웠다.

선생이 나가고 난 다음 그때 급장을 하고 있던 수엽이가 우리들을 보고

"야, 임마. 너그 둘은 붙으면 우째 온 교실을 엉망으로 만들어버리노? 인자부터 5미터 내로 가까이 붙으면 직이뿐다(죽여버린다). 알겠나, 이 자석들아!"

라고 공갈을 쳤고, 또 나를 보고

"그라고 개병쟁이 한 자석도 시끄러워 죽겠는데 임마, 대가리가 커다란 자석이, 니가 하나 더 와가 붙으노이 교실이 아니라 장바닥이 아이가, 이 자석아! 니가 개뚜뱅이가? 니만 있으면 모두 웃고 떠들고 야단이고. 으이 이 자석아!"

라고 야단을 쳤다. 수엽이의 이 말 때문에 반 아이들은 또 한바탕 웃었고, 나는 그때부터 '개뚜뱅이'라는 별명을 얻게 되었다. 개뚜뱅이는 커다란 놋그릇 뚜껑인데 그릇 뚜껑으로도 쓰이지만 다른 그릇을 담거나 음식을 퍼담기도 해서 두루 쓰이기에 이리저리 부딪혀 '쟁그랑 땡그랑' 소리가

요란하다. 수업이는 내가 머리가 크다는 것과 장난이 심해서 주변 아이들과 어울려 시끄럽다는 것을 멋지게 나타낸 것이다. 그때부터 동무들은 나에게 창씨명 대신 이 별명 개뚜뱅이로 불렀고 나도 또한 그놈의 듣기 싫은 창씨명보다는 좋아서 '응', '어이', '와' 하면서 대답했다.

학생들의 근로동원

4학년 4월부터 학교 운동장의 3분의 2를 일구어 밭으로 만들었다. 학교는 남향인데 운동장이 넓어 200미터 트랙을 긋고도 사방이 남아 운동회 때 응원단 아이들과 학부형 그리고 구경꾼들이 둘러앉아도 넉넉했다. 동쪽에는 대구로 올라가는 국도가 있어서 그쪽으로 교문이 나 있고 서쪽은 밭 두세 마지기쯤 되는 학생 실습지가 있었다. 5, 6학년 언니들이 남새를 가꾸는 작업을 하는 곳이었다. 5, 6학년에는 농업이라는 과목이 있어서 실습지에서 일하는 것을 보고 담임 선생이 성적을 매겼다. 그런데 이 실습지를 두고도 그 넓은 학교 운동장의 3분의 2나 일구어 밭으로 만든다는 것이다. 그 해부터 4학년에도 농업과목이 있어 4학년 이상은 각 반마다 한 마지기 좋이 되는 밭을 가지게 되었다.

이 운동장을 일구어 밭을 만드는 일이 예삿일이 아니었다. 우리 학교 운동장은 시뻘건 황토인 데다가 군데군데 배수공사를 한다고 자갈도 들어 있고, 황토가 말라 굳어서 돌덩이처럼 딱딱했다. 이것을 곡괭이로 찍고 괭이로 뒤집고 돌을 발라내고 흙메로 흙덩이를 부수어 삽으로 골을 지워 밭으로 만드는 일은 여간 힘든 일이 아니었다. 이 일을 4학년의 여남은 살 먹은 아이들에게 시키는데 손바닥에 물집이 생기고 그 고역이야말로 말로 다할 수 없었다. 개중에는 나이가 좀 많은 아이도 있지만 그래도 열네댓 살에 지나지 않았다.

거의 한 달 내내 모두 여기에 매달려 일을 했다. 학과 수업은 오전에 한두 시간 하고 해가 서산에 뉘엿할 때까지 일을 했다. '식량증산'이라는 현수막을 걸고 고구마, 감자, 파, 호박, 고추, 마늘 등 온갖 남새를 심었고, 또 밭고랑마다 가꾸는 아이들의 이름을 붙이는 등 수선을 떨었다. 아예 공부는 제쳐놓고 선생이나 아이나 모두 여기에 매달렸다.

이런 일을 하는 가운데서도 나와 개병쟁이는 일보다 장난을 잘했다. 담임 선생 곁에서 재롱을 떠는 몇 아이들은 우리들이 하는 이런 장난이 일에 방해가 된다고 투덜거리면서 선생에게 일러바쳤다. 그래서 담임 선생은 우리들을 좋게 보지 않았다.

그러나 학교에 오면 공부는 안 가르쳐주고 맨날 일만 시킨다고 불만인 동무들도 많았다. 이들이 우리편이었다. 자연히 담임 선생에게 잘 보이고 있는 아이들과 이를 고깝게 보는 아이들로 편이 갈라질 수밖에 없었다. 그래서 개병쟁이와 나를 포함한 대여섯 동무는 담임 선생에게 재롱이나 떠는 아이들을 쥐어박기도 하고 일도 잘 안해서 담임 선생에게 실없이 꾸중을 듣고 쥐어박히기도 했다. 우리들은 점점 반항적이 되어 일하는 시간에 학교 울타리를 넘어 도망가서 놀러다니기도 했다. 뒷동산에 올라가 우리끼리 재미있는 이야기도 하고 남천강에 가서 수영도 하고 터실에 가서 잠자리도 잡으며 놀았다.

5, 6학년이 되자 우리들은 여러 가지 일에 관심을 가지게 되었다. 우리 조선 사람이 어쩌다가 왜놈에게 나라를 빼앗겼는지, 당시에는 아주 큰일날 일에 대해서도 관심을 가지고 우리끼리 쑥덕거렸다. 그러면서 장난은 점점 반항적인 것으로 되고 시키는 일에는 사보타주로 나가게 되었다.

운동장을 밭으로 일구는 일이 일단 끝나자, 우리들에게 두 가지 일이 또 맡겨졌다. 그 한 가지는 운동장 밭에 거름을 주기 위하여 퇴비를 만들라는 것인데 집에 가서 놀지 말고 풀을 베어가지고 오라는 것이었다. 또 하나는 석유가 없기 때문에 대용으로 쓰기 위하여 송탄유(松炭油)를 짠다면서 관솔을 따오라는 것이었는데, 일주일에 4관씩이나 따오라고 했다. 이 솔팽이를 따는 일은 학교 아이들에게만 시키는 것이 아니라 일반 가정에도 할당량을 정해주고 공출했다. 온 세상이 솔괭이를 따는 일에 법석이었다.

얼마 안 가서 소나무에 흔히 있던 솔괭이가 없어졌다. 나중에는 솔괭이를 따기 위해 생나무를 찍어 눕혔고 그것을 토막내어 수량을 채웠기 때문에 산에 소나무가 서 있을 수 없도록 만들었다. 남의 산에 나무를 하러 가는 사람도 주인에게 들켰을 때 솔괭이를 딴다고 하면 거짓인 줄 알면서도 무슨 말을 못했다. 솔괭이 따는 일 때문에 나무 위에서 휘두른 도끼의 날이 빠져 그 아래에 있던 아버지의 머리에 맞아 아들이 아비를 죽이게 된 끔찍한 사건이 생기기도 했다. 산외교 건너 긴늪 솔숲에서 일어난 참사였다.

퇴비와 관솔 할당량을 높게 배당하였기 때문에 아이들 혼자의 힘으로는 그 많은 양을 해올 수 없었다. 그 시대는 인구의 80%가 농가였고 밀양읍에 산다 해도 농가가 9할이었다. 그래서 아버지나 작은아버지 또는 머슴이 해다가 그 할당량을 묶어서 아이들에게 지워서 보냈다. 학교 아이들을 통해 학부형의 노력을 착취하는 것이었다.

그런데 우리집은 농가가 아니었다. 집안 식구 어느 누구도 낫들고 일을 해본 사람 없고 도끼를 들고 산에 나무하러 올라가 본 사람이 없었다. 풀을 베건 솔괭이를 따건, 일은 내가 해야 했다. 톱을 사다가 솔괭이를 찾아 베고, 낫들고 풀을 베다가 내 손만 다치지 할당량을 채울 도리가 없었다. 그래서 나는 담임 선생님에게 할당량을 못했다고 야단을 맞아야 했고 '나마께모노'(게으름뱅이)라는 욕을 들어야 했다. 화가 나지만 그때는 참았다. 그리고 달리 장난질로 화풀이를 했다.

그 화풀이는, 예컨대 남새밭의 물당번이 되면 감자밭이나 고구마밭까지 물을 엄청나게 가득 주어서 황토흙이 떡이 되도록 만들어버리는 것이다. 땡볕에 마르면 돌처럼 굳어지기 때문에 그 돌덩이 같은 흙 속에 감자가 생길 리 없고 고구마가 알이 자랄 리 없는 것이다. 선생이 와 보고 기가 차서 말도 못한다. 또 학교 변소에서 똥물을 퍼다가 밭에 주는데 두 사람이 똥통 끈에 꿴 막대기를 어깨에 메고 가다가 승강구의 널마루에 찔끔 흘려놓아 온통 구린내가 등천나게 만들어놓고 일찌감치 슬쩍 내빼고 만다. 이렇게 사보타주를 해서 욕 먹은 값을 톡톡히 했다.

이런 화풀이의 결과는 그 이듬해 학년 말 학업성적에 반영되었다. 그때는 성적을 우, 량, 가의 3단계로 평가했다. 나의 성적은 수신 우, 국어 우, 산수 우……, 모조리 우인데 끝에 가서 농업 가, 조행 가였다. 그래서 우등상장을 못 받았다. 그때 담임은 '고바야시'(小林)라는 일본 사람이었는데 눈에 똥그란 안경을 썼고 코 밑에는 생초 없는 '히틀러 수염'을 달고 있었다. 담임 선생이 성적표를 다 만들고 나서 나를 불렀다. 갔더니 우등상을 한 장 들고서,

"여기에 뭐라고 써 있지? 여기에는 '품행이 방정하고 학업이 우수하기에'라고 써 있잖아. '학업이 우수'가 먼저가 아니고 '품행이 방정'이 먼저야. 너는 학업이야 우리 반 아니라 학교에서도 유명할 만큼 우수해. 그러나 말이다, 너는 품행이 영 형편없어. 그리고 학교에서 해오라는 것은 그저 시늉만 해. 그리고 야단치면 이유가 많아. 그래서 우등상을 줄 수가 없는 거야. 어이 알겠나!"

라고 한다. 그 소리를 듣고 나도 화가 났다. 그래서 나는,

"언제 내가 우등상을 달라고 했습니까? 나는 우등상이나 바라고 공부하는 그런 '바가'(머저리)는 아니지요."

라고 쏘아붙였다. 그리고 밖에 나와서 그쪽을 보고 주먹으로 '감자'를 먹이고 있었더니 개병쟁이와 동무들이 보고서

"어이, 개뚜뱅이. 와 카노(왜 그래)?"

라고 묻는다. 그래서 고바야시가 하는 말을 전했더니 모두

"지랄하네!"

라고 하더니 같이 주먹으로 '감자'를 먹이고선 모두 허리를 잡고 웃었다.

아무튼 나는 4학년과 5학년 때는 우등상을 받지 못했다. 그러나 해방 후 6학년 때 평균 98점이라는 성적으로 최우등상을 받아 왜놈 시절의 분

풀이를 한꺼번에 했다.

4학년 1학기 내내 운동장 실습지 농사에 쓸 퇴비더미 쌓기와 송탄유 짜는 솔괭이 따는 일에 시달리느라 공부하는 시간은 얼마 되지 않았다. 학교에 가야 오전 한두 시간 공부하고 하루 종일 실습지에 매달렸다. 근처 산에 가서 솔괭이를 찾아 따고 다녀야 했다. 3학년 여름방학 때만 해도 방학책이 있어서 숙제도 했지만 4학년 여름방학에는 종이가 귀하다고 방학책은 안주고 숙제 대신 퇴비 만들기를 위한 풀베기와 솔괭이 따는 일만 쳐 안겼다. 그리고 실습지 당번을 정해서 지정된 날에 학교에 와서 김을 매고 물을 주는 일을 해야 했다. 학교가 아니라 어린 소년들의 강제노동장이고 수탈장이었다.

이런 심란하고 고달픈 여름방학을 마치고 개학이 되어 학교에 갔더니 그 좁아빠진 운동장에 청년들이 모여서 제식훈련을 받느라고 야단이고 나무 그늘 밑에는 흑판을 내어놓고 '아이우에오'를 읽으며 일본말을 배운다고 법석이었다. 한쪽에서는 무명베 바지저고리에 센또보오시를 쓰고 붕대 모양 같은 군청색 게도르라는 것을 장딴지에 감아 희한한 복색을 한 사람들이 앞으로 가, 뒤로 돌아가, 줄줄이 좌로 등 야단인데 그야말로 가관이었다. 발도 안 맞고 열도 안 맞고, 교관은 왜놈 선생 중에서도 후끼(晉木)라는 놈인데 막대기를 들고 앞뒤로 왔다갔다 하면서 그 된 쇳소리로 고함을 치면서 이놈 때리고 저놈 때리고 하느라 바쁘다. 운동장의 다른 쪽에서는 그래도 국민복에 센또보오시를 쓰고 장딴지에 게도르를 감았으니 훈련받는 태깔도 나고 열도 맞고 보조도 맞았다.

우리들이 방학하고 있는 중에 조선 청년에게 날벼락이 떨어졌던 것이다. 조선에도 징병제가 실시되어 만 20세부터 신체검사를 받고 '아까가미'(赤紙)라고 하는 붉은 종이조각 한 장이 날아오면 왜놈 전쟁의 총알받이가 되기 위해 군대에 나가야 했다. 이 징병제도가 실시되자 겨레를 배반하는 온갖 친일주구 문인들이 '이때다' 하고 왜놈에게 아유(阿諛)를 떠는 경쟁을 벌였다. 어떤 놈은,

"이제야말로 올바로 내선일체되어 천황 폐하께서 반도를 일시동인하셨으니 오직 감읍할 따름이다."

라고 했고, 또

"일억 총진군의 총탄이 되어 미영(米英) 격멸의 성전에 우리 반도의 청년도 내지(內地 : 일본을 그놈들은 이렇게 불렀다) 청년들과 어깨걸고 당당하게 나설 수 있게 되어 이제야 우리 반도인이 어깨를 펴고 살 수 있게 되었다."

라고 하는 놈도 있었다.

조선 청년을 군대로 몰고 가기 위해 왜놈 장교의 명령을 잘 알아들을 수 있도록 훈련시킨다고 여름방학 중에 학교에서 이런 법석을 떨고 있던 것이다. 그 시절에는 초등교육이 의무교육이 아니었기에 아주 가난한 집 자식은 초등학교도 못 다녔다. 그래서 징병적령기에 든 조선 청년 중에서 과반수가 문맹이었고 일본말을 몰랐다. 이런 청년들에게 장교의 명령을 알아들을 수 있도록 말을 가르쳐야 했다. 또 초등학교를 졸업해서 일본말을 안다고 해도 명령을 알아듣고 행동할 수 있도록 훈련시켜야 했던 것이다. 그래서 왜놈들은 '세이꿍'(청년특별훈련소)과 '세이렝'(청년특별연성소)을 설치했다. 초등학교를 졸업하여 일본말을 아는 청년들은 세이꿍 훈련을 받고, 일본말을 모르는 청년은 세이렝 훈련을 받게 했다. 세이꿍은 두 달인가 했고 세이렝은 넉 달인가 했던 것 같다.

이 훈련을 전국의 초등학교에서 맡아서 했는데 거기에 차출된 교관은 초등학교 선생들 중에서 군대에 갔다온 '빠릿빠릿'한 놈을 골랐다. 우리 학교에서는, 손톱으로 꼭 찌른 것 같은 불룩한 눈을 하고 얼굴이 조그맣게 똥그란 은테 안경을 써 모질게 생겨먹은 데다가 발에 총상을 입어서 걸음걸이가 '까딱찌딱' 하면서 약간 잘숙거려 우리들이 '까딱이'라고 별명을 붙인 '후끼'라는 놈이 교관으로 있었다. 또, 5학년 때 담임인 호시노(星野)라는 놈이 있었다. 눈이 움푹 들어가고 입이 툭 튀어나온 데다가 언제나 '시나이'(竹刀)를 들고 다니면서 닥치는 대로 패는데, 일본의 거친 무사가 많이 나온 '도사'(土佐) 지방 출신임을 말마다 자랑하고 다녀서 아이들이 '도사껭'(土佐犬)이라는 별명을 붙였다. 도사껭이란 우리 나라의 진돗개처럼 그 지방 특산의 개인데 몸집이 크고 맹한(猛悍)하기로 유명하다.

이 두 놈은 이 세이꿍, 특히 세이렝에게 혹독한 훈련을 들쒸워 원망이 많았다. 특히 훈련생을 끌어내어 서로 뺨을 치게 하는 비인간적 폭력은 보는 사람으로 하여금 치를 떨게 했다. 8·15 해방 후 밀양 청년들이 패죽이러 갔더니 어느새 가족을 데리고 도망치고 없었다. 아마 상남면에 있는 일본군 병영으로 뛰었을 것이다. 청년들은 그 두 집의 살림을 박살냈다.

10월에는 학병제가 실시되었다. 겨레의 재산인 지식 청년을 몽땅 끌어다가 왜놈의 전쟁에 총알받이로 한다는 것이다. 이러한 강도적 만행이 있을 때마다 머리를 치켜들고 제가 먼저라고 나서는 놈은 왜놈보다 친일 문인, 친일 언론인이었다. 그 중에서 우두머리격이 이광수, 최남선, 최린, 최재서 등이었다. 학병제도가 실시되자 이들은 당장,

"조선 청년들은 이러한 천재일우의 기회를 놓치지 말아야 한다."

"대동아공영권에서 조선의 발언권은 그냥 얻을 수 없고, 이 국가 비상시에 자기 몸을 던져 헌신함으로써 당당히 얻을 수 있다."

"반도인의 운명은 여러분의 어깨에 달렸다."

라는 내용으로 떠들고 나섰고, 다른 뭇 잡놈들이 여기에 질세라 신문, 잡지가 비좁도록 쓰고 시에, 노래에, 글에 재주껏 떠들었다. 이 네 놈들은 동경까지 가서 우리 학생들에게 강연한답시고 설쳐대었다.

당시 우리 사회에서 대학생, 전문학교 학생은 아주 드물었다. 밀양은 상당히 큰 고을이고 당시 농업사회에서 경제력도 있었지만 고을 전체에 대학, 전문학교에 다니는 학생의 수는 열 손가락에 꼽을 만큼도 안되었다. 이들은 거의가 친일지주의 자식들이긴 했지만 자식이 총알받이로 끌려나가게 되는 데 마음이 어떠했을까.

끌려가지 않으려고 도망친 학생은 밀양 고을에서 조우재라는 청년 한 사람뿐이었다. 조우재는 밀양 읍내의 사람으로 집안이 넉넉하지 않아 고

학하면서 대학을 어렵게 다녔다고 한다. 산악지대로 도망해서 학병을 피했는데 8·15 해방 후 밀양청년운동의 지도자로 활동했고 조국의 분단을 반대하여 싸우다가 갖은 고문을 다 겪고 죽었다.

그밖에는 모두 '축 입영'이라고 쓴 일장기를 어깨걸이로 해서 가슴에 감고 많은 친일유지들과 강제동원된 초등학교 학생들의 전송을 받으며,

"우리 임군의 부르심 받은 영광스런 빛나는 아침에
찬양하며 전송하는 일억 국민의 환송소리는 하늘을 찌른다.
용감하게 나가라, 사나이여, 일본 남아여."

라는 어느 군국주의 시인의 노래와 일장기의 물결 속에 파묻혀 기차를 타고 왜놈답게 떠나갔다.

그 시절에는 환송행렬의 동원도 많았다. 지원병출정, 징병출정, 학병출정, 소년항공병입대, 소년전차병입대, 정신대입대 등, 모두 죽으러 가는 자들에 대한 환송이었다.

정신대와 새아재

1943년 가을부터 이상한 소리가 자주 들렸다. 처자를 잡아간다는 소리였다. 전선에 데리고 가서 일본 군인의 시중을 들게 하는데 그것은 몹시 중이라는 것이었다. 어느 마을의 어느 댁 딸이 없어졌다고 했다. 또 어느 마을의 처자도 행방이 없다는 소리였다. 어른들끼리 쑥덕거렸다. 그리고 이제 앞으로 '처자 공출'이 있을 거라는 소문이 무성했다.

이런 소문을 들은 할머니는 간이 뚝 떨어졌고 할아버지의 얼굴은 심각해졌다. 바로 나의 고모가 그때 방년 열일곱 살 처녀였던 것이다. 빨리 시집을 보내야만 했다. 그러나 시집을 보내려 해도 걸맞은 신랑감은 바로

군대에 잡혀가야 할 나이라 잘못하면 과부로 살는지 모른다.

할아버지는 어쨌든 고모를 시집보내기로 마음먹고 적당한 신랑감을 급히 물색했다. 마침 우리 학교 뒷마을 교동의 밀성 손씨 집안에 나이 많은 총각이 있었다. 할아버지의 진외가 집안의 총각인데 나이가 스물다섯, 고모보다 여덟 살이나 많다. 시집보내기 급하지 않으면 당장 퇴짜겠는데 군대나이가 넘었고 범북 내화(耐火)벽돌공장이라는 군수공장에 취직하고 있으니 징용갈 걱정도 없었다. 다만 나이 많다는 것과 어머니 없이 큰집 백모님 밑에서 자랐다는 것이 흠이고 밀양에서 잘 놀기로 소문이 나서 걱정이지만 집안이 좋았다. 그래서 혼인이 정해졌다.

옛날 혼사는 당자인 처자나 어머니 쪽은 발언권이 없었다. 할아버지와 사돈되는 신랑감의 백부와 만나 혼인은 이미 정해졌고 혼례식도 급히 앞당겨 정했다. 할아버지는 혼인을 정하고 나서 할머니와 시집갈 고모에게 '그리 알아라'고만 선고했다. 고모는 열일곱 살에 무슨 시집이냐고 대들었으나 이미 어른들끼리 정해진 일이고 또 왜놈들의 '처자 공출'에 잡혀가는 것도 겁이 나서 시집을 갔다.

결혼식은 연계소 고향집 대청에서 초례를 치렀다. 그날 처음 보는 새아재는 엄청나게 나이가 많아 보여 아버지보다 더 늙어보였다. 저렇게 늙은 총각에게 예쁘고 재주 있는 우리 고모가 시집간다고 생각하니 도둑맞는 기분이 들었다.

그러나 새아재는 어려운 시절에 우리집이 고생한다며 처가를 도우려고 끔찍이 애를 썼다. 아버지를 멀리 떠나보내고 살고 있는 우리 사남매와 어머니에게 알뜰히 대해주고 아이들이 배 곯지 않도록 하라며 먹을 것을 자주 구해주었다. 참으로 인정이 많은 새아재였다. 새아재는 처가 식구인 우리들에게만 인정이 있는 것이 아니었다. 친구들도 많았고 직장에서 따르는 사람이 많았다. 이들 모두에게 그 시절의 어려운 삶을 도와주려고 애썼던 마음이 따뜻한 분이었다.

고모는 초례를 치른 후 사흘 만에 신행해서 시집으로 갔다. 고모가 신행가고 나니 집이 텅 빈 것 같고, 예쁜 얼굴을 못 보고 그 고운 목소리를 못 들으니 보고 싶은 생각이 간절했다. 큰방 골방에서 혼자 수를 놓거나 책을 보고 있어서 어리광도 했는데. 신행한 지 이틀 만에 할머니에게 오늘 학교갔다 오는 길에 고모 보러 가겠다고 했더니 할머니는 시집간 지 열흘도 안되어 찾아가면 사돈집에서 흉본다고 하여 며칠 더 있다가 가라고 했다. 그래서 한 일주일쯤 지나서 고모의 시집에 찾아갔다. 할머니에게는 다녀와서 말할 요량을 하고 말도 하지 않고 갔다.

한 반에 있는 고모의 시집 동네 아이인 무식이는 새아재가 바로 자기의 재종형이라고 했다. 그래서 함께 가자고 했으나 혹시 사가(査家)에서 실수하면 무식이가 보고 학교 동무들에게 소문낼까 봐 나 혼자 간다고 우기고 무식이에게는 집만 가르쳐달라고 했다. 동네 들어가는 길부터 그 집에 이르기까지의 길을 자세히 듣고 방과 후에 나 혼자 고모의 시가에 찾아갔다. 막상 문 앞까지 왔으나 사랑채로 들어갈 용기가 나지 않았다. 무식이를 안 데리고 온 것이 후회되었다.

대문 앞에서 우물쭈물하고 있었더니 어떤 고모 나이쯤 되는 말만한 처녀가 대문으로 들어가다가 뒤돌아서서 나를 자세히 쳐다보고 들어갔다. 좀 있더니 그 처녀가 고모를 데리고 나왔다. 그 처자는 고모의 사촌 시누이인데 나를 보고 고모의 조카라고 단박에 알아보았던 것이다. 아마 어딘가 고모와 닮은 데가 있었나 보다. 고모는,

"재구가 왔구나! 니가 우째 혼자 이래 왔노? 왔으면 들어오지 와 여기서 있노? 자, 들어가자."

라고 하면서 내 손을 잡고 대문 안으로 들어가서 중문으로 해서 사랑채로 데리고 들어갔다. 고모는 나를 데리고 사랑채 마루 앞에 서서 방안에 대고

"큰아버님, 읍에서 저의 조카가 왔습니다."

라고 아뢰니 사장 어른이 미닫이창을 열고 나를 보더니 얼굴에 웃음을 띄우고,

"오, 귀한 사가 손님이구나. 이리 들어오너라."
라고 하고 일어서더니 마루 쪽에 난 방문을 열었다. 고모는 마루문 곁에 섰고 나는 방에 들어가 사장 어른께 절을 했다.

사장 어른은 이름은 무엇이냐, 몇 살이냐, 몇 학년이냐, 할아버지는 집에 계시냐 하고 이것저것 물어보시고는 고모에게 안으로 데리고 들어가서 천천히 놀다가 저녁을 먹여서 보내라고 했다. 나는 고모를 따라 안으로 들어가서 정침채의 한쪽 편에 붙어 있는 고모와 새아재의 방에 들어갔다. 고모가 방에서 다시 나갔다가 어떤 안노인을 모시고 들어왔는데 고모의 시백모라고 했다. 내가 절을 했더니 맞절로 대답했다. 그리고 할머니와 어머니의 안부를 묻고 나서 잘 놀다가라 하고 나갔다.

고모의 시가는 시백부집인데 밀성 손씨 마을인 교동의 서쪽에 있었다.

고모가 저녁 준비를 한다면서 나가고 나 혼자 방안에 앉아 고모가 보는 책을 뒤적이고 있었더니 무식이가 같은 반에 있는 병우와 경식이를 데리고 왔다. 넷이 할 일 없이 빈둥거리고 앉았더니 고모가 새아재 올 때까지 화투치고 놀라고 하며 내게 밑천 하라면서 50전을 준다. 나는 집에서 수환이 아지매하고 고모하고 화투를 쳐도 심패때리기(팔뚝때리기)나 솔방울치기(이마퉁기기)나 했지 돈 따먹기는 처음이었다. 고모는 나에게 돈을 주며 말했다.

"재구야, 저 두 대렴들(도련님들)이 늘 내하고 화투하자면서 내 돈을 따갔는데 오늘은 니가 내 분풀이 좀 해도고."

가만히 보니 고모는 시집와서 채 열흘도 안되어 시집의 총각들 하고 벌써 저렇게 친해졌고 경식이와 무식이 그리고 시조카뻘 되는 병우도 아지매라고 부르면서 여간 만만하게 굴지 않았다. 그날 나는 또 한번 고모를 빼앗겼다는 느낌인지 무엇인가 마음 한 구석이 빈 것 같았다.

저녁 때가 다 되어 새아재가 퇴근하셨다. 새아재는 나를 보고 무척 반가워했다. 방에 들어와보니 쬐끄마한 놈들이 앉아서 화투를 치고 있는 것을 보고 교동 아이들에게

"야, 이놈들아. 고모 집에 온 사가 손님을 만나자말자 노름이가! 교동 사람 노름 잘한다는 소리 사돈네 집까지 소문낼라 카나?"
하고 큰소리를 쳤다.

조금 있으니 저녁상이 들어왔다. 안사장 어른이 들어와서,
"사가의 귀한 총각이 왔는데 이렇게 아무것도 없이 차려서 우짜노. 차린 것은 변변찮지만 많이 자시요."
라고 했다. 난생 처음으로 어른한테 공대를 받으니 뭔가 기분이 이상하고 무안해서 나는 얼굴이 벌개졌다. 무식이, 경식이, 병우는 상머리에 둘러 앉아서
"야, 오늘은 재구 덕에 잘 먹겠구나! 니 좀 자주 온나."
라고 하자 안사장 어른이 웃으면서
"야들이 뭐라 카노. 다음에는 야들은 밥 먹을 때 모두 쫓아버려야겠다."
라고 해서 모두 웃었다.

저녁을 먹고 나서 좀 있다가 병우가,
"재구가 조심을 많이 하는데, 그만 우리집에 가서 놀자."
라고 했다. 그래서 고모에게 말했더니 고모는 허락하면서
"대련님들이 날 보러온 재구를 빼앗아가네. 그래, 병우한테서 놀다가라."
라고 했다. 병우는 시조카뻘이 되어 고모는 말을 놓는다. 그러자 병우가
"아지매, 다른 아이들에게는 공대하고 와 나한테는 말을 놓노?"
라며 우스개를 했다.

사장 어른들께 하직인사를 하고 병우집에 갔다. 고모는 새아재와 함께 대문 밖까지 나와
"할매한테 잘 있다 카고, 엄마한테도. 네라도 좀 자주 오너라."
라고 하며 못내 섭섭해한다. 집안 분위기가 따뜻해서 좋은 마음을 가지고 나왔다.

우리 넷은 병우집에 가서 놀았다. 나는 밤이 이슥해서야 집으로 갔다.

우리집까지는 걸어서 한 20분쯤 걸린다. 내가 집에 가려 했더니 병우는 자고 가라고 붙들다가 우리 할머니가 궁금해한다고 했더니 다음에는 하룻밤 놀자고 했다. 동네 앞까지 나를 전송했는데 이때는 아까 고모 집에서 느꼈던 허전했던 마음은 어느덧 없어지고 이 아이들이 우리 일가와 같다는 친한 마음이 생겨났다. 그래서 마음이 아주 흐뭇했다.

할머니에게 고모한테 가서 저녁 먹고 놀다가 왔다고 했다.

"그새를 못 참아서 갔다왔구나. 그래, 고모 잘 있더냐?"

나는 고모 집에 가서 대문간에서 고모 집 처자에게 들켜 고모가 나온 얘기부터 사장 어른께 인사한 것에서 병우 집에서 놀다온 얘기까지 죽 다 했다. 할머니는 그래도 섭섭한지,

"니가 간다고 했으면 편지라도 몇 자 적어 보낼걸."

하기에 나는 할머니에게 웃으면서

"편지 써도고. 그러면 내일이라도 또 갈게."

라고 했다. 그러자 할머니와 어머니는 웃으면서

"야가(얘가) 고모 집에 가는 거 재미들었구나."

했다.

고모가 시집가고 나서 1944년 새해에 들어서자 정신대 지원자라면서 신문에 일본의 어떤 공장에서 깨끗하게 차려 입고 일하는 조선 처녀들의 모습을 여러 번 내어놓더니, 1944년 8월부터 조선 처녀들에게 전면적으로 정신대 동원을 실시한다고 공포했다. 만 12세부터 40세까지 배우자가 없는 여자는, 그러니까 처녀와 과부는 모두 정신대로 동원한다는 것이다. 이때부터 면서기와 순사들이 동네마다 돌아다니며 정신대 동원대상자를 조사하고 다녔고 영장을 내고 잡아갔다. 영장을 받아도 가지 않고 도망가는 처녀가 생기자 나중에는 면서기와 순사들이 동네에 들어와 닥치는 대로 처녀와 과부를 잡아갔다. 젊은 부인도 납치해서 할당받은 동원숫자를 채우기도 했다. 이 처녀들을 배에 싣고서 남양으로 중국으로 전선에 보내어 위안부로 삼아 천인공노할 만행을 저질렀던 것이다.

족보 편집

1943년도 거의 다 지나갈 무렵이 되자 그동안 정돈되어 있던 태평양 전선에서 변동이 생기기 시작했다. 제일 먼저 아쯔 섬에서 일본군 수비대 약 3,000여 명이 미국의 공격으로 전멸되었다는 소식이 들려왔다. 아쯔 섬은 알래스카 서쪽 아류산 열도 한가운데에 있는 섬으로 태평양전쟁 초에 일본이 차지하고 있던 곳이다.

왜놈들은 전쟁에서 졌다는 말은 절대 안한다. 전멸되었을 때는 옥쇄(玉碎)라고 했다. 아쯔 섬의 전멸도 옥쇄라 하면서 항복한 사람은 하나도 없이 모두 끝까지 싸우다가 구슬이 깨뜨려진 것처럼 깨끗이 죽었다고 했다. 일제는 아쯔 섬이 전멸한 후 전국적으로 추도식을 했는데 우리 학교의 왜놈 교장 니시(西)는 이렇게 말했다.

"일본군은 절대로 포로가 되는 수치를 당하지 않는다. 미영의 군인들은 싸우다가 더 이상 싸울 수 없다, 못 당하겠다고 하면 총을 놓고 손을 든다. 최선을 다하다가 더 싸울 수 없는 지경에 오면 항복하는 것이 당연하다고 생각하고 이것을 명예로운 것이라 하는데 이것은 자기 변명에 지나지 않는다. 사나이가 목숨에 연연하여 총칼을 놓고 목숨을 구걸하다니 생각만 해도 수치스러워 얼굴이 뜨겁다. 활짝 한꺼번에 피었다가 하루아침에 깨끗한 꽃잎 그대로 한꺼번에 떨어지는 사꾸라(벚꽃)처럼 지는 것이 바로 일본 남아의 진실한 모습이고, 썩은 기와처럼 금이 가서 부서지기보다는 옥처럼 조각조각으로 깨어지는 것이 '야마또 다마시이'(大和魂)라는 것이다. 천황 폐하를 위해서라면 어찌 이런 죽음이 영광스럽지 않겠는가!"

교장은 얼굴이 벌겋게 상기되어 열을 올렸다. 어릴 때였지만 여간 황당하지 않았다. 그런데 나중에 알고 보니 이 말은 새빨간 거짓말이었다. 연합군에 잡힌 일본군 포로는 날이 갈수록 많아졌고 교장이 말하는 사꾸라, 옥쇄라는 야마또 다마시이는 전쟁광 군국주의자가 병사들을 죽음에 몰아넣는 잔인한 정신교육이고 부하를 죽이는 공갈이었다.

왜놈들은 이미 전선 곳곳에서 깨져나가고 있었다. 아쯔 섬의 전멸이 있기 전 그들이 자랑하는 연합함대는 오스트레일리아 북쪽 바다 산호해에서 박살이 났고, 뉴브리튼 제도의 과달과널 섬에서 무리죽음을 당하기도 했다. 이런 패전을 국민들에게 알리지 않고 속이고 있다가 더 이상 속일 수 없는 처지에 이르자 일제는 옥쇄니 뭐니 하면서 그토록 수다를 떨었을 뿐 아니라 아쯔 섬의 수비대장 야마자끼(山崎) 대좌를 군신(軍神)으로 떠받들기까지 했다. 그후 태평양의 섬들이 연합군에게 점령당할 때마다 옥쇄라고 부르짖었지만 전황은 되돌려지지 않았다. 전황이 일본에게 불리하게 돌아가자 수탈과 탄압이 갈수록 더해졌고 총독부의 민족말살정책도 또한 심해졌다.

이런 시국에 할아버지는 집안의 후대들이 겨레의 긍지와 함께 자신이 조선 사람이라는 것을 잊을까 봐 늘 걱정하셨지만 노골적으로 교육할 수도 없었다. 그래서 할아버지는 족보를 새로 편집함으로써, 자라나는 세대들에게 자신이 누구의 자손이며 어떤 조상을 가졌는지를 알려주고자 하셨다. 금포와 성만에 있는 일가들에게도, 비록 왜놈 등살에 못이겨 창씨개명을 하고 왜놈이 다 되어가는 세월이지만 이 족보 편집을 통해 우리 후손들이 조선 사람이라는 것을 잊지 말고 살 수 있도록 해야 한다고 주장했다.

우리집에는 조상들의 업적과 자손됨을 계통을 밝혀 기록한 족보가 있는데 대개 30년마다 새로 태어난 자손들의 이름을 올리고 돌아가신 어른들의 행적을 기록하기 위하여 새로 편집했다. 마침 그 해는 족보를 만들고 나서 30년이 다 된 즈음이었다. 이리하여 그 어려운 세월에 족보를 새로 편집하기로 하고 보소(譜所)를 우리 집에 두고 할아버지를 유사(有司)로 선출하여, 수단(修單)작업을 될수록 빨리 끝내 최대한 빠른 시일 안에 족보를 만들기로 결의했다. 영천 고을의 도동 일가들도 함께 해야겠지만 전시중에 내왕이 어려워 그쪽은 별도로 하기로 했다.

그때 작은아버지는 새해(1944년)가 되면 열다섯이 되는 소년이었는데 붓글씨 솜씨가 더욱 늘어서 원고를 정서하는 일을 맡을 만했다. 여러 집 안에서 수단이 되는 대로 할아버지는 편집하고 작은아버지는 그것을 정서 해서 원고를 만들어나갔다. 그 두터운 책의 원고는 모두 작은아버지의 붓 글씨 솜씨로 작성되었다. 쌀알같이 작은 글씨로 한 자 한 자 정자로 고르 게 틀림없이 썼던 것이다. 또 그때 나에게는 16대, 15대, 14대, 13대 조가 되는 할아버지들의 산소 비석이 400년 가까이 지났기 때문에 글자가 마멸 되어 보이지 않아 비석을 다시 세웠는데 그 글자도 작은아버지가 써서 돌 에 새겼다. 그 글씨는 큼직큼직하고 힘차고 당당했다.

할아버지는 이 족보를 편집하는 겨우내내 나와 작은아버지에게 전해져 이어오는 우리집 조상들의 자랑스런 얘기를 해주셨다. 그것은 나라를 빼 앗긴 어지러운 세월 속에서도 그 할아버지들의 후손인 우리들이 간직하고 살아야 할 소중한 것이라는 당부의 말씀이기도 했다.

우리 광주 안씨(廣州安氏)는 고려 개국 초에, 거란군 점령하에 있던 평 양을 수복하고 북방으로 영토를 넓혀 고려가 고구려의 계승자임을 천하에 알려주도록 한 대장군 안방걸(安邦傑)을 시조로 한다. 태조 왕건은 이 공 로를 높이 사서 원수(元帥)의 칭호를 주고 광주군(廣州君)으로 봉해 그 고 을을 하사했다. 그때부터 우리집을 광주 안씨라 부르게 되었고 대대로 고 려 왕조 때 높은 벼슬을 살았다. 우리가 남쪽 지방으로 내려와 산 것은 13대째 할아버지 때부터이다. 시어사공(侍御史公) 유(綏) 할아버지는 남해 일대를 소란스럽게 하는 왜란을 평정한 다음 남쪽 고을 함주(현재 함안) 에 터를 잡고 옮겨 살았다.

고려가 멸망하고 조선이 들어선 것은 그뒤 5대를 더 내려와서이다. 왕 조교체기를 살았던 중랑장(中郞將) 국주(國柱) 할아버지는 조선 왕조가 들 어서자 성균관에서 공부하고 있는 아들 기우자(騎牛子) 강(崗) 할아버지 와 함께 고향 함안으로 내려와서 조선 왕조의 탄압을 피하여 초야에 묻혀 살았다.

낡은 나라가 망하고 새 나라가 들어서자 낡은 나라의 신하들은 맞아 죽고 흩어졌다. 그 와중에 먼 윗대의 산소도 잃어버리고 조상의 가계도 희미해질 수밖에 없었다. 함안에 처음 살기 시작한 시어사공 할아버지와 그 아래 3대의 산소는 함안 봉산(蓬山) 선영에 있었지만 고려 말의 혼란한 틈에 침노한 왜놈들이 파헤치고 비석까지 없애버렸기 때문에 분별하기 어렵게 되었다. 다만 단을 모아 시제(時祭)를 모실 수밖에 없었다. 그 위 13대의 산소는 오랜 전란과 왕조 멸망의 혼란 속에서 그만 잃어버리고 말았다. 다만 겨우 이름과 관직만 전해오고 있을 뿐이다. 시조 광주군의 묘 또한 개성 근교에 있다고도 하고 혹은 광주에 있다고도 해서 정확히 알 수가 없다.

태종 때 와서야 비로소 새 왕조가 안정되었고, 고려 때 인망이 두터웠던 신하들을 널리 찾았는데 이때 국주 할아버지와 강 할아버지를 찾았다고 한다. 특히 기우자 할아버지에게 벼슬을 내렸으나 취임하지 않고 고려 신하로서 초야에 묻혀 살아가기를 고집할 뿐이었다. 그때의 영의정 조석문(曺錫文)은 이 할아버지들의 옛 왕조에 대한 충성을 기려 다음과 같이 노래했다.

우중에 사립 쓰고 소 타고 가는 이여, 금문에서 기다리던 사람 아닌가.
율리에서 밭 갈아 모를 심고 수양산 아래서 고사리 먹는구나.
아우 형의 장난이 어릴 때 같고 곧은 충정은 부자가 닮았구나.
내리신 님의 청포는 눈물에 젖어 님의 은혜 아직도 마르지 않았구나.
雨中蓑笠騎牛客 曾向金門待詔歸
栗里田中鋤晋草 首陽山下採殷薇
弟兄湛樂如君少 父子貞忠似此稀
內賜靑袍時把泣 至今遺澤未全晞

그리고 같은 고려 유신인 심재(心齋) 조성렴(趙性濂)은 중랑장 국주 할아버지가 끝까지 고려 왕조를 생각하면서 살다가 돌아가시자 다음과 같은 시를 지어 망국 신하의 죽음을 슬퍼했다.

큰나무 바람에 꺾이더니 밤새 가을이 왔구려.
쓸쓸한 정경이 눈에 가득하니 눈 둘 데 없네.
무단히 흘러넘치는 눈물이여 어느 때 멈출건가.
죽지 못한 외로운 신하, 그 머리에 흰눈만 내리네.
喬木風摧一夜秋 蕭條滿目不堪收
無端涕淚何時已 未死孤臣雪拍頭

기우자 할아버지의 아드님 대에 와서 비로소 우리 집안은 조선 왕조의 신하가 되었는데 바로 세종 때였다. 형제 두 분이 모두 과거에 합격하였는데 우리는 그 둘째집으로, 동궁시직(東宮侍直)을 지냈으나 상주가 되어 벼슬을 그만두고 내려왔다. 시묘(侍墓) 3년 중, 단종이 숙부인 수양대군에게 밀려나게 되자 벼슬길을 영영 버리고 말았다. 후에 성종이 그 아들을 현량으로 천거하여 벼슬을 주었으나 사양했고 통례원(通禮院) 인의(引儀)로 높여주었으나 그것도 사양했다.

인의공 할아버지 때 함안 동네에 끔찍한 살변이 생겨 바로 그날 밀양 금포로 터전을 옮겼다고 한다. 이때부터 우리집은 밀양 고을 사람이 되었는데 지금부터 약 520년 전, 조선 성종 때의 일이다.

인의공 할아버지의 아드님이 태만 안구 할아버지인데 밀양의 금포와 성만 그리고 영천 도동 일가와 멀리 화순 일가가 모두 이 할아버지의 자손이다.

태만공 할아버지는 앞서 말한 바 있지만 점필재 김종직 선생의 문하에서 공부하여 과거에 합격하고 청도 군수를 비롯하여 여러 고을의 수령으로 벼슬하다가 연산군 때 무오사화가 일어나자 벼슬을 버리고 고향으로 내려왔다. 그나마 할아버지가 사화에서 벗어날 수 있었던 것은 점필재 선생이 돌아가신 이후 벼슬길에 들었기 때문이라고 한다. 중종반정 후 사간(司諫)으로 다시 벼슬하였으나 당시 권귀 심정(沈貞)과 다투어 남원 부사로 갔는데 거기에서 선정을 베풀었다고 한다. 그뒤 다시 내직으로 들어갔으나 곧 사퇴하고 고향에 돌아오셨다. 중종 때, 태만공 할아버지는 청백리로 표록되었는데, 여기에는 다음과 같은 일화가 전하고 있다.

태만공 할아버지가 벼슬을 그만두고 고향에 계실 때, 나라에서 청백리를 표록한다면서 대상자를 추천받았다. 당시 청백리는 고을 수령살이를 했던 사람에 대해서 1차적으로 고을 사람들의 추천을 받고, 사실 여부를 확인하기 위해 의정부 관리가 직접 수령으로 있던 고을과 고향에 내려가 조사했다.

조사관이 밀양 고을에 와서 할아버지의 집을 방문하여 여러 가지를 세밀히 살폈다. 그러던 중 할아버지가 쓰고 있는 종이를 보고는 남원에서 생산하고 있는 것으로 단정지었다. 남원 부사를 지낸 사람이 남원 종이를 가져와서 쓰고 있다면 이것은 청백리의 결격사유로 충분한 것이었다. 이 조사관이 돌아가

"밀양의 안모는 집에서 남원 종이를 가지고 와 쓰고 있습니다. 남원 소산을 무단히 가지고 쓰는 것입니다."

라고 보고했다. 당시 수령은 처자도 거느리지 않고 단신으로 임지에 가서 근무해야 하고 퇴임할 때는 그곳 소산물은 일체 가지고 가지 말아야 하며 빈몸으로 나와야 했다. 이렇게 법으로 정해놓았지만 이를 지키는 관리는 드물었다. 참으로 청렴한 수령이라야 이를 지켰던 것이다.

그런데 조사관이 가서 남원 종이라고 보고한 종이는 밀양 무안면에서 생산되는 종이로 꼭 지질이 남원 종이와 비슷했다고 한다. 밀양 사람들은 고을 사람이 청백리 대상자로 심사를 받고 있다는 것 자체가 영광인데, 장차 청백리가 된다면 본인뿐만 아니라 온 고을 선비들의 영광이라며 좋아했다. 그런데 종이 때문에 낙천된다는 소식을 듣자 선비들이 야단이 나서 몰려왔다. 왜 변명도 안하고 가만히 있느냐는 것이다.

할아버지는 그냥 조용히 웃기만 하다가 선비들에게 이야기를 했다.

"내가 남원 고을에 살면서 그곳 물산을 하나도 안 가져왔으면 된 것 아닌가. 그 종이가 남원 종이가 아니라고 굳이 밝힌다는 것은 바로 '나를 청백리로 해주시오'라는 소리밖에 더 되겠는가?"

그러나 밀양 고을 선비들은 그냥 지나칠 수가 없었다. 모두 연명으로 나라에 상소를 올렸다. 조사관이 보고 간 종이는 남원 종이가 아니라 무안에서 소산되는 종이라는 내용과 할아버지가 고을 선비들에게 한 말도 함께.

임금이 상소를 보고

"청백리가 되기는 쉬우나 안모의 말은 참으로 하기 어려운 말이다."
라고 하고서 다시 심사하도록 하명했다. 결국 태만공 할아버지는 왕의 재가를 받아 청백리에 표록됐다.

할아버지가 족보를 새로 편집하면서 비를 세운 산소는 창녕 고을에 있는 성만 우리 일가의 가장 윗대 선조인 부사맹공(副司猛公) 순(峋) 할아버지와 그 아래 3대의 산소 네 곳이었다.

1943년 겨울에는 눈이 많이 왔다. 할아버지는 여러 할아버지와 함께 산역을 하기 위해 산 아래 동네에서 일꾼을 모았다. 그날 밤 대설이 왔다. 모두 낭패라고 여기고 나갔더니 산 밑에서부터 웬 호랑이 발자국이 나 있는 것이었다. 그 자국을 따라가 보았더니 산소까지 와서는 흔적이 끊어졌다. 일꾼들은 이 자국을 따라 비석돌을 운반했고 눈길에도 불구하고 아주 수월하게 올라갈 수 있었다고 한다. 산 아래 동네 사람들은 이 희한한 일을 두고두고 이야기했다.

부사맹공 할아버지의 손자는 당시 영남 일대에서 예학(禮學)으로 유명하며 후진 교육에 힘써서 존경받았던 옥천 선생(玉川先生) 안여경(安餘慶)이다.

예학은 봉건시대 지배적 사상의식에 토대해서 구성된 삶의 형식으로 그당시 대단히 중요한 것이었다. 조선시대의 지배적 사상은 성리학으로 그 중에서 주자학에 원리를 두고 있었는데, 여기에서 조금이라도 벗어나면 사문난적으로 몰려 처단을 받았다. 성리학에서 주자학에만 매달려 사대주의에 빠진다면 거기에 토대해서 나오는 예학은 조선의 것이 아니라 중화의 것일 수밖에 없고 우리의 삶과 문화에 맞을 리 없는 것이다. 삶의 예절인 관혼상제의 형식은 그 나라의 자연과 더불어 유구한 문화역사 속에서 독자성을 가지고 이루어진 것으로 다른 나라와 구별되는 것이기 때문에 중화의 것이라 해서 그대로 받아들일 수는 없는 것이다.

옥천 선생은 우리 민족 고유의 예학, 즉 관혼상제의 제형식을 경례(經禮)와 속례(俗禮) 모두 연구하여 이를 성리학에 토대하여 상고하고 확정해서 이론적으로 체계화하여 조선 봉건사회에 걸맞은 민족 독자적인 예학을 구성했다. 옥천 선생은 예학에 관한 저술을 많이 하였는데 임진전쟁의 병란으로 산질되어 거의 없어지고 말았고, 남아 있는 것을 『옥천선생예설』(玉川先生禮說)로 모아 하나의 책으로 엮었으며 그밖의 글은 『옥천집』(玉川集)으로 모아져 있다.

옥천 선생은 젊어서 생원시에 합격하였으나 벼슬하지 않고 창녕 고을에 내려가 곳곳에 학교를 일으켜 여러 선비들과 힘을 합쳐 8리마다 서당을 세웠다. 그 중 하나가 물계정(勿溪亭)이라 하는데 옥천 선생은 거기에 있으면서 많은 제자를 키웠다. 물계정은 지금의 맥산(麥山) 위에 그 유적이 남아 있다고 진사 성람(成攬)이 『창녕여지』에 기록하고 있다.

특히 교의하고 지내던 동강(東岡) 김우옹(金宇顒)이 이판으로 있을 때 벼슬을 천거하려 했더니 선생은 웃으면서 대답을 하지 않고 옥천계곡 깊이 들어가 그 위에 정사(精舍)를 짓고 '옥천주인'이라 스스로 일컬었다. 이때부터 사람들은 옥천 선생이라 하였고, 책을 끼고 공부하러 온 사람들이 언제나 10여 명이 있었다고 한다. 이 옥천정사에 대해서는 『창녕여지』에 검암(儉菴) 손전(孫佺)이 다음과 같이 쓰고 있다.

"선생은 사마(司馬)로써 예학에 잠심(潛心)하여 세상을 벗어나 옥천정사를 지어 거기에 잠겨 한세상을 보냈다. 지금의 화왕산 옥천동 남쪽에 그 옛터가 아직 전해지고 있다."

옥천 선생의 유고 중에서 옥천의 아침 안개를 읊은 시가 있다.

처음엔 바위틈 따라 그 세가 유연터니, 순식간에 가득차서 눈앞에 넘치네.
우임금 천년 공업 끝나지 않았는가. 지금도 그 홍수 하늘에 닿아 있네.
初從巖穴勢油然 頃刻瀰漫滿眼前
千載禹功終未訖 至今洪水尙滔天

옥천 선생은 슬하에 딸이 한 분 있었는데 정씨 집안으로 출가했고 아드
님은 없었다. 금포 큰집에 삼형제가 있었는데 태만공 할아버지의 둘째 아
드님의 집 영천 도동에서도 대를 이을 아드님이 없어서 큰집 금포의 맏이
는 큰집 대를 잇고 둘째 아들은 셋째집인 우리 옥천 선생의 슬하로 양자
를 오셨고, 셋째 아들은 둘째집인 영천 도동으로 양자를 갔다. 이로써 도
동과 성만은 둘째집이 셋째집이 되고 셋째집이 둘째집이 되어 서로 바뀌
게 되었다.

옥천 선생 슬하로 양자 오신 할아버지가 우리집에서 그 호를 일컬어 낙
원공(樂園公) 할아버지라 부르는 분으로 이름은 숙(璹)이다. 낙원공 할아
버지는 6세 때 어머니를 여의고 또 11세에 아버지마저 여의셨다. 계모의
분부를 따라 옥천 선생의 슬하로 양자를 오실 때가 13세였다고 한다. 아
버지 옥천 선생은 곧 친구인 한강(寒岡) 선생 문하에 보내어 학문을 닦게
하였으며 직접 많은 가르침을 주기도 했다. 이때 동문으로 우복(愚伏) 정
경세(鄭經世)와 동계(桐溪) 정온(鄭蘊) 그리고 사호(思湖) 오장상(吳長相)
이 있었다. 이들과는 도의로써 수십 년을 교우하였다고 한다.

옥천 선생이 돌아가시던 임진년에 왜적이 침노하여 전쟁이 일어났는데
이때 낙원공 할아버지는 스무 살이었다. 그 이듬해 생가 계모 이씨와 양
모 박씨를 한꺼번에 잃는 참상을 당했다. 난리중이라 근근히 장례를 지내
고 그 이듬해 호남에서 익산 군수를 하는 연척 고성후(高成厚)를 찾아가

피난을 했다.

그 난리중에도 낙원공 할아버지는 스스로 학문에 힘쓰고 가르치는 데도 게을리 하지 않았다. 많은 사람들을 가르쳤는데 호남 일대의 많은 선비들이 와서 강을 들었다고 한다. 마침 그곳으로 의병 초모하러 나와 있던 참의(參議) 고경조(高敬祖)가 청년 낙원공 선생이 머리가 허연 늙은 선비들에게 강을 하고 있는 풍경을 보고 이르기를 "청년사장에 백수문생(靑年師丈 白首門生)"이라 했다.

정유년, 24살 때 다시 왜적이 침노해왔다. 이때는 처숙인 망우당 곽재우 장군을 따라 창녕 화왕산성에 들어가 종사관이 되어 진중에 있는 선비들과 서기를 통솔하였고 장계와 격문이 모두 낙원공 할아버지의 손으로 이루어졌으며 공격과 수비의 전술에서 이 할아버지의 작전계획이 주로 책택(策擇)되었다고 한다.

곽재우 장군이 상을 당해 화왕산성을 지킬 수 없어 할아버지는 옥야(沃野)에 있는 명나라 군대 사령관인 유총병(劉總兵)에게 갔는데 그는 낙원공 할아버지를 만나보고

"어이된 일인지 이 청년이 있는 곳에는 화기(和氣)가 가득하다. 참으로 유덕한 선비로다."

라며 자리를 내어 후대하였고 지필묵 등속을 선물했다고 한다.

그 다음 해에 평화가 찾아오자 함께 싸우던 선비 전우들과 더불어 고향으로 돌아와서 계속 학문에 힘썼다. 과거를 보아 벼슬에 올랐으나, 그때는 광해군 때라 조정정사가 날이 갈수록 말이 아니라서 출사를 포기하고 집에 틀어박혀 일곱 해를 벼슬에 나가지 않았다. 그동안 저서를 내어 그것으로 박사를 받아 나이 마흔넷에 다시 벼슬길에 나갔다. 사헌부 감찰 겸 춘추관 기사관으로 시작해서 경상도사, 형조정랑, 초계 군수, 강원도 경차관, 영천 군수를 지냈다. 전후의 어려운 시절에 청빈하게 살았으며 여러 고을살이를 했지만 물건 하나라도 헛되이 쓰지 않았다고 사람들은 전하고 있다.

낙원공 할아버지는 평소 성품이 화순하지만 의연하고 아무도 빼앗을 수 없는 지조를 지니고 있었다. 사헌부 감찰 때 당시의 권귀인 이이첨(李爾瞻)이 과거시험의 같은 시관(試官)으로 있었다. 시험이 끝난 후 사람을 보내어 만나기를 청했으나 할아버지는 대답을 하지 않았다. 다시 아들을 보내어 청했지만 아파서 못 간다 하고 종내 가지 않았다. 경상도사를 지낼 때 고령에 갔더니 당시 당쟁을 주도하던 북당(北黨)의 우두머리로 세도가 당당한 정인홍(鄭仁弘)이

"안모가 한번 와서 나를 만나면 내가 꼭 천용할 터이다."

라고 했으나 이 소리를 듣고도 할아버지는 응하지 않았다. 정인홍이 재삼 청하였지만 끝내 받아들이지 않았다. 또한 초계 군수를 지내실 때 정인홍의 회갑이 되자 인근 각 읍의 사람들뿐 아니라 은대(銀臺 : 승정원승지)와 전랑(銓郎 : 이조정랑)까지 와서 환갑 잔칫상을 차린다고 야단이었다. 한 도(道)의 갓쟁이들이 거의 모두 갔으나 할아버지는 홀로 잔치에 가지 않았을 뿐 아니라 잔치에 아무 부조도 하지 않았다. 그래서 정인홍이 원망을 하고 있다가 다른 일로 트집을 잡아 할아버지의 수하 관리를 잡아가서 매를 쳤다. 할아버지는 이에 항의하고 사표를 내었다.

이리하여 할아버지는 강원도의 경차관으로 나가게 되었다. 이때는 영상 박승종(朴承宗)이 자기 집안 아이를 중방(中房 : 수령이 데리고 있는 심부름꾼)으로 붙였다. 이놈이 날마다 따라다니면서 낙원공 할아버지의 잘못을 찾으려 하였으나, 이놈과 더불어 일에 대해서는 말하지 않고 그놈이 말을 해도 듣지 않으니 마침내 스스로 부끄러워 물러가고 말았다. 이 말을 듣고 백사(白沙) 이항복(李恒福)은 이렇게 말하였다고 한다.

"안모의 마음씀은 남이 능히 미치지 못할 일이로다."

계해년 인조반정이 이루어져 쫓긴 자는 다시 쓰여지게 되었고 숨은 자는 돌아왔다. 우복 정선생이 제일 먼저 낙원공 할아버지를 추천하여 다음과 같이 말했다.

"북당이 더럽히지 못하고 남주(南州)의 명절(名節)을 온전히 한 사람은

오직 안모 한 사람뿐이다."

조의(朝議)에서 할아버지가 문무겸재한 것을 들어 크게 쓰도록 결정하여 왕명이 내렸는데 그때는 이미 돌아가신 지 한 달이 좀 넘었다.

낙원공 할아버지가 장조 어른인 정암공(定庵公 : 망우당의 아버지)이 명나라 황제로부터 받은 선물 중에서 병풍을 받았는데 이 병풍은 우리 집안의 가보로 성만의 종갓집에서 보관하여 대대로 전해지고 있다는 사실은 앞서 말한 바 있다.

낙원공 할아버지의 호는 처음에는 약포(藥圃)라고 했다. 어려서부터 병을 자주 앓아 약초를 가꾸는 것이 또 하나의 일이었기에 그렇게 호를 지었던 것이다. 만년에 가서 낙원(樂園)이라고 고쳤는데 이는 '자락(自樂)할 뿐 무구(無求)'라는 뜻으로 할아버지의 성품과 신조가 잘 드러나 있는 것이라 하겠다.

낙원공 할아버지는 옥천 선생 슬하에 양자로 와서 아들 여섯 형제를 두고 딸을 넷이나 두어서 집안이 번성했다. 맏아들은 딸 하나만 두고 일찍 돌아가셨다. 그래서 둘째 아들이 대를 이었는데 바로 동만공(東巒公) 할아버지로 이름이 상한(翔漢)이다.

동만공 할아버지는 어릴 때부터 모습이 준걸하고 하는 일에 기상이 넘쳤다. 그때는 경상 병사(慶尙兵使)가 새로 도임하면 언제나 낙원공 할아버지를 뵈러 왔다. 동만공 할아버지가 여섯 살 때였다. 병사가 왔을 때 옆에 몰래 들어와서 붓에다 먹물을 듬뿍 적셔 등 뒤 옷자락에다 병사(兵使)란 두 글자를 큼직하게 써놓았다. 병사가 그것을 알고 꾸짖었다.

"너 이놈! 어린 놈이 병사가 무섭지 않느냐?"

그러나 어린 동만공 할아버지는 웃으면서

"병사 위에 대장이 있고, 대장도 무섭지 않은데 병사가 무엇이 무서워요?"

라고 말했다. 이 병사는 이를 기특히 여기고 낙원공 할아버지에게 치하하면서,

"이 아이는 기상이 있습니다. 뒷날 크게 되겠습니다."

라고 했다. 나이가 들어 자라나자 풍채가 거창했으며 말수가 적었고 남을 위해 언제나 웃으며 마음을 썼다고 한다. 동만공 할아버지는 키가 여덟 자라 했는데, 옛날 자는 지금의 30센티미터보다는 작아 28센티미터 정도 된다고 보아도, 아마 2미터가 넘거나 그에 가까웠을 것이다. 목소리는 묵직하게 울리는 종소리와 같았고 그 위엄에 누구나 저절로 두려워하여 복종했다고 한다.

할아버지는 어려서부터 백부 오휴공(五休公) 할아버지께 유학을 배우고 선비의 삶을 익혀나가는 한편, 젊어서부터 병진(兵陣)을 공부했다. 손에는 언제나 공명(孔明)의 팔진도(八陣圖)를 들고 있었으며 군대를 다스리고 주둔하고 그것을 지휘하는 법을 연구했다. 이런 공부는 모두 나라를 지키고 자신과 가문을 빛내기 위한 것이었다.

병자년, 그때 동만공 할아버지 나이 서른셋이었다. 금나라가 황제를 참칭하고 우리 나라로 침략해왔다. 임금은 남한산성으로 들어갔고 포위된지 한 달이 넘었다. 형세는 아주 위급했기에 근왕병을 모집한다는 교서를 내렸다. 하지만 날마다 내려가 진(鎭)을 벌려놓고 관망했으나 올라오는 자가 없었다.

그러나 초야의 의로운 자가 일어났다. 진주 고을의 하진(河溍)과 현풍 고을의 곽위국(郭衛國)이 떨쳐나셨던 것이다. 동만공 할아버지도 개연히 일어났다.

"내가 평생 독서한 것은 바로 오늘을 위해 쓰려고 한 것이다."

동지를 규합하고 병사를 모아 이듬해 정월 스무엿새 날에 상주(尙州)에 도착했다. 그러나 이미 삼전도(三田渡)의 수치를 당하고 화의(和議)가 되었고, 병사를 해산시켜 돌아가라는 교서가 사방에 내렸다. 이리하여 동만공 할아버지와 창의한 의사들이 북향하여 통곡하였고 의병을 해산하고 돌아왔다.

동만공 할아버지는 이때부터 과거에도 응하지 않고 칩거했다. 함께 의

병을 모아 나섰던 진사 양훤(楊晅)과는 서로 왕래했지만 만나도 말이 없었고 그저 탄식만 했다. 양진사는 항상 동만공 할아버지를 두고 말했다고 한다.

"그 경제의 재주가 아깝구나. 그냥 늙고 말다니."

어느 해 겨울 감기가 들어 해를 넘기더니 갑자기 심해져서 쉰여덟의 나이로 돌아가셨다. 고향 사람들이 '거인이 돌아갔다'라고 하며 모두 한탄했다고 한다.

그뒤 3, 4대는 벼슬에 나가지 않았다. 당쟁으로 낮이 지고 밤이 새는 세상에, 특히 영남 사람들은 남인 계열로 소외되었기에 벼슬에 오르는 일이 없었다. 우리 집안 역시 고향에서 학문을 닦고 살았으나 벼슬길에는 나가지 않았다.

영조 때 탕평책으로 영남 사람들의 벼슬길이 좀 열렸다. 그래서 나의 8대조 할아버지의 백형 냉와공(冷窩公) 경점(景漸) 할아버지는 성호(星湖) 이익(李瀷) 선생 문하에서 학문에만 전심하고 있던 중이었는데, 주변의 권을 받아 쉰하나의 나이로 늦게 과거를 보아 문과 급제하여 예조좌랑(禮曹佐郎)의 벼슬을 받았다. 그러나 여전히 노론 권귀들이 설쳐대는 세상이라 벼슬을 그만두고 가진 것 몽땅 팔아 금강산과 강원도 일대의 산수를 벗삼아 놀다가 고향으로 돌아왔다. 그리고선 재실을 짓고 후진을 가르치며 여생을 보냈다.

냉와공 할아버지는 대산(大山) 이상정(李象靖)과 그 아우 소산(小山) 이광정(李光靖) 그리고 순암(順菴) 안정복(安鼎福)과 연구결과를 주고받으며 교의했다. 실학파 지식인의 입장을 지니고 있던 냉와공 할아버지의 이러한 교의로 이루어진 시문(詩文)을 모아 『냉와집』(冷窩集)을 엮었는데 특히 그 안에 금강산을 유람해서 쓴 『유풍악』(遊楓岳)은 그 글이 참 아름답다.

냉와공 할아버지는 다섯 형제였는데 그 자손들이 모두 성만이라는 동네를 이루고 있다. 그 중에서 셋째가 우리집으로, 나는 바로 그 8대의 장손이다. 셋째였던 우리 할아버지는 백형이 집안일을 잊고 공부에 전념할 수 있도록 집안의 가산을 맡아 다스렸고 이재(理財)의 재주가 있어 살림을 모아 다섯 형제가 걱정 없이 살 수 있도록 돌보았다. 냉와공 할아버지는 이 아우가 없었더라면 마음놓고 공부할 수 없었다고 했다. 이런 얘기를 냉와공 할아버지는 자기보다 14년 일찍 죽은 아우의 묘지에 적고 있다.

그 어려운 시대에 우리 집안의 족보를 편집하면서 할아버지는 나와 작은아버지에게 조상들의 얘기를 들려주었는데, 그 얘기의 줄거리를 더듬으면서 기록된 할아버지들의 행장(行狀)과 유사(遺事)를 다시 읽어본 것이다. 마침 작은아버지가 모은 한 권으로 된 우리 일가 여러 선조의 유사지(遺事誌)가 있어서 많은 도움이 되었다.

할아버지는 조상들의 얘기를 마치고 나서 다음과 같이 말씀하셨다.

"이처럼 우리 조상들은 나라가 평화스러울 때는 도학에 전념하고 후진을 가르치며 살았지만 일단 나라에 일이 생기면 떨쳐나서 나라의 위급을 자기 한 몸의 위험으로 함께 했다. 그리고 명리(名利)에 매이지 않고 지조를 중히 여겨 함부로 뜻을 굽히지 않았다. 우리는 이런 훌륭한 조상을 가진 것을 자랑으로 알아야 하고 그 조상들의 삶을 본받아야 한다.

지금 우리 조선 사람은 나라도 왜놈 나라가 되고 이제 성까지 왜놈 성으로 고치게 되어 겉보기는 왜놈이 다 되고 말았다. 그러나 그놈들이 아무리 극악을 떨어도 우리들의 조상까지 바꿀 수는 없는 것이다. 지조와 의리를 숭상하였던 조상들의 피가 네 몸 속에 흐르고 있는 것을 막을 수는 없는 일이다. 조상까지 바꾸지 못하는 이상 누가 뭐래도 너는 '조선 사람'이다. 우리 조선 사람이 이것을 잊지 않는다면 언젠가는 나라를 찾을 수 있고 조선 사람답게 살아가게 될 것이다."

이렇게 말씀하시는 할아버지의 얼굴은 불그레했다. 할아버지의 이러한 겨레와 가족공동체에 대한 정성이 온 일가들의 마음을 움직였고 그래서 그 어려운 시대에 쌀을 내어 비용을 부담하고 먼길을 마다 않고 수단을 했던 것이다.

족보는 1944년 봄에 인쇄되어 완료되었다. 표지는 붉은색으로 된 조선 종이에 목판으로 찍은 것이다. 두툼하고 큼직한 책이었다. 책표지의 붉은 빛깔은 할아버지가 나에게 '누가 뭐래도 너는 조선 사람이다'라고 말씀하실 때 할아버지의 얼굴에 나타난 바로 그 불그레한 빛깔이었다. 우리집에서는 그때 만든 족보를 『갑신보』(甲申譜)라고 부른다. 나라의 말과 글과 얼을 빼앗긴 치욕적 상황이었던 만큼 특별히 공을 들인 것이기도 했다. 그 이듬해 을유년에 해방이 되었다.

나는 족보를 만드는 동안 할아버지로부터 조상의 얘기도 많이 들었지만 또 많은 일가의 할배들을 만났다. 성만 동네 일가의 할배들은 할아버지와 촌수가 14촌이다. 금포 동네 일가의 할배들은 할아버지와 30촌이고 생가로 해서 24촌이다. 이처럼 촌수가 떨어졌는데도 할아버지와는 사촌처럼 대하고 있고 할머니에게는 사촌형수처럼 그렇게 가까울 수가 없었다. 할머니는 그 어려운 시절이지만 무슨 요깃거리라도 내놓으려고 하여 밀가루 쑥버무리(쑥을 밀가루에 묻혀서 찐 것, 밀도 껍질째 맷돌에 갈았다)라도 만들어 내어놓고 우거지죽이라도 내놓았다. 할배들도 쌀은 없고 시골에 있는 강냉이 수수라도 한 봉탱이씩 가져오기도 했다. 할배들은 우리 사남매를 귀여워했고 특히 나를 중하게 대했다. 지금도 그때의 할배, 아재들의 순박하고 인정 많은 얼굴이 눈에 선하다.

그때 나는 집안이 무엇인지 겨레가 무엇인지 나라가 무엇인지 딱히 집어서 말할 수는 없었지만, 선조들이 집안과 겨레 그리고 나라를 위해 몸과 마음을 바쳐 살아왔다는 것, 지조를 중히 여겨 함부로 굽히지 않았다는 것 등을 배우면서 나 또한 그렇게 살아야 하는 것이 뜻있는 삶이라는 것을 깨닫게 되었다.

할아버지가 나라를 잃은 괴로움과 병고에 시달리면서도 뜻을 굽히지 않고 이겨내신 것도 조상에게 욕되지 않고, 우리 아랫대에게는 욕된 조상이 되지 않고자 하는 일념에서였을 것이다. 이것은 나의 인생관에도 큰 영향을 주었다. 내가 살아오면서 어려움에 부딪힐 때마다 먼저 떠오르는 것은 할아버지께서 뜨거운 혼을 담아 들려주시던 그때의 이야기와 함께 붉게 상기된 그분의 얼굴이다. 그때의 할아버지들처럼 나도 먼 후손들을 떠올려보기도 한다. 그럴 때마다 얼굴도 모르는 후손들은 나에게 올바른 길을 걸어온 선조들의 삶의 궤적에서 일탈 없는 발자국을 남기도록 든든히 격려를 한다. 그만큼 나도 우리 후손들이 나라와 겨레라는 공동체 운명 속에서 바르게 살아가기를 소망한다.

그날이여 어서 오라

전쟁 그리고 굶주림

1944년에 들어서자 태평양전쟁은 양상이 완전히 거꾸로 바뀌었다. 왜놈들은 곳곳에서 연합군에게 결딴나고 있었다. 미 해병대는 남태평양 서쪽 뉴브리튼 제도에 있는 왜놈들을 하나하나씩 섬멸하며 북상했다. 미군은 과달카날에서 연일 계속되는 격전을 치러 일본군을 섬멸시켜 나갔으며 마침내 이 방면의 왜놈 기지 라바울을 빼앗았다.

이 일대의 전투에서 왜놈의 명장 중의 명장이라고 일컫는 야마모도 이소로꾸(山本五十六) 원수가 죽었다. 비행기를 타고 가다가 이미 일본군 암호를 해독해서 기다리고 있던 미공군의 요격을 받았던 것이다.

왜놈들은 저들의 이와 같은 패전을 감추기 위해 '부겐빌' 섬의 난바다 해전이라는 있지도 않은 전투의 결과를 조작해서 발표했다. 이른바 '다이홍에이핫뾰'(大本營發表)라는 것이다. 아침마다 신문 첫머리에 1차해전, 2차해전…… 이라면서 헛발표를 했다. 이것을 또 매일 아침 학교 게시판에 써 붙였고 교장은 조회 때 그 발표내용을 가지고 훈화를 했다. 내용은 매일 똑같았는데 대체로 숫자만 약간 다르고 언제나 다음과 같은 것이었다.

"부겐빌 섬 난바다에서 제○차 해전이 있었다. 적은 압도적으로 많은 함선과 비행기로 이루어진 전단인데 부겐빌 섬 서남방에서 서서북 방향으로 진행하고 있는 것을 아군 초계기가 발견, ○○기지에 보고하였던 바, 충용무쌍한 아군 ○○기지 기동함대 ○○전투비행단이 이를 공격하여 적 항공모함 1척 굉침(轟沈)하고 1척 격침, 전함 1척 굉침, 2척 대파, 순양함 3척 격침, 2척 격파, 그밖에 수송선을 포함한 각종 함정 5척 격파, 적 비행기 30여 기 격추라는 혁혁한 전과를 올렸다. 우리 측 손해는 미귀환기 약간 있음."

이때 이미 일본 기동함대는 벌써 요절나서 없었고 비행기도 전투할 것이 없었다. 해전을 할래야 뭐가 있어야 하지. 이런 다이홍에이핫뽀라는 것은 왜놈이 망할 때까지 계속되었는데 그 발표대로라면 아마 전세계 함선 숫자의 몇 배쯤이나 되는 미국 군함이 태평양에 가라앉았을 것이다. 하도 거짓말을 해대니 당시 초등학교에 다니는 아이들까지도 빈정대며 마지막 말인

"에에또 와가 호오노 손가이 게이비나리(예에, 우리편의 손해 경미함)."
를 외대고 있었다.

전쟁의 양상이 이처럼 걷잡을 수 없게 되자 왜놈의 수탈은 더욱 가혹해졌다. 1944년 2월부터 전면적으로 강제징용이 실시되었다. 징병 적령기를 넘어선 40세까지의 남자는 신체 장애자를 제외하고 총동원을 했다. 면서기와 순사들이 길가는 남자는 누구나 잡아갔고 쉰이 넘은 사람도 숫자를 채우기 위해 잡아갔다. 밤중에 마을마다 다니면서 남자들을 잡아갔다. 마을마다 남편을, 자식을, 아버지를 빼앗기고 통곡하는 소리가 그치지 않았다.

우리 농촌은 오랜 일제의 식량수탈로 만성적 빈곤에서 헤어나지 못하고 있었는데 게다가 전쟁 동안 낱알을 뒤져내고 보는 대로 빼앗아가 농촌에는 굶어서 부황든 사람이 많았다. 태평양전쟁이 일어나고부터는 가뭄까지

극성스러웠다. 1942년부터 계속 흉년이었다. 이러한 상황에서 강제공출은 바로 살인적인 강도였다. 식량공출의 할당량을 채우기 위해 면마다 식량 이동을 단속했다. 농촌에서는 읍이나 도시로 나가는 길목마다 면서기와 순사들이 지켜서서 오가는 사람들의 보따리를 뒤지고 한 됫박의 쌀이라도 나오면 모조리 빼앗았다.

친일 지주놈들에게는 반출 허가증을 내주어 소작료에서 놈들이 배를 튕기면서 먹을 만큼 실어나를 수 있도록 해주었으나, 그밖에는 지나가는 사람마다 잡고 지나가는 달구지마다 쑤셔대며 곡식 낟알을 찾았다.

1943년까지만 해도 2합3작의 쌀배급이 있었다. 턱도 없이 모자라는 양이지만 그나마 죽이라도 끓여먹었는데 1944년 들어서면서 이 배급도 잡곡을 섞어서 주었다. 석유 냄새가 나고 밥을 해도 진기가 없어 모래알 같고 죽을 끓여도 밥풀이 퍼지지 않은 안남미(安南米)라고 하는 정말 고약한 쌀을 주기도 했다. 보리쌀을 섞어주는 것은 나은 경우이고 만주에서 가져온 메좁쌀을 주다가 나중에는 콩기름을 뽑고 퇴비에나 쓰는 콩깻묵을 주기도 했다.

1944년 이른 봄부터 우리집은 식량을 못 구해 끼니를 거를 때가 자주 있었다. 근근히 죽을 쑤어서 아이들에게만 주고 어른들은 아예 굶는 때도 있었다. 만성적인 영양부족에다 이제 굶기까지 하니 어머니와 할머니는 얼굴이 부석부석했다. 날씨가 따뜻해져 파란 잎새가 나오자마자 들에는 쑥 뜯는 사람들이 군데군데 하얗게 모였다. 쑥을 넣고 나물을 넣고 밀기울이라도 겨우 구해 죽을 쑤기도 했다. 때때로 새아재가 와서 쌀되라도 갖다주기도 했지만 정말 그 해 봄부터 여름까지는 지금도 잊을 수 없는 지옥이었다.

지난 해까지만 해도 쌀이 떨어지면 한 20리쯤 떨어진 부북면 청운 마을에 사는 청운 할배집에 가서 쌀 말쯤은 구해왔다. 청운 할배는 조그마한 정미소를 하고 있었기 때문에 거기에 가면 쌀 한두 말쯤은 구할 수 있었다. 이것을 짊어지고 경찰 주재소나 면소가 있는 동네를 피해 멀리 돌아서 가지고 왔다. 청운 할배는 나의 고조부 삼형제에서 제일 끝의 집인데 거기에서 두 형제가 살고 있었다. 형은 농사만 짓고 아우는 농사에다 조그마한 정미소를 하고 있었다. 석유가 귀한 때여서 발동기는 벼의 왕겨를 때서 돌리고 있었다.

청운 할배집에 가서 점심을 먹으면 배부르게 먹을 수 있었고 올 때는 할매가 농사지어서 거둔 팥, 녹두, 참깨 등 여러 가지를 얻어올 수 있었다. 지금도 청운 할배집에서 풋총각김치와 함께 먹었던 보리쌀이 섞인 쌀밥의 그 맛을 잊지 못한다. 거기에는 청운 할매의 살가운 인정이 듬뿍 담겨 있었기 때문일 것이다. 그러나 1944년부터 이 청운 할배집도 면소에서 정미소를 못하게 해서 쌀을 구할 수 없게 되었다.

이때 활천 할매는 부산에서 살았는데 사위가 부산역 기관구에 다녔다. 거기서도 식량이 모자라 야단이었다. 할매가 종종 우리집에 와서 청운으로, 산외면 남기리 우리 일가 동네로 다니면서 쌀을 구해왔는데, 역에서 단속하는 순사들이나 차 안에서 단속하는 역무원의 눈을 피하기 위하여 치마 속에 입는 고쟁이에다 숨겨가지고 다녔다. 고쟁이를 한두 치 간격으로 누벼서 그 속에 쌀을 넣어 말기를 대어 봉하고 멜빵을 해서 어깨에 걸어 입고 그 위에 치마를 입고 나섰다. 집에서 어머니가 바느질을 한 그 고쟁이를 입어보면서 할머니와 어머니 그리고 터실의 도동 할매들이 모여 그 어처구니 없는 모습에 서로 보고 웃으며 한때를 보내기도 했다. 그야말로 야단이었다. 식량을 못 구하면 어린 자식들을 굶길 수밖에 없기 때문에 모두가 결사적이었다.

지긋지긋한 그 해의 봄과 여름이 지나고 더위도 조금 수그러졌을 때 하루는 새아재가 트럭에 호박을 가득 싣고 왔다. 왜호박이었다. 하나가 커다란 단지만 했다. 왜호박은 살이 두껍고 삶아놓으면 고구마처럼 팍신거리며 조선 호박보다 더 달았다. 새아재는 들어오자 어머니에게

"처남의 댁, 이거라도 삶아서 아이들 굶기지 않도록 하소. 그냥 썰어서 쪄서 먹어도 되고 곡식가루를 약간 넣고 '풀대죽'(범벅)을 끓여먹어도 됩

니다."

라고 하고서 바람처럼 왔다가 바람처럼 갔다.

새아재는 언제나 양식이 떨어져 애먹을 때쯤에는 꼭 예고 없이 먹을 것을 가지고 왔다. 그게 보리쌀일 때도 있고 감자일 때도 있고 고구마일 때도 있고 또 국수나 밀가루일 때도 있다. 어떤 때는 내 옷을 가지고 오기도 했고 광목을 가지고 오기도 했다. 새아재가 오면 나도 재두도 향아도 모두 좋아했다.

양식이 떨어졌던 때라서 걱정이었는데 어머니는 여간 반가워하지 않았다. 그 많은 호박을 모두 큰방 앞 난간청에 갖다놓으니 청에 꽉찼다. '이제 먹을 것이 있구나' 하는 안도감이 생겼다. 그날부터 끼니마다 호박이었다. 아침에 호박죽, 점심에는 호박 찐 것, 저녁에도 호박전, 삼시 때마다 호박이었다. 나중에는 어머니의 얼굴도, 할머니의 얼굴도 노랗게 되었다. 거울에 비친 내 눈의 흰창도 어째 노란 것 같았다.

그런데 새아재가 갑자기 왜놈 경찰에 잡혀갔다. 새아재는 범북 군수공장 창고의 경비를 맡고 있었는데 창고 뒤쪽에 구멍을 뚫고 물건을 빼내다가 들켰다는 것이다. 굶고 있는 동료 수하직원들 가족에게 식량을 갖다주려 했다고 한다. 그동안 여러 차례 물건을 내다가 사람들에게 나눠주었던 일도 들통이 났다고 했다.

당시 생활필수품이나 식량은 왜놈의 군수공장 창고나 병참 창고밖에 없었다. 간 큰 사람들은 이런 창고에서 물건을 빼내어 다른 물건과 바꾸거나 암시장에 내다팔았다.

새아재는 사건을 혼자 모두 뒤집어쓰고 감옥으로 갔다. 열여덟 살밖에 안된 나의 고모는 이러한 불행을 잘 이겨내고 있었다. 때때로 할머니와 둘이서 눈물을 흘리기도 했지만 고모는 교동 시집에도 있다가 우리집에도 있다가 하면서 전처럼 책 읽는 데 마음을 묻고 있었다. 온 겨레가 죽어나고 있고 고통에 울부짖고 있는데 어느 누군들 마음 편하게 살 수 있겠는가. 얼마 전까지만 해도 고모 내외가 그처럼 보기 좋게 지내더니 그 모진 왜놈의 귀신이 샘을 냈는지. 내 어린 마음에도 고모가 그처럼 애처로울 수가 없었다.

1944년 4월, 나는 5학년이 되었다. 같은 나이 또래에서는 키가 아주 큰 편이어서 우리 반에서 뒤쪽에 앉고 줄을 서도 뒤쪽으로 서게 되었다. 이 해에 내 동생 재두는 일곱 살이 되어 1학년에 입학했다. 옳게 먹지 못해도 튼튼히 자라서 같은 나이 또래에서는 몸이 아주 컸다. 재두는 죽이건 쑥버므레건 주는 대로 잘 먹고 많이 먹었다. 그래서 몸이 튼튼했다. 용아는 돌이 지나 새봄이 되자 할아버지의 온갖 정성으로 자라나 제법 뒤뚱거리며 걸음을 배우고 이것저것 손 안 대는 것이 없었다. 제일 신명나는 것은 할아버지가 해주는 '불미'라는 것이다. 할아버지는 용아의 양쪽 겨드랑이를 손으로 잡고 양쪽으로 흔들면서 노래를 불러주셨다.

불미 불미 불미 불미 이 불미가 뉘 불미고
경상도 밀양 고을에 대장군의 불미일세.
다리힘을 기르느라 땅굴리며 하는 불미
불미 불미 불미 불미 우리 용아 불미일세…….

옛날 우리 할아버지들이 어린 손자를 어루고 돌보면서도 다리 힘을 올려주려는 슬기로운 운동이다. 용아는 신명이 나면 다리를 높이 들며 굴린다. 할아버지한테 가면
"하배(할배). 부미(불미)하자. 응 하자."
라며 재촉한다.

그러나 향이는 다섯 살인데 잘 울었다. 제일 귀여워해주던 아버지가 없어서인지 누구에게도 잘 붙지 않고 아무하고나 눈만 마주치면 울기부터 한다. 한 번 울기 시작하면 그칠 줄 모른다. 울면서 다른 일에 관심이 가면 제풀에 그치기도 하지만 운 일이 되생각나면 다시 운다. 그래서 집에서는 '짠보'라는 별명으로 부른다. 한참 정서가 생겨날 무렵 가장 귀여워

해주던 사람이 갑자기 없어지면 생기는 일종의 자폐증이란다. 잘 울고 말을 배우지 못한다고 한다. 그래서 그런지 향이는 다섯 살이 되었는데도 말을 제대로 못했다. 아무한테도 잘 가지 않고 엄마와 나에게만 안겼다. 나에게 안기면 말이 되지 않아도 그래도 뭔가 말소리를 내려 하고 틀린 말이지만 단어로 의사표시를 하려 들었다.

아버지는 남양에 가신 뒤 한때는 편지도 자주 오고 사진도 왔는데 1944년에 들어서자 편지도 없고 일체 소식이 없었다. 전선에서는 외따로 떨어진 곳이어서 크게 걱정은 되지 않았으나 그래도 소식이 없어서 온 집안의 분위기가 무거웠다. 할아버지와 할머니는 꿈자리만 좀 안 좋아도 걱정이 되는 듯 침울할 때가 종종 있었다.

송징이에 있는 '뚫꽂이'라는 별명을 가진 점쟁이 할매가 있었는데 할머니와 잘 아는 사이다. 할머니보고 언니라고 부르고 그래서 할아버지를 오라버니라고 한다나. 할아버지는 이 '오라버니'라는 소리에 '허허' 웃으면서 할머니더러

"당신 덕에 좋은 누이 하나 두었군."

했다. 할머니는 그 뚫꽂이 할매가 말한다면서 아버지는 언제나 조상이 돌보기 때문에 어떤 일이라도 어렵지 않게 아무 탈 없이 지낼 것이라고 했다. 그리고 향이에 대해서도 그 아이가 잘 우는데 울어야 탈이 없다나. 나중에 명이 길어 팔십 먹게 살 것이라고 했다. 이 말을 믿지는 않지만 그래도 마음의 위로는 되는가 보다. 할아버지도 어머니도 그리고 나도 한때나마 마음을 놓기도 했다.

악질 선생 호시노

5학년이 되자 새 담임 선생은 호시노였다. 별명이 도사껭으로 늘 '시나이'를 들고 다니면서 아이들을 마구 팼다. 시나이는 검도할 때 쓰는 대로

만든 검이다. 대를 쪼개어 다시 끈으로 다발을 묶은 대나무 막대기인데 이것으로 때리면 아주 소리가 요란하고 세게 맞으면 시퍼렇게 멍이 들고 부어오른다. 검도할 때는 머리고 허리고 팔이고 모두 튼튼한 방구(防具)로 감싸기 때문에 맞아도 그다지 탈이 없지만 호시노는 아무 방구도 없는 아이를 마구 때려 몸에 시퍼런 멍 자국을 내었다. 앞서 말한 세이렝 청년을 이 시나이로 마구 때려 반 죽음이 되게 한 일이 있었다. 별명 그대로 도사껭 같은 흉맹한 왜놈이다.

나는 이놈에게 그 시나이로 몸에 여러 군데 시퍼런 멍자국이 나도록 맞은 일이 있다. 5학년이 된 지 얼마 안되어 생긴 사건이었다. 역시 개병쟁이와 같이 저지른 일이었으나 당하기는 내가 당했다. 초등학교 4학년부터 학교에서 전혀 조선말을 쓰지 못하게 했다. 그러나 나는 일본말을 꼭 해야 할 일이 있을 때 이외에는 동무들에게 조선말을 그냥 썼다. 이래도 다른 아이는 저 애는 원래 그런 아이려니 했고 그리고 내가 공부도 잘해서 나에게는 한풀 놓고 있었다. 그런데 조선말을 했다고 이 도사껭에게 당한 것이다.

5학년이 되어 반편성을 새로 했다. 5학년의 남학생이 두 반이라서 약 반쯤은 다른 반 아이가 들어와 분위기가 좀 달라졌다. 또 5학년이 되면 '간호당번'이라 해서 아이들의 기율을 단속하는 주번을 맡게 된다. 완장을 두르고 아침에 교문에 서서 아이들의 용의를 단속하면서 규율을 크게 위반하는 아이는 이름을 적어 주번 선생에게 보고하는 일도 새로 생겼다. 그러나 주번이 되더라도 대개 같은 반 아이들이나 동무들에게는 관대하게 대하고 하급반 아이들에만 주의를 주곤 하였다. 그런데 우리 반에 새로 들어온 창씨명이 '가와모도'(河本)인 아이는 꼭 같은 반의 아이를 적발해서 주번 선생에게 보고하여 벌을 서게 만들었다. 그래서 이놈은 반 아이들에게서 미움을 받고 있었다.

아이들은 이 가와모도를 창씨명으로 부르지 않고 '노이츠'라는 별명을 지어 불렀다. 노이츠는 5학년 국어(일본어) 독본 책에 나온다. 야마다 나가마사(山田長政)는 우리 나라의 장보고처럼 일본 사람들에게 존경을 받는 해양인이다. 독본 책에 야마다는 일본 중세 도꾸가와 시대 사람으로 나라에서 금하는 해외여행을 몰래 해서 화란 선박의 선원으로 일하기도 하는 등 온갖 고생을 하다가 나중에는 큰 부자가 되어 태국 왕의 부마로 잘 살게 되었다고 나온다. 이 화란 선박에 노이츠라는 장관이 있어서 야마다를 못 견디게 구박해서 애를 먹였다고 한다. 입이 쑥 나온 노이츠의 그림이 가와모도와 비슷하고, 하는 짓이 심술스러워 아이들이 노이츠라는 별명을 붙여주었던 것이다.

그날 점심 시간에, 점심 시간이랬자 점심 굶는 아이가 태반이 넘었지만, 개병쟁이와 나 그리고 몇 아이들이 교실 앞 화단에서 조선말로 무슨 얘기를 하고 있는 것을 보고 가와모도가,

"오이 기미다찌 죠셍고오 쯔갓다 다로오(어이 너이들 조선말을 썼지)."

라고 했다. 그래서 나는 그 녀석이 하는 짓이 하도 밉상스러워 한참 꼬나보다가 조선말로,

"그래 조선말 했다. 야 이놈의 손아, 조선놈이 조선말 하지 우짜라 말고!"

하고 쏘아주었다. 그러자 이놈은 역시 일본말로 말했다.

"오이. 기미 센세이니 윳떼 아게루조(어이. 너 선생한테 이른다)."

"오냐, 이 자석아. 너 내한테 죽을 줄 알아라."

그날 방과 후, 호시노가 나를 부르더니 집에 가지 말고 남아 있으라고 했다. 나는 가와모도가 일러바쳤구나라고 생각하고 남아 기다렸더니, 한참 만에 호시노가 왔다. 그리고 나에게 그날 점심 시간에 화단 앞에서 가와모도에게 한 말을 다시 해보라고 했다. 나는 이왕 이놈에게 당할 것 그대로 숨김없이 얘기했다. 그랬더니 이놈이

"고노 나마이끼나 야쯔. 벵꾜 요꾸 수루도 미데이다가, 고로시데 아게루(이 건방진 놈의 자식. 공부 잘한다고 봐주었더니, 죽여버리겠다)."

라고 하면서 그 시나이로 패기 시작했다. 어깨, 허리, 다리, 팔을 마구 때

렸다. 온몸에 불이 나는 것 같았다. 이러다가 죽을 것 같았다. 그래서 나는 일본말로 소리쳤다.

"아나다가 난노 겐리데 보꾸오 곤나니 나구루까. 곤나 각고오와 모오 야메다.(당신이 무슨 권리로 나를 이처럼 때리는가. 이 따위 학교는 그만두겠다)."

그리고 교실문을 열고 나갔다. 그놈이 뒤따라 나를 잡으려고 쫓아왔다. 나는 그냥 내뺐다. 뒤로 돌아보면서 일본말로,

"고노 이누 꼬로노 야쯔. 보꾸가 오오기꾸 낫따라 고로시데 시마우까라. 간넹시로(이 개자식아. 내가 크면 죽여버릴 테다. 그리 알고 기다려라)."

라고 소리치면서 교문 밖으로 내뺐다.

집에 와서 '맨소리담'(안티플라민)을 찾았다. 할머니가

"어디 다쳤느냐?"

하고 물었다. 한쪽 어깨를 내봤더니 할머니도 나도 깜짝 놀랐다. 시퍼런 매자국이 나 있었다. 할머니는 윗통을 벗겼다. 그리고 바지도 벗겼다. 곳곳에 매자국이 시퍼렇다. 할머니는 또

"어쩌다가 이렇게 맞았느냐?"

하고 물었다. 나는 그날 있었던 일을 말하고선 할아버지가 걱정하시니 말하지 말라고 할머니에게 당부했다.

그날 저녁에 할머니는 할아버지에게 이야기했다. 할아버지는 나를 불러 자초지종을 다 들으시고 한숨을 쉬시더니

"이놈아. 달아나려거던 좀더 일찍 달아나지. 이토록 맞고 달아나?"

하시면서

"학교에 안 가기는 왜 안 가! 그놈이 또 때리려거던 이제는 한 차리(한 대)도 맞지 말고 달아나거라. 모질고 독한 놈이, 일 저질 놈이다. 아마 내일 학교에 가면 그놈은 또 때리지는 못할 거다."

라고 하셨다.

그 이튿날 아침 일찍이 개병쟁이가 찾아왔다. 학교에 같이 가면서 어제 있었던 얘기를 서로 했다. 나는 달아나면서 호시노에게 욕하느라고 잘 몰랐는데 학교가 발칵 뒤집어질 만큼 큰 구경거리였다고 했다. 나는 달아나고 호시노가 뒤쫓아가고 나를 못 잡아 분을 풀지 못해 야단이었는데 교장이 보고 추태를 부렸다고 호시노를 꾸중했다고 한다.

학교에 갔더니 동무들이 내가 학교에 온 것을 보고 놀랐다. 겁없이 왔다는 것과 호시노와 다시 붙을 일에 대한 호기심이었다. 아무 소리도 안 하고 얌전히 앉아 있었더니 첫 시간이 되어 호시노가 교실에 들어왔다. 호시노는 쓰윽 한 번 둘러보다가 나와 눈이 마주치자 놀란 눈치더니 그만 모르는 체했다.

첫 시간이 끝나자 동무들이 나를 둘러싸더니 어제 학교에 소문이 쫙 퍼져 굉장했다고 한다. 이때 우리들은 물론 조선말을 했고 노이츠는 저쪽 창가에 외톨이로 앉아 있었다. 모두 노이츠를 곱잖은 얼굴로 째려보고 있었다. 그후 며칠이 지나 노이츠는 개병쟁이에게 걸려 학교 아래 언덕 밑에서 코피가 터지도록 맞았다. 그뒤 학교에서 동무들과 조선말을 해도 아무도 나를 건드리지 못했다.

다섯 동무들

5학년이 되자 아이들의 소견도 좀 넓어져 전쟁을 보는 눈도 학교에서 가르치는 것과 달리 보는 아이도 있었고, 또 동무들을 서로 더 잘 이해하게 되고 뜻이 맞는 아이끼리 친해졌다. 나와 장난친구로 언제나 붙어다니는 개병쟁이 외에 몇 동무가 더 생기게 되었다.

얼굴에 주근깨가 파리 똥처럼 났다 해서 '파리똥'이라는 별명을 가진 아이, 입이 넙죽하게 퍼져 근엄하게 생기고 러일전쟁 때 일본 함대 사령관이었던 '도오고 헤이하찌로오'(東鄕平八郎)를 닮았다 해서 '도오고'라는 별명으로 불리다가 이 별명이 일본말이라 싫어하기에 '평팔랑이', 이를 또 줄여서 나중에 '평팔'이로 별명이 낙착된 아이, 이름을 일본말로 읽을 때 잘못 들으면 '좃매랭이'로 들려 이것이 별명이 된 아이가 있었다. 경상도 사투리로 매미를 '매랭이'라고 하는데, 특히 '매롱씨롱' 하며 시끄럽게 울면서 궁둥이를 '까딱까딱'거리는 매미를 좃매랭이라고 한다. 또, 개병쟁이는 물론이고 개뚜뱅이인 나, 이렇게 다섯 아이는 언제나 붙어다녔다. 개병쟁이와 좃매랭이는 나보다 한 살이 더 많았고 파리똥은 두 살이 더 많고, 평팔이는 세 살이 많았다.

우리들은 5학년 때부터 학교에서도 학교 밖에서도 언제나 모여 놀고 공부하고 얘기하고 무슨 일이나 같이 했다. 공부할 때는 비교적 집이 넓은 개병쟁이 집에서 더러 모였다. 언제나 붙어다니다가 앞서 말한 대로 외수박 서리를 하다가 사고를 내기도 했으며 다른 학교, 밀양제일국민학교 아이나 왜놈 학교 아이들하고 패싸움을 벌이기도 했다. 특히 봄부터 버들 솜을 따오라거나 '오나모미'를 따오라고 할 때 우리들은 멀리 개울가에도 가고 철둑 길 따라 삼랑진 가까이의 '인굴'이라는 터널까지도 갔는데 그럴 때도 항상 같이 다녔다.

4월 중순이 되면 버드나무가 솜을 피운다. 봄바람에 날려 이리저리 흩어져 떠다니다가 방이고 마루고 구석에 쌓인다. 왜놈들은 이 버들 솜을 모아 공출하란다. 물자가 모자라자 이것을 모아다가 비행사 구명대의 솜으로 쓴다는 것이다. 왜놈들의 말인즉, 이 솜은 물을 잘 빨아들이지 않고 빨아들여도 물에 잘 떠서 구명대 솜으로는 그만이라 했다. 수업을 전폐하고 강가의 수양버들, 포플러 나무에서 알맹이가 갈라져 버들 솜이 나오기 바로 직전에 그것을 따다가 말려야 솜을 모을 수 있다며 극성을 피웠다.

또 여름방학이 지나고 2학기가 되자 '오나모미' 씨앗을 따다가 공출하란다. '오나모미'는 일본말인데 밀양 고을에서는 '도꼬마리'라고 부르는 1년생 잡초이다. 주로 습지의 가장자리 같은 더러운 땅에서 많이 난다. 잎사귀가 갈잎 모양으로 넓고 편편한데 팥알만한 황갈색 열매가 나고 까끌까

끌한 가시가 있어 동물의 털이나 사람의 옷에 잘 붙는다. 이 열매를 모아다 바치라는 것이다. 이게 도대체 어디에 쓰이는지 궁금했는데 군수품을 만드는 원료란다. 이 열매는 독이 있어서 가시에 찔리면 그곳이 벌겋게 되어 근지럽고 심하면 헐기도 한다.

이런 채집을 나갈 때는 점심 요깃거리를 해달라고 해서 가지고 가는데 그때 밥을 싸서 간다는 것은 생각도 못했다. 겨우 고구마, 밀기울떡, 쑥버므레, 호박 삶은 것 등이었다. 우리 다섯 동무가 함께 갈 때 좃매랭이는 언제나 하얀 쌀밥에 계란부치기 등 고기반찬을 해가지고 왔다. 저 혼자 먹을 것 아니라 우리 다섯 사람이 모두 먹을 수 있을 만큼 해가지고 왔다. 그럴 때 우리가 가지고 가는 요깃거리는 간식으로 먹게 된다. 그렇게 귀한 음식을 가지고 오면서도 언제나 우리에게 미안한 얼굴을 하는 심성이 고운 동무였다.

좃매랭이는 아버지와 어머니의 사는 모양을 싫어했다. 아버지는 밀양읍에서 이름난 친일 유지이고 여러 가지 감투를 쓰고 있었다. '국민총력연맹' 지부의 간부, 방공훈련 지도원, '녹기연맹' 이사, '총후봉공회' 회장 등. 어머니도 '대일본애국부인회' 간부로 출정군인 환송이나 신사참배 행사 때마다 까만 몸뻬를 입고 빨간 동그라미 밑에 '대일본애국부인회'라고 쓴 흰 어깨띠를 두르며 그 볼이 통통한 얼굴을 보이고 있었다. 좃매랭이는 이런 아버지와 어머니가 싫었던 것이다. 뺨 밑 입가에 까만 점이 있고 곱상한 얼굴에 아주 다감한 소년이었다. 그는 해방 후에도 조금도 변하지 않은 부모의 권력기생적인 삶과의 갈등에서 헤매다가 스스로 파멸하고 말았다.

우리 다섯 동무들과 함께 끼지 못해 유달리 샘을 내는 아이가 있었다. 그 아이는 내가 아주 어릴 때 싸우다가 팔뚝을 물었던 일이 있는 오봉이였다. 오봉이는 누구나 좋아하지 않았다. 언제나 제멋대로 하려고만 하고 남과 잘 다투고 남의 얘기를 고약하게 해서 일러바쳐 이간을 붙이기도 잘했다. 우리 다섯 동무는 서로 비밀 없이 얘기하는데 이 아이와 사귀는 데는 여간 거리끼지 않을 수가 없었다.

오봉이가 우리 다섯 동무 중에서 가장 만만하게 보는 것이 난데 언제나 나를 입이 아프도록 헐뜯고 있었다. 내가 여섯 살 땐가 싸워서 팔뚝을 물은 걸 가지고 개처럼 물었다고 동무들에게 떠들고 다녔다. 별로 아는 체를 안하고 상대를 안하자 자기를 두려워한다고 짐작했는지 노골적으로 싸움을 걸어왔다.

하루는 실습지에서 김을 매고 있는데 오이를 하나 뚝 따서 던졌다.

"어이 개뚜뱅이, 쉿 물어!"

그래서 나는 오봉이를 한참 노려보다가,

"어이 오봉이. 그만해. 내가 여섯 살 때 니캉 싸워서 니 팔을 물었다만 그걸 가지고 아직도 놀리는데, 자꾸 시도 때도 없이 그러면 안 좋다. 이 자석, 좀 그만해라."

"야, 이 자석 봐라. 그만 안하면 니가 우짤 끼고?"

"길면 안 좋다 말이다. 이 자석아!"

"안 좋다 카면 좋도록 하자. 이 자석아, 한 번 붙자 카면 붙을 끼고."

"어이쿠 이 자석아 정 내캉 한번 붙고 싶나? 이제 다시 문다는 그 소리 안 나오게 해주께!"

"오냐, 한번 하자."

"좋다, 이 자석아. 오늘 시간 마치고 요 아래 언덕 밑에서 일 대 일로 하기다. 마침 저기 수업이가 온다. 수업이한테 싸움 한번 봐주라고 부탁하구마."

그 시절 우리들이 정식으로 싸움을 할 때 '싸움을 봐주는 사람'이 있었다. 말하자면 결투의 입회자이자 심판이었다. 싸움은 코피가 터지거나 울거나 돌을 쥐거나 하면 지는 것으로 판정되고 '싸움을 봐주는 사람'이 싸움을 중단시킨다. 오직 맨몸으로만 싸우고 결과는 동무들에 의해 판정되었다.

그래서 나는 수업이를 보고

"수업아. 내가 오늘 저 자석하고 한판 붙기로 했다. 니가 싸움 좀 봐줄래?"

했더니

"저 자석이 또 까불었구나. 아무래도 한 번 붙기는 붙어야 하겠더라. 어이 오봉이. 저번에 '찐쌀 봉탱이'하고 할 때 맹크로 '잉' 울면서 돌을 쥐면 그때는 직이뿐다!"

'찐쌀 봉탱이'는 우리 반에 있는 가지볼이 처진 아이의 별명인데 이 아이는 조그마하지만 눈초리가 날카롭고 다구지다. 오봉이는 이기지도 못하는 싸움을 자주 해서 이미 소문이 나 있었다.

학교 교문에서 남쪽으로 50미터쯤 내려오면 언덕져 있는데 거기는 황토를 실어내는 곳으로 온통 황토바닥이다. 이곳이 우리 학교 아이들의 결투장으로 자주 쓰는 곳이었다.

학교 끝날 시간이 되자 나는 그 결투장에서 오봉이를 기다렸다. 수업이가 오봉이를 데리고 왔다. 반 동무들에게 이미 소문이 나서 많은 동무들이 구경을 왔다. 나와 오봉이는 서로 눈을 꼬나보며 허리에 묶은 책보를 풀어놓고 나섰다. 반 동무들은 둘을 빙 둘러쌌다. 수업이가 우리들을 불러놓고

"야 이 자석들아. 준비됐나? 한쪽이 코피가 터지거나 울면 싸움은 그만두는 기다. 자, 그러면 붙어라!"

하고 선언했다.

나는 두 손을 내리고 오봉이를 노려보고만 있었다. 오봉이는 두 주먹을 들고서 제가 무슨 권투 선수처럼 너불댔는데 그 꼴이 우스운지 아이들이 웃는다. 그러나 내가 다가가면 달아났다. 그래서 가만히 있었더니 이놈이 다가들면서 주먹을 쑥 내밀고 나오는 것이었다. 그 주먹을 왼손으로 잡아쥐고 앞으로 당기면서 놈의 뺨을 오른손으로 한 대 '철썩' 소리가 나도록 쳤더니 이놈이 비틀거렸다. 비틀거리는 놈의 옆구리를 차버렸다. 오봉이는 서너 발자국 비틀거리다가 넘어졌다. 넘어진 놈을 올라타고 위에서 머리고 얼굴이고 난타를 했다. 이놈이 얼굴을 이리저리 돌리다가 '아야 아

야' 소리를 연달아 내놓더니 그만 '잉' 하고 운다. 그래서 나는 싸움 규칙대로 일어나 비켜섰다. 그랬더니 이놈이 울면서 날보고

"잉, 이 자석 직이뿐다!"

하면서 돌을 찾아 두리번거렸다. 그러나 거기에는 돌이라고는 없는 황토바닥이었다. 싸움을 보던 수업이가 오봉이의 궁둥이를 한 대 차면서,

"이 자석아, 상대도 안되는 자석이 싸움은 와 걸고 지랄이야."

라고 했다. 싸움은 끝났다.

나는 그 사이 몇 년을 이 오봉이 때문에 얼마나 속이 상했는지 모른다. 그래서 그런지 속이 시원했다. 그뒤부터 오봉이는 닭싸움에 진 장닭처럼 내가 곁에 가면 슬그머니 피해버렸고 다시는 '문다'는 얘기는 하지 않았다. 만일 그 소리를 다시 하다가는 반 동무들한테 웃음만 살 것이고 나한테 사정없이 쥐어박힐 것이기 때문이었다. 싸움이라 할 것도 없이 결말이 나고 말았지만 나로서는 무엇에서 해방된 기분이었고, 우리 다섯 동무들에게는 귀찮은 놈이 떨어져나가 모두 시원하게 생각했다.

독립군 이야기

우리들 다섯 동무가 모여서 얘기하는 화제 중에는 독립군 얘기도 있었다. 당시 독립군 얘기는 그야말로 큰일날 일로, 아무하고 말하는 얘기가 아니었다. 이런 얘기는 나이가 제일 많은 평팔이가 저보다 큰 형들이 하는 얘기를 우리들에게 전해준다. 평팔이가 이 독립군 얘기를 내어놓으면 우리 넷은 아연 긴장해서 주변을 살피고 얘기를 재촉한다. 그것은 둔갑술을 한다는 김원봉 장군 얘기와 백두산에서 축지법을 하면서 왜놈 군대를 무리죽음시키고 있다는 김일성 장군 얘기 그리고 밀양 경찰서에 폭탄을 던졌다는 의열단 얘기들이었다.

김원봉 장군은 밀양 사람이다. 의열단을 조직하여 왜놈들의 간담을 서

늘하도록 한 약산 김원봉을 말하는데 생가가 삽개 마을에 있었다. 학구가 우리와 같아서 그 동네 아이들은 우리 학교에 다녔다. 김원봉 장군의 누이동생이 우리와 같은 학년으로 여학생 반에 다니고 있었다. 이름이 김학봉인데 약산 계모 소생의 남매 중에서 아래 누이이다. 나이가 나보다 두세 살 더 많았고 공부도 잘했으며 몸집도 크고 점잖은 처녀였다.

평팔이의 얘기로는 몇 년 전에 이 김원봉 장군이 아버지 제삿날에 제사를 지내고 갔다고 한다. 물론 사실은 아니지만 하나의 전설로 그 당시 밀양 사람들에게 전해지고 있던 얘기이다.

"야들아. 김원뵝이 장군이 저그 아배 제사지내고 갔다는 얘기 못 들어봤제. 김원뵝이가 대국(일본이 중국을 지나(支那)라고 천하게 부르는 데 비해 조선 사람들은 조선시대 때부터 불러온 대로 대국이라 하였다)에 있으면서 부하들에게 둔갑술을 가르쳐 밀양 경찰서에 몰래 들어가서 폭탄을 던지고, 서울에 있는 조선은행(동척을 잘못 알고)에 폭탄을 던져 왜놈들을 요정냈는데 몇 년 전에는 저그 아배 제삿날에 왔다가 갔다 카거던.

집안 식구가, 작은방에는 아무도 없는데 사람 기척이 나길래 문을 열어봤더니 거기에 김원뵝이가 떠억 앉아 있는기라. 집안 식구가 놀라서 '아마 김원뵝이가 대국에서 왜놈하고 싸우다가 죽어서 혼이 왔는갑다' 싶어서 손을 만져봤더니 손이 따뜻하길래 혼이 아니고 진짜 사람이라 안카나. 그래서 제사상에 데리고 가서 제사를 지내고 음복까지 다 했는데, 왜놈들이 우째 알고 집을 뺑 둘러쌌는기라. 김원뵝이는 집안 식구들에게 '내가 왔는 거 봤다는 얘기만 안하면 된다'고 말하고는 도술을 부렸는데 그만 한 마리 '땡삐'(땅벌의 밀양 사투리)가 돼 부릿는기라. 왜놈이 육혈포를 들고 문을 벌컥 열었더니 그만 땡삐가 '왱' 하면서 밖으로 날라가 버렸제.

왜놈들이 아무리 집안을 뒤지고 지랄을 해봐도 있어야지. 식구들을 보고 물어도 식구들은 시치미를 뚝 떼고 '당신들 지금 뭐라 카고 있노? 김원뵝이가 우짠 말고. 지금 대국에 있는 사람이 각중에(갑자기) 언제 왔노?'라고 도로 물으니 왜놈들이 할 말이 없는기제.

백두산에서는 김일성 장군이 축지법을 해서 동에 뻔쩍 서에 뻔쩍하고 솔잎사귀가 모두 총알이 되고 갈방잎사귀(갈잎사귀)가 모두 독립군이 된다 카는 소문이고, 수만 왜놈들을 족쳤다는데 너그 그 말 들어봤나?"

"응. 그런 얘기는 벌써들 하더만."

"그런데 그 많은 독립군은 다 어디 갔노?"

"지금 그 독립군이 둔갑술을 배워갖고 백두산에서 다 내려와 깊은 산속에 숨어 있다 카더라. 숨어 있다가 천기(天機)를 봐서 한꺼번에 나와 왜놈들을 모조리 요정내고 조선나라를 맹근다 카더라."

이런 얘기를 하면서 우리들은 가슴 두근거리며 그날이 어서 오기를 기다렸던 것이다.

어느날 우리들은 손장군 발자국을 보러 가기로 했다. 손장군은 밀성 손씨의 시조이다. 옛날 왜놈들이 밀양 고을에 침노해 왔을 때 왜놈들을 몰살시키고 밀양성을 쌓은 공으로 나라에서 밀성군으로 봉군해주었다고 하는데 밀양 사람들이 밀양 고을의 수호신으로 모시고 있던 전설적인 영웅이다.

손장군의 사당이 밀양시의 추화산에 있어서 고을 사람들이 복을 빌고 생남을 빌고 병 고쳐주기를 빌었다는데 일제강점기에 왜놈들이 헐어버렸다고 한다. 추화산의 추화는 밀양의 옛이름 '미레벌'을 한역한 것이다. 바로 추화산은 미레벌의 산이라는 뜻이다. 이 추화산은 밀양 사람들의 성산으로 여겨온 신성한 산이다.

옛날에 이 추화산은 봉수산(烽燧山)으로 남녘 해안에 왜구가 침략하면 서울에 알리는 봉화를 이어주는 산이었다. 지금도 산정에는 봉수대의 터가 그대로 남아 있고 밀성군을 모시던 사당의 터가 있다.

우리들은 이 추화산에 올라가 봉수대를 구경하고 밀성군 사당터를 보고 바로 그 뒤 너럭바위에 있는 밀성군 손장군의 발자국이란 것을 보았다. 그 너럭바위에 길이 두어 자쯤 되고 폭이 한 자쯤 되며 깊이 두세 치쯤 파인 곳이 두어 군데 있다. 밀양 사람들은 이것을 손장군의 발자국이라 했다. 손장군이 여기에서 뜀을 뛰어 남천강을 건너 마주보이는 반티산으로 뛰었다고 하는데 그때 힘을 주어 굴린 발자국이라 했다.

손장군에 관해서는 다음과 같은 전설이 전해지고 있다.

손장군은 나이가 아주 젊어서부터 추화산 산신령에게서 10년 넘게 도술을 배워 그 재주가 무궁무진하게 되었다. 옛날에 밀양은 성이 없는 벌판이어서 왜놈들이 무인지경처럼 쳐들어왔다. 왜놈들이 쳐들어오면 밀양 고을 사람들은 언제나 추화산 밑으로 피난을 했다.

어느 여름날, 또 왜놈들이 쳐들어와 온갖 못된 짓을 다 하다가 제풀에 지쳐 밀양땅에 진을 치고 술이 엉망으로 취해 여름 더위에 허덕거리면서 벌거벗고 배때기를 그냥 드러내고 초저녁부터 자빠졌다.

손장군은 추화산 산 속에 숨어 있는 남자들을 모두 불러서 오늘은 날씨도 덥고 그동안 왜놈들 분탕질에 그 흔한 수박을 마음놓고 못 먹었으니 오늘 밤은 수박서리나 하러 가자고 했다. 그래서 사람들을 모아 두 편으로 갈라놓고 한 편은 수박을 따오도록 하고 다른 한 편은 묵직한 방망이를 가지고 가서 남은 수박을 왜놈들이 못 먹게 깨부수라고 했다.

사람들은 손장군을 따라가서 시키는 대로 한 편은 수박을 따서 짊어지고 가고 묵직한 방망이를 든 한 편은 거기에 있는 수박을 모조리 깨부수었다. 밤새도록 신나게 깨부수다가 날이 훤히 밝아서 높은 언덕에 올라와 내려다보니 이때껏 깨부순 것이 수박밭이 아니라 왜놈진터이고, 터져 깨진 것이 수박이 아니라 왜놈 대가리였다. 손장군은 도술을 써서 왜놈을 무서워하는 사람들 눈에 왜놈 대가리를 수박으로 보이게 했던 것이다. 한 편에는 진짜 수박 밭에서 수박을 많이 따다가 산에 숨어서 고생하고 있는 노인과 어린이와 여자들에게 여름 더위를 식혀주었다 한다.

손장군은 이렇게 왜놈들을 쳐부순 후 밀양 고을 사람들에게 성을 쌓게 했다. 그뒤부터 왜놈들이 아무리 쳐들어와도 이제는 숨지 않고 성에 의지해서 왜놈들을 모조리 무찔렀던 것이다.

밀양 고을을 왜놈의 침략으로부터 지켜내고 백성들을 보살폈던 손장군의 애국 정성은 죽어서도 밀양 사람들의 어려움이나 한을 풀어준다는 믿음이 되어 영원히 사람들의 가슴에 남아 있게 되었다. 그것이 손장군의 사당과 송징이 무당들이 손장군을 불러다가 액을 막는 굿으로 남아 있었던 것이다.

짐이 뜻밖에 방귀를 뀌었다

1944년의 여름방학이 끝나자 전쟁도 마지막 단계로 나아가고 있었다. 연합군은 총반격전으로 전환했다. 필리핀을 석권하여 해방시키고 사이판 섬을 둘러빼고 유황도를 점령하여 마침내 오끼나와로 쳐들어왔다. 일본 본토는 매일 B 29 폭격기가 날아와서 폭격해대고 일본의 수도 도쿄도 태반이 불탔고 오사까도 마찬가지였으며 일본의 중요 공업지대와 항만시설은 엉망으로 파괴되었다. 이제는 이에 대항할 군함도 비행기도 없었고 일본 열도의 제해권, 제공권은 모두 연합국에게 내주고 말았다.

왜놈들은 단말마의 발악을 해댔다. '가미가제' 특공대라는 인간폭탄을 만들었다. 허술하게 날림으로 만든 비행기에 돌아올 연료 대신 폭약을 가득 채워 타고 가서 함대의 대공포화를 무릅쓰고 뚫고 들어가 적의 함선에 그대로 들이받아 자폭하는 것이다. 미국 함대는 한때 이 가미가제 특공대에 애를 먹었지만 나중에 대공 포화망을 더욱 촘촘히 함으로써 들이받기 전에 모두 바다에 떨어뜨리고 말았다.

1944년 연말에는 사람을 가득 싣고 또 군수물자를 가득 실은 부관연락선(釜關連絡船) '공고오마루'(金剛丸)가 미국 잠수함의 공격을 받아 수백 명의 인명과 함께 현해탄 깊숙이 침몰하고 말았다. 왜놈들은 이때까지 민간인을 볼모로 삼아 민간 연락선으로 군수품을 수송했으나 이제 그것도 못하게 되었다. 이리하여 조선과 일본 사이의 교통도 두절되고 말았다.

학교에 가면 왜놈 교장은 그래도 일본이 이긴다고 우겼다. 가미가제 특공대의 인간폭탄은 다른 나라에는 볼 수 없는 일본 남아의 본심이고 애국심의 극치라고 떠벌렸다. 일본은 이때까지 국난을 여러 번 당했지만 언제나 마지막에 가서 신의 도움으로 최후의 승리를 얻었다고 했다. 또 일본은 신의 나라이기 때문에 절대로 전쟁에 지지 않을 뿐더러 '아라히도가미'(現人神)인 천황을 보우하는 일본의 8만이나 된다는 수많은 여러 신이 전쟁에 지도록 그냥 보아 넘길 리가 절대 없다고 하면서 '젯따이'(絶對)를 거듭거듭 다짐했다.

왜놈 교장은 조회대 위에 올라서서 언제나 그 깡마른 목소리로,

"에에또. 와가구니와 가미노 구니데 아아루(우리 나라는 신의 나라이다)."

라고 거듭 뇌까리고,

"옛날에 몽고가 일본에 쳐들어올 때 바로 하까다의 바닷가에서 가미가제(神風)가 불어서 수백 채의 몽고 병선과 수십만의 몽고군이 하룻밤 사이에 몽땅 수장되고 말았다. 일본은 그런 나라다. 지금 아메리카군이 사이판과 이오지마, 오끼나와에서 자꾸 혼슈우(本洲 : 일본 본토)에 가까이 오고 있는데 이것이야말로 우리가 바라는 바다. 올 테면 오라. 얼마든지 오라. 마지막에는 신의 나라가 어떤 것인지 보여줄 것이다. 가미가제가 어떤 것인지 보여줄 것이다."

라고 악을 쓰며 이 마지막 말을 되풀이했다.

우리들 다섯 동무는 뒤에 서서 왜놈 교장이 '에에또 닛뽕와'라는 소리를 내면 그 뒤에 '가미노 구니데 아아루'라고 나올 것을 이미 알고 작은 소리이지만 부근의 아이들이 들을 만한 소리로 '가미노 쿠소데 아아루'라고 달아준다. 이 말은 '신의 똥이다'라는 말이다. 아이들은 이 소리를 듣고 크게 웃지는 못하고 웃음을 참느라고 쿡쿡거렸다. 크게 웃다가는 호시노의 시나이에 터질까 봐 겁이 나서였다.

그 해 11월 3일에 일어난 일이다. 11월 3일은 '학생의 날'로 광주학생독

립운동이 일어난 날이다. 이날은 왜왕 명치의 생일날인 이른바 '메이지세쯔'(明治節)라 해서 왜놈의 명절이었다. 이날 명절기념식을 한다고 조선 학생을 등교시키다가 일본 학생과 충돌이 일어났고 그것이 불씨가 되어 요원의 불길처럼 번져 전국의 학생들이 항거에 일어섰던 투쟁이 광주학생독립운동이다.

그날은 늦가을이기는 하나 몹시 찬 날씨였다. 왜놈들이 말마다 가미가제를 들먹여서 하늘이 노했는지 아주 추웠다. 아이들은 대부분 아직 홑것으로 견디고 있어서 오돌오돌 떨고 있었다. 식을 한다면서 줄을 바로 세운다, 동방요배(東方遙拜 : 왜왕의 궁성이 있는 동쪽으로 향해 절하는 의식) 연습을 시킨다는 둥, 굿을 한바탕하고 세워놓은 지 오래 되어 모두 추워서 동동거리고 있었다.

이윽고 식이 시작되었다. 메이지세쯔 의식에는 왜왕 명치가 내렸다는 교육칙어를 반드시 읽었다. 후에 박정희 유신정권도 명치유신의 본을 받아 '유신'(維新)이라 했고 명치의 교육칙어도 본떠서 '국민교육헌장'이라는 것을 만들어 행사 때마다 읽게 했다. 교두가 경건하게 머리 위에 치켜 받들고 온 칙어를 받은 교장은 최경례를 하고 이를 펴들고 읽는다. 칙어를 읽는 동안 머리를 깊게 숙이고 있어야 하고 아무도 머리를 들지 못했다.

교장이 칙어를 펴들고 막 읽으려 하는데 내 앞에 선 파리똥이 나오는 방귀를 참다가 참다가 못 견뎌 그만 뀌고 말았다. 그 소리가 '삐옹' 하고 나왔다. 그러자 옆에 있는 동무들이 나오는 웃음을 또 참다가 못 견디어 '쿡쿡' 소리를 내었다. 그러자 개병쟁이가 이 좋은 기회를 가만히 있을 수가 없어서 근엄한 목소리를 흉내내어 작은 소리로 "징가 오모와즈 해오 다시다"라고 했는데 그 소리가 교장의 깡마른 소리로 내는 "징 오모오니와가 고오소 고오소"라고 읽는 소리와 꼭 맞게 나왔다. 이러자 웃음은 번져나갈 수밖에 없었다. 여기저기에서 '쿡쿡' 소리 죽인 웃음소리가 났다.

'징가 오모와즈 해오 다시다'라는 일본말은 '짐이 뜻밖에 방귀를 뀌었다'라는 말인데 그 다음 이어지는 말은 '너희들 신민은 구린내가 날 것이다.

인고단련(忍苦鍛鍊)이니 참고 견디어라'이다. 이처럼 뒷줄에서 키들거리고 있어도 이때는 모두 머리를 숙이고 있어야 하는지라 선생이라 해도 머리를 치켜들고 볼 수는 없었다. 이 칙어 읽기가 끝나자 까딱이 후끼 선생의 안경알이 이쪽으로 번득였다. 식이 끝나면 한바탕 난리가 있을 것 같았다.

그날의 교장 훈화는 유독 '오소레 오오꾸모 덴노오헤이까가'를 몇 번이나 했다. 왜놈들이 날이 갈수록 초조해진 것이다. '오소레 오오꾸모'라고 하면 반드시 약간 뜸을 들인다. 그러면 선생이고 아이고 모두 '척' 하는 소리가 나도록 '차렷' 부동자세를 해야 했다. 다음에 올 '덴노헤이까'(천황 폐하)는 '황공하옵게도'(오소레 오오꾸모) '쉬어' 자세로 들어서는 안된다는 것이다.

식의 끝에는 언제나 '우미유까바'(바다로 나간다면)라는 노래를 부르고 '덴노헤이까 반자이'(천하 폐하 만세)를 삼창한다. 우미유까바라는 노래가 또 문제이다. 다같이 소리내어 부르기 때문에 노래가사를 조금 바꿔도 곁에서 잘 알아듣지 못한다. 우미유까바라는 노래는 옛날 어느 군국주의자가 지은 노래인데 노랫말이 대강 이런 뜻이다.

"바다로 나간다면 물에 젖은 주검이 되고 산으로 나간다면 풀덤불 속의 주검이 되리. 다만 천황의 그 두리에서 죽는다면 억울함이 없겠네."

여기에서 '천황의 그 두리에서 죽는다면'이란 일본 노랫말이 '오오기미노 헤니고소 시나메'인데 이것을 '오오기미노 헤소노 시다 나메'로 다섯 자만 바꿔 불렀다. 이렇게 바꿔놓으면 '천황의 배꼽 아래나 빤다면'으로 되어 망측한 욕이 되고 만다. '물귀신이 되더라도 풀덤불 귀신이 되더라도' '천황의 ×이나 빨아라'는 말이다. 도대체 이런 말이 어디에서 나왔는지. 옛날부터 천심은 동심에서 나타난다고 했는데 아이들의 마음이 이미 이처럼 천황을 우습게 보게 되었으니 왜놈들이 안 망할 수 있겠는가.

식이 끝나자 까딱이 후끼놈이 조례단 위에 뛰어오르더니

"5학년 남학생 전원, 교실에 들어가지 말고 그 자리에 서 있어!"

라고 고함을 지른다. 4학년, 6학년이 교실에 다 들어가고 5학년만 남았다. 이놈이 오더니 반을 딱 잘라 앞에 선 아이는 교실에 들어가란다.

"교장 선생께서 황공하온 칙어를 읽고 있는데 누가 웃었는지 웃은 사람은 정직하게 나왓!"

아무도 안 나가고 그대로 서 있자 후끼가

"빨리 나오지 못해!"

고함을 빽 질렀다. 제일 먼저 평팔이가 나갔다. 그러자 여기저기에서 앞으로 나서더니 결국 모두 나섰다.

"왜 웃었는지 말해보라."

후끼가 묻자, 이번에는 내가 나서서 말했다.

"오늘 아침에 보리죽을 먹고 왔더니 소화가 안되어 방귀가 나왔습니다. 방귀를 뀌지 않으려고 억지로 참았는데 '오모와즈'(뜻밖에) 나왔습니다."

이렇게 대답하자 아이들이 그 오모와즈라는 말에 또 웃었다. 이번에는 참다가 나오는 쿡쿡 웃음이 아니라 그냥 소리내어 '하하하' 웃었다. 후끼도 어처구니없는지 한 번 '시익' 웃는 듯 하더니 근엄한 얼굴을 했다. 하지만 그것은 '생파리' 같은 얼굴이었다.

알고 보니 별것 아니지만 그냥 두자니 '황공하옵는' 일을 우습게 만들어 화가 나고 해서 우리들을 두 시간 동안 운동장에 세워놓았다. 우리는 바람이 '쌩쌩' 부는 운동장에서 벌벌 떨면서 벌을 섰다. 물론 개병쟁이의 그 희한한 대사를 후끼는 모른다. 만일 알았다면 그냥 벌 세우는 것만으로는 넘어가지 않았을 것이다.

벌을 다 서고 나자 파리똥이 날 보고

"야 이 자석아. 방귀는 내가 뀌었는데 니가 와 뀟다고 나서노?"

라고 대든다. 그러자 옆에서 평팔이가 나서며

"말 말아라. 맷집 좋은 개뚜뱅이가 잘 나섰지. 호시노라면 무조건 시나이로 패고 보는데. 이 자석아, 니가 나갔다면 삐삐 마른 놈이, 너는 뼉다구까지 시퍼렇게 멍들 끼다."

라고 하자 모두 '와아' 하고 웃었다.

여름방학 이후로도 우리들은 내내 근로동원에 나갔으며 학교 공부는 거의 하지 않았다. 근로동원은 겨울방학 때도 계속되었고 그 이듬해 봄까지 계속되었다. 상남들판에 비행장 닦는 데 쓰는 자갈과 모래를 강바닥에 끌어모으는 일이었다. 아예 학교에 등교하지 않고 바로 남천강 예림다리 아래에 모였다. 아침 아홉 시부터 오후 다섯 시까지 일하는데 점심 때에 주먹밥 한 덩이에 다꾸앙(단무지) 세 조각 얻어먹는 것뿐이었다.

거기에는 어린 아이들만 나오는 것이 아니라 동네 '아이고꾸항'(愛國班)을 통해 집집마다 한 사람씩 나와서 일을 했다. 남자는 군대나 징용 그리고 보국대에 다 끌려가고 처자들은 정신대에 끌려갔거나 숨었기 때문에 모두 아주머니나 할머니 그리고 할아버지들이 나왔다. 이들에게는 그나마 우리에게 주는 주먹밥도 없었다. 대개 굶거나 먹는 것이라 해도 밀기울떡이나 보리등겨떡으로 요기를 했다. 제 얼굴하고 있는 사람은 하나도 없었고 그 중에는 부황든 사람도 있었다.

겨울방학에는 교동 동쪽에 있는 공동묘지와 추화산 북쪽 야산 사이에 흐르는 계곡을 막아 저수지를 만들기 위해 둑 쌓는 일을 했다. 이것은 겨울방학 동안 우리 학교에 맡겨진 일이었다. 겨우내내 일요일도 없이 나가 흙을 져 나르고 헹가레질로 둑을 다졌다.

해방 전야

1945년의 새해가 밝아왔다. 떡방앗간은 문을 닫은 지 몇 해가 되었고 떡국 끓여 제사지낸 지 까마득했다. 죽도 끓이기 힘든 판에 제삿밥 지을 엄두도 나지 않았다. 그런데 사람 사는 법이 팔모라고 그래도 설, 추석 제사를 거르거나 그 많은 기제사를 안 지낸 적은 없었다. 추석 때 형편이 안되면 9월 9일 중양절에 지낸 적은 있었지만 그냥 넘기지는 않았다. 할머니와 어머니는 끼니를 못 에우고 부석부석해도 제사에 쓸 쌀은 봉탱이에 넣어 큰방 다락 위 가장 구석진 곳에 행여 쥐라도 달려들까 봐 양철통 안에 넣어두었다. 그래서 우리 아이들은 제삿날이 되어야 쌀밥에 나물을 넣은 비빔밥이나마 먹을 수 있었다. 철 모르는 우리 향이는 제삿날이 되면 그 고사리 같은 손으로 손뼉을 '짝짝' 치면서

"와아, 제짜다. 아이고 좋아라."

하면서 우는 얼굴을 펴고 예쁜 얼굴에 함박꽃 웃음이 피어났다.

그 해는 유독 힘든 해여서 내일모레가 설인데도 아무 기척이 없었고 할머니도 어머니도 막연한 듯했다. 할머니는 그믐날, 늦은 녘에 자루 하나를 들고 나갔다. 할머니의 재주는 용했다. 모두 저녁에 죽 한 그릇씩 먹고 구둘막에 옹기종기 모여 있는데 서너 되나 됨직한 쌀자루를 어머니에게 준다. 어머니는 그때서야 다락에서 마른 고사리도 내고 도라지도 내어 물에 담그고 밤도 까서 물에 담근다. 그래서 우리 아이들은 초조감에서 벗어나고 '아! 내일 설날 제사를 지내는구나' 하는 안도감에 잠겨 모두 얼굴이 밝아졌다. 작은방에서는 작은아버지가 조선 종이에 지방을 쓰기 시작했다.

그런데 또 기적 같은 일이 생겼다. 캄캄한 밤중에 뒷집 할아버지가 짚으로 싼 무엇을 손에 들고 오셨는데 쇠고기였다.

"야들아. 내일 제사는 지내야제. 우째 마련이 좀 되기나 했나?"

어머니는 퇴청으로 나오면서

"할아버님 오십니꺼. 예. 어머님이 매할 쌀은 구해왔심더. 매나물 제사를 지내는가 했는데 할아버님께서 소고기를 어떻게 다 구했습니꺼?"

"오냐. 욕본다. 어디서 설 쉴려고 몰래 잡은 것 갑더라."

이렇게 해서 그 이튿날 설날에 차사(茶祀)를 지내게 되었고 우리 아이들은 쇠고기 탕국에 쌀밥으로 설날 아침을 맞게 되었다. 나는 이렇게 해서 열세 살의 설을 맞았다.

새해에 들어 미국 군대의 진격은 좀 주춤했다. 그러나 일본 본토에 대

한 폭격은 날이 갈수록 더욱 심해졌다. 소문으로는 비행기에 석유를 싣고 와서 도시 위에 가랑비처럼 뿌려놓고 거기에다 소이탄을 터뜨려 사람들은 불길을 피할 여유도 없어서 타죽는다고 했다. 그러나 아직 조선에서는 폭격이 없었다.

지난 해까지만 해도 사람을 잡아가느라고 그렇게나 설치고 공출이라고 나뒤지고 빼앗아가더니 새해 들어서는 이런 일이 좀 수그러졌다. 하기야 이제 잡아갈 사람도 없고 빼앗아갈 것이 없기도 했지만. 그러나 연일 보국대에 나오라는 성화는 여전했다. 상남면의 비행장 닦는 데 나오라는 보국대였다. 왜놈들은 이것이 본토결전의 준비라고 했다.

이탈리아 무솔리니는 이미 1943년에 맞아 죽었고 그후 생긴 바드리오 정권이 연합국에 항복했다. 독일도 동서에서 물밀듯 쳐들어오는 연합군의 총공격으로 오늘내일 하더니 1945년 5월에는 베를린이 함락되어 히틀러는 자결을 했는지 불에 타죽었는지 모르지만 죽고 말았으며 연합군에게 그대로 완전히 점령되고 말았다. 이제 남은 것은 마지막 숨을 몰아쉬고 있는 왜놈들밖에 없었다.

그 해 4월, 나는 6학년이 되었다. 이제부터 중학교 진학에서 입학시험 제도가 없어졌다. 모두 학교장의 내신성적과 추천으로 입학을 결정한다고 했다. 이제 나 같은 놈은 왜놈들 밑에서 중학교와는 영영 멀어졌다.

5학년을 마치는 날, 호시노가 '직업 가', '조행 가'인 그 통신부(성적표)를 주면서 좀 남아 있으란다. 그래서 다 마칠 때까지 기다렸다.

"올해부터 상급학교 입학제도가 내신추천제로 바뀌었다. 그래서 아무리 학과 공부를 잘해도 내신추천서가 나쁘면 상급학교에 들어갈 수가 없다. 네가 상급학교에 가려고 한다면 이때까지의 학교생활을 반성하고 좀더 잘 해야 한다. 학교에서 하라는 일을 부지런히 하고 학교에서 조선말을 마구 지껄이지 말고 얌전하게 굴어야 한다. 그래야 상급학교에 들어갈 수 있는 내신추천서를 받을 수 있다."

호시노가 남아서 한 말은 이것이었다. 나는 잠시 생각했다. 아무리 생각해도 호시노가 말하는 것처럼 내가 달라져야 할 이유가 없었다. 학교생활이란 공부를 잘하는 것이 첫째인데 그것은 뒤로 제쳐놓고 시키는 일을 잘하고 못하는 것으로 내신추천을 하다니 말도 되지 않는 것이라고 생각되었다. 그리고 동무들에게 못된 짓을 하거나 나쁜 짓을 한 일도 없는데 조행이 나쁘다는 것은 이해할 수도 없을 뿐더러 화도 났다. 그래서 '까짓 것, 그따위 중학교라면 안 간다'라는 배짱이 생겨 호시노에게 쏘아붙였다.

"나, 별로 상급학교에 가고 싶지 않습니다. 상급학교도 공부는 안 가르치고 여기처럼 맨날 일만 시킨다면 갈 필요가 없지요. 그리고 내가 무슨 도둑질을 했습니까, 남을 때려 상처를 입혔습니까, 왜 내가 조행이 나쁩니까? 조행이 '가'라 해도 나는 하나도 부끄럽지 않습니다. 나는 아무 나쁜 짓을 한 일이 없으니까요!"

그리고 문을 쾅 닫고 나와버렸다.

나는 언제나 신학기가 되어 새 책을 받으면 2~3일 만에 모두 읽고 풀고 모르는 말은 사전에서 찾아 읽고 한 다음 다시 들여다보는 일이 없었다. 그 다음부터는 다른 책을 읽는 데 정신이 빠져버렸다. 집에서 읽을 만한 책이 떨어지면 끝에 할배 집에 가서 끝에 할배가 보는 책, 예를 들면 세계문학전집, 아르센 루팡 탐정소설 전집 등 읽을 거리를 찾아서 읽고, 어머니나 고모가 읽는 조선 소설, 예컨대, 『단종애사』, 『금삼의 피』, 『군도』(群盜) 등 역사소설을 읽었다. 그리고 시간만 나면 중학교 과정의 『산술』, 『대수』, 『기하』 책을 읽고 문제도 풀곤 했다. 특히 기하문제는 두고두고 생각하면서 풀었는데, 문제가 풀렸을 때는 하늘을 오를 듯한 기분이었다. 다른 동무들이 내가 교과서를 보고 공부하는 것을 못 봤으니 '공부는 하나도 안하면서 시험만 치면 만점'이라 하며 모두 나를 신기하게 여겼다.

6학년이 되자 학교에서 남학생에게는 목도(木刀)와 목창(木槍) 쓰는 법을 가르치고 여학생에게는 '나기나다'(木薙刀) 쓰는 법을 가르쳤다. 모두 머리에 흰 머리띠를 매고 '에이 에이' 소리를 질렀다. 학교는 이제 전쟁놀이터가 되었다. 그것도 중세의 일본 무사놀이였다. 미군이 상륙하면 모두 결사대가 되어 '가미가제 기리고미따이'(가미가제 특공대로 칼과 창을 들고 그냥 적진에 쳐들어가는 결사대)를 조직한다나. 그래서 조그마한 꼬마들을 모아놓고 의용군을 편성한다며 분열, 사열로 또 한바탕 난리굿을 했다. 참말로 말리지 못할 왜놈들의 유치한 전쟁놀음이었다.

1945년 봄부터 할아버지는 집을 비우는 일이 잦아졌다. 전쟁도 말기가 되고 패색이 짙어지니 왜놈들의 감시도 느슨해졌다. 그동안 사람을 잡아가고 빼앗는 데 정신이 빠져 감시할 여력도 없었던 것 같다. 그러나 마지막이 되면 왜놈들은 무슨 짓을 할는지 모른다. 소문으로만 들리는 것인데 철도가 더러 폭파되었다 하기도 하고, 평양에서는 군대에 갔던 조선 청년이 집단으로 병영을 탈출하여 산으로 달아났다고 하기도 하고, 경찰 주재소가 불탔다기도 하고 소문이 흉흉했다. 나중에 안 일이지만 할아버지는 이해 이른 봄부터 다가올 해방을 맞아 동지를 규합하고 연합군의 상륙을 민중의 무장봉기로 맞을 준비를 하기 위해 일하고 있었던 것이다.

그 해 5월 할아버지는 어머니와 우리 사남매를 성만 동네로 보냈다. 겉으로 말하기는 앞으로 있을지 모를 공습을 피하여 미리 소개(疏開)한다면서 간단히 이삿짐을 꾸려 소달구지에 실어 데리고 갔다. 그러나 실은 만약에 할아버지에게 무슨 일이라도 생기면 어린 우리 사남매만이라도 살려야 했기 때문이다.

이미 고향 마을 일가들과 의논이 되어 있어서 성만 동네에서 제일 유력자인 진촌 할배가 우리 다섯 식구의 거처를 마련해두었다. 집은 진촌 할배 댁의 잠실(蠶室)에 들었는데 두암에 있는 아재들이 와서 도배를 해놓고 있었다. 잠실은 3칸 두 줄되는 널찍한 온돌방에 옆에 2칸 청이 있고 뒤꼍에 부엌이 달려 있었다. 누에치는 도구는 모두 아래채에 옮겨놓았다.

진촌 할배는 나의 8대조 오형제에서 넷째의 후손 집안의 어른이고 나의 할아버지보다 열 살이 적었다. 성만 동네 우리 일가에서 살림이 가장 넉넉했고 가문의 일에 언제나 적극적이었고 필요한 비용도 주저 없이 잘 내어놓았다. 우리 일가들은 비록 여러 대가 지나 촌수가 멀어도 누구나 사촌처럼 가까이 지냈다.

이 시절, 진촌 할배와 할매 내외분이 우리 다섯 식구에 대해 알뜰하게 보살펴 주신 그 고마움은 평생 잊을 수 없다. 진촌 할매는 양식이 떨어지지나 않는지, 아이들이 아프지는 않는지 날마다 와서 보고 어머니가 삯바느질에 바쁘면 내 동생 용아를 업고 향이를 데리고 가서 벽장 속에 둔 곶감, 밤, 대추 등 먹을 것을 내다가 달래곤 했다. 자기 손자인들 이렇게 살갑게 할 수 있을까! 용아는 심심하면 내 손을 잡아끌며

"진쫑이 가자. 응 진쫑이 가자."
하면서 진촌 할배 집에 가자고 졸랐다.

또 진촌 할배와 할매뿐만 아니라 성만의 우리 일가들은 모두 알뜰히 우리 식구들을 원호했다. 오형제 끝집의 후손 집안인 서호 아재와 아지매 내외분, 서동 할매, 가미실 할배, 내진 할배와 할매 내외분, 내동 할배 집안 사람들 그리고 숟실〔釜谷〕 할매. 성만 동네에서 타성 집이 꼭 한 집 있었는데 밀성 박씨로 나의 할아버지의 진외가집이다. 그 집의 덕실 할배가 나의 고조모의 종손이다. 덕실 할배와 할매 내외분도 우리 식구에게 그처럼 알뜰할 수가 없었다. 무엇이던지 밭에서 새물이 나오면 우리집에 가지고 와서 맛보라며 주셨다. 이때 나는, 일가라는 것이 이렇구나, 이래야 한 할아버지 자손이고 선조들이 바라는 우애라는 것이구나, 이런 우애 속에서 살아야 되는구나 하는 것들을 배웠다.

잠실 대문을 나와 도랑을 건너 대밭 뒤로 해서 올라가면 바로 '밤밭등' 우리집 선영이 나온다. 그 산소 아래에 황토밭이 두어 마지기가 있다. 어머니와 나는 이 밭에 고구마를 심고 오줌을 모아두었다가 밭골에 주어 북돋워주고 해서 뿌리가 들도록 열심히 가꾸었다. 여름방학 때는 제법 뿌리가 영글어 점심 끼니거리도 되고 재두, 용아, 향아 그리고 나의 군것질거리도 되었다.

나는 성만 동네로 이사를 한 다음 며칠 있다가 초동국민학교로 전학했

다. 성만 마을에서 학교까지는 약 1킬로미터 정도의 거리인데 바로 '통바우' 동네 앞이다. 이 학교를 가운데 두고 세 가지 성씨 집안의 마을이 둘러 있다. 제일 많은 성씨는 박씨인데 새터[新湖], 대그 마을[西湖], 검암(儉岩) 동네가 있다. 그 다음이 안씨인데 금포, 성만, 두암 세 동네가 있고, 조씨로 오방(五方), 범평(帆坪)의 두 동네가 있다. 종남산 남녘 기슭 봉황(鳳凰)이라는 마을에는 공(孔)씨도 좀 있다.

박씨, 조씨라 해도 우리 일가들과 이리저리 겹쳐 사돈이 되고 해서 촌수가 다 걸친다. 그래서 그런지 학교에 가도 모두 조선말이었고 학교 선생도 교장만 왜놈이었지 모두 조선 사람이어서 분위기가 퍽 부드러웠다.

성만, 금포, 두암 세 동네에서 다니는 아이들은 대개 나에게는 아재가 되고 그 중에는 할배도 더러 있었다. 초동국민학교는 그 해 7월까지만 다니고 8·15 해방 후 개학할 때는 다시 밀양읍의 제이국민학교에 다녔지만, 그동안 참으로 마음 편하게 학교에 다녔다. 아재들이 내 짚신도 곱게 삼아주고 학교 마치고는 산기슭으로 소를 몰고 나와 먹이면서 여러 가지 놀이로 해가 지는 줄도 모르고 재미있게 놀았다.

우리 식구들을 성만에다 옮겨다 놓은 후, 할아버지는 다가올 해방을 맞이하기 위해 본격적으로 나섰다. 집에도 계시지 않고 어디에서 주무시는지 아무도 몰랐다. 한동안 경찰에서는 할아버지에 대해 별 관심이 없는 듯 찾지도 않더니 7월에 들어서자 중뿔나게 읍내의 연계소 집에 드나들며 할아버지의 행방을 물었다. 할머니에게 어디 갔는지 말하라면서 연일 찾아와 묻고 못 찾으면 할머니를 잡아가겠다고 공갈을 했다.

소문으로 김해에서는 독립운동이나 사상운동의 전력이 있는 사람들은 모조리 예비검속하고 있고 활천 할매의 시댁 어른으로 항일독립운동의 지사인 노백용(盧百容) 선생도 잡아갔다고 했다. 밀양도 곧 대대적인 예비검속을 실시한다는 말이 돌고 있었다.

8·15 해방 후 폭로된 일이지만, 왜놈들은 연합군이 상륙하기 직전에 조선의 모든 애국역량을 말살하기 위하여 약 4만 명의 학살대상자를 정해놓

았다고 한다. 8월 중순부터 예비검속을 해두었다가 적당한 시기에 모두 그들의 용어로 '처분'하기로 했다는 것이다. 그러나 급박하게 돌아가는 정세는 왜놈들에게 그러한 기회를 주지 않았다. 8월에 들어서자 6일에 히로시마에 원자폭탄이란 신형 폭탄이 떨어져 순식간에 인구 30만의 한 도시가 폐허로 되었고 이틀 후 8일에는 북쪽에서 소련군이 대일 선전포고와 동시에 물밀듯 쳐들어왔다. 그 다음날 9일에는 나가사끼에 다시 원자폭탄이 터져 도시가 순식간에 날아가버렸다. 왜놈들은 숨 돌릴 틈도 없었다. 10일에는 무조건 항복을 요구하는 연합국의 '포츠담 선언'을 수락한다고 통보하고 15일에 왜왕이 항복을 선언했다.

조선 독립 만세

8월 14일은 우리집에 나의 고조모 박씨 할머니 제사가 드는 날이고 그 이튿날은 할아버지의 증조모, 나에게는 5대 조모 진성 이씨(眞城李氏) 할머니 제사가 연달아 드는 날이다. 할아버지도 아버지도 안 계시니 내가 제주(祭主)를 맡는 수밖에 없었다. 성만 마을 잠실 집에서 제사를 지내야 하는데 그날 저녁 밤중에 두암에서 참위 할아버지와 재종조부들이 제사에 참사하러 성만으로 넘어오셨다. 두암에서 성만까지의 거리는 1킬로미터가 조금 넘는다. 첫날 제사는 15일 새벽 1시에 지낸다. 참위 할아버지는 9시쯤 오셨는데 진촌 할배와 가미실 할배 그리고 덕실 할배가 인사하러 오셨다. 거기에서 가미실 할배가 낮에 면소에 가서 들었다면서

"내일 열두 시에 일본 천황이 중대 발표를 한다고 하는데 아마 전쟁이 끝나는 갑습디다."

라고 했다. 참위 할아버지는 그 말을 듣더니 눈을 감고 한참 있다가

"신형 폭탄에 절딴나고 그렇게나 많이 죽고 또 북쪽에서는 노서아(러시아) 군대가 물밀듯 내려와 함경도는 이미 절딴났다는 소문이던데 그놈들

이 더 이상 버틸 재간이 있겠나. 결국 우리 조선은 왜놈 손에서 벗어나기는 하겠지만 앞으로 세월이 어떻게 되는지!"

라고 하시고, 나를 보고

"재구야. 니 애비는 이제 살았으면 올 꺼다. 그리고 니 할애비도 이제 그 무도한 왜놈들 등쌀에서 벗어날끼고."

라고 하신다. 나는 너무나 창졸간이라 어른들의 말뜻이 무엇인지 갈피를 잡을 수가 없었다. 그날 밤 새벽에 제사를 지내고 음복한 후 참위 할아버지와 두암의 여러 할배들은 돌아갔다. 내일 밤에 다시 오마 하고.

그 이튿날 나는 그저 정신이 멍했다. 오전은 그냥 지나고 오후에는 동구 앞 당상나무 그늘 밑에 갔다. 거기에는 언제나 아재와 할배들이 가마니떼기나 덕석 쪼가리를 깔고 앉아서 쉬고 있으며 여러 가지 세상 애기를 하곤 하는 곳이었다. 역시 오늘 있을 중대 방송이 화제였다. 얼마 안 있어 청룡등으로 넘어오는 가미실 할배가 보였다. 거기 있던 서호 아재는,

"오늘 중대 방송을 알아보러 면소에 간다고 하더니 벌써 돌아오는가베."

라고 한다. 위에는 노란 안동포 셔츠에 바지는 삼베 바지인데 걷는 모습이 옷 따로 몸 따로 놀고 있는 것을 보니 어지간히 바삐 오고 있었다. 보릿대 모자를 쓰고 쥘부채를 할랑할랑 부치면서 동네어귀로 발랑발랑 급히 걸어온다. 서호 아재는 일어나 손을 이마에 대고 가미실 할배가 오는 것을 보고 있다. 이윽고 말 소리가 들릴 만한 거리에 다가오자 서호 아재는 더 기다리지 못해 소리쳐 물었다.

"가미실 아재요. 중대 발표 어찌 됐다 카능교?"

가미실 할배도 오면서 마주 소리를 쳤다.

"가만 있거라. 보자. 전쟁은 끝났다 카더라."

나무 그늘에 앉아 있던 아재, 할배들이 모두 일어선다. 그러자 가미실 할배가 손수건을 꺼내어 땀을 닦으면서

"면소에서 라지오(라디오)를 듣는데 잡음이 심해서 똑똑히 다 듣지 못하겠더라. 일본 천황의 말소리라는데 '지익지익' 잡음소리로 무슨 소린지

다 듣지 못해도 슈우셍(終戰)한다는 소리는 모두 들었다."
라고 하고 나에게 말했다.

"재구야. 이제 너그 아배는 곧 돌아오겠구나."

나는 일어나 곧장 집으로 달려갔다. 대문 안에 들어서면서 어머니에게
소리쳤다.

"엄마! 전쟁이 끝났다 카더라. 조금 전에 가미실 할배가 면소에 갔다가
라지오를 듣고 와서 당상나무에서 말하더라. 아버지도 이제 곧 온다고 하
더라."

"전쟁이 끝났으니 너그 아배도 돌아오겠구나. 그 몸서리나는 왜놈들은
다 일본으로 쫓겨갈랑가."

나는 세상이 어떻게 될는지 궁금해서 도저히 견딜 수가 없었다.

"엄마. 오늘 저녁 제사지내고 내일 아침 일찍 읍내에 가볼란다. 할배가
어떻게 됐는지, 집에 돌아오셨는지, 궁금해서 죽겠다."

어머니는 내일 일찍이 아침밥 먹고 가보라고 했다.

다시 당상나무 밑에 갔더니 가미실 할배도 그저 전쟁이 끝났다는 것만
겨우 알았지 무엇이 어떻게 돌아가는지 알 수가 없다고 했다. 모두가 조
선이 독립이 되는지 궁금하지만 아무도 거기까지 화제를 내놓지 않았다.
그런 말을 해서 될는지조차 궁금했다. 그래서 몇 분의 할배와 아재들이
면소재지로 수산으로 소문을 들으러 갔다.

저녁이 되자 두암에서 참위 할아버지가 여러 할배를 거느리고 다시 오
셨다. 참위 할배도 함께 온 여러 할배도 전쟁이 끝났다는 것만 알았지 그
밖의 다른 것에 궁금하기는 나와 마찬가지였다. 아무튼 그날 제사도 다
지내고 음복을 끝내고 새벽에 모두 두암으로 넘어가셨다.

그 이튿날 나는 아침 일찍이 성만 뒷산인 동산을 치달아 올라갔다. 밀
양 읍내로 가는 길은 수산으로 나와 자동차를 타고 가는 도로가 있지만
그 길을 따라가면 50리 길이었고 그 당시에는 다니는 자동차도 없었다.
아주 질러가는 길은 봉황으로 가서 종남산을 넘어가는 길이 있는데 거리

는 30리쯤 되어 아주 가깝지만 산길이 험해서 고된 길이다. 동산을 넘어서전 마을 앞으로 해서 조음으로 빠져 '여이띠' 재라는 산허리를 감돌아 내려오면 상남면 금동이고 한 3킬로미터쯤 걸으면 예림이다. 예림에서 다리를 건너 제방을 따라가면 곧 삼문동이고 밀양교를 건너면 성내이다. 이 길은 약 40리쯤 된다. 길도 걷기 수월하고 도로보다 많이 지른다.

동산을 넘어 서전 마을 앞에 내려오니 아침 해가 제법 올랐다. 들판에는 벼가 검푸르고 싱싱했다. 지난 해까지는 지독한 가뭄이었는데 그 해는 나라도 해방되려고 그러는지 논이라고 생긴 것은 어떤 논이고 모는 다 심었고 비도 때 맞추어 내려주었다. 젊고 힘찬 일손 없이 늙은이와 여자들이 짓는 농사이지만 한두 번 논매기 흉내만 내어도 모가 탈없이 잘 자랐다. 이대로라면 대풍년이 될 것이었다. 사실 그 해는 근년에 보기 드문 풍년이었다. 하늘은 해방을 맞는 우리 겨레에게 풍년도 함께 안겨주었던 것이다.

여이띠 재를 넘어 상남면 평야로 내려오니 까마득한 들판에 검푸른 벼의 바다가 넘실거렸다. 그 한가운데 하얗게 드러난 곳은 활주로가 뻗어 있다. 활주로 공사 때 사람들이 개미처럼 와글댔는데 사람 하나 보이지 않고 조용했다. 금동을 지나 상남면 면소재지 마을인 예림에 들어왔다. 면소 앞을 지났는데 면소가 아주 조용하고 사람이 별로 보이지 않았다. 순사 주재소 앞을 지나면서 주재소 안을 흘깃 들여다봐도 아무도 없었다. 마을이 조용하기 짝이 없었다. 제방을 지나 돌가리장판을 건너 삼문동으로 들어와도 별다른 기별이 없다. 다만 평소보다 거리에 사람이 없고 조용했다. 한더위 여름이라서 그런지도 모르겠다. 관청거리에 있는 군청과 재판소는 공일(일요일)처럼 조용했다. 왜놈들 상점은 그 더운 날에 모두 문을 닫고 있었고 유별나게 조용하기만 했다.

밀양교를 넘어서니 사람들이 군데군데 모여 있고 극장 앞에서도 사람들이 웅성거리고 분위기가 들떠 있었다. 거기에서부터 나는 연계소 집까지 뛰어 단숨에 들어갔다. 대문이 활짝 열려 있었는데 뛰어들어가며,

"할매! 내 왔다."

라고 고함을 질렀다. 할머니는 부엌에서 놀란 듯이 나오며

"아이고. 니가 우짠 일고? 언제 나섰기에 이리 일찍 오노? 집엔 별일 없제?"

라고 하는데 나는 그 대답보다 할아버지가 궁금해서,

"할배는?"

하고 물었다. 할머니는

"오이야(오냐). 할배는 곧 오신다고 기별이 왔다. 들어가자. 전쟁이 끝났다는 소문 들었제? 니 애비는 이제 곧 올 끼다. 어서 들어가자."

부엌에는 이웃집 아지매와 모르는 아지매들이 밥을 짓고 찬을 장만하고 있었고 작은방에는 모르는 아재들이 들랑날랑하고 집안이 시끌벅적했다. 모두 무슨 일인지 바삐 들락거렸고 마치 잔칫집 같았다. 나는 수돗가에서 웃통을 벗고 땀을 씻고 대청으로 올라갔다. 할머니는 부엌에 들어가서 밥상을 간단히 차려오더니

"너 먼 길 오느라고 배 고프지. 밥 먹어라."

라고 했다. 보안 쌀밥에 물고기 조린 자반하고다. 아침을 일찍 먹어서 밥을 보니 배고픈 생각이 났다. 얼른 밥상을 당겨놓고 먹어댔다. 거의 밥을 다 먹을 참에 개병쟁이가 내가 왔는 걸 어찌 알았는지

"재구야. 언제 왔더노?"

라며 들어온다.

"어이, 지금 막. 너 밥 먹을래?"

라고 했더니 고개를 젓고 나오라고 했다. 나갔더니 사람들이 공회당 앞에 모였는데 거기에 가자고 했다. 그래서 나는,

"우리 할배가 곧 오신다고 하더라. 여기서 기다릴란다."

라고 했더니 개병쟁이가 웃으면서

"너그 할배가 온다고 공회당에서 모두 기다리고 있는데, 오실 때는 바로 그쪽으로 오실 끼다. 이 자석아, 어서 가자. 평팔이도 있고 파리똥도

있다. 어서 가자."

라고 재촉한다. 공회당이란 우리집에서 서문다리 쪽으로 가다가 오른편 골목으로 들어가면 관청집처럼 생긴 한 30평쯤되는 작은 목조건물이다. 전에는 주로 거기에서 야학을 많이 했는데 왜놈들이 야학을 못하게 해서 그후로는 우리 동네 내이동 동사무소가 한 자리를 차지하고 있었다. 거기에서 조금 개천가로 나오면 공터가 있는데 사람들이 100여 명쯤 모여 웅성거리고 있었다. 개병쟁이와 함께 그쪽으로 뛰어갔더니 평팔이하고 파리똥이 반갑게 마주나왔다. 우리는 오랫만에 한데 모였다. 좃매랭이만 없다. 나는 개병쟁이에게

"어이, 좃매랭이는 어디 갔노?"

라고 했더니 개병쟁이는 내 곁에 와서 작은 소리로

"좃매랭이는 집에 있다. 저그 아배하고 어매는 달아나버렸고 할매하고 둘이서 집 보고 있더라. 집이 비어서 못 나온다고 하면서 기가 죽어서 보기가 딱하더라."

라고 알려주었다. 왜놈들 밑에서 그처럼 설치더니 이제 동포가 겁이 나서 피해버렸던 것이다.

거기에서 조금 기다렸더니 먼 곳에서 꽹과리 소리, 징 소리가 들렸다. 그러자 볕에 타서 벌겋게 익은 낯에 땀이 번질거리며 머리에 수건을 질끈 동인 청년 두 사람이 마당에 들어오면서,

"지금 안선생님하고 청년들이 이리로 오고 있습니다. 지금 들리는 풍물 소리가 이리로 오고 있는 소립니다."

라고 숨가쁘게 말한다. 그러자 모두 '와아' 하고 따라나간다. 우리 네 아이도 따라나갔다. 그리고 뛰었다. 서문다리에서 마주쳤다. 앞에는 꽹과리, 징, 북, 장구 등을 치면서 청년들이 오고 바로 뒤에 할아버지가 볕에 타서 벌겋게 익은 얼굴을 하고 한가운데서 오고 있었다. 그 옆에는 굵은 나무막대기를 하나씩 들고 머리가 덥수룩하고 수염이 더부룩한 청년들 20여 명이 둘러서 함께 오고 있었다. 모두 얼굴에는 웃음이 피었고 뜨거운 햇

볕에 그을러 검고 붉었다.

　나는 막 쫓아갔다. 사람들을 헤치고 할아버지께 달려들며,

　"할배!"

라고 고함을 질렀다. 할아버지는 만면에 웃음을 가득 채우고 나를 덥석 안았다. 곁에서 함께 오던 청년이 나를 받아 안아 번쩍 치켜올렸다. 그리고 나무막대기를 옆사람에게 주고 어깨에 목말을 태웠다. 곁에 있는 청년들이 '와아' 웃었고, 길가에서 구경하던 사람들도 '와아' 소리내어 웃었다.

　앞서 온 두 청년이 길을 인도했다. 서문다리에서 왼편 개천가 길로 굽어 들어 개천다리를 건너 공회당 곁의 공터로 왔다. 농악군들은 마당에서 신나게 두드리고 놀았다. 함께 따라온 동네 사람들은 이 농악군을 빙 둘러싸고 구경을 하고 있는데 얼굴마다 이때까지 끼었던 근심의 주름살이 활짝 펴졌고 기쁨과 반가움의 웃음이 온 얼굴에 피어나고 있었다.

　이윽고 농악군의 농악소리가 그치고 할아버지가 가운데 나섰다. 둘러싼 군중을 향해 한 바퀴 빙 둘러보았다. 그리고 말했다.

　"여러분! 밀양의 우리 동포 여러분! 그동안 우리는 얼마나 기다렸습니까. 이날이 오기를 얼마나 고대했습니까. 이제 왜놈들은 연합국에 항복했고 우리는 왜놈들의 종살이에서 벗어났습니다. 왜놈들은 연합국 지도자들이 결정한 카이로 선언과 포츠담 선언을 받아들였습니다. 카이로 선언에서 미국, 영국, 중국의 지도자들은 조선은 독립된다는 약속을 했고, 포츠담 선언은 이 세 나라 지도자들이 결정한 카이로 선언을 소련의 지도자도 포함해서 네 나라의 지도자들이 다시 확인하고 일본에다 무조건 항복을 요구한 것입니다. 어제 일황 유인이 라지오에서 우는 소리로……."

라고 하자 사람들이 '와아' 하고 웃었다. 얘기는 계속되었다.

　"우는 소리로 카이로 선언과 포츠담 선언을 받아들이겠다고 했습니다. 그래서 왜놈들은 연합국에 무조건, 연합국이 시키는 대로 그대로 따르겠다는 무조건입니다. 무조건 항복을 했고, 우리 조선은 독립이 되는 것입니다."

라고 하자, 한쪽에서 한 청년이 두 손을 번쩍 들고
"조선 독립 만세!"
라고 소리쳤다. 모두 함께 이에 화답하며 외쳤다.
"조선 독립 만세!"

이 소리에 그 좁은 마당이 터져나갈 듯했다. 할아버지의 눈에는 눈물이 흘러나오고 있었다. 만세소리가 잦아지자 할아버지의 말은 계속되었다.

"동포들! 우리는 얼마나 기다렸습니까! 우리는 망국노의 설움에 얼마나 울었습니까! 포학한 강도놈 왜놈들에게 얼마나 빼앗겼습니까! 이제 나라를 찾았습니다. 이제 새 나라가 독립됩니다. 이제는 다시 그 욕되고 한스러운 망국노가 되지 맙시다. 모두 하나로 뭉쳐 부강한 나라를 만들어 지난 36년간의 피맺힌 한을 풀어봅시다!"

"옳소!"
"옳소!"
박수가 터져나왔다. 만세소리가 다시 터져나왔다.
"조선 독립 만세!"

한쪽에서 머리가 덥수룩하고 수염이 시커먼 어느 청년이 굵고 큰 목소리로 노래를 불렀다. 모두가 따라 부르기 시작했다. 그 소리는 점점 모이고 크게 울려 퍼졌다.

백두산 뻗어나려 반도 삼천리
무궁화 이 동산에 역사 반만년
대대로 예 사는 우리 삼천만
복되도다 그의 이름 조선이로세.

노래가 끝나자 한 청년이 나섰다.
"여러분! 우리는 여기에서 거리로 나가 우리 동포들에게 우리 조선이 왜놈의 종살이에서 해방되어 독립하게 되었음을 알립시다. 모두 어깨동무를 하고 '조선 독립 만세'를 힘차게 부르며 영남루에 올라갑시다."

"가자!"

"가자!"

라는 소리가 나고 할아버지를 둘러싸고 할아버지와 함께 온 청년들이 앞
장서서 나섰다. 농악대도 함께 나섰다.

"조선 독립 만세!"

"조선 독립 만세!"

"꽹매 꽹매 꽤갱 갱, 꽹매 꽹매, 갱 꽹매."

"더엉 더엉 더엉."

수백 명 군중이 앞으로 나가고 거리에 나온 사람들이 모두 함께 어울렸
다. 나와 개병쟁이 그리고 평팔이와 파리똥, 넷은 어깨동무를 하고 목이
쉬도록 만세를 불렀다.

만세소리와 농악소리는 어우러져 조선의 하늘에 퍼져나가고 있었다.